KB260809

천잠비룡포

천잠비룡포 7

한백림 新무협 판타지 소설

초판 1쇄 찍은 날 § 2008년 5월 2일
초판 1쇄 펴낸 날 § 2008년 5월 14일

지은이 § 한백림
펴낸이 § 서경석

편집장 § 문혜영
편집책임 § 유경화

펴낸곳 § 도서출판 청어람
등록번호 § 제1081-1-89호
등록일자 § 1999. 5. 31
어람번호 § 제2-1480호

주소 § 경기도 부천시 원미구 심곡2동 163-2 서경빌딩 3층
전화 § 032-656-4452 팩스 § 032-656-4453
http://www.chungeoram.com
E-mail § chungeorambook@hanmail.net

한백림, 2006

ISBN 978-89-251-1305-0 04810
ISBN 89-251-0108-4 (세트)

천잠비룡포

Fantastic Oriental Heroes

天蠶飛龍袍

7

■용제(龍帝)

한백림 新무협 판타지 소설

목차

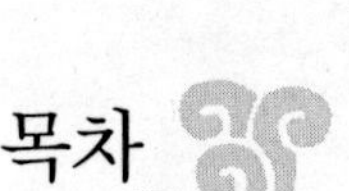

제22장 용제(龍帝)

무력(武力), 무예(武藝), 무공(武功), 무도(武道).

무(武)라는 것이 사람과 함께한 이래 사람은 그것을 무서운 힘으로, 경외할 예술로, 싸움의 도구로, 삶의 목표로 삼아왔다.

무공이란 그런 것이다.

무공과 무공은 상생과 상극의 고리 안에 있다.

어떤 무공이 있음으로 하여 다른 무공이 강함을 인정받고, 또한 다른 무공이 있음으로 하여 이 무공이 약함을 인정하게 된다.

그것은 마치 노자가 말한 유무상생(有無相生)과도 같다. 아름답다고 생각하는 데서 추함이란 표현이 나온다. 선을 좋다고 생각하는 곳에서 악의 관념이 시작된다.

있음이란 없음을 따로 두고 생기는 말이 아니다.

오직 이쪽의 무가 있음으로 다른 쪽의 무가 있을 수 있다.

다만, 이 모든 것은 사람이 있음으로 하여 생겨나는 것이니.

무의 근원은 사람이되, 사람이 없으면 무공이 존재할 수 없다.

하지만 유무상생이 항상 모든 것을 끌어안을 수 있는 것은 아닐진저.

무공이 없어도 사람은 존재할 수 있다. 사람이 없으면 무공이 없지만, 무공이 없어도 사람은 살아간다.

강호무림은 특별하다.

무공으로 인하여 사람이 살아나고, 사람이 있음으로 무공이 살아난다.

유무상생이다.

무공이 있음으로 하여 인간이 존재할 수 있는 곳. 그곳을 두고 우리는 도산검림 무림강호라 말한다…(중략)…….

한백무림서 무공편 미완

한백의 일기 中에서.

단운룡, 막야흔, 엽단평은 서둘렀다.

뒤에는 포공사 판관원 검사들이 무서운 속도로 달려오는 중이다. 그들의 경공 실력은 세 명 누구에게도 뒤지지 않는다. 더 빠르면 빠르지, 결코 느리지 않았다.

"따라잡힌다!!"

막야흔의 목소리다. 맞다. 그의 말처럼 거리가 줄고 있었다.

"이쪽으로!!"

단운룡이 소리쳤다. 땅을 박차고, 왼쪽의 골목길로 몸을 날렸다. 막야흔과 엽단평이 거의 동시에 방향을 꺾는다. 앞서거니 뒤서거니 좁은 소로를 내달렸다.

"한 명 끊자!"

소로로 접어든 가운데, 지척까지 따라붙는 판관원 검사가 있었다. 단운룡이 한순간 담벼락을 타고 공중에서 몸을 돌렸다. 막야흔도 반대편 벽을 타면서 몸을 띄웠다. 판관원 검사가 검을 내쳐 오는 것이 보였다. 달려오던 관성을 이용한 일수였다.

쐐액!

짓쳐드는 검을 피하며 뛰어올랐다. 탁! 탁! 옆의 담벼락에 두 발, 담벼락 위의 처마 끝을 박차고 몸을 날렸다. 판관원 검사의 얼굴이 무서운 속도로 확대되었다.

파앙!

단운룡의 발끝이 판관원 검사의 상체를 휩쓸었다. 하나, 판관원 검사의 방어는 튼튼했다. 경쾌한 격타음이 터져 나왔지만 소리만큼의 충격은 없을 것이다. 발끝에 걸리는 느낌이 가볍다. 팔을 들어 단운룡의 각법을 완벽하게 막아낸 것이다.

'역시……!'

속도는 되지만 힘이 모자라다. 조문을 파고들어 급소를 가격하지 않으면 일격에 쓰러뜨리기 힘들다.

쉬익! 위잉!

판관원 검사가 한 발 물러나며 상하, 연환검을 휘둘렀다. 단운룡이 담벼락을 차면서 검격을 피해냈다. 검날이 지나갔다. 단운룡 다음은 막야흔이다. 뛰어오른 단운룡 밑으로 막야흔이 나타났다. 앞으로 번쩍 나서면서 칼을 휘두르는데, 그 기세가 사납기 그지없었다. 판관원 검사가 급히 검초를 다듬으며 칼바람을 맞이했다. 정심한 무공이다. 아까 마주쳤던 검사들보다 최소한 한 단계는 위에 있는 무공이었다.

타닥! 파라락!

판관원 검사는 강했다. 하지만 막야흔의 칼과 단운룡의 철각이 이루어내는 연수합격은 십 년을 손 맞춘 사람들처럼 절묘하기만 했다. 막야흔이 칼을 휘둘러 판관원 검사의 검을 봉쇄했다. 다음은 단운룡 차례다. 그의 몸이 담벼락 꼭대기에서 무서운 속도로 내리꽂힌다. 하늘에서 판관원 검사의 머리로 짓쳐드는 것은 반 굽힌 단운룡의 무릎이었다. 마광각의 응용초인 비슬격(飛膝擊)이었다.

"큭!!"

머리 위로 드리워지는 그림자에 재빨리 몸을 피하려 했지만 막야흔의 칼끝은 그것을 허용하지 않았다. 판관원 검사의 판단은 빨랐다. 몸을 비틀고 머리만이라도 돌려 직격을 피해낸다. 물론 단운룡도 머리를 박살 낼 마음은 애초부터 없었다. 그의 무릎이 판관원 검사의 어깨 어림에 내리꽂혔다.

빠악!

"크악!"

비명이 터져 나왔다. 목에서 어깨로 이어지는 쇄골이 부러져 버렸기 때문이다. 판관원 검사가 어깨를 움켜잡으며 뒤로 몸을 뺐다. 단운룡은 지체하지 않았다. 막야흔도 마찬가지다. 쇄골이 부서졌으면 이미 전투불능이다. 두 사람은 판관원 검사를 내버려 둔 채 곧바로 몸을 날렸다. 확실히 쓰러뜨리겠다며 시간을 끌 게 아니다. 이미 시간은 충분히 잡아먹었다.

파박!

엽단평이 저 앞에서 이쪽을 돌아보며 혀를 내두르고 있었다. 제아무리 연수합격이지만, 순식간에 판관원 검사 하나를 물리쳤다. 단운룡이 판관원 검사들을 제압하는 광경을 직접 보지 못한 엽단평이다. 그런 그에게 있어 이 일장박투의 결과는 그저 놀라움일 수밖에 없었을 따름이다.

세 사람이 소로를 가로질렀다. 갑작스레 하늘 위로 드리워지는 그림자가 있었다. 담벼락들을 넘어서 직선거리로 날아온 자다. 판관원 검사였다.

'제법 머리를 쓰는군!'

추격전의 경험이 많다는 이야기다. 복잡한 골목길을 단숨에 관통할 경공술을 지녔다. 담벼락들의 높이가 전혀 부담이 안 된다는 뜻이다.

이러면 골치 아프다. 게다가 판관원 검사의 장기는 경공뿐이 아니다. 순식간에 내리꽂히는 검격 역시도 날카롭기 그지없었다.

채앵!

검사의 목표는 엽단평이었다. 막아낸 것도 당연히 엽단평이다. 가슴 앞에 품었던 검이 뽑혀 나와 사문의 검을 막는 방패가 된다.

"큭!"

앞이 막혔다. 뒤에서도 달려든다. 판관원 검사 두 명이 뒤쪽으로부터 무서운 속도로 짓쳐들고 있었다.

챙! 채채챙!

좁은 골목길에 병장기 충돌음이 가득 찼다. 여섯 명의 신형이 순식간에 교차하고 얽혀들었다. 도광과 검광이 난무한다.

순간적으로 뒤엉킨 힘의 흐름 속에서 가장 빛을 발하는 것은 역시나 단운룡의 움직임이었다.

파락! 뻐억!

결정타는 극광추다. 판관원 검사 하나가 담벼락에 부딪치며 힘없이 허물어졌다.

'일단 하나……!'

자기 상대를 쓰러뜨렸다고 끝이 아니다. 막야흔 쪽은 쉽지 않다. 고전하는 기색이 역력하다. 엽단평 쪽을 보았다. 엽단평도 힘들다. 출수하는 기세가 예전만 못하다. 벽검강과의 결승전 때문에 내력을 많이 소진한 것 같았다.

'제 실력을 못 발휘하고 있어.'

단운룡의 눈이 번뜩이는 빛을 발했다.

벽검강과의 싸움 때문만이 아니다. 물론 내력 소모는 무공 시전에 큰 영향을 미칠 수 있다. 하나, 이건 그런 문제가 아니다. 엽단평은 애초부터 자기 검술을 제대로 못 펴고 있었다. 막아내는 것만으로도 힘겨워하고 있을 정도다. 같은 사문, 판관원 검사와 손속을 나누는 것 자체가 커다란 부담인 듯했다.

"망설이지 마! 맞서 싸워!"

단운룡이 소리쳤다.

그러면서 단운룡은 엽단평이 아닌, 막야흔 쪽으로 몸을 날렸다.

엽단평보다는 그쪽이 더 급했기 때문이다. 막야흔의 무공은 판관원 검사의 전조검법을 감당할 수준이 아니었다. 아까도 그랬지만, 버티는 게 용할 지경이다.

파팡! 채챙!

단운룡의 가세로 전세는 순식간에 뒤바뀐다. 막야흔의 칼바람이 살아났다. 동시에 판관원 검사의 전조검법이 어지러워진다. 막야흔이 상대의 출수를 막은 다음 중심선을 잡아냈다. 허초를 걷어내고 손발을 묶는다. 단운룡이 나설 때다. 그의 신형이 판관원 검사의 옆으로 파고들었다. 회전하는 허리, 올려치는 어깨가 폭발적인 힘을 끌어올린다. 광혼고였다. 판관원 검사의 옆구리에서 묵직한 격타음이 터져 나왔다.

퍼엉!

판관원 검사의 몸이 덜컥 솟아올랐다. 충격으로 일그러진 얼굴이 보였다. 그가 균형을 잃고 털썩 주저앉는다. 몸 전체의 경혈이 진동한 듯 들고 있던 검까지 놓쳐 버렸다.

'제대로 들어갔어.'

단운룡은 추가타를 날리지 않았다. 어차피 죽일 것도 아니다. 아니, 죽여서는 안 된다. 쫓아오지 못할 만큼이면 충분하다. 단운룡이 막야흔을 돌아보았다. 막야흔의 눈엔 감탄의 빛이 서려 있다. 단운룡의 실력도 실력이지만, 두 사람의 손발이 의외로 잘 맞는다는 사실에 더 놀란 듯했다.

챙! 스각!

단운룡과 막야흔은 제 몫을 했지만, 엽단평은 그렇지 못했다. 일격을 당해 피까지 흘리고 있다. 결국 극복하지 못한 거다. 판관원 검사가 상대라는 생각에 검날을 제대로 휘두르지 못하고 있었다.

"칫!"

막야흔이 코웃음을 치며 먼저 몸을 날렸다. 왜 엽단평이 제 실력을 못 내는지 그도 알고 있다. 사문의 어른이 상대라고 손속이 허술해졌다? 막야흔의 기준으로는 코웃음을 치지 않고는 못 배길 일이었다.

"약해!"

막야흔도 센 건 아니다. 그래도 그였으면 그렇게 망설이진 않았다.

막야흔이 끼어들며 다짜고짜 칼을 휘둘렀다. 판관원 검사가 얼굴을 찌푸리며 막야흔의 칼을 쳐냈다. 그가 뒤로 물러나며 두 자 두 치 강검을 날카롭게 겨누었다. 겨눈 곳은 막야흔 쪽이 아니라 엽단평 쪽이다. 그가 추상같은 기세로 소리쳤다.

"구차하구나, 엽단평! 네놈이 그러고도 포공의 정신을 말할 수 있겠느냐!"

엽단평의 몸이 굳어졌다. 나선 것은 단운룡이다. 그가 엽단평의 옆에 서며 말했다.

"맞서 싸우지 못할 거면 먼저 가라. 뒤는 우리가 막아줄 테니."

엽단평이 단운룡을 돌아보았다. 그리고는 이내 검자루를 고쳐 쥐었다. 결심을 다지는 순간이다. 위축되었던 기상이 풀려 나오고, 망설이던 손끝에 강한 힘이 실렸다. 엽단평이 판관원 검사에게 말했다.

"포공의 정신이란, 억울한 사람들의 한을 풀어주고 어려운 사람들의 삶을 도와주는 데 있다고 배웠습니다. 나는 포공의 가르침을 행하였고, 전조 대협이 말한 강호의 협의를 따랐습니다. 파문형을 내리신다면 달게 받되, 전조 대협의 검만큼은 돌려 드릴 수 없습니다."

"궤변이다! 문규를 어기고 돈을 위해 비무대회에 나섰다. 설마하니 포공의 문규를 잊은 것은 아닐 터! 더욱이 저잣거리의 비무대회에 나선다는 것은 문파의 체면을 생각했을 때, 있어서는 안 될 일이다! 잘못을 저지르고도 억지를 부리겠다는 이야기렷다!"

정론(正論)이었다.

문파의 입장에서 볼 때, 그 어떤 이견의 여지가 없다. 하지만 제아무리 정론이라도 통하지 않는 상대가 있는 법이다. 단운룡이 그렇고, 막야흔이 그렇다.

선봉은 막야흔이다. 앞으로 나서며 입을 연다. 그의 목소리가 기세 좋게 골목길을 갈랐다.

"번잡스럽기 짝이 없군! 문규고 뭐고, 이쪽 입장은 간단해!"

판관원 검사가 그를 돌아보았다.

이건 간단한 문제가 아니다. 그럼에도 막야흔은 간단하다고 말했다.

이유가 뭔지 들어나 보자. 판관원 검사의 눈빛은 그렇다. 대답은 명쾌했다. 막야흔이 칼을 비껴들고 달려든다. 막야흔이 소리쳤다.

"길을 막지 말라, 이거야!!"

채애애앵!

언쟁 따위는 필요없다. 막야흔은 막무가내다. 하나 그것은 단운룡이 하고 싶었던 말, 그대로다. 일단 뛰쳐나간 칼바람에 판관원 검사가 눈살을 찌푸리며 검을 내쳐 왔다. 채챙, 불꽃이 튀니 엽단평도 검을 휘두를 수밖에 없다. 거기에 틈을 본 단운룡이 무서운 속도로 짓쳐든다. 단숨에 삼 대 일이다. 그들이 한 꺼번에 공격을 들어갔다. 판관원 검사 한 명으로 해결 될 상황이 아니다. 순식간에 손속이 어지러워지고, 급기야 검까지 놓쳤다. 다음은 결정타다. 단운룡의 극광추가 그의 턱 끝에 작렬했다.

털썩.

판관원 검사가 쓰러졌다. 눈앞이 열린다.

세 사람이 급히 몸을 날렸다. 상황은 아직도 좋지 않았다.

'늘어났다.'

말 몇 마디 지체한 덕에 판관원 검사들이 지척으로 따라붙고 있었다. 뒤쪽에 네 명, 멀리서 느껴지는 기척까지 합하면 열 명은 되겠다. 숫자까지 불어난 상태다.

'망루 쪽이 해결된 거다!'

갑작스레 숫자가 늘었다면, 이유는 하나밖에 없다. 망루에 달라붙었던 예닐곱 명 판관원 검사들이 추격에 가담한 거다.

무너지려는 망루를 이렇게 빨리 수습하다니, 대단하다 아니 말할 수 없다. 하지만 그처럼 대단하다는 칭찬도 당장 취소해야 할 판이다. 지금으로서는 욕이 나와야 정상일 게다. 추격자가 많아졌다는 것은 절대로 희소식이 될 수 없는 일이기 때문이었다.

"저쪽으로!!"

일행을 이끄는 것은 단운룡이었다. 골목길 하나를 벗어나면서 가로막는 판관원 검사 하나를 쓰러뜨렸다. 놀란 행인들을 뛰어넘고, 적벽 외곽으로 빠졌다. 인적이 드물어지고, 건물이 줄어들고 있었다.

뒤를 돌아보았다. 판관원 검사들은 대열을 갖춘 채 거리를 좁혀오고 있었다. 다 잡은 사냥감을 몰고 있는 듯한 느낌이다. 신중하지만, 그러면서도 빠르게 삼엄한 기세를 뿜어오고 있었다.

"잡히겠소!"

엽단평이 소리쳤다. 골목길을 달릴 때엔 그나마 괜찮았다. 달려들 수 있는 검사들의 숫자가 한정되어 있었기 때문이다. 하나, 이렇게 공간이 열리면 위험해진다.

언제 포위당할지 모른다. 판관원 검사들은 언제라도 그들을 앞질러 가로막을 경공술을 지닌 자들이었다.

"잡히지 않아!"

단운룡의 목소리엔 자신감이 넘쳤다. 외부 관도로 접어들었다. 완전히 트였다. 주위를 둘러친 담벼락은 더 이상 없다. 이제 포위당하는 것은 시간문제다.

"조금만 더 달려!"

어찌 그리 자신감이 넘치는 것일까. 엽단평이 그를 보고, 다시 막야흔을 돌아보았다. 막야흔의 얼굴엔 단운룡처럼 어떤 불안감도 떠올라 있지 않았다. 아니, 애초부터 그런 불안 따윈 존재할 수 없을 것 같은 남자였다.

"하지만 이래서는……!"

엽단평의 목소리가 신호라도 된 것일까.

뒤쪽에서 따라붙던 판관원 검사들이 두 방향으로 쫙 갈라지며 속도를 내기 시작했다. 다섯, 다섯, 자그마치 열 명이다. 앞에서 달리는 네 명이 무서운 속도로 쭉쭉 뻗어나갔다. 막야흔을 앞지르고 엽단평을 앞지른다. 결국 단운룡까지 앞질러 버렸다. 포위당한 형세가 된 것이다.

"멈추어라!"

저 앞으로 앞질러 나간 판관원 검사가 웅혼한 내력이 담긴 목소리로 소리쳤다. 열 사람이 원형으로 세 사람을 둘러친 채 같은 속도로 뛰고 있었다. 선두를 차지한 자가 수신호를 보냈다. 올가미의 매듭을 당기듯, 검사들의 원이 조금씩 조여들었다. 그러다가 한순간 차창! 하고 일제히 검을 뽑아 든다. 열 개의 검이 언제라도 한꺼번에 짓쳐들 수 있는 대형이었다.

타타탁! 파라락!

먼저 속도를 줄이기 시작한 것은 단운룡이었다. 막야흔이 그와 발을 맞췄다. 엽단평도 이내 속도를 줄여 보조를 맞추었다.

판관원 검사들도 속도를 줄였다. 느려지는 발길에, 어느샌가 모두의 신형이 멈춘다. 판관원 검사들이 두 자 두 치 검신을 같은 자세로 비껴들고, 한 발 한 발 포위망을 좁혀왔다. 빠져나갈 길은 없다. 적벽 서쪽, 키 작은 갈대밭에 난데없는 긴장감이 감돈다. 세 사람과 열 사람, 모두의 눈빛이 살벌하게 교차하고 있었다.

"어쩔 셈이오?"

엽단평의 목소리는 속삭이는 듯 작았다. 단운룡에게 묻는 거다.

정말 어쩔 셈인가. 세 사람 중에 일 대 일로 판관원 검사를 꺾을 수 있는 이는 단운룡 하나밖에 없다. 엽단평과 막야흔은 각각 한 명도 감당키 어렵다. 이들이 한꺼번에 덤벼들면 끝장이다. 숫자로 보나, 실력으로 보나 아무리 계산해도 본전을 못 찾겠다.

"어쩔 셈이냐고?"

하지만 단운룡은 여유로웠다.

그가 엽단평에게 반문하며 멀리 갈대밭 저편으로 시선을 주었다. 판관원 검사들이 한 발 더 다가왔다. 단운룡의 얼굴에 한 줄기 미소가 그려졌다. 그가 큰 목소리로 외쳤다.

"그들은 없어! 쫓아오지 않았다!"

누구에게 하는 말인가. 갈대밭 저편이 흔들리고 있다.

"확실한가요?"

대답이 돌아온다.

돌아오는 목소리는 가늘고 높았다. 맑고 시원한 여인의 목소리였다.

"확실해! 비무장에도 없었다!"

"그럼, 좋아요."

갈대밭이 갈라진다. 실제로 갈라지는 게 아니더라도 그런 느낌이 든다. 갈대가 저절로 눕고 있다. 마치 걸어오는 여황제에게 예를 갖추는 듯하다.

"어허……!"

강설영이다. 그녀를 본 엽단평의 입에서 감탄도, 헛바람도 아닌 묘한 소리가 흘러나왔다. 소녀와도 같은 얼굴, 여인의 몸으로 저런 기파를 뿜어내고 있다니 믿을 수가 없었다.

"죽이면 안 돼."

단운룡이 말했다. 강설영이 생긋 웃으며 대답한다.

"알고 있어요."

판관원 검사들은 하나같이 굳은 얼굴을 하고 있다. 그들은 고수다. 그래서 안다. 강설영이 얼마나 강한지, 느껴지는 기세만으로도 충분히 알 수 있는 것이다.

"자아, 시작할까요?"

그녀가 열 명 포위망의 바깥에 서서 말했다. 너무나도 가벼운 어조다. 상쾌하다 싶을 정도로 밝은 얼굴을 하고 있었다.

"잠깐, 잠깐만."

하지만 판관원 검사들은 곧바로 시작하지 않았다. 정체를 모르는 고수가 나타난 상황이다. 이런 경우라면, 새로 나타난 이가 누구인지 알고서 시작해야 한다. 단운룡과 막야흔이야 정황상 일전을 벌이며 쫓아올 수밖에 없었지만, 이 여인은 다르다. 보통 고수가 아닌 것이다.

"소저는 어디의 누구시오? 구파일방의 후기지수요?"

당연히 나와야 할 질문이다.

그 나이, 그 기도라면 누구라도 구파일방을 먼저 떠올릴 게다.

그렇기에 확인하고 넘어가야 한다. 구파와는 싸울 수 없다. 어쩔 수 없이 싸워야 한다면 또 모르겠지만, 상대가 구파라면 먼저 대화로 푸는 것이 옳은 순서다.

"미안하지만 밝힐 수가 없겠네요."

불행히도 강설영은 그들과 대화를 할 의지가 전무하다시피
했다. 그녀가 한 발 더 나섰다. 판관원 검사가 다소 다급해진
어조로 말했다.

"이건 우리 문파 내부의 문제요. 외인이 간섭할 사안이 아니
란 말이오!"

"아, 전 당신네들 문파의 행사를 간섭하러 온 것이 아니에
요. 저 안에 있는 사람을 도와주러 온 것이지."

"그게 그 말 아니오!"

"요는, 문답무용이라는 거예요."

"문답무용, 좋소. 하지만 우린 다시 한 번 더 물어야겠소! 소
저는 구파, 구파 출신이오?"

강설영이 다시 한 번 미소를 지었다.

이제 충분하다. 그녀가 마지막으로 대답했다.

"아니겠죠. 구파 출신이 이럴 리 없잖아요?"

파박!

말이 끝나기 무섭게 그녀가 땅을 박찼다. 목표는 말을 주고
받은 판관원 검사다. 찰나의 순간에 거리를 좁히고, 무서운 기
세로 짓쳐들었다. 대경한 판관원 검사가 검을 내려쳤다. 위에
서 아래로 휘두르는 상종하격(上縱下擊)의 일초였다.

턱!

판관원 검사의 검은 끝까지 휘둘러지지 못했다. 중간에서
덜컥 멈추고 만 것이다.

팔을 잡힌 까닭이다. 판관원 검사의 얼굴이 불신으로 얼룩

졌다.

검을 쓰는 무인이 검을 휘두르는 팔을 잡혔다. 그것도 휘두르던 중간에. 그는 이런 걸 본 적이 없다. 당해본 적은 더더욱 없었다.

"크윽……!"

잡힌 것만이라면 다행이다. 그는 팔뚝부터 잡힌 팔을 전혀 움직이지 못했다.

가녀린 손아귀의 힘이 강철과도 같다. 내력을 끌어올려 보았지만 소용이 없기는 매한가지다. 이리저리 용을 쓰던 그가 잡힌 부위에 공력을 집중했다. 반탄기공으로 떨쳐 보려는 시도다. 하지만 그것마저도 통하지 않았다. 그녀는 반로환동한 옛 여협이라도 되는지, 맞붙는 내공의 세기가 무너뜨릴 수 없는 금성철벽과도 같았다.

판관원 검사의 얼굴이 붉으락푸르락하게 변했다. 일전의 웅성비영창을 떠올리게 만드는 모습이다. 그의 이마에 푸른 핏줄이 올라왔다. 그녀가 생긋 웃으며 말했다.

"힘들죠? 이만 쉬세요."

강설영의 손바닥이 판관원 검사의 가슴 한복판으로 올라왔다. 반쯤 접은 손바닥이다. 가슴의 반 치 앞까지 손바닥이 다가왔는데에도 움직일 도리가 없다. 두 눈 멀쩡히 뜨고도 속수무책이었다.

퍼엉!

판관원 검사의 몸이 휘청 흔들렸다. 팔을 잡았던 손을 놓자, 판관원 검사의 몸이 그대로 허물어졌다. 판관원 검사들의 눈이 경악으로 물들었다.

'극광추?!'

놀란 것은 판관원 검사들뿐이 아니었다. 엽단평의 몸이 확 굳어졌음은 말할 필요도 없다. 문제는 단운룡이 그만큼 놀랐다는 데 있다. 그의 시선은 오직 한곳에 고정되어 있었다. 반쯤 접은 그녀의 손바닥. 거기에 머물러 떨어질 줄 몰랐다.

"역시 대단하다! 우리도 한바탕해 보자구!"

호탕하게 소리치는 자. 역시나 막야흔이다.

장내의 모든 인물들 중에서 이 일을 아무렇지 않게 받아들인 유일한 사람이 그였다. 장황한 기합성을 내지르며 좌충우돌 뛰어든다. 만용도 이 정도면 대단하다 아니 말할 수 없다. 반대편에 있는 모두가 하나같이 자신보다 강하다는 사실을 전혀, 조금도 인식하지 못하는 듯했다.

챙! 채앵!

제아무리 무공이 한 수준 아래라지만, 눈 없는 칼날은 육신을 벨 만큼 충분히 날카롭다. 판관원 검사들도 검을 들어 막아낼 수밖에 없다는 뜻이다.

파락! 파파파팟!

막야흔의 출수가 곧 싸움의 시작을 알리는 신호다.

마치 약속이라도 한 듯 갈대밭 전체에 경풍이 몰아치기 시작한다. 판관원 검사 두 명이 단운룡을 향해 뛰어들고, 또 다른 두 명이 엽단평을 향해 짓쳐들었다. 나머지는 모조리 강설영을 향해서 몸을 날렸다.

포공사, 명문정파이긴 하나 그들의 전통과 문규는 보통의 정도문파들과 다른 구석이 있었다. 그들은 특이하게도 합공이란 것을 조금도 주저치 않았다. 전설적인 판관 포중의 정신을 이어받은 그들에겐 범죄자들을 잡아들이던 포쾌들의 법칙이 함께하고 있었던 것이다.

범죄자들을 포박하는 데 일 대 일 싸움을 고집하는 것은 바보 같은 짓이었다. 일단 목표를 포착하면 도주를 차단하고 전원이 추격, 전투가 가능한 모든 인원이 투입되는 게 정석이다. 그래서 그들은 연수합격을 주저치 않았다. 그게 그들의 싸움이었다.

퍼엉!

하지만 그것이 통하지 않는 이들도 있다.

몇 명이 달려들어도 소용없다. 상대가 너무 나빴다. 그녀는 열 명이 아니라 스무 명, 백 명이 와도 개의치 않을 것이다. 순식간에 한 명이 튕겨 나온다. 어떻게 무슨 일격을 가했는지도 분간치 못할 만큼 기쾌무비한 손속이었다.

'저것은……'

그녀는 강했지만, 그 때문에 집중을 못하는 이도 있다.

다름 아닌 단운룡이다.

방금 한 명을 물리친 강설영의 움직임은 아무리 생각해도 광검결의 일격과 비슷한 느낌이다. 나한권과 아라한신권의 차이 정도라고 할까. 예전 불산에서 보았을 때도 그런 생각을 했었다. 지금 강설영이 펼친 수공(手功)과 단운룡의 광검결을 동시에 보여준다면 열에 다섯은 같은 무공이라 착각할 게다. 다른 무공임이 분명하지만, 누구라도 비슷하다 말할 것이 틀림없었다.

‘엇……!’

신경을 분산시킬 때가 아니다. 단운룡은 허점을 드러냈고, 판관원 검사는 어김없이 그 허점을 향해 검을 들이댔다. 간발의 차이로 검날을 비껴낸다. 치명상을 입을 수도 있었던 순간이었다.

쐐액! 뻐억!

마음을 가다듬고 몸놀림을 빨리했다. 아직까진 섬영이 제 역할을 해주고 있다. 광구로부터 꾸역꾸역 흘러나오는 진기가 불안하게나마 유지할 힘을 더해주고 있었다.

두 명을 쓰러뜨리고 막야흔을 향해 몸을 날렸다. 막야흔은 연신 밀리고 있었지만, 표정과 눈빛은 언제나처럼 전혀 밀리는 기색이 아니다. 단운룡이 가세하자 순식간에 역전이다. 세 명의 판관원 검사가 싸울 힘을 잃은 채 갈대밭을 굴렀다.

채앵! 채채채채챙!

가장 빠르고, 사나운 싸움은 엽단평의 싸움이었다. 전조검법 대 전조검법이다. 단운룡은 엽단평을 거들지 않았다. 대신 강설영 쪽을 돌아보았다.

‘엄청나군!’

과연이란 말이 절로 나온다.

저것이 사패 무공의 힘이다. 강설영의 몸이 회전하고 있다. 등을 돌리며 짧게 끊어 밀어낸다. 마치 광혼고처럼. 판관원 검사 하나가 팔다리를 가누지 못한 채 공중으로 튕겨 올라가는 모습이 보였다. 무지막지한 무공이다. 죽지 않을까 걱정이 들 정도다.

쾅!

벌써 끝이다. 다섯에서 여섯. 전부 다 싸울 의지를 잃어버렸다. 콜록거리며 부들부들 몸을 일으키는 자, 의식을 잃고 드러누운 자, 검을 놓친 채 손목을 부여잡고 있는 자, 무릎을 꿇고 땅바닥에 시선을 준 자. 제각각의 모습으로 패배의 씁쓸함을 보여준다. 대단하다. 너무 대단하다 보니, 놀라움보다는 허무함으로 각인되는 광경이었다.

"이제 하나 남았나요?"

검사들 사이로 걸어오며 산뜻한 목소리로 말하는 그녀다. 정말 대단하다. 아무렇지 않은 표정으로 이 상황을 그야말로 당연하게 받아들인다. 호흡 하나 흐트러지지 않았음은 물론이요, 포공사 판관원 검사들을 박살 내놓고도 전혀 걱정하지 않는 것 같다. 판관원 검사들을 뿌리치기 위해서는 도움이 필요할 것 같다 했을 때 '알겠다' 하고 아무렇지 않게 대답했던 것과 완전히 똑같은 표정이었다.

"그래, 하나 남았다."

그녀가 다가와 단운룡의 옆에 섰다. 엽단평은 물러나고 전진하기를 반복하면서 판관원 검사와 치열한 공방을 주고받고 있었다. 망설임을 깨끗이 씻어버린 손속이다. 판관원 검수라면 포공사 전체를 통틀어도 정예라 할 수 있을 터인데, 엽단평은 그런 그와 평수에 가까운 검공을 선보이고 있었다.

"지겹다. 우리가 끼어들어서 그냥 끝낼까?"

옆에서 말한 이는 막야흔이었다. 단운룡이 잠시 그에게 시선을 주었다. 그러고는 강설영을 돌아본다. 단운룡이 결정을 내린 듯, 아니면 엽단평에게까지 들으라는 듯 짐짓 큰 목소리로 말했다.

"아니다. 저건 그의 싸움이야."

엽단평에게 일임하겠다는 뜻이었다. 판관원 검사 하나쯤은 쓰러뜨리고 가라. 그것으로 진짜 의지를 보이라는 의미다.

챙! 까아앙!

고조되는 병장기 소리는 그에 대한 대답과도 같았다. 암무회전 결승에, 이어진 추격전으로 체력이 고갈될 만도 했지만 그의 검끝은 여전히 생기가 넘치고 있었다. 정신력의 힘이다. 누군가 그를 믿어주고, 누군가 그에게 길을 열어준다. 단전에서 올라오는 내공보다 더 강한 힘이 그와 함께하고 있다. 가슴 속 깊은 곳에서 발해지는 힘이었다.

채챙! 스각!

흐름을 탄 기세, 앞으로 지나치게 전진했던 것일까. 심상치 않은 소리가 허공을 갈랐다. 무언가 날카롭게 잘려 나가는 소리다. 엽단평의 머리가 갈라지고 있다. 아니, 갈라지는 것처럼 보였다.

갈라진 것은 머리가 아닌 죽립이다. 위험천만, 종이 한 장 차이 움직임에 죽립이 반으로 쪼개지고 있었다.

"심안 수련자? 암검을 다루면서 이 정도 검공이라고?"

눈을 가린 천을 보고 판관원 검사가 내뱉은 말이다.

암검(暗劍). 포공사에선 검의 성취에 따라 흉검(胸劍), 안검(眼劍), 암검(暗劍), 지검(智劍), 판관검(判官劍), 정검(正劍),

협검(俠劍)의 칠검(七劍)을 말한다. 암검이란 심안을 익히기 위해 눈을 가리고 다니는 상태. 즉, 세 번째 수준밖에 되지 않는다는 소리다.

판관원 검사가 되려면 최소한 다섯 단계는 충족을 시켜야 한다. 검을 아는 것을 넘어서서 검을 휘두를 때 완벽한 판단을 내릴 수 있는 상태가 곧, 판관검이다. 적어도 그 이상의 성취를 이룬 자만이 판관원 검사가 될 수 있었다.

"지검의 영역을 넘어선 지 오래였으면서, 포공의 검사들을 기만하기까지 하는 것이냐?"

"그런 것이 아닙니다."

"갈!! 무공의 성취를 속이고 심안 수련자를 가장하다니! 심성이 그릇된 자, 죄질이 나쁠 수밖에 없다! 내 반드시 너를 쓰러뜨리고 말리라!"

판관원 검사의 검끝이 흔들리고 있었다.

심안 수련자가 판관원 검수와 검을 나눌 수 있다는 것은 다른 의미가 아니다. 그의 말처럼 심안 수련자가 자신의 성취를 속인 것이거나, 심안 수련 중에 재능의 발현으로 단계를 뛰어넘는 성취를 이루었다는 이야기가 된다.

판관원 검사 입장에서는 전자를 말할 수밖에 없다. 자신이 심안 수련자였을 때에는 엽단평만큼의 실력이 없었기 때문이다. 어떤 것에도 흔들리지 않는 정검의 성취를 얻지 못한 자, 판관검의 한계가 거기에 있었다.

챙! 쩌어엉!

다섯 합의 부딪침.

　승부를 가른 것은 무공이 아닌, 마음의 힘이었다. 판관원 검사의 검이 중간부터 부러지며 하늘을 날았다. 혼자만 남았다는 다급함. 심안 수련자, 까마득한 후배에게 질 수도 있겠다는 불안감이 판관원 검사의 발목을 잡은 것이다.

　"은혜와 죗값은 훗날 반드시 갚겠습니다."

　엽단평이 깊이 포권을 하며 말했다. 판관원 검사의 얼굴엔 패배감이 가득했다. 엽단평이 갈대밭 저편으로 발을 옮겼다. 단운룡과 강설영, 그리고 막야혼이 그 뒤를 따랐다. 네 사람이 멀어지는 갈대밭에 하염없는 바람만이 쓰러진 포공의 검사들을 위로하고 있었다.

　추격은 뿌리쳤지만 그걸로 끝이 아니었다. 얼마 지나지 않아 다시 발이 묶이고 만다. 단운룡이 그 원인이다. 더 정확히 말하자면 섬영 때문, 아니, 광극진기 때문이었다.

　"……!!"

　문제는 섬영을 풀자마자 발생했다. 가랑비에 옷 젖는 줄 모른다고 했었던가. 섬영을 풀고 난 뒤 생긴 내상이 곧 그와 같았다. 순속이나, 저번에 발동했던 뇌신 때와는 양상이 또 다르다. 독극물에 닿은 물체가 부식되는 것처럼 광범위하고 무차별적인 손상이 일어나고 있다. 온몸의 기혈이 녹아버리는 것 같다. 숨이 턱턱 막히고 의식이 흐려진다. 고통은 말할 것도 없었다.

　"허억!"

　털썩.

　급기야 주저앉고 마는 그다. 그때서야 변고를 느낀 세 사람이 다급하게 그의 곁으로 몰려들었다. 무릎을 꿇고 두 손으로 버티던 단운룡이 결국 앞으로 기울어지고 만다. 땅바닥에 머리를 박는 '쿵' 소리가 사방을 울리는 듯 크게 들렸다.

"이거 왜 이러는 거야?"

막야흔이 엽단평을 돌아보며 소리쳤다. 하나 엽단평이 그 이유를 알 리 없다. 대답한 것은 강설영이다. 그녀가 쓰러진 단운룡 앞에 꿇어앉으며 말했다.

"정신을 잃었어요. 내상을 입은 것 같아요."

단운룡의 얼굴은 창백했다. 마치 하얀 돌덩이 같다. 얼핏 보기엔 죽은 사람처럼 보일 정도였다.

"특별히 타격을 받은 적은 없었을 텐데요."

"맞습니다. 판관원 검사들은 그를 건드리지도 못했습니다."

엽단평의 대답이다.

그의 말에 막야흔이 눈살을 확 찌푸렸다. 누구한테 당한 것도 아닌데 갑자기 쓰러졌다? 막야흔은 그것이 뭔지 알고 있다. 직접 자신의 몸으로 겪어본 일이었다.

"설마……!"

막야흔의 입에서 침음성이 흘러나왔다.

신풍을 펼쳐 엽단평을 꺾은 직후, 막야흔은 지옥과도 같은 고통을 느꼈었다. 단운룡이 전해준, 광극진기라는 내공 때문이었다.

"설마라니… 뭔가 아는 게 있나요?"

"있지. 그건 이놈의 내공 때문일 거다."

"내공이요?"

"광극진기라고 했다. 광신마체라는 비결을 쓰고 나면 내상을 입는다. 이번에도 쓰고 있었던 모양이야. 골치 아픈 무공이다."

막야혼의 말투는 단운룡의 그것처럼 건방지기만 했다. 하나, 강설영은 그런 것을 전혀 개의치 않았다. 그녀는 오직 단운룡만을 내려다보고 있을 뿐이다. 그녀가 이내 엽단평을 올려보며 말했다.

"앉혀서 좀 버텨줄래요? 내 내력으로 한번 바로잡아 볼게요."

엽단평은 지체없이 그녀의 말을 따랐다. 바로 몸을 숙여 단운룡의 어깨 밑을 안아 올렸다. 앉은 자세, 단운룡은 정신을 잃고 축 늘어진 채다. 강설영이 단운룡의 등 뒤에 손을 올렸다. 명문혈이었다.

"후우우우."

나지막한 숨소리로 정신을 집중한다. 기감을 느끼고 내력을 모은다. 단운룡의 기(氣)를 그녀의 내공과 동조시키는 작업이다. 흐름을 읽어야 내공을 주입할 수 있다. 조금씩 흘려보내는 기가 그녀의 머리 속에 한 폭의 지도를 그려낸다. 광극진기의 경로, 기혈의 흐름을 나타내는 지도였다.

"……!!"

변고가 생긴 것은 바로 그때였다.

부드러웠던 그녀의 미간이 일순간에 좁혀졌다. 찌푸려지는 얼굴이다. 맑기만 하던 이마가 확 어두워졌다. 투명했던 피부에 푸른 실핏줄이 돋아나고 있었다. 중독이라도 된 듯한 얼굴이다. 호흡마저 흐트러지는 중이었다.

"무슨……?"

엽단평의 얼굴이 굳어졌다. 뭔가 잘못된 것이 틀림없는 까닭이다.

"어떻게 된 거야?"

막야혼이 눈살을 찌푸린 채 물어왔다. 하나, 엽단평으로서도 대답해 줄 말이 없다. 사단이 생긴 이유를 전혀 모르기 때문이었다.

"주화… 입마?"

강설영의 몸이 떨리고 있었다. 내상을 입고 있는 듯하다. 평온과 정심으로 해야 할 운기가 불안정하게 흔들리고 있다. 예사로운 일이 아니었다.

"어떻게 하지?"

"지금으로서는 방도가 없소."

속수무책이다. 여기서 잘못 건드렸다가는 돌이킬 수 없는 일이 생길지도 모른다. 전전긍긍, 엽단평과 막야혼은 기다리는 것 외에 할 수 있는 일이 없었다.

턱.

한순간, 부들부들 떨리던 강설영의 팔이 딱 멈추었다. 그러더니 잡혀 있던 팔을 뿌리치듯 몸 전체를 뒤로 뺐다. 마치 튕겨 나온 것과 같은 모양새였다.

"흐읍……!"

그녀가 뒤쪽으로 한참이나 물러났다. 왼손으로 오른 손목을 부여잡은 채 큰 숨을 들이켜는 그녀다. 한줄기 기침이 이어졌다.

"콜록."

한줄기 핏물이 입가에 배어 나온다. 하나, 그녀는 그런 것을 의식조차 못하는 것 같다. 닦을 생각도 하지 않는다. 크게 뜬 눈동자엔 그저 경악과 불신의 기색만이 가득했다.

"이 내공은……!"

피를 토할 정도의 내상이다. 그녀는 그 이상 말을 잇지 못했다. 대신 몸을 일으켜 무서운 무언가를 피하듯 두 걸음 물러났다. 경악으로 얼룩진 두 눈동자에는 공포와 두려움마저 엿보일 정도였다.

"무슨 일이오?"

차분하게 물어오는 이는 엽단평이었다. 진중한 목소리에 정신을 차린 듯 강설영이 마음을 가라앉히며 숨을 가다듬었다. 계속 부여잡고 있었던 오른손을 풀고 입가를 닦는 그녀다. 그녀가 단운룡을 내려다보며 말했다.

"두 사람, 단 공자에 대해 얼마나 알고 있죠?"

엽단평과 막야흔이 서로를 돌아보았다. 엽단평은 눈을 가리고 있음에도 눈이 보이는 사람과 똑같이 행동하고 있다. 눈동자가 실제로 마주친 것처럼 엽단평과 막야흔이 동시에 고개를 돌렸다. 막야흔이 먼저 입을 열었다.

"만난 지 얼마 안 됐다. 뭘 알겠나?"

"마찬가지요. 거의 아는 것이 없소."

"그럼 묻겠어요. 혹시 단 공자의 사문이 어딘지 이야기한 적 있나요?"

이제 어느 정도 호흡이 안정된 그녀다. 그녀가 두 사람을 돌아보았다. 막야흔과 엽단평은 똑같이 고개를 설레설레 흔들고 있었다.

"못 들어봤다는 이야기군요."

"내상을 입은 것 같은데……."

"맞아요. 단숨에 엉망이 되었죠."

"진기의 상충… 이오?"

"상충이라……. 그런 정도가 아니에요, 단연코."

엽단평은 내공의 상충을 말했다. 하지만 그녀는 그런 수준이 아니라 말한다.

"그런 정도가 아니라니……."

"어떻게 표현해야 할지 모르겠어요. 단 공자의 진기는 제 진기와 성질이 완전히 달라요. 상극이라 해야 할까요? 처음에는 받아들이는가 싶더니, 한순간에 쳐들어오기 시작했죠. 그래요. 그냥 섞이지 않은 정도가 아니라, 쳐들어온 것이 맞아요. 제 진기를 단숨에 와해시키며 기혈들을 공격해 왔으니까요. 원수라도 만난 것처럼 말이에요."

"공격을 받았다, 이 말이오? 하지만 단 공자는 지금 정신이 없지 않습니까."

"달리 말할 도리가 없어요. 보세요. 전 내상까지 입었어요. 단 공자의 진기는 아주 미약했지만, 제가 가진 진기를 너무도 손쉽게 부수고 들어왔죠. 말도 안 되는 일이에요. 전 지금껏 이런 내상, 한 번도 입어본 적이 없어요."

그녀는 정말 굉장히 많이 놀란 듯했다. 횡설수설하고 있다

느낄 정도다. 그녀도 스스로가 너무 당황한 모습을 보였다 느낀 모양인지, 그녀가 막야흔과 엽단평을 한 번씩 돌아보고는 이내 입을 다물었다. 그녀의 눈동자가 끊임없이 흔들리고 있었다.

'대체 그건 뭐였지? 마치 약점을 알고 있는 것 같았어.'

그녀도 몰랐다. 천룡무제신기에 그런 약점들이 있었는지, 그런 식으로 맥이 끊길 수 있는지. 공격을 받고서야 처음 알았다.

'어떻게 그럴 수가 있는 거야……'

무적인 줄로만 알았다. 천룡무제신기는 그녀가 지닌 모든 힘의 근원이었다. 그 어떤 내공도 천룡무제신기보다 강할 수는 없었다. 그게 그녀가 가졌던 신념이자 확신이었다.

하지만 단운룡의 내공은 그 신념을 뿌리부터 뒤흔들고 있었다. 스스로 살아 있는 듯 움직이면서 그녀조차도 몰랐던 약점들을 일일이 공격해 들어왔던 것이다. 침투해 온 진기가 더 많았더라면 아마도 치명적인 내상을 입었을 것이 틀림없었다.

'더 강한 내공이다? 아니야. 그런 문제가 아니야.'

강력하고 복잡한 초식이 미약하고 간단한 일격에 맥을 못 추고 무너지는 경우가 있다. 흔치는 않아도 종종 볼 수 있는 일이다. 뛰어난 고수임에도 한참 약한 무인에게 당하는 경우가 있다. 어려운 문제라고 해답까지 복잡하리란 법은 없다. 이백 자 문제에 대한 한 글자 해답이다. 파훼법을 말함이었다.

서로 상극인 초식이 있다. 약점을 알고 공략해 들어오니 막을 수가 없다. 상극인 초식이 있다면, 상극인 내공도 있다. 물이 불을 이기고, 불이 나무를 이기는 것처럼 내공 대결에서 한 쪽이 무조건 우위를 점하게 되는 일이 종종 발생한다. 공력의 심후함을 떠나 내공 자체가 지닌 속성이 그러하기 때문이다.

상성이 나쁜 쪽이 강한 쪽을 이기려면 그야말로 압도적인 공력이 있어야만 한다. 지금 금방 그녀가 단운룡을 뿌리칠 수 있었던 것도, 경미한 내상에 그칠 수 있었던 것도 그녀의 공력이 훨씬 더 깊지 않았더라면 불가능한 일이었다.

만에 하나 단운룡 쪽의 공력이 더 심후했더라면, 그녀는 절대 뿌리칠 수 없었을 것이다. 기혈 전체가 초토화됨은 물론 내공 전체를 잃어버렸을 가능성도 배제할 수 없다.

'천룡무제신기에 파훼법이라는 것이 존재한다면… 그것이 바로…….'

그녀가 내린 결론은 그러했다.

막야흔은 단 공자의 내공을 광극진기라 불렀다.

광극진기.

그녀로서는 절대 잊어버릴 수 없는 이름이 될 것이다. 천룡무제신기를 그런 식으로 공격할 수 있는 내공은 온 천하에 그것 하나밖에 없다. 없어야만 했다.

"내가… 한번 해보겠소."

그녀의 상념을 깬 자는 엽단평이었다. 그녀가 그를 돌아보았다. 막야흔이 눈썹을 치켜 올리며 되물었다.

"네놈이 해보겠다고?"

"이대로 방치해 둘 수는 없으니 말이오."

"이봐, 누가 당했는지 보라구. 네놈까지 당하면 골치 아파져."

“내상을 입은 것은 아마도 소저의 독문무공 때문일 거요. 제가 익힌 내공은 청천심법이오. 진기가 순탄하고 유장유굴(柔長柔屈)의 성정을 지니고 있소. 다른 진기와 상충되는 일이 좀처럼 없고 요상(療傷)의 효과가 탁월한 편이오.”

“하! 그렇게 자신있나?”

“어느 정도는.”

“정 그렇다면 어디 한번 해봐. 말릴 이유가 없지.”

그녀는 다소 멍해진 표정으로 그저 엽단평을 지켜보고 있을 수밖에 없었다. 엽단평이 단운룡을 돌려서 바로 눕혔다. 그러더니 그 옆에 꿇어앉아 오른손 손바닥을 쇄골 사이 천돌혈 위에 감싸듯 올려놓고, 왼손 손바닥을 명치 중완혈 위치에 누르듯 얹어놓았다.

“특이한데? 명문혈을 안 써?”

“우리는 아니오.”

눈살을 찌푸리는 막야흔에게 엽단평이 대답했다. 청천심법 특유의 요상법인 것 같다. 엽단평이 입을 닫고 숨을 깊이 들이쉰다. 끊임없이 들이쉬는 것이 호(呼)없이 흡(吸)만 하는 듯했다.

“오호라… 괜찮은걸.”

막야흔이 작은 목소리로 강설영을 돌아보며 말했다. 말 그대로다. 엽단평은 계속 진기를 흘려 넣고 있다. 기식이 엄엄하던 단운룡의 호흡이 점차 안정을 찾아가고 있었다.

“된다. 된다.”

기뻐하기라도 하는 것일까. 막야흔의 목소리에 담겨 있는 것은 반가움에 다름이 아니었다. 계속되는 운공에도 엽단평의 신색은 평온하기만 했다. 긴장한 채 손을 올려놓았던 것과는 전혀 다른 표정이었다.

어차피 발이 묶인 상황임에, 막야흔과 강설영도 그 자리에 선 채 입공으로 호흡을 정돈했다. 반 시진 넘게 흐른 것 같다. 지루한 시간이 지나고, 엽단평이 '후우우우' 하고 긴 숨을 내쉰다. 그가 손을 떼고 일어나며 말했다.

"일단 급한 불은 껐소. 아주 독특한 진기요. 기혈을 미친 듯 파괴하는 것 같지만, 그러면서도 일각에서는 손상된 곳을 수복하려는 성질이 엄청나게 강하오. 내부에서 파괴와 수복이 급격하게 반복되고 있소."

엽단평은 아무런 내상을 입지 않았다. 엽단평의 내공과는 충돌하지 않았다는 뜻이다.

천룡무제신기를 압박해 들어오던 그 특질.

오직 천룡무제신기만을 노리는 고유의 공격성.

그것이 시사하는 사실은 단 하나다.

광극진기는 천룡무제신기를 목표로 한 내공이다. 천룡무제신기를 상대하기 위해 만들어진 것이 틀림없었다.

'단 공자, 대체 당신의 정체는 무엇인가요?'

그녀가 단운룡을 내려다본다.

어여쁜 두 눈동자에 걱정과 두려움을, 그리고 풀리지 않는 의문을 가진 채로.

엽단평이 단운룡을 들쳐 올리는 것이 그런 그녀의 두 눈에 비쳐든다.

다시금 발을 옮기는 그들.

그녀는 두 사람의 뒷모습이 한참 멀어진 다음에야 발을 뗀다. 결심이라도 한 듯 그녀의 발걸음엔 일단 끝까지 가보겠다는 굳은 결의가 담겨 있었다.

＊　　　＊　　　＊

"저 새끼들, 뭐 이렇게 빨라!"

그들은 멀리 오지 못했다. 어찌어찌 적벽을 벗어나긴 했지만, 실제 거리론 얼마 되지 않는다. 말을 타고 한나절만 달리면 다시 적벽으로 돌아갈 수 있는 거리였다.

"아주 돌아버리겠다. 진짜!"

막야흔은 연신 욕지거리를 내뱉고 있었다. 먼지를 잔뜩 뒤집어쓴 채로 나무 한 그루 제대로 서 있지 않은 황량한 대지를 내달리는 중이다.

"저들이 그리 빠른 것은 아니죠. 우리가 느린 거예요."

강설영의 입장에서는 답답하기도 했을 것이다. 막야흔이나 엽단평이나 지닌바 경공이 그녀보다 한참 밑이었던 까닭이다.

그녀로서는 더 빨리 움직일 수 있음에도 온종일 그들의 속도에 발을 맞추어야 할 판이었다. 행동을 함께하기로 한 이상 어쩔 수 없는 일이었지만, 그래도 골치 아픈 일임에는 틀림이 없었다.

"압박해 오는 움직임이 상당히 능숙해 보이네요. 포공사 무인들은 다들 그런가요?"

"그렇소. 포공사는 본디 범죄자들을 잡아서 벌하던 관가의 무인들을 기반으로 세워진 문파였소. 무공을 익힌 이 모두가 훌륭한 추격자들이라 할 수 있소. 일단 시야에 걸린 이상 좀처럼 뿌리치기 힘들 거요."

엽단평의 대답이다.

그의 말마따나 그들은 놀랍도록 뛰어난 추격 기술을 지니고 있었다. 포공사의 무인들은 굉장히 빨랐고, 몹시도 집요했으며, 게다가 조직적이기까지 했다. 대단히 효율적인 추격망을 펴고 있는데, 언제 그런 인원이 동원되었나 싶다. 그들의 안마당인 안휘성이 아닌 것을 감안하면 실로 엄청난 기동력이라 할 것이다.

"숫자가 많아요. 얼마나 동원된 거죠?"

강설영이 물었다. 단운룡을 짊어지고 있던 엽단평이 후방을 한 번 둘러보았다. 황무지 멀리로 말을 달려오는 듯 먼지 구름이 일고 있다. 잠시 동안 숫자를 가늠하던 그가 이내 결론을 내리고는 천천히 입을 열었다.

"상황으로 볼 때, 포공사에선 일급 범죄자에 준해서 무인들을 투입한 것 같소. 일급 범죄자를 추적할 때는 정보원을 비롯한 하부 집단들을 포함해서 최소 이백 명 정도가 움직이게 되어 있소. 실제로 조를 짜서 공격을 해오는 자들은 백 명 정도로 생각되지만."

"백 명이라고? 그보다는 많지 않나? 지금 저 뒤에 오는 놈들만도 오십은 되어 보이는데?"

되묻는 건 막야흔이다. 짜증이 머리끝까지 올라와 있는 말투였다.

“저 기마무인들은 포공사의 청곤대(靑棍隊) 무인들이오. 청곤대는 움직일 때 언제나 숫자가 많아 보이도록 대열을 짜도록 되어 있소. 심리적인 압박을 가하기 위해서요.”

“쳇! 별 짓거릴 다 하는군.”

막야혼이 ‘퉤’ 하고 침을 뱉었다. 그런 막야혼을 잠자코 보고 있던 강설영이 옆으로 고개를 돌렸다. 그녀가 엽단평에게 물었다.

“언제쯤 공격이 들어올까요?”

“한 시진 내로 올 거요. 지금까지 이쪽에서는 한 번도 살수를 쓰지 않았소. 이쪽이 손속에 사정을 둔다는 것을 그들도 이젠 충분히 눈치 챘을 것이오. 마음 놓고 따라붙을 여지를 남겨 둔 셈이라오. 이제부턴 자주 공격을 시도해 올 거요. 소모전으로 나올 공산이 크다는 이야기요.”

살수를 쓰지 못한다.

그들이 직면한 가장 큰 문제가 그것이었다.

강설영의 무위라면 그 누가 와도 박살 낼 수 있다. 하나, 그들은 추격자들을 죽일 수 없다. 그들의 목적은 그들을 뿌리치는 것뿐이지, 원한을 쌓기 위함이 아니기 때문이었다.

“그냥 다 죽이고 갈까?”

막야혼이 역정을 냈다. 하지만 그것은 말뿐이다. 막야혼은 지금껏 이들 포공사와 부딪치면서 단 한 번도 살초를 함부로 휘두른 적이 없다. 그도 바보라는 말이다. 화를 낼지언정, 어울리지 않게도 엽단평의 입장을 충분히 헤아려 주고 있는 것으로 보였다.

"그래서야 곤란하죠. 하지만 뭔가 돌파구가 있어야 한다는 것은 동감이에요."

이제 강설영의 시선은 엽단평이 짊어진 단운룡에게 머물러 있었다.

아직도 정신을 차리지 못한 단운룡이다. 내공 때문에 마음에 걸리는 것이 이만저만이 아니다만, 그래도 그는 훌륭한 전력이다. 그가 깨어나 있었더라면 상황이 조금은 달라졌으리라.

'어쩔 수 없지.'

경공을 쓰며 내달리고, 걸을 때는 힘을 비축하면서 끊임없이 앞으로 나아갔다. 그렇게 또 한 시진이 지났다. 엽단평의 말은 정확했다. 뒤로 따라붙던 먼지구름이 급속도로 가까워온다. 지축을 울리는 말발굽 소리가 등 뒤로 바싹 다가오고 있었다.

"온다!"

막야흔의 경호성이다. 강설영이 고왔던 미간을 좁히며 주먹을 말아 쥐었다.

'기마들보다도 느리다니……!'

그녀의 불만은 다른 것이 아니었다. 그녀 혼자만 움직이고 있었더라면 기마 따위에게 따라잡힐 리가 없었을 게다. 아니, 애초부터 이런 추격전 자체가 성립이 되질 않았으리라.

하지만 지금은 지금이다. 불만을 토로하기보다는 행동이 먼저다. 강설영이 몸을 돌리며 달리던 방향을 급선회했다.

두두두두두!

이십여 기 기마무인들이 그녀의 두 눈에 비쳐들었다. 공격 시점, 적들의 숫자 모두가 엽단평의 예측대로다. 그녀가 짓쳐든다. 그녀의 신형이 말발굽 소리를 반으로 갈랐다.

퍼엉! 히히히히힝!

아무리 쫓아와도 소용없다. 몇 번을 덤벼도 마찬가지다. 그들은 비록 쫓기고 있었지만, 잡힐 뻔한 위기에 처한 적은 한 번도 없다. 강설영이 있기 때문이다. 그녀의 일장에 기마 한 마리가 목을 꺾고 옆으로 넘어진다. 무지막지한 장법이었다.

"둘러싸라!"

누군가 소리친다. 하나 그 역시도 속절없는 외침이다. 작은 체구 호리호리한 몸매로 내려치는 일장엔 천 근의 힘이 실려 있었다.

뻐억! 푸륵!

또 한 마리 기마가 두 앞다리를 꺾고 무너졌다. 굴러 떨어지는 무인의 목숨을 걱정해 줘야 할 판이다. 행여 죽기라도 한다면 골치 아픈 일이 생길 게다. 싸우는 것보다 죽이지 말아야 한다는 사실이 더 신경 쓰였다.

'살았어.'

먼지를 뒤집어쓴 채 비척비척 일어나는 것을 보고서야 안심이 된다. 그녀가 지체없이 몸을 날렸다. 청곤대, 기마무인들은 끝부분이 푸른색으로 칠해진 장봉(長棒)을 장비하고 있었다. 뛰어올라 발끝으로 돌려 차니 굵은 목봉이 단숨에 부러져 나간다. 공중에 뜬 채로 다시 한 번 몸을 뒤집으며 발끝

을 내리찍는데, 마치 자유자재로 하늘을 날아다니는 것 같았
다.

빠악!

또 한 명이 기마 위에서 굴러 떨어졌다. 다행이다. 이번에도
죽지 않았다. 그녀가 땅으로 내려서며 신형을 회전시켰다. 옆
을 스쳐 지나가는 기마에 몸을 던지듯 등부터 뛰어들었다. 안
장을 올린 기마의 옆구리 어림에서 '퍼엉!' 하는 타격음이 터
져 나왔다. 강맹하기 짝이 없는 고법이었다.

히히히힝!

기마가 통째로 옆으로 기울어졌다. 소녀의 작은 몸이 거대
한 기마를 단숨에 쓰러뜨리는 광경은, 경이로움 그 자체다. 가
장 큰 경이는 그런 움직임이 너무나도 자연스러워 보인다는 사
실일 것이다. 곧바로 몸을 날리며 일격으로 기마 하나씩을 쓰
러뜨리는데, 조금도 무리한다는 느낌이 없었다. 여유마저 느
껴질 정도였다.

"퇴각! 퇴각이다!"

후퇴 명령이 떨어지기까지는 오래 걸리지 않았다. 순식간에
열 기 정도가 전투불능이 되었다. 굴러 떨어진 부상자를 수습
하려고 보니, 싸울 수 있는 기마무인이라고 해봤자 두세 기가
채 안 된다. 당장 퇴각하지 않고는 못 배길 상황이었다.

강설영은 그들을 쫓지 않았다. 쫓을 이유가 없었다. 곧바로
몸을 돌려 막야흔과 엽단평 쪽으로 경공을 전개했다. 막 한판
벌여보려고 했던 막야흔이었지만, 그는 칼을 뽑을 기회조차 없
었다. 잠깐 구경하고 보니 상황 종료다. 그녀가 너무나도 빨리

끝내 버린 까닭이었다.

"가요."

앞장서며 뱉어놓는 강설영의 말에 막야흔이 '허어' 하는 헛웃음을 흘렸다. 이젠 놀랄 것도 없다. 그녀는 엄청나게 강하다. 인정하지 않으려야 인정할 수밖에 없었다.

길이 막힌 것은 한수(漢水)에 이르러서다.

한수를 건너기 위해 남한진이란 작은 나루터를 찾았다. 황무지를 가로질러 온 고로 모두가 먼지를 뒤집어쓴 상태였다. 문제다. 안 그래도 눈에 띄는 모습들임에 우리는 심상치 않은 이들이요 하고 온몸으로 외치고 있는 듯하다. 막야흔의 기세등등한 걸음걸이는 약과다. 천으로 눈을 가린 엽단평이 늘어진 단운룡을 들쳐 메고 걸어간다. 앞장선 것은 지저분한 먼지로도 미태를 가릴 수 없는 앳된 처녀라……. 마주치는 모든 이들이 다시 한 번 그들을 돌아보고 있었다.

"이미 선수를 빼앗겼습니다. 배는 못 구하겠어요."

나루터는 어수선했다.

배를 구하는 곳엔 이미 포공사의 무인들이 진을 치고 있었다. 단순히 진을 치고 있는 것뿐이라면 상관없지만, 그들은 그저 그곳을 지키고 있는 수준이 아니다.

배가 없었다.

포공사 무인들이 배란 배는 싹 쓸어서 한수의 물결 위로 나가 버린 까닭이었다. 단 한 척도 찾을 수가 없다. 발이 묶인 사람들이 나루터에서 발을 동동 구르고 있다.

그들도 아는 것이다. 그 정도로는 그들이 추격하는 이들을 막을 수 없음을 말이다. 싸움으로 잡을 수 없으니 수렁에라도 빠뜨리고 보겠다. 무슨 수를 써서라도 잡겠다는 의지의 표현인 듯했다.

"낭패다……."

여기까지 오면서 몇 번이나 싸웠는지 모른다. 일방적인 격파에 다름이 아니었지만, 그래도 싸움은 싸움이다. 체력이 소진되기엔 충분하고도 남았다. 강설영이야 멀쩡했지만, 다른 둘은 아니다. 야금야금 피로가 누적되니 그들로서도 버틸 도리가 없다.

"여기서 이렇게 막히다니."

도저히 안 되겠다는 마음에 물길을 타려고 나루터까지 왔다. 그렇게 정작 오고 보니 배를 구할 수가 없는 것이다. 여유만만했던 강설영까지도 어깨가 축 늘어져 있을 정도였다.

"봐도 공격해 오지 않는군. 개새끼들. 이제 다 잡았다, 이건가?"

막야흔은 막말을 서슴지 않았다. 그의 말마따나, 포공사 무인들은 그들을 발견하고도 싸움을 걸어오지 않았다. 그저 나루터를 지키고 있으면 그만이라는 식이다.

그렇게 발을 묶고 고수들이 투입될 때를 기다린다.

남한진 밖으로 나가려 해도 여의치는 않을 게다. 이쪽으로 향하는 관도마다 까마득히 몰려들고 있을 게 뻔했다.

"결국, 피를 봐야……."

강설영이 나직한 목소리로 말했다. 엽단평의 얼굴이 미미하게 굳어졌다. 막야흔이 욕지거리를 내뱉는 거야 늘상 그랬던 것이니 신경 쓸 필요가 없었지만, 그녀가 이런 말을 한 것은 처음 있는 일이었기 때문이다.

"뭔가… 방법이 있을 거요."

엽단평이 꽉 눌린 목소리로 말했다. 강설영이 그런 그에게 고개를 돌렸다. 그녀의 두 눈은 맑으면서도 날카로웠다. 그녀가 천천히 입을 열었다.

"다음에 올 자들은… 얼마나 강하죠?"

"…그, 그것이……."

엽단평은 무척이나 곤란해하는 표정을 짓고 있었다. 이 노고는 따지고 보면 전부 다 엽단평 그 하나 때문이라 할 수 있다. 미안함을 느끼지 않고는 못 배길 상황이다. 아무런 상관이 없는 사람들을 이렇게나 말려들게 만든 스스로에게 큰 책임감을 느끼고 있는 듯했다.

"솔직히 말해요."

강설영이 다시 한 번 재촉했다. 엽단평이 이를 악물며 대답했다.

"…알겠소. 보통 이런 경우, 장로님들께서 나서시게 될 거요. 호광성은 노 장로님과 서 장로님 관할이니 두 분께서 오실 확률이 가장 높소."

물은 것은 강설영이었지만, 대답을 듣고 반응을 보인 것은 그녀가 아니라 막야흔이었다. 막야흔이 눈썹을 치켜 올리며 되물었다.

"노 장로, 서 장로? 그렇게 말하면 그들이 누군지 우리가 어떻게 알아?”

신경질이 가득한 목소리다. 엽단평이 미안하다는 듯 고개를 한 번 숙였다 들었다. 그가 침중한 목소리로 대답했다.

“찬천대협이라고 들어보셨는지 모르겠소.”

“찬천대협 노철성? 노철성이가 포공사 출신이었어?”

“장로 직을 맡고 계시오. 포공사라는 이름을 잘 내비치시지 않는 분이라 강호에선 그분이 포공사 출신이라는 것을 모르는 사람이 꽤 되는 걸로 알고 있소.”

“그럼, 서 장로라는 작자는 설마하니 천산대협 서관화?”

“예, 그렇습니다.”

“커허, 죽겠구만.”

막야흔이 고개를 설레설레 흔들며 말했다. 찬천대협과 천산대협은 진짜 유명한 고수다. 막야흔의 입에서 죽겠다라는 말이 나올 정도면 이미 말 다 했다. 안휘성 서부에서는 비견되는 이가 드물 만큼 명성이 대단한 자들이었다.

“찬천대협 이름은 들어본 적 있군요. 두 명이라면, 아무래도 멀쩡히 끝내긴 어렵겠어요.”

잠자코 두 사람의 대화를 듣고 있던 강설영이 말했다.

상황이 좋지 않다. 곱게 끝내긴 글렀다는 느낌이다.

“좋아요. 어차피 발이 묶인 이상, 좀 쉬죠.”

“쉰다니……”

“전 좀 씻어야겠어요. 호북의 먼지는 굉장히 독하네요.”

난데없이 씻어야겠다고 말한다. 막야흔과 엽단평이 서로를 돌아보았다.

"객잔부터 잡자구요. 당신들 두 사람도 이대로는 안 돼요. 그 두 사람이 오기 전까진 쳐들어올 생각이 없는 것 같으니 여유가 있을 때 최대한 회복해 두도록 하죠."

들고 보니 백번 옳은 말이다. 씻을 필요는 없어도 휴식을 취할 필요는 있다. 강설영이 먼저 앞장서서 허름한 이층 객잔 하나를 향해 성큼성큼 발을 옮겼다. 잘하는 짓인지 모르겠지만, 어쨌든 반가운 결정이다. 답답했던 추격전만큼이나 휴식이 절실했던 까닭이었다.

찰박찰박…….

객잔 건물 뒤편에는 욕실로 쓸 수 있는 별채가 하나 있었다. 은자 한 냥이란 거금 아닌 거금을 주고 따뜻한 물을 주문했다. 커다란 수통에 들어가 몸을 담그고 나니 그리도 마음이 편할 수가 없었다. 천국이 따로 없을 지경이었다.

"후우……."

문득 본 가에 있을 여은이 생각났다. 목욕 시중만큼은 참 잘 들어줬는데 싶다. 강설영도 여자는 여자다. 본 가의 화려한 욕실이 그리울 수밖에 없었다.

두두두두두!

희미하게 들려오는 소리.

"아아, 진짜……."

그런 여유도 잠깐이다. 그녀가 물속에 머리를 한 번 푹 담갔다가 뺐다. 그녀의 입에서 불평 섞인 목소리가 흘러나왔다.

"이번엔 또 뭐야. 정말 쉬질 못하겠네."

육중한 마차 소리가 저편에서부터 들려오고 있었다. 예사롭지 않은 느낌이다. 그냥 지나칠 마차가 아니다. 이 객잔을 목표로 달려오고 있는 것이 틀림없었다.

촤아악!

그녀가 미끈한 다리를 들고 수통에서 빠져나왔다. 소녀 같은 얼굴에, 놀라울 만큼 생기 넘치는 몸매다. 벽에 붙은 어둑한 등잣 불빛이 굴곡진 물방울로 은은하게 부서졌다.

그녀가 눈을 감고 한 번 숨을 들이켰다. 그녀의 몸에 묻었던 물기가 일순간에 수증기로 변해 흩어졌다. 욕실 전체가 희뿌옇게 변했다. 그녀가 한쪽에 벗어둔 옷가지를 향해 발을 옮겼다. 욕실의 수증기로 눅눅해진 먼지가 옷가지 전체에 하나 가득이다. 그녀가 그것을 집어 들더니 커다란 수통 안에 그대로 집어넣었다.

'할 수 없지. 급하니까.'

옷이 좀 망가지겠지만 어쩔 수 없다. 모처럼 씻었는데 이런 옷을 그냥 입을 수는 없다. 수면 위로 먼지가 둥둥 떠오르는 것이 보였다. 옷가지를 물속에서 몇 번 휘저은 다음, 단숨에 그것을 꺼내 올렸다. 촤아악, 바닥에 물방울이 쏟아졌다.

파아아아아!

옷가지를 잡고 내력을 모았다. 한순간 옷가지 전체에서 뿌연 증기가 퍼져 나왔다. 단숨에 몸에 묻었던 물기를 말린 것처럼 옷도 그렇게 말려 버린 것이다. 간단하게 빨래를 마무리한 셈이었다.

옷을 다 챙겨 입는 데에는 촌각의 시간도 걸리지 않았다. 머리카락은 짧은 천 쪼가리로 대충 묶었다. 욕실 건물 밖으로 나서자, 딱 시간에 맞춘 듯 커다란 마차 한 대가 객잔 앞에 멈추는 것이 보인다. 허리까지나 올까 싶은 나지막한 담벼락 위로 호화로운 마차의 측면이 높게도 비쳐들었다. 마차의 앞뒤로는 호위무사로 보이는 장한들이 기마를 탄 채 삼엄한 기운을 풍기고 있었다.

'설마하니, 그는 아니겠지.'

가장 먼저 떠오른 것은 유광명이었다. 하지만 마차는 유광명의 것이 아니었다. 마차엔 천룡상회 네 글자가 없었다. 무엇보다 수신호위 두 명의 기파가 느껴지질 않는다. 호위무사들이 제법 살벌한 기운을 풍겨내고 있다지만, 그 정도로는 한참 부족하다. 그녀에겐 일초지적도 되지 않을 자들이었다.

끼익.

마차 문이 열렸다. 죽립을 턱 끝까지 내려쓴 남자가 내려서고 있었다. 강설영의 두 눈에 이채가 감돌았다. 낯익은 기도였기 때문이다.

강설영이 발길을 옮겨 객잔 건물 뒷문으로 향했다.

욕실 건물과 이어지는 뒷문이다. 뒷문을 열고 들어갔다. 객잔 일층 탁자들 한가운데 막야흔이 있었다. 무슨 곁멋인지, 홀로 앉아 때 아닌 술잔을 기울이는 중이다. 그녀가 막야흔에게 잠깐 시선을 주고는 주렴이 드리워진 앞문 쪽으로 고개를 돌렸다.

차르르르륵!

시선을 돌리기 무섭게 주렴이 걷혀진다. 들어온 것은 다름 아닌 방금 마차에서 내린 죽립인이었다. 죽립인은 다른 쪽에 시선을 주지 않았다. 곧바로 막야흔 쪽으로 향한다. 죽립 밑으로 흘러나오는 목소리, 강설영의 눈에 떠올랐던 이채가 더 짙어졌다.

"겨우 따라잡았군."

"뭐냐, 그 꼴사나운 죽립은."

막야흔의 대답은 즉각적이었다. 친숙한 어조였다. 언제나 격식없이 말하는 그였으나 이번에는 조금 달랐다. 정말로 스스럼이 없다는 느낌이다. 오랫동안 알아온 자에게만 보여줄 수 있는 어투였다.

"궁상맞게 자작이나 하고 있는 자네보다는 낫겠지."

"그럼 어서 한잔 따라주기나 해."

막야흔이 술잔을 쭉 들이켜고는 빈 술잔을 죽립인에게 내밀었다. 죽립인이 한 손으로 술병을 들어 하나 가득 채워주었다. 빈 술잔을 들이미는 것이나, 술병을 기울여 가득 채워주는 것이 무척이나 익숙해 보이는 광경이었다.

"생각보다 멀리 못 왔어. 훨씬 멀리 갔을 줄 알고 포기할까 했는데."

"아아, 짐짝이 하나 있어서."

막야흔이 손가락으로 위쪽을 가리켰다. 이층 객실 안에 누워 있는 단운룡을 뜻함이었다.

"누가 다쳤나 보군. 그런데 왜지?"

"뭘 또 왜야?"

"어째서 엽단평을 도와준 거냐? 포공사까지 적으로 돌리면서.”

“어쩌다 보니 그렇게 됐어. 그보다, 죽립부터 좀 벗지 그래.”

죽립 아래에서 피식하고 웃는 소리가 새어 나왔다. 그가 죽립을 벗었다. 날카로운 눈매, 항상 뭔가를 꾸미고 있는 듯한 눈동자가 드러났다.

그가 이번에는 뒷문 쪽으로 고개를 돌렸다. 강설영 쪽이다. 그가 그녀에게 말했다.

“소상주께서도 이쪽으로 오시지요. 어찌 포공사의 추격을 감당했나 했더니, 아니나 다를까, 막강한 조력자가 있었구려.”

강설영이 그들 쪽으로 발길을 옮겼다. 막야흔의 옆에 앉은 그녀다. 그녀가 그를 똑바로 쳐다보며 무표정한 얼굴로 물었다.

“소상주라… 어떻게 알았죠?”

“꽤 어려웠소. 단서가 있어야지 말이오.”

“꽤 어려운 정도가 아니었을 텐데요. 만만치 않은 수완가로군요, 육 지부장.”

“그 정도는 해줘야지. 비무상왕이란 이름을 거저 얻은 것은 아니었으니까 말이오.”

그렇다. 막야흔과 강설영 앞에 앉은 자. 그의 이름은 육홍이다. 적벽에 있어야 할 그가 여기까지 와 있는 것이다.

“인사는 다 끝났나? 나도 좀 궁금한 게 있어서 말이야.”

막야흔이 두 사람의 대화를 끊고 나섰다. 강설영이 턱을 살짝 올리고는 입을 다물었다. 그녀도 할 말이 많지만, 거기서 일단락시키겠다는 뜻이다. 육홍이 천천히 막야흔에게 고개를 돌렸다. 그녀의 정체를 어떻게 알았는지 나중에 이야기하자는 암묵적인 동의였다.

"그래, 막야흔. 자넨 궁금한 것이 많을 거야."

"당신과 만나지 못하고 적벽을 떠나온 것이 못내 마음에 걸렸었지. 왜 그랬는가 물어봐야 했는데."

"왜 그랬냐라……. 무엇을?"

"시치미 떼지 마. 독까지 사용했으면서 뭘 그래? 그렇게 손해 보는 것이 무서웠나?"

"손해 보는 것은 항상 무서운 일이지. 하지만 독을 쓴 건 내가 아니다."

"당신이 아니라고?"

"그래."

육홍의 대답은 단호했다. 말문이 막힐 정도로 강경한 어조였다.

"그걸 지금 믿으라는 말이냐?"

"믿어줘야지. 그걸 이야기하려고 여기까지 온 거니까."

"뭐라?"

"말 그대로다. 잘못 생각하고 있을 것 같아서 쫓아왔다. 독, 암습. 내가 지시한 게 아니야."

육홍의 말투는 진지했다.

진실일까, 거짓일까.

어조만 두고 보자면 진심 같다. 하지만 막야흔은 육홍을 오랫동안 보아왔던 이다. 그가 어떤 사람인지, 그만큼 잘 아는 이도 드물 게다.

"당신은 말과 행동이 같은 자가 아니지. 당신은 결국 날 믿지 않았어."

"그래, 난 자네를 믿지 않았다. 맞아. 소상주에게 부탁하여 자네를 쓰러뜨려 달라고 했던 것도 나였지. 하지만 그전의 습격은 나와 무관하다."

"그래, 무관하다고 치자. 그래서 뭐가 필요하지?"

"뭐가 필요하냐고?"

"당신은 이득없이 움직이는 사람이 아냐. 뭔가 얻을 게 있으니까 온 거겠지. 한번 들어나 보자구. 뭘 해달라고 온 건지."

"그런 게 아니다, 막야흔."

"혹시 청류검인가 뭔가 하는 놈이 마음에 안 드는 거 아냐? 아아, 일이 꼬였다, 그거로군. 날 버리고 새로운 놈을 내보내려 했더니 포공사 샌님 녀석한테 깨져 버렸지. 그러니까… 돌아와 달라… 이거로군?"

"막야흔, 오해다."

"오해는 무슨. 난 이번에 많이 실망했어. 혹시 아는지 모르겠는데, 엽단평 그놈 나한테 깨졌다. 암무회전 시작하기 전에 무후사로 조용히 불러 박살을 내줬지."

비무상왕 육홍의 눈썹이 머리카락에 닿을 듯 치켜 올라갔다. 육홍이 놀란 목소리로 되물었다.

"자네가… 엽단평을… 이겼다고?"

"내가 순순히 암무회전에서 물러나 준 이유가 뭔데? 아직도 날 모르나? 적벽에서 난 최고였다. 그걸 확인도 안 하고 그냥 꼬리를 말 줄 알았던가?"

“엽단평을 꺾었다니… 소상주, 그게 진짜요?”

비무상왕은 그의 말을 도저히 믿을 수 없었던 모양이다. 진짜냐고 강설영에게까지 물었다. 그녀가 고개를 끄덕이며 대답했다.

“그렇다더군요. 이긴 게 맞아요. 어떻게 이겼는지는 모르겠지만.”

“무슨 소리! 내가 더 강했다. 그러니까 이겼지.”

육홍은 벌린 입을 다물지 못했다. 아무래도 진짜인 모양이었다.

엽단평을 이겼다면… 굳이 못 나가게 막을 필요가 없었던 것이 된다. 청류검이 패하면서 생긴 막대한 손해는 애초부터 입어야 할 손해가 아니었다는 말이 되는 것이다.

“허허…….”

다물지 못한 입에선 헛웃음만 나올 뿐이다. 엽단평이 청류검을 이긴 것만으로 충분하지 않았던가. 이번에는 막야혼이 엽단평을 이겼단다. 비무상왕의 화려한 명성에 두 번이나 흠집이 난 셈이다. 승패를 잘못 판단한 것은 그야말로 몇 년 만에 처음 있는 일이었다. 그것도 두 번 연속으로.

“엽단평을 이겼다니까 더 탐이 나는 모양이지? 하지만 대답은 부(否)다. 암무회전도 이젠 못해먹겠어. 싸우고 이기는 데 뭘 그렇게 재는 게 많아? 이긴 놈이 환호받고, 진 놈이 야유받는 것. 그게 전부다. 돈이고 뭐고, 사실은 다 필요없는 거야. 지나치게 번거롭단 말이다, 그 판은.”

“후우… 틀린 말은 아니다. 게다가… 자네가 엽단평을 꺾었다니, 솔직히 탐이 나. 하지만 이젠 안 되겠지. 자넬 처음 봤을 때 알았다. 암무회전에서 개죽음당하거나 더 큰 바닥으로 떠나거나 둘 중 하나라고 생각했었다."

"하! 그래서 순순히 놓아주겠다?"

"그래, 놓아줘야지. 난 자네 덕분에 이 위치에 올랐다. 자넨 날 어떻게 생각했는지 모르겠지만, 난 자넬 친구처럼, 그리고 은인처럼 생각하고 있다. 내 별호는 비무상왕이다. 사람들은 말하곤 하지. 굳이 자네가 아니라 누굴 선택했어도 마찬가지였을 거라고. 하나, 난 그렇게 보지 않는다. 자네였기에, 다른 사람이 아닌 오직 막야흔이었기 때문에 여기까지 온 거다. 자네에겐 처음부터 빛나는 무언가가 있었고, 암무회전을 벗어난 지금 그 빛은 눈이 부실 정도다. 자넨 잘할 거야. 넓은 강호에서도 통할 거다."

"무슨… 당연한 소릴."

어색한, 그러나 역시 그다운 대답에 육홍이 엷은 미소를 지었다. 어느 때보다도 순수해 보이는 미소다. 육홍이 슬쩍 강설영을 돌아보고는 다시 막야흔에게 눈을 돌렸다. 그가 차분하게 말을 이었다.

"소상주에게 자네를 막아달라 그랬던 것도 자네가 죽지 않길 바라서였다. 난 사람을 보는 눈이 제법 날카롭다고 자신하는 사람이다. 물론 소상주는 좀 달랐어. 소상주를 처음 보았을 때, 난 도통 뭘 원하는지 가늠할 수가 없었지. 이것 하나만큼은 확실했다. 소상주는 함부로 살심을 품는 이가 아니다. 단지 여자여서가 아니야. 그건 저절로 드러나는 천성이다. 소상주가 나선다면 피를 보지 않고도 자넬 막을 수 있을 거라 생각했다. 사실 상회의 암무회전의 이익을 위해서라면, 자네가 밖에서 죽었어야만 했어. 하지만 난 그렇게 둘 수 없었다. 자네가 죽는 건 싫었어. 자넨 비무에 목숨을 건 내 삶의 증거다. 그러니까 자넨 더 강해져야 해. 더 화려하고 더 빛나는 자가 되어서 언젠가 내가 만들게 될 더 큰 비무대회에 나오길 바란다. 이왕이면 전설의 명도(名刀) 한 자루쯤 들고서 말이다."

"당신에게… 이런 말을 듣게 될 줄은 몰랐군. 좋다. 내 약속하지. 꼭 다시 찾아가마. 하지만 융중상회 옷은 안 입을 거다. 그땐."

"마음대로 해. 나 역시도 융중상회에 계속 있을지는 모르는 일이니까."

육홍은 다시 한 번 웃었다.

그가 막야흔의 앞에 담긴 술잔을 바라보더니 품속에서 무언가를 꺼내 탁자 위에다가 올려놓았다. 막야흔의 이름이 새겨진 정교한 금패(金牌)였다. 이름 아래에는 용성은장의 직인이 뚜렷하게 음각되어 있었다.

"자네 몫의 돈, 일만 오천 냥을 용성은장에 맡겨두었다. 이 금패를 제시하면 용성은장 어느 분타에서든 일만 오천 한도 내에서 돈을 꺼내 쓸 수 있다. 자네가 융중상회에 벌어준 것을 생각하면 실로 얼마 되지 않는 돈이겠지만, 내 재량으로 꺼내올 수 있었던 것은 그게 한계다. 융중상회 쪽에서는 자네에게 한 푼도 내줄 수 없다는 입장이라서 말이다."

"일만 오천 냥이라고? 굉장한 호의잖아. 무리한 것 아냐? 당신이 내가 알던 그 비무상왕이 맞나 모르겠어."

"무리한 것 맞다. 하지만 그건 원래 자네 돈이야. 그 정도는 해줘야지."

"돈보다 급한 건 따로 있는데."

"그도 그렇지. 포공사는 대단해. 물길을 봉쇄했다더군."

육홍은 웃었다. 그 뻔뻔함, 일만 오천 냥은 엄청난 거금이다. 육홍이 그 돈을 빼내느라 얼마나 고생했는지는 오직 하늘만이 알 것이다. 그래도 좋다. 막야흔은 절대로 변하지 않을 게다. 적벽이 변하고, 세상이 변하고, 육홍 자신이 변해도 막야흔은 그대로일 것 같다.

"그것도 준비해 뒀다. 물길을 따라서 십 리 정도 서쪽으로 가면 융중상회 깃발이 달린 배가 보일 거다. 그걸 타고 가. 자네들을 기다리고 있다."

"오오, 진짜냐?"

"포공사는 만만치 않다. 하지만 자네의 출도니까 괜찮아. 그 정도는 요란해 줘야 어울려."

"고맙다, 여러 가지로."

순수한 우정은 없다.

돈으로 맺은 인연임에 오랫동안 서로를 이용해 왔다.

죽마고우라는 말을 한다. 이들은 죽마고우 같은 이들이 아니다. 하지만 어릴 적 친구보다 더 제대로 상대방을 이해하고 있다. 상대를 이해하기에 더 고마운 거다. 그리 진하지도 뜨겁지도 않지만, 담백하고 차갑기에 더 깊고 강한 유대감이 그들 두 사람에게 있었다.

　육홍이 이번에는 강설영을 돌아보았다. 그가 천천히 입을 열었다.

"그리고 소상주, 아까 하던 이야길 마저 하지. 소상주에 대한 것은 천룡상회에게 들었소. 천룡상회 유 회주는 소상주에게 관심이 무척 많은 것 같았소."

"그에게 들었다고요? 담 각주가 아니라?"

"담 각주? 담 각주라면 황학상회 담화삼?"

"예, 그 담 각주 말이에요."

"담가 녀석과 나는 앙숙이나 다름이 없소. 더불어 말을 나눌 이유가 없지."

"그 남자… 제가 누군지, 어디 출신인지 이미 알고 있었단 말이죠?"

"그렇소."

"이름도 알고 있던가요?"

"강씨 집안의 무남독녀, 방명은 설영… 아니었소?"

"그 모든 걸 그에게서 들었다는 거죠? 다른 사람이 아니라?"

"맞소. 전부 다 유 회주에게 들었소."

"그렇… 군요."

"대단치 않은 사실 같은데, 그가 소상주의 이름을 알고 있다는 것이 소상주에겐 굉장히 중요한 일인가 보오."

"예, 중요해요."

'제 목숨이 걸린 일이니까요.'

그녀는 뒷말을 입 밖으로 내지 않았다. 육홍이 고개를 끄덕이며 말했다.

"궁금하지만, 모른 척해두겠소. 아, 그리고 그건 유 회주에
게 말 안 했소."

천잠보의에 관한 이야기다. 강설영이 고개를 한 번 끄덕이
며 대답했다.

"잘하셨어요. 고맙네요."

"고마울 것까지는 없소. 어차피 믿을 만한 이야기도 아니니
말이오."

"그것도 그렇지만, 배를 구해준 것도요."

"그거야 소상주를 위한 게 아니었으니 신경 쓸 것 없소."

그가 막야흔을 슬쩍 돌아보며 말했다. 막야흔은 캬 소리를
내며 술잔을 비울 뿐이다. 육홍이 다시 그녀를 똑바로 쳐다보
며 말했다.

"그보다… 한 가지만 더 물어도 되겠소? 이건 정말 궁금한
거라서 말이오."

"뭐죠?"

"암무회전 결승전 때 한 남자를 보았소. 판관원 검사들을 픽
픽 쓰러뜨리더니, 사람들이 가득 찬 망루 하나를 통째로 넘어
뜨리려고 했었소. 혹시 그게… 누군지 아시오?"

"그건… 여기 있는 분에게 물어보는 편이 더 좋겠네요."

강설영이 막야흔을 가리키며 말했다. 그러나 육홍은 막야흔
에게 고개를 돌리지 않았다. 육홍이 그녀를 똑바로 쳐다보며
진중한 목소리로 말했다.

"나는 지금 소상주에게 묻고 있는 거요. 이 녀석보다는 더
많이 이야기해 줄 수 있을 거라 생각하는데… 내가 틀렸소?"

"그래요. 틀렸어요. 난 그를 안다고 생각했었죠. 하지만 지금은 잘 모르겠어요. 알았던 것인지, 단지 알고 있다 착각한 것인지요."

"애초부터 소상주의 일행이었던 것 아니었소?"

"아니에요."

"난 적벽에 눈과 귀가 무척 많소. 소상주가 응성비영창과 만났을 때, 그리고 천룡상회 유 회주를 만났을 때 소상주가 했던 말들을 토씨 하나 안 틀리고 다 알고 있소. 그 자리엔 그 남자도 함께 있었지. 소상주가 단 공자라고 불렀던 그 사람 말이오."

"단 공자. 에, 그래요. 하지만 난 단 공자에 대해, 단 공자라는 그 세 글자 말고는 아는 것이 아무것도 없네요."

'제 목숨을 위협할 내공을 지닌 것 빼고는요.'

그녀는 그 말도 삼켰다. 여기서 말해보았자 약점을 드러낸 것밖에 되지 않는다.

"그것참 유감이오."

"왜, 탐이 나던가?"

갑작스레 끼어든 것은 막야흔이었다. 육홍이 미간을 좁히며 대답했다.

"탐이 나냐고? 그래, 탐이 난다. 난 멀리서 잠깐밖에 못 봤지만, 그 남자에겐 자네와 같은 '빛'이 있었다. 모르긴 몰라도 비무대 위에 올리면 굉장할 거다."

"웃기는 소리! 나와 같다고? 비무상왕의 눈도 많이 탁해졌군."

"내 눈이 탁해졌다고?"

"그 정도가 아냐, 그놈은."

"그건 무슨 뜻이지? 내가 잘못 들은 게 아니라면, 그가 자네보다 낫다는 이야기 같은데."

"놈은 다르다. 비무대에 올리려면 중원천하에서 최강을 논하는 놈들을 모조리 불러 모아야 할 거야. 최고로 큰 판이어야 해. 놈을 세우려면."

"내가 지금 꿈을 꾸고 있는 것은 아니겠지. 자네에게 이런 이야기를 듣다니."

"난 생각없이 날뛰는 걸 좋아하지만 바보라서 그런 것은 아냐. 지부장이 날 암무회전에 올리겠다고 그랬을 때, 난 대박을 만났다 생각했었다. 지금이 딱 그런 심정이야. 그놈을 만났을 때 그랬어. 난 더 신나게 날뛸 거다. 중원이라는 큰 무대에서."

막야흔이 탕! 하고 술잔을 내려놓았다.

막야흔과 육홍의 눈빛이 허공에서 맞부딪쳤다.

만남의 인연이 끝나고 헤어짐과 기다림이 남는다. 서로에게 길을 열어주었던 두 사람이 한 시대를 떠나보내는 밤이다. 막야흔이 술잔을 하나 더 주문했다. 새 잔은 육홍의 앞에 놓여졌다.

육홍의 술잔에 막야흔이 따르는 술이 하나 가득 담겼다. 두 사람의 잔이 부딪친다. 쨍 하고 맑게 울리는 소리가 그들의 미래를 기약한다. 모두의 생각이 얽히는 밤, 남한진의 밤이 그렇게 깊어가고 있었다.

＊　　　＊　　　＊

단운룡은 꿈을 꿨다.

꿈에서 단운룡은 모든 광극진기를 자유자재로 끌어 쓸 수 있는 상태였다. 단단하게 뭉쳐 있던 광구는 언제 그랬냐는 듯 자유롭게 해방되어 있었다.

언제든 뇌신을 발동할 수 있었다. 조금도 겁이 나질 않았다. 생각만으로도 모든 걸 할 수 있다. 신풍을 말하면 옷자락에 바람이 분다. 순속은 물론이요, 뇌신을 넘어 음속까지도 발동할 수 있을 것 같다. 모든 힘과 모든 능력이 그의 마음 안에 있었다.

'꿈이다. 이건 꿈이야.'

꿈일 수밖에 없다. 그것을 깨닫고도 그는 잠에서 깨어나지 않았다. 꿈은 계속되고 있다. 마치 진짜인 것처럼 너무나도 생생했다.

'여기는…….'

단운룡은 벌판에 서 있었다. 황량한 벌판엔 부처를 닮은 산이 가부좌를 틀고 있다. 하늘이 있어야 할 머리 위엔 갈대가 흐느적거리고 있었다.

모든 것이 뒤섞인 세상이다. 위와 아래가 하나 같고, 앞과 뒤가 구분이 되질 않았다.

'강… 설영?'

그런 그의 앞에 호리호리한 형체가 나타났다. 소녀 같은 얼굴에 미소가 가득하다. 머리 위엔 두 개의 뿔이 돋아나 있고,

옷가지엔 천룡의 비늘이 꿈틀거린다. 사람인지 용인지, 구분이 잘 가질 않았다.

'온다.'

그렇게 생각했다. 용의 형상을 한 강설영이 단운룡에게 뛰어들고 있었다. 주먹을 말아 쥐고 달려드는데, 하늘 위의 갈대가 춤을 췄다. 가부좌를 튼 불산이 일어나고 황량한 벌판에 물보라가 일었다.

꽝!

아무것도 없는 허공에서 폭발이 일어났다. 단운룡은 맞지 않았다. 너무나도 쉽게 피해냈다. 무서운 위력, 놀라운 속도였지만 어디로 피해야 할지 미리 알고 있었던 것 같다.

파라락!

강설영이 몸을 돌리고 있었다. 천룡의 기세를 품고 발끝을 올려 차온다. 세상을 뒤집을 듯한 바람이 그 발끝에 함께하고 있다. 맞으면 즉사라는 생각마저 들 정도다.

'왼쪽. 마왕익으로 응수한다.'

묘한 일이다. 왼쪽으로 한 발 내딛고, 마광각 마왕익의 일퇴를 가했다. 그러자 올라오던 압력이 씻은 듯 사라져 버렸다. 완벽하게 기세를 꺾고, 다음 공격 자체를 뿌리부터 봉쇄한 것이다.

'이렇게 쉽게 상대할 무공이 아닐 텐데.'

그런 줄 알았다. 한데 이상하다. 뒤로 물러나는 강설영의 운신이 무척이나 어려워 보였다. 투로를 차단당한 무인의 움직임이다. 기선을 제압당한 정도가 아니라 큰 타격을 입은 듯했다.

"이얍!"

그녀가 외치는 기합성은 정말 현실 속의 그것 같다. 귓전에 쟁쟁하게 울린다.

일장을 내쳐 오는데, 그 투로가 훤하다. 극광추와 비슷한 각도로 들어오지만 충분히 막아낼 수 있다. 아니, 막아낼 수 있는 정도가 아니라 그냥 깨부술 수 있겠다. 뚜렷하게 드러나는 허점. 극광추를 때려 버리면 그만이다. 장력을 흩어버릴 수 있을 뿐 아니라, 결정적인 반격 기회까지 잡을 수 있을 것 같았다.

퍼엉!

어쩜 그리도 진짜 같을까.

그녀의 팔에서 호쾌한 격타음이 터져 나왔다. 충격을 받은 그녀가 뒤쪽으로 물러난다. 단운룡이 곧바로 그녀를 따라붙었다. 어떻게 공격해도 다 들어갈 거다. 완전히 승기를 잡았다.

'이상하다.'

그렇게 느낀 순간이다. 주변의 모든 것이 멈추었다. 오직 멈추지 않고 흘러가는 것은 머리 속의 생각뿐이다.

'왜지?'

참으로 신기한 일이었다. 강설영의 무공을 본 것은 이번이 처음이 아니다. 불산에서도 본 적이 있다. 자신이 지닌 무공과 비슷하다고 느꼈고, 기이한 일이라 생각했었다.

그녀의 무공은 단운룡의 무공과 거의 같다. 같은 사문의 무공이라 해도 믿을 것이다.

특히 비슷한 것은 무공 자체의 성질이다. 무지막지한 위력을 지녔을 뿐 아니라, 절묘하면서도 명쾌한 공부가 담겨 있다. 형태도 비슷하지만 본질이 더 비슷하다는 이야기였다.

무의식중에 계속 비교를 하고 있었던 것이 틀림없었다. 꿈 속에서까지 상대하게 된 것을 보면, 단운룡이 얼마나 그녀의 무공을 의식하고 있었는지 충분히 알 수가 있었다.

'한데…….'

막상 뚜껑을 열고 보니 다른 점이 많다. 형제처럼 닮아 있지 만 다시 보니 전혀 다른 사람이랄까.

강설영의 무공은 강했지만 단운룡의 무공에 맥을 추질 못했 다. 같으면서도 달랐다. 그것도 아주 근본적으로 달랐다.

목적의 차이랄까.

마치 그녀의 무공을 파훼하기 위해 만들어진 무공 같다. 열 쇠처럼 들어맞는다. 강설영의 무공이라면 그 어떤 무공이 와 도 두려울 것이 없다는 느낌이다.

파락! 위이이잉!

다시 모든 것이 움직이기 시작했다.

그녀의 주먹이 파공음을 흘리며 짓쳐 온다. 언젠가 본 권법 이다. 공기가 다 떨리는 것 같다. 강렬한 진동으로 모든 것을 파쇄할 수 있는 무서운 경파가 실려 있었다.

'광검결로 내려치면 손목부터 날려 버릴 수 있어.'

무엇을 해야 할지 곧바로 떠오른다. 광검결의 내공을 끌어 올리고 손끝을 쭉 뻗어 수도(手刀)를 만들었다.

'내려치는 순간 권격을 물릴 것이다. 그다음은 몸을 돌리며 고법으로 들어오겠지.'

손으로 구현한 광검(光劍)이 허공을 갈랐다. 예상대로다. 손목은 잘려 나가지 않았다. 대신 주먹을 회수함과 동시에 허리를 돌리며 몸통을 던져 온다. 광혼고와 비슷하면서도 다른 그녀만의 고법이었다.

'여기서 동시에……!'

응수하는 것은 그만의 고법이다. 진각에서 회전력을 얻고 허리를 돌리며 등을 밀어 친다. 고법과 고법의 충돌이다. 뼈엉! 하는 충격이 어깨 끝에 작렬했다.

몸통과 몸통이 부딪쳤으되, 튕겨 나가는 것은 한쪽뿐이다. 다름 아닌 강설영이다. 용형의 뿔이 부러지고, 용의 비늘이 부서져 파편이 튀었다. 꿈과 현실이 뒤섞인 듯한 그 꿈속에서 승자는 오직 단운룡이다. 몇 번을 싸워도 단운룡이 이길 것 같은 그런 싸움이었다.

'같은 무공이 아니야. 내 무공은 그녀의 무공을 무너뜨릴 수 있는 절대의 파훼법이다.'

꿈에서는 그랬지만 현실에서도 그럴까.

모른다. 아직도 이곳은 그저 꿈속의 공간일 뿐이다. 하늘 위엔 갈대가 흔들리고, 우뚝 선 불산은 고개 숙여 합장을 하고 있다.

'나의 무공은 광극진기, 광극의 무공은……. 천룡의 무공을 깨뜨리기 위한 무공이다.'

피치 못한 진실을 정신을 잃은 채 맞닥뜨린다.

꿈에서 깨고 나면 잊어버릴지도 모르는 진실이다. 기억해야 할지, 아니면 기억하지 말고 가둬두어야 할 진실인지 알 수 없다.

단운룡의 눈앞에서 그녀가 일어난다. 뿔도 없고, 비늘도 없는 강설영이다. 강설영이 그를 돌아보고 웃었다. 그 밝고도 눈부신 미소에 모든 것이 하얀색으로 명멸한다. 갈대 하늘이 없어지고 먼지구름이 없어졌다. 일어났던 불산이 사라지니 땅도 하늘도 사람도 없다. 마지막으로 그 모든 것을 채운 빛이 사라졌다. 남은 것은 어둠, 오직 어둠뿐이었다.

*　　　*　　　*

엽단평은 융중상회의 깃발이 있는 상선을 보고도 별반 놀라지 않은 듯했다. 그를 돌아본 막야흔이 물었다.

"들은 거냐?"

"나는 귀가 밝은 편이오."

단운룡은 아직도 정신을 차리지 못했다. 단운룡을 전담하고 있던 엽단평이 먼저 상선 위에 올랐다. 막야흔과 강설영이 배 위에 오르자 정박했던 상선이 곧바로 물살을 가르기 시작했다.

"쫓아오네요."

"그렇군."

"고수가 하나 있는데요?"

멀리, 강변을 따라 달려오는 자들이 있다. 모두가 망연자실 달려오는데, 개중에 특히 뛰어난 경공을 지닌 자가 보였다. 바람을 일으키며 달리는 기세가 남다른 자였다.

"대단한걸? 노철성인가?"

막야흔이 엽단평을 돌아보며 물었다. 엽단평이 고개를 설레설레 흔들며 말했다.

"멀어서 잘 모르겠소."

"눈가리개 벗고 보면 되잖아."

"그럴 필요 있겠소? 특출난 고수라면 두 분 중 하나겠지요."

"수염이 삐죽삐죽 났다, 산적같이."

"그렇다면 노 장로님이 맞으실 거요."

"그나저나 그 눈가리개는 언제까지 하고 있으려고 그래? 옆에 있는 내가 다 답답하다."

"아직 풀 수 없소. 지금도 누군인지 알아채지 못했잖소?"

"하! 이 거리에서 노철성인지 아닌지 구분하겠다고? 눈 감고 그걸 알면 천안통이 따로 없겠다! 그냥 보고 베면 되지, 뭐 하러 그런 수련을 하는 거야?"

"이건, 말하자면 하나의 전통이오. 북송 시절, 전조 대협께서 암습을 당해 두 눈이 안 보이던 시절이 있었소이다. 전조 대협께서는 장님이나 다름없는 신세가 되어 온갖 고난을 겪다가 심안을 깨우치게 되었고, 결국은 붉은 천으로 눈을 가린 채 악적들을 물리쳤다고 하오. 이 수련은 그때부터 시작되었다 하오."

"이야기 한번 거창하다. 한데 그것참 난감한 유물이구면."

막야흔이 피식 웃으며 물길 저편을 바라보았다. 찬천대협 노철성으로 짐작되는 고수는 뒤따라오는 것을 멈춘 채 주먹을 휘두르며 뭐라 뭐라 소리를 지르고 있었다. 알아들을 수는 없었지만, 모양새로 볼 때 상당한 다혈질 같았다. 혹시라도 부딪치게 된다면 꽤나 골치 아플 것 같다는 느낌이 들었다.

"이제 한시름 놓겠소."

"그러게."

엽단평과 막야흔은 은근히 죽이 잘 맞았다. 서로 반대편에 있는 이들은 끌리기 마련이라고 했던가. 주고받는 말이 부쩍 많아지고 있었다.

"쫓아올 배들이 있을 텐데요."

뒤편을 바라본 강설영이 미간을 좁히며 말했다. 막야흔이 그녀를 돌아보며 자신있는 어조로 말했다.

"없을 거다."

"없을 거라구요?"

"못 쫓아올 거야. 융중상회의 상선은 굉장히 빠르지. 이건 융중상회 본산인 제갈가에서 만든 배다. 대충 만들어서 대충 모는 배가 이런 배를 따라올 리 만무해."

"배에 대해 잘 아는 모양이네요."

"잘 알고말고. 난 원래 장강 출신이야."

"장강 출신이라고요……?"

"수로채에 있었다. 홍호수채라고… 오래전 비검맹 놈들에게 박살을 당했지."

"저런……!"

그리고 보면 막야흔은 장강수류공을 익혔다고 했었다. 장강수류공은 장강 유역에서 유행했던 심법이기도 하거니와, 수로채들을 중심으로 전파되었던 내공이기도 하다. 밑바닥에서 올라왔다는 것이 딱 어울리는 출신 내력이었다.

"뭐, 그냥 발만 걸치고 있는 정도였으니까 딱히 의리도, 아쉬움도 없다. 가족이나 친구가 돼진 것도 아니었고. 뭐, 원한이 있는 놈들이나, 애초부터 수로맹 골수분자들이었던 놈들 중에는 아직도 수로채의 그림자를 쫓는 이들이 남아 있다고는 하지만."

"그렇군요."

"한데, 지난밤에 한 이야긴 뭐야? 무슨 소상주?"

"아, 그런 게 있어요."

"난 말이지, 언제나 여자들을 계집이라 불렀어. 요만한 여자든, 나이 먹은 여자든, 나한텐 그냥 다 계집이야. 하지만 당신은 그렇게 부르면 안 될 거 같거든. 나도 소상주라고 부르면 될까?"

"웬일이죠? 예의라도 차리자는 건가요?"

"소상주는 세잖아. 인정할 건 인정해야지."

"강한 자에겐 약하고 약한 자에겐 강하다, 그런 건가요?"

"물론이다."

막야흔은 태연하게 답했다. 도리어 말문이 막힌 것은 강설영이다. 그녀가 피식 웃으며 말했다.

"자신있는 대답이네요. 다들 아니라고 하지만, 사실은 맞는 이야기죠. 그러니까 무공도 익히고 돈도 버는 걸 거예요. 확실히."

물살을 가르고 나아가는 상선의 난간에서 강바람을 맞는다. 흩어지는 물 냄새가 코끝을 맴도니, 먼 하늘 회색빛 비구름이

꾸물꾸물 다가온다. 비가 내리려나 보다. 하지만 강설영은 선실로 들어가지 않았다. 그저 그 자리에 선 채 비단 옷자락을 나부낄 뿐이었다.

단운룡은 꿈을 꾸고 있는 것 같았다. 눈 감은 이마에 땀이 맺힌다. 바싹 마른 입술에선 나지막한 신음 소리가 흘러나오고 있었다.

'아직인가⋯⋯.'

선상 객실, 흔들리는 침대 옆에 서 있는 이는 엽단평이었다. 짊어지고, 돌보는 역할을 맡았지만 특별히 해준 것은 없다. 운기요상을 도와주기 위해 몇 번이나 손을 대보았지만 효과는 신통치 않다. 이미 그가 도와줄 수 있는 영역이 아니었다. 단운룡 스스로 내상을 치유할 때까지 기다릴 수밖에 없었다.

'엇?'

계속되는 기다림에 의원이라도 찾아야 할까 고민하고 있을 때다. 엽단평은 단운룡의 진기가 일순간 크게 요동치는 것을 느끼고는 벌떡 몸을 일으켰다. 눈을 닫아놓은 엽단평이었지만, 그렇기에 더더욱 민감할 수 있다. 진기의 변화만큼은 누구보다도 세밀하게 감지할 수가 있었다.

'모여든다?'

진기의 흐름은 명백했다. 신체 곳곳에서 깜빡깜빡 명멸을 반복하던 진기가 한곳으로 집중되고 있었다. 기해⋯ 아니다. 하단전이 아니라 중단전이다. 중단전 깊은 곳으로 마치 빨려 들 듯 진기의 흐름이 가속화되고 있었다.

‘이건… 뭐지?’

엽단평이 단운룡의 몸 위로 손을 뻗었다. 뭔가 변화가 있을 때는 건들지 않는 것이 좋다. 하지만 손을 대지 않고는 배길 수가 없다. 저번과 다른 것 하나를 느꼈던 까닭이다.

‘설마 이것은……’

중단전 깊은 곳에 뭔가가 있었다.

전혀 몰랐다. 진기 도인을 도와주면서도 이런 것이 있는지는 미처 깨닫지 못했다.

‘진기의 응집체……?’

고개를 숙이고 걷다가 길이 막혔다. 그저 벽이 있거니 하고 올려다보았는데, 하늘 끝까지 닿은 까마득한 바윗덩이였더라. 엽단평이 느낀 것이 딱 그와 같다.

물웅덩이가 하나 있다 싶었다. 돌아보니, 거대하게 펼쳐진 바다다. 엄청난 진기의 구슬이 단운룡의 몸 안에 있었다. 들여다보기가 겁날 지경이었다.

‘이런 어마어마한 것이 있는데 어째서 그런 내상 따위……’

엽단평은 마치 홀린 듯 단운룡의 진기를 살펴보고 있었다. 의식 속에서 관조하는 그 덩어리는 박동하는 광구의 모습을 하고 있었다. 만지면 잡힐 것같이 뚜렷한 광구다. 단단할 것 같으면서도, 한편으로는 터질 듯 위태위태하다. 신비롭기 짝이 없는 광구였다.

‘이 성질은… 뇌기(雷氣)인가?’

하염없이 내부를 들여다보던 엽단평이다. 그러던 그가 일순간 얼굴을 굳히고는 도인하던 청천진기를 급하게 회수했다. 뭘 잘못 건들기라도 했는지 뇌기가 크게 박동하기 시작한 까닭이었다. 집채만 한 바위가 산더미같이 커졌다가, 다시 집채만 하게 줄어들길 반복하는 것 같다. 무시무시한 기세였다.

"헉!"

엽단평이 급히 손을 뗐다. 아니, 떼려고 했다.

쇄골 중앙에 두 손가락, 명치 어림에 왼 손바닥. 둘 다 떨어지질 않는다. 광구의 크기가 줄어들 땐 마치 손바닥과 손가락이 단운룡의 몸속으로 빨려 들어갈 것 같은 느낌이다. 다시 커질 때는 놔줄 것 같지만, 그래도 뗄 수가 없다. 내공 대결을 할 때처럼 진기의 올가미가 그의 두 손을 꽁꽁 묶어버린 것이다.

"큭!"

힘을 모아 청천진기를 빠르게 휘돌렸다. 이렇게 되면 억지로라도 떼야 한다. 저 광구의 힘이 엽단평을 적으로 인식하고 몰아치면 말 그대로 끝장이다. 기혈은 물론이고 몸 전체가 날아가 버릴지도 모른다. 그런 두려움까지 들 정도로 단운룡의 광구는 거대했고, 무서웠다.

용을 쓰며 두 손을 잡아당기고 있을 때다. 엽단평은 의념의 눈을 통해 광구가 급격히 커지고 있음을 보았다. 노도와도 같이 몰아치는 힘이다. 노랗고 하얀 수백 가닥의 줄기가 꺾이고 부딪치며 미친 듯한 기세로 퍼져 나오고 있었다.

"크악!"

퍼엉! 파지지직!

엽단평의 머리 속까지 새하얗게 쳐들어온다고 느꼈을 때다.

그의 몸이 폭발에 휩쓸리듯 튕겨 나와 선실 벽에 처박혔다. 꿍! 하는 소리가 작은 선실 속을 울렸다.

파지지직! 파지직!

소리는 그것으로 끝이 아니었다. 단운룡의 몸에서 눈에 보이는 방전이 일어나고 있었다. 줄기줄기, 사방으로 뻗어나간다. 벽에 매달린 금속 촛대, 탁자 위의 검, 나무판에 박힌 대못까지, 쇠로 된 모든 곳에 박혀드는 뇌기(雷氣)다. 나무 벽에 검은 그을음이 새겨지고, 가죽 검집이 우그러들었다. 고열을 동반한 전광이었다.

파직, 파지직. 화르륵!

선실을 휩쓴 전광이 잦아들었다. 이번엔 불이다. 단운룡이 누워 있던 침상의 이불에서 군데군데 작은 불길이 솟아나고 있었다. 엽단평이 죽을 듯한 신음성을 흘리며 비척비척 몸을 일으켰다. 매캐한 연기에, 뜨거운 불기운이 얼굴 앞이다. 급히 손을 뻗어 불붙은 이불을 잡아당겼다. 검게 그을린 이불이 힘없이 찢어지며 사방으로 불똥을 날렸다.

덜컹!

문이 열린 것은 바로 그때였다. 부술 듯 문을 열고 들어온 이는 강설영이었다. 사방에 그을린 자국, 침대 위엔 불까지 나 있다. 두 눈을 휘둥그레 떴던 그녀가 이내 정신을 차리고 침상을 향해 손을 휘둘렀다.

파라라라라라락!

불길이 한꺼번에 날아간다. 놀라운 장법이다. 손짓 한 번에 불을 끄고 엽단평을 돌아보았다. 눈은 가려져 있지만 망연자실한 표정만큼은 분명히 알겠다. 그녀가 그에게 물었다.

"어찌 된 일이죠?"

"그게, 잘 모르겠소."

"다쳤군요."

"그것보다……."

엽단평의 두 손이 붉게 그을려 있었다. 오른손은 두 손가락이니 그나마 낫다. 왼손은 손바닥 전체가 화상으로 가득했다. 보는 사람이 다 아프게 느껴질 만큼 상세가 심해 보인다. 엽단평은 그 자리에 주저앉은 채 널브러진 이불보를 길게 찢어 손에 감았다. 응급처치라고 말하기에도 민망한 수준이다. 제대로 된 치료를 받아야만 했다.

"단 공자의 내공… 때문인가요? 이건?"

"맞소. 하지만 왜 이렇게 되었는지는……."

"알 수가 없겠죠, 우리로서는."

강설영이 단운룡 쪽을 보다가 고개를 모로 돌렸다. 불길 때문에 옷가지도 그을렸는지라 곳곳에 맨살이 드러나 있었기 때문이었다. 무인이라 해도 여자는 여자인 것이다. 명치 주변은 물론이요, 가슴팍이 훤하게 드러나 있을 만큼 상의(上衣) 전체가 너덜너덜해진 상태였다. 고개를 돌리고 있는 게 당연했다.

"대체 무슨 내공이기에……."

강설영이 혼잣말처럼 작은 목소리로 말했다. 대답은 의외의 곳에서 나왔다. 침상 쪽이다. 지친 듯, 잠겨 있는 목소리였다.

"광극진기다……. 잘 조절이 안 돼서 말이지."

강설영이 두 눈을 번쩍 떴다. 하지만 차마 고개를 돌리진 못했다. 단운룡의 목소리다. 마침내 정신을 차린 것이다.

"이거… 무지막지하군."

단운룡이 몸을 일으키고 있었다. 너덜너덜해진 옷가지를 내려다본다. 나무가 타는 매캐한 냄새가 선실에 가득했다. 그가 주저앉아 있는 엽단평을 보고는 미간을 좁히며 물었다.

"그것도 나 때문인가?"

두 손을 보고 한 질문이었다. 엽단평이 고개를 설레설레 흔들며 대답했다.

"단 공자 때문만은 아니오. 내가 호기심을 참지 못해서 그랬소."

"나 때문이 맞군."

단운룡이 쓴웃음을 지으며 말했다. 그가 이번엔 강설영을 돌아보며 물었다.

"추격은 어떻게 되었지?"

"따돌렸어요. 난감했는데, 비무상왕의 도움이 있었죠."

"비무상왕이라……."

"놀라지 않는군요. 오히려 예상했다는 말로 들리는데요?"

"대충은."

"몸은 좀 어때요?"

"괜찮아. 이제 움직일 수 있어."

"일단 옷부터 어떻게 좀 하죠? 이래 봬도 여자라구요."

"그도 그렇군. 한데 이 꼴로 나갈 수는 없지. 미안하지만 옷 좀 구해다 줄 수 없을까?"

"옷까지 구해달라구요? 상전이 따로 없군요."

강설영은 그렇게 말하면서 지체없이 선실을 나섰다. 한참이나 있다 돌아온 그녀가 고개를 모로 돌린 채 옷가지를 내밀었다.

"여기요."

"엉? 비가 오나?"

"예. 아까만 해도 괜찮았는데 조금씩 내리네요."

강설영의 머리카락과 얼굴엔 부서진 물방울들이 내려앉아 있었다. 그녀가 내민 옷을 받아 든 단운룡이 가벼운 미소를 머금었다.

"질이 좋은 비단이다. 용케 이런 것을 구했군."

"명색이 금상의 소상주인데, 괜찮은 걸로 가져와야죠."

푸른색 문사복엔 녹색 화조 문양이 새겨져 있었다. 비단의 감이 좋을 뿐 아니라 염료가 밝은 색조로 배어 있어 전체적으로 화사한 느낌을 준다. 입어보지 않고도 알겠다. 단운룡의 체격과 무척 어울릴 것 같다. 과연 강씨금상이란 말이 절로 나왔다.

"그리고 이거요. 마침 약방의 물품들을 같이 운송 중이더군요. 효과가 괜찮은 고약(膏藥)이라고 하니, 치료에 쓰세요."

강설영이 엽단평에게 하나의 목갑을 내밀었다. 엽단평이 정중하게 고개를 숙이며 목갑을 건네받았다.

"전, 좀 나가 있죠. 빨리 입어요."

"알았어."

강설영은 곧바로 선실 밖으로 나갔다. 찢어진 옷가지를 던져 놓고 새 옷으로 입고 나니, 몸 전체가 새것 같은 기분이 든다. 알싸한 새 옷 냄새가 코끝을 간질였다.

“다 됐다.”

“남자들은 편하겠어요. 금세도 입는군요.”

문밖에 서 있던 강설영이 들어오며 배시시 웃음을 지었다. 그녀가 단운룡의 모습을 보고 두 눈을 반짝이며 말했다.

“잘 어울리네요. 그럴 줄 알았어요.”

“고맙다. 한데 옷값은 얼마나…….”

“괜찮아요. 아직까진 단 공자가 도움이 된 게 하나도 없지만 앞으로는 잘해야 돼요. 그런 의미에서 주는 선물이에요.”

“알았어.”

“그리고 알아둘 게… 행선지가 좀 바뀌었어요.”

“어디로?”

“남경이요.”

“남경이라……. 남경은 강소성에 있잖나.”

“그렇죠.”

“설마하니, 장강을 따라 안휘성을 가로지르겠다는 말은 아니겠지.”

“맞아요. 이대로 안휘성을 통과할 생각이에요.”

“합비 바로 밑을 지나는데? 합비엔 포공사의 본산이 있다.”

“알고 있어요.”

그대로 쭉 배를 타고 장강 줄기를 따라가면, 분명 남경이 있는 강소성에 이를 수 있다.

하지만 그 중간엔 포공사가 위치한 합비가 있었다. 아직 추격이 끝나지 않은 것이라고 한다면, 합비 근처를 지나는 것은 결코 좋은 선택이 되지 못한다. 호랑이 아가리에 머리를 들이미는 형국이었다.

"등잔 밑이 어둡다는 말은 통하지 않을 거야."

"합비를 피하려면, 너무 멀리 돌아가게 되죠. 거리도 거리지만, 수로가 훨씬 나아요. 게다가 장강이니까요."

"장강이라서 그렇다니?"

"단 공자라도 이건 몰랐겠죠. 포공사는 비검맹과 사이가 좋지 않대요. 최근 들어 뭔가 충돌이 있었다나 봐요."

단운룡이 엽단평을 돌아보았다. 엽단평이 맞다는 뜻으로 고개를 끄덕였다.

"그렇다 해도 너무 가까운데."

"융중상회는 비검맹과 상당히 호의적인 관계를 유지하고 있는 모양이에요. 쾌협도가 그러더군요. 그의 말이 맞다면, 포공사 측에서도 건드리기가 껄끄러울 수밖에 없어요."

비검맹은 거대 문파다. 십여 년 전부터 수로맹 산하 수로채들을 하나하나 격파하며 발호, 몇 년 만에 장강을 제패한 새로운 강자였다. 정도보다는 사도에 가까운 문파였지만, 그 어떤 백도명문도 그들을 업신여기지 못한다. 비검맹의 오대검존은 구파일방 초고수들의 힘을 능가한다는 말까지 있을 정도였다.

포공사와 같은 명문도 예외는 아니었다. 검존의 무위에 대한 평가야 과장된 것이라고들 말하지만, 실상은 포공사조차도 비검맹의 눈치를 봐야 하는 것이 사실이다. 내륙에서야 어떨지 몰라도, 장강에선 그들이 최강이다. 장강의 물줄기는 온전히 비검맹의 통제하에 있다 해도 과언이 아니라는 뜻이었다.

"중도에 융중상회의 다른 배로 옮겨 타기라도 해야지. 이 배로 계속 움직이는 것은 위험 부담이 크다."

"누구 때문에 못 옮기고 있던 건데 그래요? 정신 잃은 사람 하나 옮기는 게 얼마나 눈에 띄는지 알아요?"

"뭐, 그도 그렇군. 하지만 이젠 가능하잖아."

"그래요. 안경이나 동릉쯤에서 배를 바꾸죠."

"그게 좋겠어."

"문제는 포공사보다 남경에서 만나야 할 사람이에요. 누군지는 알죠?"

"신궁(神弓) 궁무예라고 하지 않았나?"

"무서운 것으로 치자면 포공사보다 배는 무서울 거예요. 진짜 고수니까요."

"남해의 신검보다 무서울까."

"명성으로 보자면 못 할 것도 없죠. 신궁의 명성은 사해에 퍼져 있어요. 준비를 단단히 해야 할 거예요."

"싸우자는 것도 아닌데 무슨……."

"이러지 마요. 단 공자는 적벽에 싸우러 왔었던가요? 결과는 어땠죠? 어찌 될지 모르니 조심해야죠."

두런두런 이야기를 나누고 있을 때였다.

쿨렁! 하고 선실 전체가 요동친다.

단운룡과 강설영이 선실 벽과 주변을 훑었다. 무슨 일일까.

그 순간에는 정말 몰랐다고 할 것이다. 그 흔들림이 어떤 의미가 있는지. 벽에 붙은 등잔불이 크게 일렁이니, 그림자들이 춤을 춘다. 단운룡이 눈썹을 찌푸리며 말했다.

"아까도 이러더니, 왜 이러는 거지?"

"파랑에라도 부딪친 게 아닐까요? 장강의 물길은 바다와도 같잖아요."

"그런 게 아닌 것 같은데?"

단운룡이 자리에서 일어났다. 흔들리는 느낌이 심상치가 않다. 배보다 한참 아래쪽, 뭔가가 움직이는 느낌이 들었다. 엄청난 크기의 무엇인가가 물속을 지나가는 것 같았다.

"뭔가 이 밑에 있는 것 같지 않나?"

"그렇네요."

엽단평이 동의한다는 듯 고개를 끄덕였다. 그때서야 강설영도 두 눈을 반짝이며 이상하다는 표정을 지었다. 덜컹! 하고 선실 문이 열린 것은 그때였다.

"모두 올라와 봐!"

막야흔이었다. 이젠 제법 비가 내리는 듯 옷가지가 꽤나 많이 젖어 있었다.

"무슨 일이야?"

"닥치고, 얼른!"

막야흔이 재촉한다. 단운룡과 강설영이 서로를 한 번 돌아보고는 그의 뒤를 따랐다. 엽단평도 마지못해 그들의 뒤를 따라 몸을 일으켰다.

웅성웅성.

그들뿐이 아니다. 갑판으로 올라가는 통로에는 무슨 일인가 궁금하여 고개를 내민 사람들이 여럿 있었다.

삐걱거리는 계단 앞에 이르렀을 때다. 쿨렁! 다시 한 번 배

전체가 요동쳤다. 그들이야 모두 무공을 익혔으니 문제가 없었지만, 저쪽 한편에선 균형을 잃고 넘어지는 사람도 보였다.

갑판 위에 올라서자 쏟아지는 빗줄기가 그들을 맞이했다. 또 한 번 흔들린다. 단운룡은 갑판 멀리 강물부터 살폈다. 파랑이 크지 않다. 바람도 그만그만하다. 비는 내리지만 폭풍은 아니라는 뜻이다. 수면도 그다지 거칠어 보이질 않았다.

'새 옷인데……'

모처럼 좋은 옷을 입게 된지라 빗줄기 속으로 뛰어드는 것이 꺼려진다.

눈살을 찌푸리고 있는데, 마침 우산을 주렁주렁 매달고 나타나는 이가 있었다. 과연 상선(商船)은 상선이랄까. 단운룡이 반색을 하며 우산을 두 개 받아 들었다. 동전 오십 냥이란 말도 안 되는 가격을 불렀지만, 속아주는 마음으로 전낭을 끌렀다.

"뭐 같아?"

"모르겠어요. 아주 깊이 있는 것 같기도 하고……"

우산을 펴고 강설영의 옆에 섰다. 다른 하나는 엽단평에게 던져 줬다. 막야흔이 자긴 안 주냐고 툴툴댔지만 대꾸할 마음은 들지 않는다.

저 밑에 뭔가가 있다. 분명히는 알 수 없지만, 엄청나게 크고 엄청난 무언가다. 실체를 알아서는 안 될 것 같은, 그런 느낌이 들 정도였다.

"고래인가……?"

"고래요? 장강이 아무리 바다 같다 해도 고래가 살지는 않잖아요."

단운룡의 혼잣말에 강설영이 엉뚱한 소리 말라는 어조로 대꾸했다. 그러자 저편에서 비를 맞고 있던 막야흔이 퉁명스러운 목소리로 외쳤다.

"모르는 소리! 장강에도 고래는 산다. 백해돈(白海豚)이라고 있다. 장강여신(長江女神)이라고도 불리지."

"고래가 산다구요?"

"그래. 하지만 작아. 다 커봤자 일 장도 안 된다. 이 밑에 있는 건 그런 게 아냐."

막야흔은 수로채 출신이라고 했다. 무겁게 가라앉는 말끝에는 미신이나 전설을 경외하는 뱃사람 특유의 두려움이 묻어나고 있었다.

"큰 고래라도 종종 강을 따라 물길을 역류하여 헤엄쳐 오는 경우가 있기는 있다고 들었다. 그렇지 않나?"

"그런 건 또 누구한테 들었지? 뱃사람들이나 아는 이야기인데."

단운룡의 물음에 막야흔이 고개를 갸웃거리며 되물었다. 단운룡이 대수롭지 않다는 듯 대답했다.

"그냥, 주워들은 이야기다."

주워들은 이야기라고는 해도 사부가 해줬던 말이다. 어느 누가 있어 그런 이야기를 해줄까. 그러고 보면 사부는 정말 세상 만물 관심이 없는 데가 없었던 듯했다.

"그런 일이 있기는 하지만, 여기까지 들어오는 경우는 없겠지. 여긴 내륙이야. 바다랑 만나는 저 밑에 가야 그런 일이 생기지. 그런데 야, 샌님 같은 놈아! 넌 눈도 가려놓고 뭘 그렇게

뚫어지게 보고 있냐?"

"보이진 않아도 느낄 수는 있지요. 뭔가가 움직이고 있습니다. 고래는 한 번도 본 적 없지만, 고래보다 더 클 것 같은데요."

모두가 마찬가지다.

엽단평만 그렇게 느낀 게 아니라 다른 세 사람도 똑같은 걸 느꼈다.

쿨렁! 한 번 더 배가 요동치는데, 이젠 놀랄 것도 없다. 꽤 큰 중형신인데도 이렇게 흔들릴 정도면 무지막지한 것이 밑에 있다는 뜻이다. 먼 바다엔 십 장에 달하는 괴물 고래도 산다는데, 정말 그런 거라도 거슬러 올라온 게 아닌가 싶을 정도다.

쏴아아아아!

"저기!"

모두가 궁금해한다. 그런 궁금증을 조금이나마 풀어주려는 것인가. 출렁이는 강물 위에 물보라가 치기 시작했다. 커다란 무언가가 수면 가까이 올라왔다 내려가는데, 도대체 무엇인지 알 수가 없다. 거대한 무언가의 일부다. 살아서 움직이는 엄청난 무엇이 깊은 물 밑을 가르며 요동치고 있었다.

"봤냐?"

"제대로 못 봤어!!"

색깔은 알아봤다. 검은색이다. 검고 커다란 비늘 같은 것이 수면을 스치고 있었다. 고래라는 걸 실제로 본 적이 없기에 뭐라고 말은 못하겠지만, 아무리 생각해도 고래는 아닌 듯싶다. 물 밑으로 언뜻 드러나는 검은빛은 마치 강철처럼 딱딱한 느낌을 주고 있었다.

"대체 뭐지? 저건?"

수로맹 출신이라던 막야흔도 그런 건 처음 봤다는 얼굴이다. 다른 선원들도 마찬가지다. 겁에 질린 놈도 보인다. 하늘을 향해 천지신명을 외치는 자도 있었다.

쏴아아아! 촤아아아악!

쿨렁, 하고 한 번 더 선체가 흔들린다. 그러고는 잠잠해진다. 물 밑에서 앞으로, 아무래도 선체 밑을 완전히 통과한 모양이었다.

"지나갑니다……."

엽단평이 나직한 목소리로 말했다.

다 지나가는 줄 알았다. 검은 그림자가 선미를 지나 선수 쪽으로 멀어지고 있었다.

그리고.

단운룡과 강설영은 보았다. 물 위에서 솟아나온 엄청난 형체를.

쏴아아아아아아아아아!

거대한 그것은 밤하늘 저편의 색깔처럼 검기만 했다.

육중하고도 거대한 그 모습은 기나긴 몸통의 꼬리처럼 보였다. 철판과도 같은 비늘이 감싸고 도는 그것은 머리가 아니라 꼬리 쪽이 틀림없다.

그 꼬리 끝에 있는 것은 뭐라고 말해야 할 것인가. 지느러미란 말이 통할지 모르겠다.

꼬리 끝에 불꽃처럼 돋아난 그것은 털이라기엔 딱딱해 보이

고, 가시 같다고 하기엔 부드러워 보인다. 형태는 꼬리지느러
미 같지만, 그런 것과는 근본적으로 다르다. 장대한 꼬리 끝에,
검은색의 털과 같은 것들이 부채처럼 거대하게 퍼져 나가는 형
태로 붙어 있었다.

　"저렇게 큰 비늘이……!"

　"엄청나구나!!"

　비늘 하나가 사람보다 더 클 것 같다. 올라온 꼬리만 해도 중
형 상선의 돛대보다 더 높아 보인다. 그 굵기도 상선의 덩치보
다 더 클 것 같았다.

　"설마… 저건……!"

　모두의 머리 속을 스친 것은, 입에도 담기 힘든 상상 속 동물
의 이름이었다.

　거대하게 솟아올랐던 꼬리가 그대로 물속으로 잠겨든다. 집
채같이 큰 파랑이 상선을 통째로 뒤집어 버릴 듯 물살을 타고
서 닥쳐오기 시작했다.

　"꽉 잡으시오!!"

　"물살에 휩쓸리지 않도록 조심해!!"

　선원들의 고함 소리가 하늘을 갈랐다. 꼬리가 한 번 헤집은
물결에 커다란 상선이 힘겹게 파랑을 넘었다.

　"으앗! 미끄러진다!!"

　갑판 전체가 뒤쪽으로 크게 기울어지고 있었다. 우산을 팔
던 남자가 넘어지는 것이 보였다. 십수 개의 우산들이 기울어
진 갑판 위로 흩어져 내렸다. 허우적거리는 사람들과 굴러가
는 온갖 잡동사니들이 넓은 갑판 위를 아수라장으로 만들고 있

었다.

쏴아아아아! 촤아아아아아악!

물살이 뿌려진다. 요동을 치던 배는 용케 뒤집어지지 않았다. 우르르릉! 하고 하늘 저편에서 뇌성이 울린다. 쏟아지는 빗줄기가 점점 더 굵어지고 있었다.

"저건 고래 따위가 아니다. 절대로 아니야……."

막야흔의 목소리는 떨리고 있었다. 사람이야 무서울 게 없지만, 이건 좀 다르다. 그 어떤 것도 이보다 두렵지는 않을 거다.

배 밑을 지날 때는 몰랐다. 난간을 잡고 시선을 돌리자 물살 밑으로 거대한 그림자가 멀어지고 있는 것이 보였다. 장강 저편, 아주아주 멀리까지 이어진 그림자다. 먼 바다 괴물 고래의 크기는 열 장을 넘는다고 했던가. 그 정도는 우습다. 저 그림자는 백 장은 되는 것 같다. 장강 줄기를 따라 마치 거대한 뱀처럼 길고도 길게 뻗은 그림자였다.

�꽈릉! 꽈르르릉!

"용(龍)……!"

누군가가 결국, 모두의 마음속에 있던 그 한 글자를 입 밖으로 내놓고 말았다. 강설영이 흡, 하고 숨을 들이켜며 혼잣말처럼 입을 열었다.

"말도 안 돼……."

당연한 반응이었다. 누구라도 그런 말부터 할 것이다.

검고도 검은 거대한 흑룡이 이 장강 물을 따라 저 멀리로 헤엄치고 있었다. 저기 수면 밑으로 꿈틀거리는 장대한 그림자가 보이질 않는가. 보고도 믿을 수 없는 광경이다. 아니, 보았다 해도 그것을 용미(龍尾)라고 단정하기엔 거부감부터 든다.

현실과 환상의 장벽이 너무도 높기 때문이다. 전설 속의 용을 보았다 말해야 하는 것이니 누구라도 받아들이기가 어려울 수밖에 없었다.

"용왕이 노하신 것 아닌가?"

"하늘이여, 우리를 살려주소서!!"

쏴아아아아!

용이란 대저 비와 바람을 부르는 존재라고 했다. 전설이 사실이라 말하기라도 하듯, 빗줄기가 거세지는 중이다. 그런 마당에 뱃사람들은 그야말로 난리를 치고 있었다. 그들이 본 것은 장강의 신(神)이다. 장강만이 아니라 물길 위에 살아가는 모든 사람들의 신일 것이다. 갑판 위에 엎드려 부들부들 떨고 있는 장한이 있는가 하면, 돛대 위에 올라 수면 밑 검은 그림자의 항행을 하염없이 바라보고 있는 자도 있었다.

그와 같은 경이 앞에서는 세상 모든 것이 놀랍지 않다. 살아 있는 전설을 보고 배운 단운룡에게 있어서도 그것은 불가해한 무엇이다. 하늘을 덮을 듯 올라왔던 그 거대한 꼬리는 아직도 꿈결 같기만 했다. 단운룡은 생각했다. 자신은 어쩌면 내상의 후유증에 정신을 차리지 못한 채 몽마에 시달리고 있는 중인지도 모른다. 빗줄기가 차갑고 바람이 머리카락을 날리는, 너무나도 실제 같은 꿈속에서 말이다.

"저건 또 뭐지?"

꿈에서 깨어나라는 것인가. 그렇지도 않다. 막야흔의 목소리는 또 다른 환상을 부른다. 단운룡과 강설영이 난간 위로 머리를 내밀었다. 장강 저편 선미 쪽에서 이쪽으로 다가오는 무언가가 있었다.

"새?"

날개를 펄럭거리며 강물을 스치고 날아오는 거대한 새가 하나 있었다. 뒤쪽에서 쫓아오는데, 그 속도가 대단했다.

"크잖아!"

막야흔이 눈살을 찌푸리며 말했다. 날아오는 새는 정말로 컸다. 방금 본 거대한 꼬리에 비하자면 티끌과도 같은 크기겠지만, 분명히 크긴 크다. 독수리 같은 생김새를 지녔는데, 양 날개 끝에서 끝까지 보통 독수리들의 두 배는 되는 것 같았다.

"게다가 사람이 타고 있어요."

기사도 이런 기사가 없다. 용이라 짐작되는 거대한 무언가를 보았더니, 그다음엔 나는 새를 탄 사람이다. 끝에서 끝까지 일 장을 넘을 것 같은 날개에 거조의 몸통 위에는 허리를 굽히고 자세를 낮춘 남자 하나가 서 있었다.

퍼얼럭!

대조(大鳥)가 날갯짓을 하면서 선미에 이르렀다. 갑판에 있는 사람들이 대경하여 소란을 피웠다. 충격적인 장면의 연속이니 그럴 수밖에 없었다.

"선회한다. 여기 내려 앉으려나 본데……."

단운룡이 나직한 목소리로 말했다. 그의 말처럼 거대한 새가 선체 위를 스쳐 가며 방향을 선회하고 있었다. 젖은 깃털이 몇 개씩이나 뽑혀 나와 비와 함께 갑판 위로 떨어진다. 펄럭거리는 날개 소리가 바람에 나부끼는 넓은 돛의 소리처럼 컸다.

펄럭!

이제 보니 대조의 날갯짓은 어딘가 지친 듯 느껴진다. 대조
가 갑판 위로 내려오고 있었다. 사람들이 놀라 미친 듯 물러났
다. 비명을 지르는 사람들 사이로 작살을 든 뱃사람들이 엉거
주춤 경계태세를 취하고 있을 뿐이었다.

팔락!

대조가 날개를 접고 완전히 내려앉았다. 대조의 체고는 건
장한 남자의 키에 비견될 정도였다. 대조가 날개를 한 번 털었
다. 깃털들이 우수수 빠지면서 갑판 위를 검게 수놓았다. 저렇
게 깃털이 빠져도 되나 싶을 정도다.

깃털이 빠지고는 있지만 생기가 없어서 그런 것은 아니었
다. 윤기 흐르는 검은 깃털에, 독수리와 같은 용맹스런 부리를
지녔다. 이마 위쪽으로는 오색의 깃털이 뾰족한 뿔처럼 돋아
나 있다. 상서롭고 위엄있는 자태다. 봉황이나 주작 같은 전설
속 새들의 이름이 절로 떠오른다.

턱!

상서로운 대조가 몸을 낮추었다. 위에 타고 있던 사람이 뛰
어내렸다. 뛰어내린 자는 은은한 백색 옷을 입었는데, 무슨 일
이 있었는지 옷 전체가 찢어지고 더럽혀진 상태였다. 한바탕
싸움이라도 치른 듯한 몰골이었다.

"후우……!"

그가 긴 한숨을 내쉬면서 고개를 들었다. 꿈틀대듯 흘러내
린 머리카락이 인상적이다. 피부는 유리처럼 투명했지만, 푸

른 핏줄이 보일 정도로 창백하여 몹시 불길해 보였다. 예사롭
지 않은 기운이 온몸에 서려 있다. 한쪽 팔목에서는 기이한 빛
무리가 꿈틀거리고 있었다.

"천 리를 쫓아왔음에도 결국 못 막는 것인가……!"

신비로움을 전신에 둘러치고 있는 남자였다. 갑판 위의 모
든 사람들이 오직 자신만을 쳐다보고 있음에도 전혀 개의치 않
는 듯했다. 그는 천 리를 쫓아왔다고 말했다. 그의 시선은 오로
지 장강 저편, 그 거대한 무언가가 헤엄쳐 간 방향에 고정되어
있을 뿐이었다.

"중명조(重明鳥)야, 중명조야. 조금만 더 기운을 내자."

신비인의 목소리엔 짙은 탄식이 묻어 나오고 있었다. 사람
같지 않은 그 모습 중에서 유일하게 사람다운 것을 고르자면
그처럼 지친 듯 들리는 목소리밖에 없을 것이다. 그가 중명조
라 칭한 대조의 곁으로 다가갔다. 그리고는 품속에서 하얗게
빛나는 물체를 꺼내 들었다.

"지금 중명조라 그랬죠?"

"그래."

"저 새… 눈동자가 두 개예요."

강설영이 속삭였다. 단운룡도 그녀가 본 것을 보았다. 중명
조라 불린 대조는 신비인의 말을 알아듣기라도 하듯 머리를 끄
덕이며 눈을 깜박이고 있었다. 한데 강설영의 말처럼 눈동자
가 이상했다. 길게 찢어진 눈, 한쪽 눈에 눈동자가 두 개였다.

믿어지지 않는 일이었다. 징그럽다 느껴야 할 텐데 그런 느
낌이 들 겨를이 없다. 그것은 아마도 이 세상 금수가 아닌, 다

른 세상의 신조(神鳥)를 보았다는 느낌이라서 그럴 것이다.

"네가 좋아하는 옥고(玉膏)다. 조금만 더 쫓아가면 돼."

신비인이 한 손으로 대조의 머리를 쓰다듬으며 손 위의 물체를 부리 끝에 가져다 댔다. 하지만 대조는 고개를 내저으며 그것을 받아먹지 않았다. 그 대신, 대조가 부리를 연다. 단운룡, 강설영, 그리고 장내의 모두가 놀랐다. 열린 부리 끝에서 한줄기 목소리가 흘러나온 까닭이었다.

"이젠 힘이 든다. 더 접근하지 못하겠다."

잘못 들은 것이 아니다. 탁하고 어색하지만 분명 중원의 언어다. 부리가 열리고 닫히기를 반복한다. 긴 혀가 그 부리 안에서 움직이고 있었다. 새가 말을 하고 있는 것이다.

"여기까지 잘 왔잖나."

"흑기(黑氣)가 강성하여 버티기가 힘들다. 좀 더 날아갈 수는 있지만, 아주 가까이는 못 가겠다. 그 힘은 이미 온전하게 갖추어져 있다. 우리 힘으로 막을 수 있는 것이 아니다."

너무나도 기이한 일이었다. 발음만 어색하다 뿐이지, 그 내용도, 그 어조도 사람이 말하는 것과 다를 바가 없다. 심지어 그 말투에서는 안타까워하는 감정까지 전해질 정도였다.

"숙호(孰湖)가 당하지 않았더라면 어떻게든 갈 수 있었을 텐데……."

신비인이 이를 악무는 것이 보였다. 낭패한 기색이 역력했다.

"소선(小船)은 없는가?"

그가 다시 한 번 한숨을 내쉬며 고개를 돌렸다. 중명조가 갈

수 없다면 따로 배를 띄워서라도 쫓아갈 요량인 듯했다. 그러던 그가 한순간 멈칫하면서 시선을 돌렸다.

단운룡에게로다.

노란 인광을 발하는 눈이 단운룡을 노려보고 있었다.

"용안(龍眼)? 용형인(龍形人)인가?"

신비인의 얼굴에 떠오른 것은 놀라움, 그리고 적의였다. 그가 성큼성큼 단운룡에게로 다가온다. 엽단평이 가슴에 검을 모으고 강설영이 주먹을 말아 쥐었다. 빗줄기에 흠뻑 젖은 막야흔이 눈썹을 치켜 올리며 한 발 나섰다.

"환난유세의 암제(暗帝)가 승천하려는 이때에, 그 힘을 흘려보내는 이 장강에서 인간의 껍데기를 둘러쓴 용형의 괴걸을 만나다니! 이와 같은 일은 결코 우연이 아니겠지!"

신비인의 몸에서 발산되는 적의는 살기에 가까웠다. 두 눈엔 황금색에 가까운 광망이 서린다. 특히 왼쪽 눈은 보석이라도 박아 넣은 듯 오른쪽 눈보다 훨씬 더 짙은 황금색을 발하고 있었다.

"여기서 암제의 승천을 지켜본다는 것은 다른 이유가 아닐 것이다. 암제의 복락을 받아 천하를 혼돈으로 몰아가는 이무기임을 뜻함이겠지! 천하창생을 위해서는 있어서는 안 될 존재일 것이다!"

암제는 뭐고, 용형인은 또 무엇인가.

무슨 말인지 알아들을 수가 없다.

하지만 그가 뜻하는 바는 분명했다. 그는 싸움을 원하고 있었다. 황금빛으로 빛나던 그의 왼쪽 눈이 주홍빛으로 변하더니, 이내 새빨간 붉은빛으로 변했다. 위험하고도 위협적인 붉은빛이었다. 그가 한 발 더 다가왔다. 오른손에는 언제 꺼내 들었을지 모를 부적 다발이 한 움큼 잡혀 있었다.

"멈추어라, 월현. 그는 암제의 권속인 흑망이 아니다. 그의 눈을 다시 보아라. 용안이되 그 눈은 흑룡안(黑龍眼)이 아닌, 뇌룡안(雷龍眼)를 지녔다. 게다가 그 내면에는 사람의 인안(人眼)으로 협안(俠眼)과 제왕안(帝王眼)이 함께하고 있다. 뇌룡과 인중지왕의 삼중신안(三重神眼)이다. 파마의 뇌룡제가 될 운명을 타고났다. 여기서 목숨을 빼앗으면 안 된다."

그를 멈춘 것은 신조(神鳥) 중명의 목소리였다. 그가 중명조 쪽으로 고개를 돌렸다. 그가 중명조를 바라보며 침중한 목소리로 되물었다.

"암제의 흑망(黑蟒)이 아니라, 비천의 뇌룡이라고?"

"그렇다, 월현. 그대는 지쳤다. 암제의 암흑기는 술자들의 독(毒)이다. 그대가 지닌 마신안(魔神眼)으로도 암제 흑기의 영향을 벗어나기는 힘들다. 혼돈광세의 주인은 그 힘이 극에 달해 있다. 여기서 굴하면 안 된다. 그의 눈을 다시 보아라."

월현이라 불린 신비인이 단운룡 쪽으로 눈을 돌렸다. 그의 눈이 단운룡을 꿰뚫어 볼 듯 훑어나간다. 깜빡깜빡, 붉은빛이 흔들리고 있다. 붉은빛이 주홍빛으로, 그리고 다시 황금빛으로 변했다.

"그렇군. 확실히, 내 눈이 틀렸다."

그가 천천히 말을 이었다.

"위험한 존재라 생각했다. 적의를 보인 것을 사과하겠다."

단운룡이 대답했다. 짧은 대답이었다.

"괜찮다. 다친 사람은 없으니까."

월현이 눈썹을 치켜 올렸다. 단운룡의 태연한 반응에 제법 놀란 것 같았다.

"제왕안의 소유자란 과연 그런 법인가."

그가 이번에는 단운룡의 옆에 있는 강설영에게로 고개를 돌렸다.

"제왕안의 곁에 탐안(耽眼)과 창조안(創造眼)이 있다. 수신기(水神氣)가 보이는데, 역시나 삼중신안이다. 삼기성(三奇星)의 기운이 있는데 괴강이 함께하여 한곳에 몰두하는 성질이 강하다. 찾으려 해도 찾기 어려운 것을 찾고 있구나. 더군다나 백호대살의 기가 다가오고 있어 흉사(凶事)가 생길 수 있겠다."

역시나 무슨 뜻인지 알기가 어렵다. 옆에서 잠자코 듣고 있던 단운룡이 물었다.

"그거, 점괘 같은 건가?"

"그렇다. 삼중신안의 소유자를 둘이나 보다니……."

"알아듣게 말해라. 삼중신안이고 뭐고, 하나도 못 알아듣겠어. 게다가 다른 사람의 운쾌란 함부로 들여다보는 게 아냐."

"제왕안을 지녔다고 하여 그 주위의 모두가 왕의 신하인 것은 아니다. 강호무림, 싸움에 미친 광룡제라면 말할 것도 없겠지."

"말이 거칠군. 굳이 그래야겠다면 한판 해보든가."

이번엔 단운룡의 도발이다.

상대가 새를 타고 날아온 기인이든, 어떤 의미심장한 말을 지껄이든 상관없다. 상대가 불쾌하게 나온다면 봐줄 이유가 없는 것이다. 단운룡이 두 눈을 빛내며 한 발 나섰다. 뇌광이 번뜩이는 그 눈빛은 월현이 지닌 금빛 광망의 기세에 조금도 부족함이 없었다.

"아니. 아니 될 말이다. 자꾸만 심화가 융성하고 사심이 깃든다. 어쩌면 이 역시도 사람을 혼란에 빠뜨리는 저 암제의 조화일지 모르겠다. 우리는 지금 싸워선 안 돼."

냉정해지기 위해 힘을 다하는 모습이다. 이윽고 월현이 손을 들며 뒤로 물러났다. 싸우지 않겠다는 뜻을 분명히 한 것이다.

그때였다. 꽈르르르릉! 하고 지축을 뒤흔드는 천둥소리가 울린 것은.

콰앙! 우르르르릉! 번쩍!

하늘이 울고 있다. 하늘 끝, 온 세상을 어둡게 뒤덮는 먹구름이 무서운 기세로 요동치고 있었다. 넘실대는 어둠은 그 기세가 무지막지하여 암천을 가르는 번개마저도 삼켜 버릴 것 같았다.

"큭!!"

일순간, 월현이 손을 들어 왼쪽 눈을 부여잡았다. 기이한 일이다. 고통을 느끼는 듯 표정이 일그러진다. 손가락 사이로는 핏물이 배어 나오고 있었다.

"설마……!"

그가 이를 악물며 고개를 돌렸다. 갑판에서 이러지도 저러지도 못한 채 겁만 집어먹고 있던 사람들이 하나둘 하늘 저편으로 고개를 돌리고 있다. 무섭게 쏟아지는 빗줄기도 그들의 시선을 막을 수는 없다. 장강 줄기 저 멀리서 무언가 엄청난 일이 일어나고 있었다.

"세상에… 저게 뭐지?"

막야흔의 목소리다. 벌린 입을 다물지 못하고 있었다.

누구나 마찬가지다. 우산이 날아가고, 빗줄기가 온몸을 때리고 있지만 발을 옮길 수가 없다. 저 멀리, 강물이 솟구치고 있었다. 비구름으로 어두워진 시야지만, 모두가 그걸 볼 수가 있었다. 그 솟구치는 강물 한가운데 번뜩이는 벼락 줄기가 끊임없이 떨어지고 있었기 때문이다.

"벌써 시작인가!!"

월현의 목소리는 다급했다. 그가 눈에서 손을 떼고 중명조에게 달려간다. 왼쪽 눈에서 턱 밑까지 핏물이 줄줄 흘러내리는 것이 보였다. 고통에 일그러진 표정으로 몸을 날려 중명조 위에 올라탄다. 그가 큰 소리로 외쳤다.

"어째서 벌써 시작인 거지? 아직 시간이 남지 않았나?"

"모르겠다. 중명도 모르겠다."

"가자! 암제의 승천이다! 암계가 열리는 걸 막아야 해!"

"아니 될 말이다. 가까이 가면 승천에 휘말릴 수도 있다."

"근처까지만이라도 보내줘! 부탁이다!!"

"하지만……."

중명조는 날갯짓을 하지 않았다. 중명조의 목소리에 사람의 그것과 같은 두려움이 깃들어 있었다. 영물로 긴 세월을 살아온 영혼에 원천적으로 새겨진 공포였다.

"잠깐, 하나만 묻자. 저건 대체 뭐지?"

단운룡이 몸을 날려 중명조 앞에 섰다. 월현이 단운룡을 내려다보았다. 다급한 얼굴, 시간 낭비할 겨를이 없다는 표정이었다.

"물 위로 솟구친 꼬리를 보았다. 내가 본 것이, 내가 상상하는 그것이 맞나?"

월현이 단운룡을 똑바로 바라보았다. 황금빛과 붉은빛을 토해내던 왼쪽 눈은 이제 구멍이 뚫린 것처럼 새까맣게 변해 있었다. 그 새까맣게 변한 눈에서는 붉은 피가 하염없이 흘러내리고 있었다.

단운룡을 응시하는 그는, 그 까만 눈으로 단운룡과 얽힌 어떤 천명을 보았던 것일까. 월현이 이윽고 대답한다.

"그렇다. 저게 바로 인간들이 말하는 전설의 신수, 용(龍)이다."

월현의 목소리가 한참 동안 귓전에 남았다.

탄식처럼 발해지는 단운룡의 목소리가 꿈결처럼 빗줄기를 타고 흩어졌다.

"그런가. 용이란 것이 진짜로 있었군."

"저건 인간들이 말하는 것과 같이 신령스러운 존재가 아니다. 저건 세상에 나와선 안 되는 마물이다."

"그래서 지금, 용을 잡으러 가겠다는 건가?"

"잡는 것은 그 누구라도 불가능하다. 그렇다 해도 세상에 미칠 마기(魔氣)는 막아봐야지."

"도와줄까?"

단운룡이 물었다.

너무나도 당연하다는 듯 말하는 그의 한마디엔, 그가 지닌 그 모든 인성과 본질이 담겨 있다. 그 말을 들은 월현이 두 눈을 크게 뜨며 말했다.

"놀랍고도 놀랍구나. 하지만 뇌룡안의 주인이여, 그대의 길은 여기 없다. 이 영역은 이미 인간과 인간 아닌 자들의 경계에 있다. 그 협안을 지니고 생몰의 경계가 아닌 만상의 겁난과 싸워라. 그게 그대의 천명이다."

"천명이란 건 누가 대신 말해주는 게 아니다. 내 천명은 내가 정해."

"이 싸움은 인간의 싸움이 아니다. 경계에 선 자들도 어쩌지 못할 싸움이야."

"말을 복잡하게 하지 마. 가부를 정해. 필요없으면 사양한다 말하면 그만이다."

단운룡의 대답은 명쾌했다.

월현이 말문이 막힌 표정으로 그를 내려다보았다. 죽은 것처럼 까맣게 변해 있던 왼쪽 눈 깊은 곳에서 한줄기 빛이 살아난다.

하늘에서 내려오는 빗줄기가 둘 사이를 가로지른다. 말을 멈추었던 월현이 이내 조금이나마 생기를 되찾은 목소리로 입을 열었다.

"제안은 고맙지만, 거절한다. 자넨 자네의 길을 가도록 해."

"알겠다. 하나만 더 묻자. 당신이 가는 길은 무척이나 험난한 길일 거다. 그렇지 않나?"

"보는 대로다. 상상 속에서나 맞닥뜨릴 수 있는 모든 것들이

이 앞에 있다.”

“사부가 말했다. 지금은 마침내 모든 절망과 좌절의 시대를 지나 만천의 빛이 인간에게 내려온 때라고. 하늘이, 이 우주(宇宙)가 인간에게 허락한 힘이 정점에 이른 시대라고 했었다. 사부가 그랬다면 그런 거다. 사람의 힘을 당할 것은 그 어디에도 없어.”

용의 눈을 가졌다고 했다.

그러나 그는 또한 사람이다. 만인의 위에 설 제왕의 기질을 지니고, 협의 전설에게 모든 것을 배웠다.

사람과 사람을 이어주는 억겁의 인연이 거기에 있다.

월현은 단운룡의 이야기를 듣고 어떤 깨달음을 얻었던 것일까.

검게 변했던 눈 한가운데에서 밝은 빛이 자라난다. 끊임없이 흘러나오던 핏줄기가 멈추고, 새살이 돋아나듯 눈의 색깔이 원래대로 돌아오고 있었다.

“자넬 만나게 함은 저 암제의 흉심이 아니라 높고도 밝은 하늘의 뜻이었던 모양이다. 또 하나를 배웠다. 그 배움을 가지고 저 힘과 맞서보겠다.”

“죽지 마라.”

단운룡의 마지막 말은 짧았다. 월현은 그 흔한 한줄기 미소조차 짓지 않았다. 그렇지만 단운룡은 마음으로 그 미소를 받았다. 단운룡은 알 수 있었다. 월현은 웃을 수 있는 곳에 서 있는 자가 아니라는 사실을 말이다. 그는 치열한 고난을 벗 삼아 긴 여행을 하고 있는 중이다.

“하늘이 열리는구나.”

월현이 장강 저편을 바라본다.

지평선 저 멀리 솟구치고 있는 물보라 위로 까마득한 먹구름이 동심원을 그리며 열리고 있었다.

"중명조… 이것은!!"

날아오르러 하지 않는 중명조 위에서 월현이 시선을 한쪽으로 돌렸다. 단운룡이나 강설영이 볼 수 없는 저 먼 곳 어딘가를 향해서다. 그가 크게 놀란 듯한 목소리로 말했다.

"이 기운! 동방삭이 왔다!"

월현의 말에 움츠려 있던 중명조가 고개를 쳐들었다. 월현의 목소리가 빨라졌다.

"그가 있으면 막을 수 있을지도 몰라. 중명조야, 한 번만 더 날아보자!"

"동방삭이라고?"

"모르겠나? 그가 저기에 있다!"

"그렇구나. 느껴진다. 좋다. 날아보겠다. 십팔만 년 영생의 주인이라면, 한번 해볼 만하겠지."

중명조가 기운을 차린 듯 날갯짓을 시작했다. 거대한 날개를 움직이고 있음에도 그 몸체와 사람 하나의 무게는 큰 부담인 듯 날아오르기가 힘겨워 보였다. 월현이 소리쳤다.

"힘을 많이 썼는가! 내가 돕겠다!"

위에 있던 월현이 손가락을 교차시키며 수인을 맺고는 푸른색 부적 하나를 날렸다. 비를 맞는 와중에도 푸른색 부적이 공중에서 불에 타 사그라졌다. 한줄기 바람이 홀연히 불어와 날갯짓을 도왔다. 신기한 조화였다. 거대한 신조와 그 위에 탄 사람이 하늘 위로 솟아오르기 시작했다.

휘잉! 파라라라락!

크게 휘돌아 하늘 위로 날아간다. 마지막 외침은 벌써 까마득하다. 이야기 속에서 뛰쳐나온 것처럼 갑작스레 나타났다가 하늘 위로 사라져 버린다. 하지만 그건 지어낸 이야기가 아니다. 저 멀리 번쩍이며 일렁이는 물보라는 지금도 두 눈에 비쳐 드는 현실일 뿐이었다.

"엄청난 광경이군."

지평선 저쪽에서 저만큼 크게 보일 정도면, 실제로는 산더미와 같을 것이다. 모든 법칙에 역행하는 것처럼 엄청난 물보라가 솟구친 채 떨어지질 않고 있었다. 비구름 한가운데, 열려진 하늘로부터 폭포수와 같은 빛이 내려온다. 하지만 그 빛은 결코 밝거나 아름답지 않았다. 안개가 짙게 드리워진 계곡의 달빛처럼 장엄하고 상서롭기보다는, 어딘지 모르게 음울하고 칙칙한 느낌이 드는 빛이었다.

꽈르릉! 꽈르르르릉!

하늘이 울었다. 바람이 저 멀리로 모여들고 있었다.

승천의 바람이다.

물보라가 갈라지고, 서서히 상승하기 시작한다. 육중하고도 거대한 그 정점에는 두 개의 뿔이 솟아 있다. 물보라와 번개를 동반하고 하늘로 올라간다. 용이다. 그것은 틀림없는 용의 형상이었다.

"저럴 수가……!"

불길한 빛줄기를 받고 번들거리는 검은빛을 띠고 있지만,

장관은 장관이라고밖에 표현할 수 없다.

사람들은 말해왔다.

용이라 함은 수면에서 하늘로 올라가는 회오리바람을 잘못 본 결과라고.

그래서 용오름이란 말이 생겼고, 용천풍이란 말이 나왔다.

하지만 이것은 그 반대다.

회오리바람을 보고 용이라 착각한 게 아니라, 용을 보고 회오리바람으로 착각하겠다. 멀리서 보는 그것은 틀림없이 용이었지만, 멀리서 보고 있자면 그저 물기둥과 함께 솟구치는 검은색 회오리바람 같다.

그래도 여기 있는 이들은 안다. 그것이 회오리바람이 아니라는 것을.

그 어떤 회오리바람도 꿈틀거리는 검은색 비늘과 거대한 다리를 가지고 있지는 않을 것이었기 때문이다.

"진짜다……. 진짜 용이야……!"

엄청나다는 수식어로는 부족했다.

물살을 뚫고 하늘로 올라가는 용의 형상은 지평선에서 하늘 끝까지 이어지는 거대한 기둥과도 같았다. 어쩌면 사람들이 용천풍이라고, 회오리바람일 뿐이라고 했던 것들 중에는 진짜 용이 있었을지도 모르겠다. 그런 생각이 절로 드는 광경이었다.

꽈릉! 버언쩍!

승천은 길었다. 아니, 실제로는 짧았지만 길게 느꼈는지도 모를 일이다. 감동과 두려움이 함께하는 순간이다. 장엄한 의식이라도 되는 듯 천천히 올라가는데, 그 압도적인 위엄은 필설로 형용할 말이 없을 정도였다.

우르르르릉! 꽈아아앙!

하늘이 비명을 지르고, 빗줄기가 줄어들기 시작했다.

홀린 듯 그것을 바라보던 모든 이들이 일순간 정신을 차리고서 서로를 돌아본다. 과연 제대로 본 것이 맞는가. 서로에게 확인하고픈 심정일 뿐이다.

그리고 그들은 또한 알고 있었다. 서로에게 확인할 필요도 없다는 것을.

모두가 경이와 경악의 눈빛으로 있으니, 그것이 곧 그들이 본 광경의 증거다.

강건한 무공을 지니고 있는 무림인이든, 허약한 노구를 끌고 있는 노상인이든, 똑같은 심정으로 자신이 본 광경을 곱씹는다. 믿을 수 없는 일. 어디 가서 함부로 말하기도 어려운 광경을 보았다. 당장 이것이 꿈이라고 해도, 눈을 뜨면 침상 안에서 천장을 바라보고 있다 해도 놀라지 않으리라.

"아아… 있었네요. 전설인 줄로만 알았더니."

"그래. 엄청나군."

강설영의 목소리는 묘하게 밝았다. 단운룡은 어렵지 않게 그 이유를 짐작할 수 있었다. 전설이라고 했던 것이 눈앞에 나타난 거다. 저거에 비하자면 천잠보의는 별거 아니다. 저런 걸 본 이상 그 어떤 신비한 일이라도 불가능하지는 않겠다는 생각이 드는 것이다.

"비가 그치질 않네요."

"용이 올라가고 나면 그칠 것 같은 느낌인데 말이야."

“그러게요. 그런 거 있잖아요. 용이 승천하고 나면 하늘이 밝아지면서 햇살이 쫙 비칠 것 같은 거.”

“실제로 본 사람이 없잖아.”

“맞아요. 그렇겠죠.”

“이번엔 본 사람이 많아.”

“떠들썩하겠네요.”

“누군가는 말하겠지. 회오리바람을 잘못 본 거라고.”

“그렇겠죠? 근데 그거, 회오리바람 아니었죠? 내가 제대로 본 거죠?”

“아니었어. 아니고말고.”

단운룡이 고개를 설레설레 저었다. 그러다가 문득 한 가지에 생각이 미친다. 눈을 가리고 있던 엽단평은 어땠을까. 그가 엽단평을 돌아보았다. 엽단평은 두 손으로 눈을 가렸던 천을 다시 묶고 있었다. 그새 벗기는 했던 모양이다. 단운룡이 물었다.

“본 건가?”

“봤습니다. 수련이 중요하다지만, 그런 장관을 놓칠 수는 없죠.”

문득 웃음이 나온다.

용이 승천한다니까 눈가리개를 벗었다가 다시 묶고 있는 엽단평의 모습.

하늘 위에서 옛날이야기를 듣다가 덜컥 땅 아래로 끌어내려진 느낌이다. 엽단평이 하는 양을 보고 있자니 갑작스레 현실 세계로 돌아온 느낌이 들었다.

“용이란 것을 실제로 보았다. 믿기질 않는군. 꿈이었다면 당장 도박을 했을 텐데."

막야흔의 목소리였다. 그 역시도 현실 세계의 목소리다. 단운룡이 그를 돌아보며 말했다.

"아까 못 들었나? 그건 암제(暗帝)라잖아. 올라간 것도 불길한 흑룡이었고."

"뭔 말인지 하나도 못 알아들을 말만 지껄이더군. 뭐라고 씨부리는 건지. 중간부턴 제대로 듣지도 않았어. 게다가 흑룡이든 청룡이든, 용은 용인 거다. 살아생전에 언제 저런 걸 또 보겠냐? 심각하게 생각할 필요 없는 거다!"

막야흔의 말은 어쩌면 다시없는 정답일지도 몰랐다.

심각하게 생각할 필요 있을까. 어떻게 그런 일이 생겼는지, 어떻게 그런 일이 있을 수 있는가는 영원한 불가해일 것이다. 저 구멍 뚫린 암천의 천공으로 쫓아갈 수 있는 것도 아닌바. 그저 엄청난 것을 보았으면 그것으로 그만이다. 막야흔의 말마따나 이런 걸 언제 또 볼 수 있을까. 전설의 실재를 목도한 것만으로도 행운일지 모르는 일이었다.

"용도 대단하지만, 그 새는 또 뭐였지? 그렇게 큰 새도 있었나?"

막야흔의 목소리엔 사람 냄새가 가득했다. 의도한 바는 아니겠지만 꿈결같이 떠 있던 마음을 가라앉힐 수 있도록 도와주고 있었다. 그의 말에 강설영이 대답했다.

"책을 읽은 적이 있어요. 중명조는 상서로운 신조(神鳥)라 했죠. 눈동자가 한 눈에 두 개고, 깃털이 잘 빠진다는 기록을 본 기억이 있는데, 과연 실제로도 그랬네요."

　그녀의 이야기에 단운룡과 막야흔의 눈이 중명조가 내려앉았던 갑판 위로 향했다. 비바람에 이리저리 날아가 버렸지만 아직도 깃털 몇 개가 곳곳에 남아 있었다.

　"옥고(玉膏)라는 신비로운 음식만을 먹는다 했어요. 아까 월현이란 자가 중명조에게 주려던 것이 바로 그건가 봐요."

　"잘 알고 있군."

　"그런 종류의 일에 흥미가 많으니까요."

　강설영이 어색하게 미소 지으며 말했다. 단운룡이 고개를 끄덕이며 말했다.

　"저걸 봐라. 아직도 하늘이 열려 있어."

　"그렇네요."

　"이제야 확신이 든다. 저런 게 있다면, 천잠보의도 찾을 수 있을 거야."

　"그렇겠죠. 그래야 해요."

　전설의 신수.

　용(龍).

　하늘이 용을 부르고.

　생과 사, 현실과 환상, 힘과 힘, 사람과 사람의 경계가 무너지니 한 시대가 끝나고 새로운 시대가 열리고 있다.

　그 시대를 여는 자들은 아직 그 힘이 정점에 달하지 못했으나 그들이 가고자 하는 길을 충실히 걷고 있다. 영락 칠년, 여름이 다가오는 오월, 빗줄기는 하염없이 그칠 줄을 몰랐다.

제23장 연쇄(連鎖)

영락 칠년, 장강에서 괴이한 일이 일어났다.

검은 비늘을 가진 큰 교룡이 나타난 것이다.

세인들은 교룡출세를 상서로운 길조로 받아들였다.

그러나 현인들은 말했다. 교룡은 상서로운 영물이나, 검은색은 흉조. 대환란의 징조라고.

…(중략)…….

남경은 명제국의 공식적인 수도였다.

하지만 그때 이미 남경은 명제국의 중심지가 아니었다. 당금의 황제인 영락제는 제위 초기부터 북경으로의 수도 천도를 공공연히 추진해 왔고, 북경 중심에 자금성이라는 초유의 황궁 건설에 착수하면서 남경은 확실하게 수도의 권위를 상실하게 된다. 천도가 정식으로 이루어진 것은 십수 년 후의 이야기지만, 이미 모든 권력의 중심지는 북경이라 해도 과언이 아니었다. 행재소라 하여, 황제가

북경에 머무르고 있음에야 황제가 없는 남경은 곧 지나간 세월이
상징이라 할 만했다.

　자금성의 축조.

　그리고 황제의 부재.

　제국의 전환기에 장강에서 흑교룡이 승천했음은, 분명 작지 않은
의미를 지닐 것이다. 더욱이 남경이란 도시가 장강 줄기를 타고 있
음은 그 모든 일이 우연이 아님을 뜻한다고 봐도 무방하다. 말하자
면 버려진 수도다. 그것이야말로 하늘의 뜻이라 말하는 현인들이
있었으니, 난세의 예언을 주고받음이라. 강물이 뒤집히고 하늘이
열렸다. 온 세상이 바뀌는 징조였다.

한백무림서 초안
한백의 일기 中에서.

남경은 어수선했다.

건문제에서 영락제로 하늘이 바뀌는 정난지변에서부터 줄곧 어수선했던 수도였지만, 그 혼란함은 최근 들어 극히 심해지고 있었다. 황제가 당분간 북경에서 모든 집무를 관장하기로 결정하고 행재소로 떠난 것이 가장 큰 이유였다. 임시로 일을 처리하는 곳이라는 뜻으로 행재소를 세웠지만, 알 만한 사람들은 그곳이 임시가 아님을 너무나도 잘 알고 있었다. 이미 행재소는 행재소가 아니라 북경에 새로이 짓고 있는 자금성이다. 황제가 거하는 곳이 곧 황궁이라 했다. 대부분의 사람들은 벌써부터 그곳을 행재소가 아닌, 자금성 세 글자로 부르고 있을 정도였다.

"또 납치인가?"

"그렇습니다. 숙 대인의 우화대공가(雨花大公家)는 난리가 난 상태입니다."

"종이품까지 올라갔던 고관의 측실이다. 그런 사람까지 납치하다니, 기고만장했어."

"숙 대인이 직접 나 통판(通判)에게 찾아가 닦달을 했다지요. 게다가 우화가 측에서도 자체적인 조사를 감행한다고 합니다. 사람을 사고 있는 모양이에요. 강호인들을 구하고 있답니다."

"나쁜 소식이군. 방해나 안 했으면 좋으련만."

효릉(孝陵) 근역에 위치한 동창 남경지부의 분위기는 차갑게 가라앉아 있었다. 죽은 사람만 벌써 스물네 명째니 그럴 만도 하다. 스물넷, 납치당한 부녀자가 강간당하고 살해된 채 발견된 숫자였다.

"단서는?"

"똑같습니다. 이번에 사라진 은 부인의 처소에도 벽면 한쪽에 문(文)이라는 글자가 붉은색 주사로 쓰여 있었습니다. 흰색 보화와 재물은 건들지도 않았지요. 같은 놈의 소행입니다."

"그쪽에서는 아무도 못 알아챈 건가?"

"우화대공가에는 쓸 만한 무인들이 꽤 있습니다. 고수라 불릴 만한 수신보위들도 열 명은 되지요. 하지만, 밤사이 그 누구도 납치를 알아채지 못했답니다. 기 부인의 개인 시비가 그 글자를 발견한 것도 오늘 아침입니다."

"골치 아프군."

남경지부 흑성대 대장 하진화(華進河)는 골치가 아프다 못해

화가 날 지경이었다.

한때는 응천부라 불리며 온 천하의 중심지 역할을 했던 남경이다. 황제가 거할 때만 해도 이런 일은 상상조차 못할 일이었다. 수도는 수도이니만큼 중원 최대 도시 중 하나임엔 틀림이 없었지만, 예전의 영화롭던 시절과는 분명한 차이를 느낄 수 있었다. 정난지변으로 파괴되었던 도시 전반엔 재건의 물결이 일고 있었지만, 수도 천도 계획이 민초들의 활력에 찬물을 끼얹어 버렸고, 난데없는 연쇄 살인 사건까지 겹치면서 민심이 갈수록 흉흉해지고 있었던 것이다.

"번역(番役:동창의 말단 정보원)들을 불러 모아라. 지금 지부에 있는 창위들도 전부 소집해."

"알겠습니다."

보고를 하러 들어왔던 창위가 깍듯한 자세로 뛰어나갔다. 그나마 다행인 것은 동창의 기강이 바로잡히고 있다는 사실이다. 중추 요직을 맡고 있던 모든 인재들이 황제를 보좌하기 위해 북경으로 떠났지만, 유사시에 움직일 수 있는 전력만큼은 완벽하게 갖추어진 상태였다. 재정과 인원이 남경에 있는 그 어떤 관아보다도 탄탄하게 마련되어 있을 뿐 아니라, 힘이 부족할 때는 언제라도 북경으로부터 지원받을 수가 있다. 동창을 중시하겠다는 폐하의 성지를 충분히 읽을 수 있는 대목이었다.

'문제는 그만큼 책임도 커진다는 데 있지.'

하진화는 그 중압감이 못내 부담스러웠다. 하필이면 왜 지금인지 모르겠다. 장강에선 흑룡이 승천했다느니, 백장의 교룡이 난동을 부렸다느니, 말도 안 되는 소문이 들려오는 마당에 민심을 통제하기가 여간 어려운 일이 아니었다. 저번에도 그랬다. 자금산, 종산에서 무슨 마룡(魔龍)이 나타났다 하여 민심이 크게 흔들리지 않았던가.

그런 헛소문이란, 대저 닭이 먼저냐 계란이 먼저냐의 문제와도 같은 법이다. 민심이 흉흉해졌기에 소문이 났는지, 소문이 났기 때문에 민심이 흉흉해진 것인지 분간하기 힘들었다.

확실한 것은 정난의 위업이 찬탈의 재난이라 말하는 이들이 곳곳에 숨어 있다는 사실이었다. 폐하의 정통성을 걸고넘어지는 놈들. 그놈들이 가장 문제다. 그들은 모두가 위협적인 반란분자들이었다. 이렇게 민심이 흉흉해 있을 때가 바로, 그런 놈들이 나타나기 딱 좋은 시기다. 연쇄 살인 사건 그 자체보다 훨씬 더 우려되는 것이 바로 그런 부분이었다.

'특히나 그 글자들……!!'

무엇보다 신경이 쓰이는 것은 놈이 남긴 글자들이다.

납치 장소에 남아 있는 '문(文)'이라는 글자는 실로 가벼이 볼 것이 아니었다. '문'이라 함은, 적어도 이 남경에선 단순히 문필 문 자를 뜻하는 게 아니기 때문이었다. 그것은 달리 주윤문, 즉 건문제의 상징으로 해석될 수 있었던 것이다.

더 험한 것은 죽여서 버려진 장소에 남겨진 글씨였다. 시체 근처에서는 희생자의 옷가지에 피로 쓰여진 하늘 '천(天)' 자가 함께 발견되고 있었다. 그것도 그냥 하늘 천 자가 아니라, 거꾸로 뒤집혀진 하늘 천 자다. 역천를 뜻함이었다. 일련의 사건이 단순한 살업이 아니라는 생각을 굳히게 만드는 결정적인 증거였다.

　다행히도 추관에서는 이것들을 일반에 공개하지 않았다. 추관에서도 이것이 심각한 일이란 것을 잘 알고 있었던 모양이었다. 곧바로 보고를 올리지 않고, 세 번째가 되도록 자기들이 해결하려 한 것은 문책받아 마땅한 일이었지만 말이다.

　하진화는 다시 한 번 자료들을 훑어보았다. 젊은 창위 하나가 조심스럽게 문을 열고 들어왔다. 하진화가 고개를 들고 젊은 창위를 올려다보았다.

　"모두 모여 있습니다. 단목 대주께서는 아직입니다."

　"청랑은?"

　"기 대주께서는 아까부터 기다리고 계셨습니다."

　"좋아."

　열두 명 창위와 삼십 명의 번역들이 모이는 데 걸린 시간은 일다경 남짓이었다. 이 정도면 양호하다. 명령 하달이 빠르고 움직임도 신속하다. 무슨 일이 발생하더라도 당장 큰 문제가 생기지는 않겠다.

　하진화가 스스로에게 '괜찮다' 세 번을 말하고, 집무실을 나섰다.

　하진화는 동창 남경지부의 실질적인 책임자라 할 수 있었다. 이십팔 세 젊은 나이에 폐하를 모시고 남경으로 진격해 들어와 이곳에 발을 붙이고 동창의 두(頭)로 터를 잡은 지 십 년째다. 수많은 반란분자들을 색출하고 잡아넣으며 죽음과 삶의 경계를 오갔다. 그러면서 생긴 버릇이 바로 그 '괜찮다' 세 번이다. 전후의 정리가 끝나고, 한참 동안 입에 올리지 않던 그

버릇이 요즘 들어 다시금 도지고 있었다.

"다들 왔군."

하진화는 아직 불혹이 되지 않았다. 하지만 그 얼굴은 불혹을 훌쩍 넘겨, 지천명에 다다른 것으로 보였다. 오랜 세월 동안 그를 괴롭힌 막중한 임무들이 그를 그렇게 만들었다. 최근 들어서 입버릇이 심해진 만큼 흰머리의 숫자도 기하급수적으로 늘고 있었다.

"새로 밝혀진 것은?"

그런 그의 앞에 삼엄한 기도의 사십이 명 동창의 정영들이 부채꼴 모양으로 시립해 있다. 의자가 없는 탁자 세 개가 보인다. 모든 것을 지휘 통괄하는 흑성대, 정보 수집 관리의 흑야대, 그리고 척살과 암살을 담당하는 흑참대, 남경지부 동창 삼부대의 탁자였다. 탁자들로 보여지는 이곳은 말하자면, 동창의 회의실이다. 하진화의 왼쪽, 흑야대의 탁자 앞에 선 남자가 부드러운 어조로 대답했다.

"특별한 것은 없습니다."

기청량은 젊은 대주였다. 이십대 중반의 나이에 구불거리는 단발은 봉두난발이란 네 글자가 어울린다. 하지만 하진화는 단언할 수 있었다. 그 짧은 연륜과 괴이한 외모에 관계없이 동창의 모든 창위들을 통틀어 가장 신뢰하는 이를 꼽으라면, 바로 이 기청량을 꼽겠다고 말이다.

"글씨는 어떻던가?"

"글씨가 발견된 것은 진시 초, 글씨가 쓰여진 것은 인시 정각 부근으로 보입니다. 글자를 확인한 정 창위에 의하면 이전

세 건과 똑같은 필체라 했습니다. 같은 놈의 소행이란 뜻입니다. 글씨를 발견한 시비의 이름은 아정, 축시 즈음에 마지막으로 은 부인의 처소를 들렀다 했습니다. 나이는 열일곱이고 응천 남문에서 태어났습니다. 특기 사항 전무합니다. 부친은 어부로 삼 년 전 장강에서 목숨을 잃었고, 모친은 그녀와 함께 우화대공가 시비로 있습니다. 숙 대인은 납치와의 연관성을 조사한다는 명목으로 두 모녀를 심문하고 있지만, 실제로는 아무런 관련이 없는 것으로 사료됩니다."

기청량은 소위 '천재'라 불리는 족속이다. 꽃을 좋아하고 여인네들이 읽는 연서(戀書)들을 좋아하는 괴벽이 있기는 했지만, 정보 처리 능력에서만큼은 타의 추종을 불허할 재능을 지닌 남자였다. 한 번 본 자료들은 좀처럼 잊어버리질 않는 기억력을 지녔을 뿐 아니라, 언제 무엇을 물어보든 대답을 주저하는 일이 없었다. 이전 사건들에 대해 물어볼라치면, 언제 어느 날에 그 일이 발생했으며, 언제 누가 그것을 문서화했고, 어느 시점에 그 정보가 동창에 들어왔는지까지 막힘없이 술술 대답할 정도였다.

기청량이 북경으로 떠난 심화량에게 남경지부의 대주 직을 이어받은 지도 벌써 오 년째다. 걸출한 인재였던 심화량의 공백이 느껴지지 않는 것은, 오직 이 기청량의 능력 때문이라 해도 과언이 아닐 것이었다.

"일련의 사건에 대해 알고 있는 창위들이 꽤 많을 것이다. 지금까지 발견된 희생자가 스물네 명이다. 현재로는 스물넷이지만, 같은 건으로 분류하지 않았거나 시체가 발견되지 않은 것까지 합하면 실제 숫자는 훨씬 많을 것으로 생각된다. 간밤에 납치된 우화대공가의 은 부인을 제때에 찾지 못한다면, 거기서 한 명 더 늘어나게 되겠지."

하진화가 몸을 숙이며 탁자에 두 손을 얹고는 침중한 어조로 창위들을 돌아보았다. 숨죽인 침묵이 이어졌다. 하진화가 이내 몸을 세우며 말을 이었다.

"스물한 명 발견될 때까지만 해도 이것은 남경부 추관(推官)의 관할이었다. 하지만 이제 이 건은 우리가 맡는다. 무슨 일이 있어도 범인을 색출해서 척살해야 한다."

하진화는 척살이란 단어를 썼다. 조금도 망설이지 않은 채.

체포, 구금도 아니고 척살이다.

그만큼 중대한 사안임을 강조한 것이다. 그의 눈이 다시 한 번 모든 창위들을 훑었다. 마치 범인을 잡는 자가 누가 될지 마음껏 경쟁해 보라는 눈빛이었다.

"기 대주, 사건에 대해 설명하도록."

기청량이 일어났다.

마른 몸매다. 동창의 창위라고 하기엔 삼엄함이 부족한 모양새였지만, 누구도 그를 무시하지 않았다. 그의 천재적인 능력을 모르는 이가 없는 까닭이었다.

"첫 번째 시체는 작년 중양절 다음날, 북문의 하천에서 발견되었습니다. 훼손 정도가 심하여 신분을 밝히지는 못했지만, 추관의 조사에 의하면 오화로의 창기로 결론을 내렸다 했습니다. 왼손과 등, 오른팔과 두 다리, 그리고 오른쪽 발등에서 불에 지진 상흔이 발견되었고, 강간당한 흔적이 남아 있었답니다."

기청량의 목소리는 낭랑했다. 공손한 말투에 선량한 어조다. 역시나 동창 흑야대 대주와는 어울리지 않는 모습이었다.

"두 번째, 세 번째 시체가 발견될 때까지도 추관 측에서는 특별한 연관 관계를 못 찾고 있었다는 보고입니다. 첫 번째에서 두 번째 시체가 발견될 때까지 한 달이 넘는 시간 공백이 있었고, 두 번째에서 세 번째까지도 한 달 가까이 시일이 떠 있었기 때문이라고 하더군요. 하지만 네 번째 시체가 발견되고, 그것이 계속 이어지자 마침내 연쇄 살인으로 생각하고 조사에 착수했다 하였습니다. 연쇄 살인의 근거는 같은 부위에 남아 있던 화상(火傷)입니다. 왼손과 등, 오른팔, 그리고 두 쪽 허벅지와 오른쪽 발등에 불에 지진 상처가 모든 시체에 공통적으로 남아 있었습니다."

기청량이 왼손을 들어 올리고는 팔다리를 가리키며 말을 이었다. 눈 하나 깜짝 안 하고, 시체와 화상에 대해 말하는 것을 보면 동창의 대주가 맞기는 맞는 모양이다.

"강간은 시체에 따라 다릅니다. 가슴을 도려냈거나, 칼로 국부를 찌르는 등 성기를 훼손한 경우가 있는가 하면, 그런 상처가 전혀 없는 경우도 있습니다. 납치한 자의 미모에 따라 다소 다른 행태를 보이는데, 미태가 뛰어난 여인일수록 오히려 훼손 정도가 더 심한 양상을 보였습니다. 주목해 볼 부분이지요."

"그건 거기까지 하고, 그 글씨 건부터 이야기해 봐."

하진화가 기청량의 이야기를 중간에 자르며 말했다.

기청량은 뛰어난 지략가였고 동시에 뛰어난 분석가였지만,

모사라는 족속들이 늘 그렇듯 그 역시도 언제나 이야기를 길게 끌어가는 성향이 있었다. 기청량이 머리 속에 있는 방대한 정보와 지식들을 순서대로 모조리 다 꺼내놓기 전에 핵심부터 말하도록 유도하는 것이 바로 하진화의 몫이었다. 기청량 스스로도 그것을 잘 알고 있는 바다. 그가 고개를 끄덕이고는 다시금 입을 열었다.

"더 중요한 것은 이전 세 구의 시체에서부터 나타난 한 가지 상징입니다. 살인 주기가 짧아지고 있는 것은 그자의 충동이 제어가 힘든 지경에 이른 것을 드러내고 있는데, 그것이 이런 사건의 전형적인 특징이라고 한다면 특히 눈여겨보아야 할 것은 그자가 남기기 시작한 두 개의 글자입니다. 납치 장소에 '문(文)'이라는 한 글자를 남기고, 시체를 버린 장소에 '천(天)'이란 글자를 남기고 있습니다. 그중에서도 천이란 글자는 뒤집혀진 형태로 남아 있지요. 게다가 그 천 자는 희생자의 피로 써진 글씨입니다."

"그중 하나가 이거야. 저번에 등 창위가 추관에서 빼내온 물건이다."

하진화가 더럽혀진 한 장의 저고리를 들어 올렸다. 여자들이 입는 백색 비단 저고리다. 핏물이 군데군데 묻은 가운데, 거꾸로 선 하늘 천(天) 자가 쓰여 있었다. 핏물이 굳어져 갈색으로 새겨진 글씨였다.

"보시다시피, 썩 잘 쓴 글씨는 아닙니다. 붓으로 쓴 게 아니라 손가락으로 피를 찍어서 쓴 것으로 보이지요. 문(文)이란 글자도 마찬가지입니다. 곽 창위가 네 개의 글자를 모두 보았습니다. 역시나 잘 쓴 글자는 아니라는 보고입니다. 그렇지요?"

"맞습니다."

기청량이 한쪽을 돌아보며 묻자, 건장한 체격의 창위 하나가 절도있는 어조로 대답했다. 그가 곽 창위다. 기청량이 고개를 끄덕이며 말을 이었다.

"문필을 가까이하지 않은 자입니다. 무엇보다, 고수입니다. 경공에 일가견이 있겠지요. 우화대공가의 담벼락을 넘으면서도 아무에게 들키지 않았다는 사실이 그걸 말해줍니다. 점혈법에도 조예가 상당할 겁니다. 사람 하나를 들고서 은밀하게 움직이려면, 납치 대상이 아무런 저항을 하지 못하는 상태여야만 합니다. 점혈이 아니고서는 설명할 도리가 없지요."

"죽이고 데려간 것은 아닙니까?"

누군가 물었다. 말단 창위 쪽이었다. 기청량이 그쪽을 돌아보며 대답했다. 대주의 신분이었지만, 말단 창위가 묻는 말에도 온화한 공대를 사용하는 그였다.

"시간(屍姦)의 증거는 없었습니다. 시체는 납치된 지 열흘째에 버려지는 것으로 생각되고 있습니다. 위치가 일정한 것이 아니기에 발견 시점에는 다소 차이가 있지만 대략적으로 열흘이 확실한 것으로 보입니다. 시체의 상태에 대한 보고를 검토해 보면 죽은 시점은 그 전날이나 그 전전날로 짐작됩니다. 납치된 때부터 팔구 일은 살아 있었다는 이야기입니다."

"그렇다면 은 부인도 살아 있겠군."

한쪽에서 들려온 목소리다.

회의실 전체의 공기가 바뀐다. 기청량의 고개가 그쪽으로 돌아갔다. 중후한 목소리의 남자는 꽉 짜여진 육체를 지니고 있었다. 중년의 나이, 저벅저벅 걸어오는 것만으로도 넘실거리는 힘의 파동을 느낄 수가 있었다.

"단목 대주님, 안심할 수는 없습니다. 목숨을 잃는 것 앞에는 고초를 겪는 시간이 있으니까요."

"그런가? 그렇다면 차라리 일찍 죽어서 오는 게 낫겠어."

단목창성.

북경에 흑살대 대주 십보단혼객 반나한이 있다면, 남경에는 흑참대 대주 비정철극마 단목창성이 있다. 건문제의 수도, 남경응천부의 반역분자들을 정리한 것은 반나한보다 그의 힘이 더 컸다고 봐야 한다. 동창 최고수를 말하자면 누구나 반나한을 꼽겠지만, 잔인함과 비정함을 말한다면 단목창성이 단연코 첫 번째다. 제독태감의 집행 명령이 떨어지면, 누구든 가리지 않고 즉각적인 죽음을 선사한다. 동창이 공포의 대상으로 받아들여지는 데 가장 큰 역할을 한 것이 바로 그였다.

"맞습니다. 빨리 죽는 것이 더 편안할 수도 있겠지요. 하지만 단목 대주, 은 부인이 죽어서는 곤란합니다. 숙 대인은 정란지사 당시 남경 내부에서 폐하를 보위했던 충신입니다. 민심도 민심이지만, 잘못했다가는 우리 목이 날아갈 수가 있습니다."

온화한 목소리 속에 얼음처럼 냉철한 본질이 숨겨져 있다. 그의 말에 하진화가 고개를 끄덕이며 침중한 목소리로 입을 열었다.

"더 이상 말하지 않아도 상황이 급하다는 것을 알겠지. 가장 중요한 것은 거꾸로 뒤집힌 천(天) 자에, 문(文)이란 두 글자다. 잊지 마라. 우리가 이 사건을 맡게 된 진정한 이유가 그거다. 놈은 더 이상 단순한 살인마가 아니야. 역심을 품은 놈으로 간주하고 특급 경계태세로 임하라. 경공이 뛰어나고 점혈법을 익힌 고수, 작년 가을 즈음에 남경으로 들어온 놈들을 우선으로 조사를 진행해."

하진화가 이야기를 끝냈다. 기청량이 눈을 빛내며 뭔가를 더 말하려 했지만, 하진화가 먼저 눈짓으로 그의 입을 막았다. 대신 큰 소리로 해산을 명한다. 모든 창위와 번역들이 재빨리 회의실 바깥으로 뛰어나갔다.

"기 대주, 집무실로 들어가자. 단목 대주도 들어와 주시겠습니까."

"아니, 난 따로 움직이겠다. 기 대주 이야기는 너무 길어. 자네가 나중에 따로 설명해 주는 것이 어떻겠나."

"알겠습니다."

하진화가 목례로 돌아서는 단목창성을 배웅했다. 단목창성은 흑참대 검은 옷을 펄럭이며 뒤도 돌아보지 않고 회의실을 나섰다. 하진화가 기청량을 이끌고 집무실로 들어갔다. 자리에 앉는 하진화를 앞에 두고 기청량이 먼저 입을 열었다.

"창위들에게 할 이야기가 남아 있었습니다만."

"자네 머리 속에 든 것을 전부 다 끄집어놓았다가는 날이 샐걸세."

"중요한 사안입니다."

"어떤 것이기에?"

"역심을 품은 것이 아닐 수도 있다는 말입니다."

"역심을 품은 것이 아니다?"

"놈이 글자를 남긴 것은 이번이 고작 네 번째입니다. 역심을 품었거나, 모반의 조짐이 있었다면 처음부터 그랬어야지요. 어떤 목적이나 이상을 가지고 살행을 시작했다면, 애초부터 그 명분을 드러냈을 것이 틀림없습니다."

"그러니까 기 대주의 말인즉슨, 이놈은 그냥 살인에 미친 놈에 불과하다는 뜻인가?"

"둘 중의 하나겠지요. 목적이 살인에서 얻는 쾌락이냐, 아니면 정치적인 성향을 띤 시위이냐가 근본적인 질문일 겁니다."

"어찌 되었든 이놈은 두 개의 글자를 남겼다. 우리 둘밖에 없으니 툭 터놓고 이야기하지. 문은 건문제를 뜻한다. 역위의 천은 찬탈을 의미하는 바겠지. 달리 볼 수 없다. 폐하를 겨냥한 것이 틀림없어."

"그 두 글자가 의미하는 것은 말씀하신 대로일 겁니다. 하지만 그런 성향의 살인자들은 대체로 스스로의 이상이 숭고하다는 환상에 빠져 있지요. 처음부터 온전히 자신의 뜻을 드러내려 했을 겁니다. 때문에, 전 이렇게 생각합니다. 중간에 뭔가 커다란 심경의 변화가 있었거나, 아니면 두 명이거나로요."

"두 명? 살해 방법은 똑같았다. 같은 놈의 소행이야."

"앞에서 보고 배울 시체가 스물이나 됩니다. 일정 수준 이상의 고수라면 똑같이 흉내 내는 것 정도는 어렵지 않겠죠."

"왼손과 발등의 화상 같은 건, 근접하지 않으면 잘 보이지도 않는다. 등도 마찬가지야. 점혈로 인한 시반도 똑같다는 보고

다. 시체를 취급하는 내부 사람이 아니고서야……!"

"바로 그겁니다. 한 명 더 있다면, 내부 사람일 가능성이 높을 겁니다."

"하지만 그래서야……."

"관아의 고수가 이런 일을 꾸미고 있다면 실로 보통 일이 아닙니다. 하지만 일단은 저로서도 두 명보다는 한 명이 꾸민 일이라는 데 더 큰 가능성을 두고 있습니다."

"그래도 모든 경우의 수를 다 생각해 놓아야 하겠지."

두 사람은 살인마를 잡기 위한 모든 자료를 다시 검토하기 시작했다. 범위를 좁히는 작업이다. 천재적인 두뇌와 발군의 판단력이 최고조로 발휘되고 있었다.

*　　　*　　　*

"이게 대명제국의 수도라는 건가?"

"아직은 그렇다죠."

"왜 이렇게 어수선해?"

막야흔의 한마디는 모두의 마음을 그대로 대변하고 있었다. 응천부, 남경의 분위기는 말 그대로 어수선하기 짝이 없었다. 선착장엔 몇백 대가 넘는 선박들이 뒤엉켜 서로의 움직임을 방해하고 있었다. 그들이 탄 배도 그 혼란에 말려들어 버렸는지, 도무지 움직일 줄을 모른다. 남경 성벽이 눈앞인데, 벌써 한 시진이 넘도록 배를 대지 못하고 기다리는 중이었다.

"언제야 내릴 수 있는 거야?"

막야흔이 조급증을 드러냈다. 옆에 있던 순박한 상인 한 명
이 잔잔한 미소를 지으며 느긋한 목소리로 말했다.

"그냥 그러려니 하십시오, 무사님. 여긴 항상 그렇습니다."

막야흔이 눈썹을 치켜 올리며 상인을 바라보았다. 순수한
마음으로 말을 걸었던 상인이 움찔하며 한 발 옆으로 물러났
다. 눈도 마주치지 못하는 상인을 두고, 막야흔은 더 짜증이 난
듯 혼자서 뭐라 뭐라 욕지거리를 내뱉으며 역정을 냈다.

단운룡과 강설영은 아예 막야흔과 거리를 두고 서 있었다.
어쩔 때는 같은 일행이라는 것이 부담스러울 때가 있다. 고쳐
지지 않을 걸 잘 알기에 감내해야 할 부분이겠지만, 그래도 같
은 부류로 취급되는 것은 사양이다.

"이제야 좀 움직이는군."

배에서 내린 것은 그로부터도 한 시진이 더 흐른 뒤였다. 경
공으로 땅에 내릴 수 있는 거리까지 온 것은 한참 전이었지만,
굳이 눈에 띌 짓을 할 이유는 어디에도 없었다. 당장 뛰어내리
자는 막야흔을 말리느라 얼마나 애를 먹었는지는 달리 말할 필
요도 없었다.

"어디로 가는 거죠?"

내리자마자 단운룡은 지체없이 발을 옮겼다. 그런 그를 따
라 걸으며 강설영이 물었다.

"역관."

"역관이요?"

"전언을 좀 보내야 해. 약속 하나를 지키지 못했거든."

"무슨 약속을?"

"의창 삼유루에 들렀어야 했어."

"의창이요? 그런 이야긴 한 번도 안 했잖아요."

"옛날에 지나쳐 버린 곳이지. 정신을 놓고 있는 사이에 말이야. 정신을 차렸다고 한들, 배를 돌릴 수 있는 것도 아니었었고."

의창은 호광성에 있다. 적벽과 그리 멀지 않은 곳이다. 하지만 지금은 남경이다. 남경은 강소성, 벌써 안휘성이란 성 하나를 통째로 지나쳐 온 마당이었다.

"무슨 전언을, 누구한테 하겠다는 거죠?"

"그런 세 있어."

강설영이 가볍게 미간을 좁혔다. 단운룡에겐 아무래도 비밀이 많다. 의식하지 않으려 했지만, 이런 일이 있으면 그런 생각을 안 할 수가 없다. 천룡무제신기를 공격하던 내공에 관한 것도 힘겹게 애써 덮어둔 상태다. 자꾸만 마음에 걸리는 것만큼은 어쩔 도리가 없었지만 말이다.

잠깐 생각하는 사이에 벌써 단운룡은 저 앞이다. 막야흔이 앞에서 그녀를 지나쳐 가며 말했다.

"소상주는 안 가?"

엽단평도 앞쪽에서 단운룡을 따라가고 있다. 강설영은 느낀다. 어째, 이 무리의 우두머리는 단운룡 같다고 말이다. 분명 그들은 천잠보의를 찾으러 가는 것이 맞는데도 선두에 선 자는 강설영 자신이 아니라 단운룡이 되어 있는 것이다.

'이대로는 안 되는데……'

문제가 있다고는 느끼지만 그 문제가 정확히 무엇인지, 그리고 어떻게 해결해야 할지 도통 방법을 알 수가 없다. 이런 적은 그야말로 처음이다. 주객이 전도되었다고나 할까. 뭔가 마음에 들지 않았다.

"후우……."

한숨을 한번 내쉬고는 발을 옮겼다. 막야흔의 등, 엽단평의 등, 그리고 묘하게 커 보이는 단운룡의 등이 보였다.

어쨌든 그녀는 천잠보의를 찾을 것이다. 그렇게 생각하며 남경으로 향한다. 그들 앞에 대명제국의 수도, 웅천의 도시가 펼쳐지고 있었다.

역관에서 편지를 썼다. 사부에게 보내는 전언이었다. 사부는 의창 삼유루에 사람을 보내주겠다고 했었다. 적벽에서도 편지를 받기는 했지만, 일단 처음 약속은 삼유루였던 것이 틀림없다. 천리안을 가졌다는 사부라면 이미 그가 의창을 건너뛰고 남경에 왔다는 사실을 알고 있을지도 모른다. 그렇다고 해도 편지를 보내는 게 예의다. 동쪽 끝, 강소성에서 서쪽 끝 사천까지 편지가 닿으려면 한참 걸리긴 하겠지만 말이다.

남경에 왔습니다. 궁무예를 만나볼 생각입니다.
다음 행선지는 산동 제남입니다.

편지는 짧았다. 사천까지 편지가 닿고, 그걸 본 사부가 다시 제남까지 사람을 보내려면 시간이 촉박할지도 모른다. 이곳의 일이 간단히 끝난다면, 제남에서도 십중팔구 사부의 전언을 받지 못할 것이다. 거리와 시간을 생각하면 그럴 수밖에 없다.

'그래도 사부는 맞춰서 사람을 보내겠지.'

상식을 뛰어넘는 것이 사부란 사람이다. 그러고 보면 촉성 무후사에 직접 사람을 보낸 것도 보통 일은 아니다. 사부는 단지 단운룡이 거기에 있을 것 같아서 보냈다지만, 사실은 거기에 있을 것이라 확신하고 있었음이 틀림없다. 어쩌면, 단운룡이 의창에 들르지 못할 것을 미리 알고서 보낸 것인지도 모른다. 그게 그의 사부였다.

"같은 것 세 장이다. 사천의 청련각, 감락당, 그리고 수상화에 전부 보내줘."

단운룡은 역관의 관리에게 말을 할 때도 거침이 없었다. 격식없는 말투에 관리가 눈썹을 치켜 올렸지만, 단운룡이 건넨 두둑한 은자에 곧바로 눈매를 바꾼다. 헤벌쭉 웃으며 고개를 조아리는 걸 보면, 돈의 위력이 얼마나 대단한지 절로 느낄 수가 있었다.

"은자가 제법 많네요."

지켜보던 강설영이 문득 그런 말을 던졌다. 단운룡이 대수롭지 않게 고개를 끄덕였다. 항상 그래 왔었기 때문이다.

사부는 부자였다. 어떤 대부호 못지않게 돈이 많을 게다. 덕분에 호강한 것은 제자인 단운룡이다. 신풍대야의 이름 하나면 어떤 은장에 가서도 언제든지 필요한 만큼의 은자를 조달할 수 있었다.

오원에서 어린 시절을 보낸 단운룡이었기에 돈 쓰는 것 자체가 그리 익숙한 편은 아니었지만, 써야 할 때 쓸 만큼의 은자는 항시 소지하고 있다. 사부는 제자가 구질구질하게 다니는 것을 그다지 좋아하지 않았던 까닭이었다.

"자, 난 이제 볼일이 끝났어. 이젠 어디로 가면 되지?"

단운룡이 두 손을 들며 강설영에게 물었다.

그녀의 표정은 썩 밝지 못했다. 사천 땅, 중원의 저 끝까지 편지를 보낸다니. 대체 어디로 보내는 걸까. 청련각, 감락당, 수상화. 셋 다 주루의 이름 같다. 물어보고 싶은 마음이 목구멍까지 차올랐지만 어렵사리 눌러 삼켰다. 하나를 질문하기 시작하면 끝까지 갈 것을 알기 때문이다. 스스로의 성격상, 내공에 관한 것까지 물어보게 될 것이 틀림없다. 그러다 보면 어떤 진실에 도달하게 될지 모른다. 그녀는 그 진실이 두려웠다.

"천하제일궁사를 찾아야죠."

그녀가 가볍게 대답했다. 역관을 나서서 남경 시내로 향했다. 적벽과는 상대도 안 되게 번화한 도시다. 멀리 보이는 거대한 성벽만큼이나 오랜 역사의 숨결이 느껴지는 도시였다.

"뭐 이리 칙칙한 거야?"

역시나 막야흔의 목소리다. 제법 정곡을 찌를 줄 안다. 생각 없이 말하는 것 같지만, 대상에 대한 직관만큼은 알아줘야 할 것 같다. 칙칙하다는 느낌은 그 혼자만 받은 게 아니었기 때문이다.

"하나같이 우울해 보이는군."

"뭔가 안 좋은 일이 있는 것 같습니다."

단운룡과 엽단평이 한마디씩 주고받았다. 고대광실 저택들이 늘어서 있고, 보보마다 번화한 거리가 펼쳐지고 있었지만,

정작 사람들을 보자면 어딘지 모르게 가라앉은 듯한 느낌이 든다. 이처럼 대단한 도시라면 대저, 화려하고 화사한 느낌이 들어야 정상이다. 하지만 오가는 사람들은 다들 표정이 밝지 못했고 의욕이 없어 보였다. 활력과 생동감이 부족하다는 뜻이었다.

"옷도 그래요. 그래도 남경이면 상업과 문화의 중심지인데, 오히려 광주보다도 못한 느낌이 드네요."

강설영은 역시나 사람들의 복식을 먼저 보았다. 수도다운 취향, 고급스러운 옷들이 주를 이루고 있지만, 생기 넘치는 시도는 좀처럼 찾아보기 힘든 것 같다. 여름이 다가오는 이때라면 한 해 중에서도 가장 눈에 띄는 옷들이 나와야 하는데, 아무래도 부족하다는 기분이다. 장례에 온 느낌이랄까. 누군가를 애도하기라도 하는 듯 얌전하고 진중한 색채가 온 거리에 가득했다.

이유를 알게 된 것은 금방이었다.

일단 요기라도 하자며 객잔에 자리를 잡고 앉았다. 주변에서 들리는 이야기가 단숨에 그들의 의문을 풀어주고 있다. 북경 천도, 그리고 연쇄 살인에 대한 것이 바로 그 해답이었다.

"완전히 옮기는 건가?"

"다들 그럴 것이라고 생각은 했었죠. 자금성이 지어지고 있는 이상, 이미 옮겨간 것이라 봐도 무방하겠는데요."

"그래서 그런 모양이군. 명제국의 승리를 상징하던 도시가 불과 십 년 사이에 패배한 도시가 되었으니……."

목소리를 줄여야 할 판이었다. 단운룡의 목소리를 들은 몇 몇 손님들이 사나운 눈초리로 이쪽을 돌아본다. 하지만 그뿐이다. 붙잡고 시비를 걸 의욕도 없다. 엄연한 사실이기 때문이었다.

"그보다 살인 사건이 문제예요. 죽은 여인들이 스무 명이 넘는다는데."

"그런 놈이 진정한 악인이다. 누군가 뒤를 쫓고 있겠지."

쫓는다. 단운룡이 흘끔 엽단평을 쳐다보았다.

그들 역시도 쫓기고 있지 않았던가. 하지만 지금은 아니었다. 추격은 끊겼다. 찬천대협 노철성을 닭 쫓던 개로 만들고, 장강의 수로를 탄 채 남경까지 흘러오는 동안 그들은 포공사와 마주친 적이 한 번도 없었다.

'용의 승천… 그 덕분이라 할 수 있겠지.'

아직도 그때를 생각하자면 기분이 이상하다. 좀처럼 실제로 벌어졌던 일 같지가 않았다. 강물이 갈라지고 하늘이 열리던 흑룡 승천의 장관은 그야말로 꿈결같기만 하다.

단지 꿈같기만 할 뿐이 아니다.

그것은 두고두고 이야기할 만한 다시없는 기억이기도 했지만, 한편으로는 그들이 추격을 뿌리치도록 도와준 중대한 사건이기도 했다.

승천한 흑룡은 거대했다. 뿔이 달린 머리가 구름 속으로 사라지고, 검은빛 용신(龍身)이 끝도 없이 올라갔으니 그야말로 강에서 하늘로 뻗은 한줄기 기둥이라 백 리 바깥에서도 그 모습을 볼 수가 있었을 게다.

쏟아지던 비바람 때문에 그렇게 멀리서는 보이지 않았을 것이다? 모르는 소리다. 그런 것은 보지 않으려 해도 보일 수밖에 없는 그런 거다. 백 리가 아니라 천 리 바깥에서도 볼 수 있었을 엄청난 장관이었다.

장강 줄기엔 난리가 났었다. 아니다. '났었던' 것이 아니라 지금도 난리가 난 상태다.

그들은 생생하게 기억하고 있었다. 용이 승천했던 근역을 둘러치고 까마득하게 펼쳐져 있던 검은 안개를 말이다. 안개는 몇십 리에 이르렀고, 그 어떤 배들도 그 안개 속으로 들어가려 하지 않았다. 그들이 타고 있던 융중상회의 상선도 마찬가지였다.

안개는 삼 일 만에 걷혔다. 안개가 걷힌 장강은 평온했다. 언제 용이 승천했는지 믿기지 않을 정도로 잔잔하기만 했다. 하늘도 그랬다. 그토록 쏟아지고 울리던 비바람과 천둥이 무색할 정도로 밝은 햇볕이 내리쬐고 있을 정도였다.

'공교롭게도 합비 근처였어.'

그렇다. 용이 승천한 곳은 합비에서 멀지 않은 곳이었다. 합비의 어느 곳에서도 그 흑룡의 승천을 볼 수가 있었을 것이다. 장님이 아니고서야, 하늘을 꿰뚫은 그 검은 기둥을 못 보았을 리가 없다.

포공사의 추격이 끊긴 것도 그 때문이다. 포공사는 오래전부터 합비 백성들의 안위를 문파 존속의 사명으로 생각하고 있었던 집단이었다. 장강과 합비 백성들에게 생긴 대혼란만으로도 벅차다. 모르긴 몰라도 장강 범람, 그러니까 자연재해 급의 대란이 났을 게다. 온 문도가 민심을 수습하기 위해 뛰어다녔

을 게 틀림없다. 엽단평 하나에 신경을 쓸 겨를이 없다는 뜻이
었다.

“그거, 좀 조사해 봐도 되겠습니까?”

상념을 깬 것은 바로 그 엽단평의 목소리였다. 단운룡이 되
물었다.

“뭘?”

“연쇄 살인 말입니다.”

“그걸?”

연쇄 살인에 관한 것은 오늘, 그것도 방금 들은 이야기다. 단
운룡이 눈썹을 치켜 올렸다. 엽단평보고 끼어들지 말라는 것
이 아니다. 직접 관여하겠다 아직 생각해 본 적이 없었기 때문
이었다.

‘아니지……’

누군가는 이미 놈을 쫓고 있을 것이 틀림없다.

굳이 이 시점에서 단운룡이 관여할 필요는 어디에도 없다.

그래도 이런 일이 있으면 나서야만 한다. 그게 협사다. 그게
협이라고 배웠다.

범인을 잡자.

엽단평이 먼저 말했다. 엽단평의 협이 단운룡의 협보다 한
발 앞서 나간 것이다. 그의 목소리에 전에 없던 의욕이 넘치고
있었다.

‘협객의 목소리다.’

무고한 여인들이 죽어나가는 마당에 범인을 잡아 협을 행하
겠다. 천으로 가려진 엽단평의 눈은 협기로 불타고 있을 것이

틀림없다. 더욱이 엽단평은 포공사 출신이다. 도둑, 방화, 살인 등 범인을 잡아 백성들의 삶을 구하는 데 힘을 쓰라고 배웠을 게다. 단운룡이 먼저 잡자고 말했어야 했다. 하물며 엽단평의 제안을 말릴 이유 따위는 어디에도 없었다.

"듣자 하니 어제 아침에도 사람을 납치했답니다. 곧 시체로 발견될 것이라 하더군요."

"좋아."

"예?"

"해보라구. 막야흔이랑 함께 조사해 봐. 힘이 필요하면 언제든지 말해. 혼자서도 잘할 것이라 생각되지만."

죽립이 없었더라면 화색이 도는 그의 얼굴을 볼 수 있었으리라. 다만, 엉뚱한 불똥이 튀었다 생각하는 이는 막야흔이다. 막야흔이 홱 고개를 돌리며 단운룡에게 소리쳤다.

"잠깐. 거기에 내가 왜 나와?"

"같이 가봐. 나와 함께 다니려면 진정한 협(俠)이 무엇인지부터 배워."

"뭘 배우라고?"

"약한 사람을 돕는 것. 악인을 징벌하는 것. 웅대한 협기를 세상에 드러내는 것."

단운룡의 말엔 힘이 있었다. 막야흔은 또다시 그의 눈빛에 압도되고 말았다. 툴툴거리고 싶은 마음이 굴뚝같지만 단운룡의 말은 도무지가 거부하기 어렵다.

구리지만 멋지지 않은가.

그의 말을 듣고 있자면, 정말로 세상을 구하는 중원의 영웅이 될 수 있을 것만 같았다.

"그럼……."

엽단평이 자리에서 일어났다. 즉각적인 행동력이다. 막야흔이 신경질을 내며 마지못한 듯 따라 일어섰다. 두 사람이 객잔을 빠져나갔다. 입을 딱 벌린 채 그걸 보고 있던 강설영이 이해할 수 없다는 어조로 단운룡에게 물었다.

"내가 잘못 들은 거 아니죠? 그 연쇄 살인을 조사하겠다고요?"

"응, 맞아."

"이미 먼 길을 돌아왔어요. 여기서 또 시간을 지체하다니요."

"지체라니 무슨 소리. 검이랑 칼, 저들 둘이 하면 돼."

"우리가 할 일이 뭐였죠? 보물을 찾는 거잖아요. 살인마를 잡는 게 아니라."

"왜 그래? 보물이 중요하다지만, 참혹하게 죽은 사람들은 아무 죄도 없는 여인들이야. 강호의 정의가 땅에 떨어지지 않은 이상 악인은 잡고 봐야지."

정론이다. 반박할 여지가 없었다. 하지만 강설영은 물러서지 않았다. 이대로 끌려 다녀서는 안 되겠다는 마음이 앞서는 까닭이다. 그녀가 다소 높아진 목소리로 말했다.

"협(俠)이라니! 말은 좋죠. 하지만 남경은 큰 도시예요. 흉수를 잡을 자들은 넘치고 깔렸어요. 더욱이 이곳은 대명제국의 수도예요. 동창과 금의위가 있다고요!"

동창.

그 두 글자가 가져온 여파는 심상치 않았다. 주변 분위기가 삽시간에 싸늘해진다.

남경은 북경과 다르다. 그들은 동창의 공포를 뼈저리게 알고 있다. 자금산(紫金山) 서쪽 대로를 따라 삼족멸문의 화를 입은 저택이 몇 개였던가. 바로 옆에서는 아예 일어나 자리를 옮기는 이들도 있었다. 동창이란 말이 금기의 단어임을 단적으로 보여주는 대목이었다.

"물론 그들이 알아서 잘하겠지. 하지만 범인은 강호인이야. 강호인을 상대하는 일이라면 엽단평이 더 능숙할 수 있어."

"강호인이라고요? 무슨 근거로……?"

"고관의 집에서 측실을 납치했다잖아. 좀도둑 수준에서 가능한 일이 아니지. 게다가 스무 명을 넘게 죽이고도 잡히지 않았어. 주도면밀한 놈이야. 경공과 무공도 뛰어날 거고."

단운룡의 말은 막힘이 없었다.

듣고 있자면 도저히 틀린 부분을 찾아볼 수가 없다. 강설영도 거대상가의 소상주로 말솜씨에는 자신이 있었지만, 단운룡에겐 못 당하겠다는 생각이 든다. 그녀가 다시 한 번 한숨을 내쉬며 고개를 저었다.

"어련하시겠어요, 단 공자. 그래도 이렇게는 곤란해요. 지나치게 제멋대로잖아요."

"알았어. 다음부턴 안 그럴게. 상의하고 결정하도록 하지."

깨끗하게 잘못을 인정하겠다는 투다. 그래서 더 얄밉다. 앞으로는 그러지 않겠다니 더 이상 따지고 드는 것도 우스운 일이다. 패배감마저 들 정도다. 말싸움에서 크게 진 느낌이었다.

“궁무예는 뛰어난 고수라고 했어요. 마음의 준비를 단단히 해야 할 거예요.”

“괜찮아. 문제없어.”

단운룡은 언제나처럼 자신있게 말했다.

그런 그를 보는 강설영의 눈이 가볍게 찌푸려졌다.

어쩜 저리도 밉게 말할까. 정말 불만이다.

비밀로 가득한 신분 내력하며 모든 일에 자신만만한 태도까지.

왜 이렇게 미워 보이는지 알 수가 없다.

노상 옳은 말만 해서일까, 아니면 주도권을 빼앗겼다 느껴지기 때문에 그러는 것일까. 예전엔 든든하기만 했는데 왜 그렇게 변했는지 모르겠다. 고운 아미 아래 흔들리는 눈빛만이 마음의 창으로 혼란스러운 심정을 드러내고 있을 따름이었다.

＊　　　＊　　　＊

어두운 밤.

천금갑문이 깨졌다.

더 이상 황궁을 지킬 수 있는 병사가 없었다. 목숨을 포기한 충신들 몇몇만이 폐하의 곁을 지키고 있을 뿐이었다.

“폐하! 이쪽입니다!!”

호위무사 무명은 이름이 없었다. 그저 무명(無名)일 뿐이다. 날 때부터 이름도 없이 황제의 수신보위로 키워졌고, 오직 황제의 보호를 위해서만 생을 명령받은 남자였다.

무명은 혼신의 힘을 다해 황제를 불렀다.

황제는 모든 의욕을 잃고 있었다. 긴 싸움의 결과는 대패(大敗)였고, 더 이상 도망칠 곳은 남아 있지 않았다.

무명은 통로 저편으로부터 환관 왕월이 달려오는 것을 보았다. 망연자실한 폐하의 앞에 엎드려 뭐라고 소리를 치고 있었다. 포기하지 말라는 말일 게다. 뭔가가 남겨져 있다는 외침이 언뜻언뜻 들렸다.

무명은 마음이 급했다. 폐하는 움직일 줄 몰랐다. 왕월이 반대편을 향해 소리친다. 그것을 가져오라고 높은 목소리로 절규하고 있었다.

통로 저편에서 얼굴이 창백한 환관 네 명이 커다란 궤짝을 낑낑대며 들고 오고 있었다. 무명이 폐하를 불렀다. 폐하는 그를 돌아봐 주지 않았다.

폐하의 곁으로 달려갔다.

궤짝은 사방이 쇠로 둘러쳐 있었다. 뚜껑에는 커다란 자물쇠가 달려 있다. 환관 왕월이 소리쳐 열쇠를 찾았다. 하지만 누구에게도 열쇠는 없다. 환관 한 명이 자물쇠를 잡아당겨 왕월에게 그 열쇠 구멍을 보여주었다. 열쇠가 있다 한들 소용이 없다. 열쇠 구멍은 쇠를 녹여 막아놓았다. 그 누구도 열 수 없도록 봉인이 되어 있었던 것이다.

"수신무사야! 부술 수 있겠느냐!"

환관 왕월의 목소리는 탁하고 높았다. 온 힘을 다해 자물쇠를 내려쳤다. 한 번, 두 번, 황실 비전의 수신호권은 강맹한 위력을 갖고 있었다. 자물쇠가 부서지고 궤짝이 열렸다. 안에 들어 있던 물건들이 모습을 드러냈다. 승려 모자, 승려 신발, 그리고 가사 세 벌이 곱게 개어져 있었다.

폐하는 그것을 보고 굵은 눈물을 떨어뜨렸다. 누가 마련해 준 것인지 무명은 몰랐다. 알 자격도 없었다. 의문조차 품지 않았다.

"안쪽에 머리 깎는 칼이 있습니다!"

환관 왕월이 칼 한 자루를 꺼내어 든다. 폐하의 백관이 땅에 떨어졌다. 왕월이 칼자루를 잡고 폐하의 머리에 칼날을 댔다. 손을 들어 왕월의 팔을 잡았다. 감히 폐하 앞에서 칼을 놀리다니, 찍어 죽여도 시원찮다. 왕월이 고개를 홱 돌리며 무서운 눈빛을 했다.

"이 손을 놓아라! 폐하를 살리기 위함이다!"

왕월이 소리쳤다. 서릿발과 같은 기세다. 자신도 모르게 손을 놓을 수밖에 없었다. 안절부절못하며 폐하의 머리카락이 땅바닥을 수놓는 것을 보았다. 폐하의 용안이 변하고 있었다. 그걸 지켜볼 수밖에 없는 두 눈이 원망스럽다. 스스로 두 눈을 뽑아버리고 싶었다.

"폐하! 귀문(鬼門)의 비밀 통로로 나가시라는 편지가 있습니다! 이건 도첩(度牒:승려 증명)입니다. 어서 가사를 입으십시오!!"

왕월은 그 자신도 서둘러 가사를 뒤집어쓰고는 궤짝 안의 은덩이를 챙겼다.

폐하는 탄식 소리조차 제대로 내지를 못했다. 묵묵히 의관을 갈아입는 폐하의 모습은 가슴을 도려내는 아픔이다.

소리치며 우왕좌왕하는 환관들이 보였다. 폐하가 말했다.

"불을 질러라."

다른 목소리들은 잘 들리지 않아도 폐하의 목소리만큼은 청천벽력처럼 크게 들린다. 급히 달려가 대전에 밝혀진 횃불을 빼 들었다.

화르르륵!

휘황찬란하게 꾸며진 황궁 한가운데에서 작은 화마가 이빨을 드러냈다. 나무와 비단을 올라타고 거대하게 포효하며 금벽 황궁을 삼켜 버릴 화마였다.

"귀문은 저쪽입니다!!"

폐하와 환관 왕월을 이끌고 회랑을 통과했다. 어명에 따라 불을 놓는 환관들이 보였다. 이곳저곳 숨을 들이켜는 화마가 주변을 대낮처럼 환하게 밝히고 있었다.

"천명이 그러하다면……."

미천한 신분에 폐하의 심정을 헤아릴 도리가 없다. 그저 죄를 지은 것 같을 뿐이다. 이 모든 것이 자신의 잘못 같았다.

"폐하! 폐하!!"

불길이 충천하고 있었다. 비빈들의 궁전을 지나는데 황후 마 부인이 뛰어와 폐하의 옷자락을 잡았다. 삭발한 머리, 가사를 차려입은 모습에 황후의 얼굴이 크게 일그러졌다.

"폐하, 이럴 바엔 함께 죽어요!!"

마 황후의 얼굴은 악귀나찰처럼 보였다. 화사한 얼굴로 슬픔의 눈물을 흘리고 있지만, 무명의 눈에는 죽음을 부르는 귀신처럼 보일 뿐이었다.

"황후마마! 아니 될 말씀입니다! 목숨을 보전하셔야지요!!"

환관 왕월의 얼굴은 언제나처럼 창백했다. 희번덕거리는 두 눈에 한가득 담겨 있는 것은 오직 폐하를 살리고자 하는 마음뿐이다.

"폐하!! 저승에서도 황후로 맞아주실 거죠?"

폐하가 힘없는 걸음걸이로 마 황후를 따라 발을 옮기고 있었다. 불길은 무서운 속도로 번져 와 회랑의 지붕까지 넘어오고 있었다. 뜨거운 열기가 온 세상에 가득하다. 왕월이 사색이 되어 폐하의 앞을 가로막았다. 마 황후가 곱고도 고운 눈빛으로 왕월에게 말했다.

"그대가 충신임은 모두가 알고 있어요. 더 이상 막지 마세요."

왕월의 눈에 살기가 감돈다.

마 황후는 더 이상 황후가 아니다. 폐하를 죽음의 수렁으로 초대하는 요녀다. 왕월이 고개를 돌려 무명 쪽을 보았다. 무명의 움직임은 빨랐다. 과감하게 마 황후를 밀치고, 폐하의 몸을 잡아당겼다. 넘어진 마 황후가 두 눈을 치켜뜨며 소리쳤다.

"미천한 것이, 감히!!"

이제 이곳을 벗어나야 했다. 머리 위까지 불길이 번져 오고 있었다. 무너지는 것도 시간문제다.

"폐하! 신첩을 버리지 마시옵소서!!"

마 황후가 몸을 일으켜 따라온다. 폐하가 걸음을 멈추었다. 폐하가 뒤를 돌아보았다. 마 황후가 폐하의 품으로 뛰어들었다.

우지끈! 화르르륵!

화마의 힘은 거셌다. 하늘이 무너진다. 불길에 휩싸인 나무 기둥 하나가 무너지고 있었다. 미친 듯 타오르는 불꽃이 사방을 채웠다.

"안 돼!!"

환관의 절규가 들렸다. 폐하의 몸이 넘어가고 있었다.

불타는 기둥에 깔리면서 땅바닥에 쓰러지는 모습이 두 눈에 각인되듯 비쳐들었다. 온 힘을 다해 몸을 날렸다. 하지만 기둥을 막을 수는 없었다.

꾸웅!

폐하의 가사 자락이 불타고 있었다. 불타는 기둥 한쪽을 잡았다. 뜨겁다. 손바닥에서 연기가 난다. 갑주에 불이 옮겨 붙고 있었다.

우지끈, 콰아앙!

기둥을 치워냈다. 폐하의 등줄기 위에 불꽃이 내려앉아 있었다. 몸을 날려 폐하의 옥체를 덮었다. 불꽃이 작아진 것을 확인하고, 몸을 일으키며 불꽃이 남아 있는 가사 자락을 찢어버렸다. 폐하의 등이 붉게 일그러져 있었다. 등뿐이 아니다. 왼손에도 화상을 입었다. 마 황후는 정신을 잃었는지 일어날 줄을 몰랐다. 붉은 연지 핏빛 입가에는 묘한 미소가 매달려 있었다.

"안 되겠다. 이걸 챙겨라!"

환관 왕월이 자신의 가사 자락을 벗어주었다. 품속에 챙겼던 은덩이도 모조리 건네준다.

"폐하! 폐하!! 소신은 이만 물러가겠습니다!!"

언제 챙겼던 것일까.

환관 왕월의 손에는 폐하의 용포와 옥대가 들려 있었다. 불에 타도 부서지지 않을 보석 옥대였다. 왕월이 마 황후 앞에 섰다. 깡마른 노구에 어디서 그런 힘이 났는지 쓰러진 마 황후를 번쩍 들어 올리고는, 불타는 대전 쪽으로 발길을 옮기기 시작했다.

왕월이 걸어가는 것을 계속 보고 있을 수가 없었다.

폐하를 안아 올렸다. 폐하의 몸은 오랜 심려로 인해 심하게 야위어 있었다. 폐하가 눈을 떴다. 힘없는 목소리로 물었다.

"마 황후는?"

대답할 말이 없었다. 대신 단단한 팔로 폐하의 몸을 버텨 세웠다. 불길에 휩싸였던 폐하의 옥체에는 화마가 머물고 간 상처가 뚜렷하게 남아 있었다. 왼손과 두 허벅지에 화상을 입었다. 불에 탄 승려 신발도 있다. 오른발이었다.

"왕월은 어디 갔지?"

폐하의 눈빛은 정상이 아니었다. 여기가 어딘지도 잘 모르는 것 같았다.

왕월에게 받은 가사 자락을 뒤집어씌웠다. 펑퍼짐한 가사 자락은 폐하의 마른 몸에 쉽게도 감겨들었다. 은덩이가 든 행낭은 무거웠다. 은덩이 하나를 꺼내 폐하의 가사 자락 주머니에 집어넣었다. 끝까지 모실 수 없을 것이다. 이렇게라도 해야 한다. 호위무사로서의 직감이었다.

화르르르륵! 꿍! 꾸궁!

폐하를 업고 달렸다. 불에 탄 궁궐들이 곳곳에서 무너지고 있었다. 문무백관들이 까마득하게 들어찼던 웅천의 황궁이 그렇게 몰락하고 있는 것이다.

타닥!

경공을 펼쳐 무너져 내리는 회랑과 백관의 전각들을 지나쳤다. 이쪽은 수관어구고, 저쪽이 귀문이다. 조금만 더 가면 된다.

휘릭! 휘리릭!

하지만, 계속 갈 수가 없다. 연왕은 무서운 자다. 악귀나찰 같던 황후보다 열 배는 무서운 괴물이다. 황궁 깊은 곳까지 자객을 보내왔다. 등 뒤로 따라붙는 날렵한 파공음은 연왕의 수족들이 틀림없었다.

"폐하! 소인이 막겠습니다. 부디 옥체를 보중하시옵소서!!"

폐하를 등 뒤에서 내려놓았다.

폐하는 휘청거렸지만 넘어지지는 않았다. 폐하가 비척비척 귀문 쪽으로 걷다가 그를 돌아보았다. 하지만 무명은 폐하의 눈빛을 보지 못했다. 쫓아오는 자객들을 상대해야 했기 때문이었다.

빠악! 퍼벅!

연왕의 자객들은 강했다. 무서운 속도로 달려들어 사방을 봉쇄해 온다. 고작 두 명뿐인데 그 어디에도 공간이 나질 않는다. 그렇게 한참을 싸웠다. 하나를 쓰러뜨리고, 또 하나를 쓰러뜨렸다. 온몸에 성한 곳이 없다. 숨이 차다. 정신이 까마득했다. 가물가물한 눈으로 고개를 돌렸다. 귀문으로 간 폐하는 이제 보이지 않는다.

　다시 황궁 쪽으로 눈을 돌렸다. 불길은 무섭다. 칠흑 같은 밤을 하얗게 밝힐 정도로 거세게 타오르고 있다. 그럼에도 불구하고 점점 어두워지고 있음을 느낀다. 꽝! 하고 바로 옆에서 궁궐 하나가 무너지고 있었다. 불에 탄 건물의 잔해가 머리 위로 떨어진다. 피할 힘도 없다. 살고자 할 의지도 없다. 머리 한쪽에 충격을 받았다. 모든 것이 새까맣게 변했다. 오직 암흑뿐이었다. 그리고 그는… 잠에서 깨어났다.

　"살려주세요…….'
　그가 다가갔다. 여인의 미태는 고혹적이었다.
　여인의 살결은 부드러웠다.
　목소리가 변하고 체격이 커지는 동안에도 그는 한 번도 여인을 접해본 적이 없었다. 그에게 무공을 가르쳐 줬던 자는 그가 익힌 무공을 동자공이라고 말했었다. 동자공. 여인과 관계를 가지면 모든 내공을 잃게 된다는 뜻이었다.
　그래서 그는 약관을 넘기고 이립을 넘긴 후까지도 여인들의 살결이 얼마나 부드러운지 알지 못했다. 그는 궁궐의 여인들을 제대로 바라보지도 못했다. 아니, 바라볼 자격조차 없었다. 그게 그의 삶이었다.
　"제발, 살려주세요…….'
　동자공이라고 했던 것은 거짓말이었다. 여자를 몇 번이나 안아도 그의 내공은 사라지지 않았다. 아마도 그런 거짓말을 했던 것은 그곳이 황궁이어서 그랬던 모양이다.

‘황궁. 황궁. 황궁.’

그의 기억은 드문드문 조각나 있었다. 왜인지는 그도 모른다. 머리에 남아 있는 흉터가 그 이유라면 이유일지도 모르겠다. 어떤 부분은 확실히 기억나고, 어떤 부분은 확실히 기억나질 않는다. 무공도 그렇다. 가르쳐 준 사람도 알겠고, 어디서 수련했는지도 알겠다. 한데, 어떤 방식으로 어떻게 수련했는지는 잘 기억이 나질 않는다. 그저 주먹을 휘두르면 그게 무공이었고, 손가락을 세우면 돌덩이라도 부술 수 있었다. 경공을 펼치면 십 리를 일보처럼 달리는 것이 가능했다. 한데, 어떻게 그게 되는 건지는 알 수가 없었다. 자신도 모르게 그냥 그렇게 몸에 배어 있는 무공이었다.

“난 황궁의 무사였다. 황궁의 무사였어.”

그의 과거를 가르쳐 주는 것은 하루가 멀다 하고 찾아오는 악몽들뿐이었다. 그가 황궁의 무사였다는 것을 안 지도 얼마 안 되었다. 그전까지는 그냥 아무것도 아닌 그런 사람인 줄 알았다. 배가 고파서 음식을 훔쳐 먹고, 여자를 안고 싶으면 데려와 안았으며, 안은 후에는 악귀나찰의 얼굴이 떠올라 죽여 버렸다.

“황궁의 무사였다고요? 그런데 왜 저를?”

여인의 몸엔 생기가 넘쳤다. 창백한 환관들하고는 전혀 달랐다. 그가 천천히 여인에게 걸음을 옮겼다. 쇠사슬에 묶어놓은 팔목이 부드러운 흰빛을 내고 있었다.

그가 한쪽에서 투박한 칼 한 자루를 집어 들었다.

여인이 온몸을 꿈틀거리며 비명을 내질렀다. 일렁이는 횃불에 비친 칼날은 녹이 슨 듯 칙칙한 갈색을 띠고 있었다.

"아악!"

그는 그 칼로 그녀를 찌르지 않았다. 대신 그녀의 머리채를 잡아들었다.

스각! 스각!

여인이 몸부림쳤다. 머리카락이 잘려 나가고 있었다. 칼날이 무뎌 제대로 잘리지 않아 뽑히는 것이 태반이었다. 여인의 몸부림이 심해지자 그가 그녀의 마혈을 짚었다. 단숨에 온몸을 마비시키는 점혈법이었다. 여인의 몸이 축 늘어졌다.

스각! 사라락!

그는 한참 동안 그녀의 머리카락을 깎았다. 솜씨는 서툴렀다. 머리카락이 뽑히고, 두피가 베여졌다. 군데군데 피가 배어 나온 모습이다. 인형처럼 축 늘어진 여인은 그 이목구비가 아무리 어여뻐도 어딘지 공포스럽게 보였다.

"이제 일어나."

그가 태연히 말하며 점혈을 풀었다. 그녀가 흐읍 하고 숨을 들이켰다. 공포에 질린 얼굴이 횃불을 받아 붉게 빛나고 있었다.

"크크크."

그가 웃으며 손을 뻗었다. 여인의 옷은 황궁의 비빈들이 부럽지 않은 고급 비단으로 만들어져 있었다. 좌악! 하는 소리가 어두운 석실을 울렸다. 그리 풍만하지 않지만 모양 좋은 가슴이 드러났다.

"안 돼!!"

여인이 비명을 질렀다.

하지만 그녀의 목소리를 듣는 이는 아무도 없다. 바로 앞에 있는 그조차도 그녀의 비명 소리를 듣지 못하고 있었다.

그의 눈은 이미 흐릿하게 풀려 있었다. 그가 있는 곳은 이미 그 석실이 아닌 과거의 어딘가였다. 그는 일생을 통해 모든 것을 억압당했고, 그에게 허락된 단 하나를 지키지 못했다.

그의 손이 여인의 가슴을 쥐었다. 그의 그림자가 여인의 몸 위에 드리워졌다. 여인이 피맺힌 비명을 질렀다. 그녀를 구해 줄 이는 아무도 없다. 어둡고도 음습한 땅속의 어디쯤이다. 석벽 곳곳에 말라붙은 핏물이 보인다. 난폭하게 움직이는 그림자가 한쪽에 피워진 불빛과 함께 일렁이고 있었다.

＊　　　＊　　　＊

궁무예에 대해 묻다가 특이한 사실을 알게 되었다.

궁무예는 돈 없는 부자였다. 중원 곳곳에 자기 소유의 장원이 있다고 했다. 그런 장원이 열 채가 넘는다고 하니 부자인 것은 틀림없다. 하지만 실제로 유용할 수 있는 은자는 거의 없다고 했다. 은장을 통해 거금을 굴리고 있으나 그 수익은 대부분 십수 채 장원들의 관리에 들어간단다. 그래서 돈이 없는 것이다. 그때그때 먹고사는 것이 빠듯할 거라는 말을 하는 자도 있었다.

"저쪽인가 봐요."

궁무예는 명사였다. 궁무예에 대한 것을 물어보고 있자면,

생기 없던 주루의 손님들까지도 두 눈을 밝게 빛내곤 했다. 궁무예는 그만큼 유명하고 인기가 많았다.

남경 관아에서 포쾌로 있었던 전적 때문일 것이다. 궁무예는 뛰어나기 짝이 없었던 명포(名捕)였다. 남경 주변의 셀 수없이 많은 악도들을 응징했고, 강호를 주유하며 일격필살 천왕시의 위력을 세상에 떨쳤다. 주루에 있던 한 남자는 궁무예 이름 석 자에 열광에 가까운 칭송을 늘어놓았다. 막야흔에 열을 내던 적벽의 사내들보다 더하다는 느낌이다. 살아 있는 전설이라는 표현을 서슴지 않을 정도였다.

"월궁(月宮)이라……."

장원은 크지 않았다. 흥미로운 것은 현판에 쓰어 있는 글씨였다. 월궁이라는 두 글자가 아름다운 필체를 자랑하고 있다. 강소 지역 특유의 필법 같은데, 상당한 명필이다. 솜씨를 보아하니 상당한 거금을 줬겠다. 장원의 주인인 궁무예가 직접 쓴 것이 아니라면 말이다.

"항아(姮娥)라도 숨겨놓고 있는 건가?"

월궁은 달의 여신 항아가 산다는 궁전이었다. 그런 이름을 장원의 현판으로 걸어놓았으니, 취향 한번 독특하다. 돈 없는 부자라고 소문난 이유는 바로 그런 것 때문인지도 모르겠다. 취향이 독특하려면 돈이 많아야 하는지라. 저런 곳에다가 벌어둔 돈을 다 때려 박은 모양이었다.

탕! 탕! 탕!

강설영이 문을 두드렸다. 묵직한 나무문이 흔들리며 장쾌한 소리를 냈다.

"계신가요?"

맑은 목소리, 잠깐의 정적이 뒤따랐다. 곧이어 한 사람의 인기척이 느껴진다. 휘적휘적, 대문 너머로 옷자락 소리가 들렸다. 끼익 하고 반쯤 문이 열렸다. 누구냐, 왜 왔느냐, 한마디 질문조차 없었다.

단운룡과 강설영이 서로를 한 번 돌아보고는 대문을 열어젖혔다.

내원으로 비척비척 걸어가고 있는 백발노인의 뒷모습이 보였다. 꽤나 큰 키, 체구는 좋았지만 어째 힘이라고는 한 움큼도 없는 듯했다.

호호백발의 노인은 아무런 말이 없었다. 두 발을 질질 끌고 앞장서서 걸어갈 뿐이다. 그들도 말없이 그 뒤를 따를 수밖에 없었다.

장원의 이름은 월궁이라지만 외원의 정원은 작고 초라했다. 월궁이란 이름이 무색할 지경이다. 몇 보 걷지도 않았는데 곧바로 내원 문이다. 활짝 열린 문을 통과하니 앞쪽이 탁 트인 전각 하나가 눈앞에 드러났다. 대청마루가 개방되어 있는 독특한 모양의 전각이다. 동방의 효국(孝國)에 가면 그런 집이 많다는 이야기를 들은 기억이 났다.

노인은 내원 마당에서 한참을 꿈지럭댔다.

느릿느릿 한쪽 구석으로 가더니, 사람 키만큼 무성하게 자란 초목을 훑어보고는 좁다란 잎사귀 하나를 뜯어 기다랗게 돌돌 말기 시작했다.

털썩.

노인이 신발을 아무렇게나 벗어놓고 대청마루로 올라가 다리를 뻗었다. 주저앉은 노인이 길게 만 잎사귀를 입에 물었다. 노인이 마루 한쪽에 널브러져 있던 점화석과 화섭자를 들어 잎사귀 끝에 불을 붙였다. 하얀 연기가 얇게 솟아올라 허공을 수놓았다.

"후우우우우……."

노인은 말이 없었다. 단운룡도, 강설영도 말이 없었다. 단운룡은 노인을 보고 있었지만, 그녀는 노인을 보고 있지 않았다.

이야기할 상대가 따로 있기 때문이다.

묵직하게 들려오는 한줄기 중후한 목소리의 주인이 바로 그 상대였다.

"형님, 아무나 장원에 들이지 말라고 하지 않았습니까."

저벅, 저벅.

가라앉아 억제되어 있지만 언제 폭발할지 모르는 화산과도 같다고 할까.

전각 너머에서 벽을 돌아 걸어오는 이가 있었다. 다가오는 데 느껴지는 압력이 굉장했다.

'신궁……!'

강설영의 눈이 반짝이는 빛을 발했다. 그 눈빛은 상인의 그것이 아니라 무인의 그것이다. 일찍이 본 적이 없는 고수를 맞이하는 눈빛이었다.

저벅.

나타난 이는 커다란 대궁(大弓)을 들고 있었다. 흑색 무복 옆으로는 화살이 가득 담긴 전통이 매달린 채였다.

"범상치 않은 젊은이들이로군."

반백의 머리카락.

아직 남아 있는 검은 머리에는 젊은이의 그것 같은, 매끈한 윤기가 감돌고 있었다.

노인은 노인이되, 생명력이 넘치는 노인이었다. 마루에 앉아 있는 새하얀 노인과는 완전히 반대되는 외모를 지니고 있었다.

청수하다란 표현이 그렇게 어울릴 수가 없다.

궁무예의 이름이 강호에 알려진 지는 사십 년을 훌쩍 넘어간다. 한갑을 넘겼다는 뜻일 게다. 하지만 겉으로는 도저히 그렇게 봐줄 수가 없다. 오직 두 눈에 담긴 깊은 경험과 연륜의 흔적만이 노강호 육십 세월을 짐작케 할 뿐이다.

"형님이 문을 열어준 모양이네만, 여긴 외인들이 출입할 곳이 아니라네."

노고수가 마루에 앉아 있는 노인을 돌아보며 말했다.

냉정한 말투. 노고수의 말에 담긴 뜻은 명백했다. 이곳에 들어와서는 안 되는 일이니 나가달라. 완곡한 의미의 축객령이었다. 하지만 강설영은 당장 나갈 생각이 조금도 없었다. 그녀가 반갑다는 듯 밝은 목소리로 입을 열었다.

"강호의 대선배를 뵙겠어요. 후학의 이름은 강설영이라 합니다. 부친께서는 강건청이란 함자를 쓰고 계시고, 조부께서는 강중륜이라는 함자를 쓰셨지요."

단운룡이 흠칫 고개를 돌려 강설영을 쳐다보았다. 두 눈에 반짝이는 이채를 담고서다. 그녀가 곧바로 솔직하게 신분을 밝힌 것이 의외였던 까닭이었다.

"강중륜의 손녀? 광동 강씨금상의?"

"예."

노고수의 강렬하던 눈빛이 다소 누그러지는 것을 느낄 수 있었다.

그게 그녀가 지닌 능력이다. 그녀는 대화를 어떻게 끌어가야 할지 본능적으로 알고 있다.

신분을 밝히지 않으면서 내키는 대로 행동해야 할 때와 스스로를 숨기지 말고 있는 그대로 드러내야 할 때를 잘 알고 있는 것이다.

궁무예는 후자다.

사부의 신분과 배분으로 따지자면 온 강호에 그녀만 한 사람이 드물겠지만, 어쨌거나 상대는 강호에서 긴 세월을 보낸 노사다. 소위 그녀가 '머리에 피도 마르기 전' 부터 강호를 질타했던 일세의 고수란 말이다. 예를 갖춰주는 것이 당연했다.

"강중륜은 인망이 대단한 사람이었지. 군자라는 칭송이 자자했어. 천수를 누리지 못하고 세상을 뜬 게 유감이야. 광동의 선성엔 그만 한 대인이 없다고 불릴 정도였으니까."

노고수는 그렇게 말하고는 한쪽으로 발을 옮기기 시작했다.

입에서 연신 하얀 연기를 내뿜고 있는 노인을 향해서다. 노고수가 마루 앞에서 몸을 돌렸다. 노인의 모습을 가리려는 듯 그 앞에 버텨 선 것이다. 노고수의 등 뒤로 매캐한 향내가 사방을 채우는 가운데, 호호백발 노인은 반쯤 풀린 눈으로 아무것도 없는 허공만을 바라보고 있었다.

"하나, 그의 손녀라 해도 예외일 수는 없다네. 이 월궁은 외인을 반기지 않아."

강설영은 그 이유를 어렵지 않게 짐작할 수가 있었다.

노사는 머리가 하얗게 센 노인을 형님이라 불렀다.

궁무예에게 형님이 있는지는 몰랐다. 아니, 어디선가 그런 이야기를 들었던 것 같기도 싶다. 궁 노사가 혈육 중 누군가를 돌보고 있다는 말, 얼핏 들은 적이 있었던 것 같았다.

"대마(大麻)로군요. 오래되셨나요?"

강설영의 질문은 허를 찌르듯 즉각적이고 직접적이었다.

공기기 바뀐다.

오랜 세월에도 무뎌지지 않은 눈이 화살촉과 같은 날카로움을 담았다. 연륜이 녹아 있는 중후한 목소리 위에 잔잔한 분노가 깔리고 있었다.

"어린 소저는 이제 보니 무척이나 당돌한 데가 있군. 타인의 내사(內事)에 함부로 끼어드는 게 아니라네."

"대마연(大麻煙)은 독성(毒性)이 없다고 말하죠. 오래하면 몸과 마음이 망가져요. 결코 좋은 물건이 될 수 없죠."

그녀가 내원 구석, 무성하게 자라고 있는 초목을 바라보며 말했다.

대마. 삼마초다.

마(麻)라 함은 삼베옷의 원료가 되는 섬유작물이다. 당연히 알아볼 수밖에 없다.

강씨금상은 큰 상회였다. 비단옷을 주로 취급하지만, 강씨금상의 사업은 결코 비단에만 국한된 것이 아니다. 의복 전반을 모두 다 아우르고 있다. 베옷도 예외는 아니다. 베옷의 원료가 되는 대마. 강씨금상이 직접 관리하는 대마 밭만 해도 수십 개에 이를 정도였다.

"대마에 대해 어떻게 아는지는 모르겠지만, 그만 나가주는 것이 좋겠네. 다만, 이곳에서 본 것은 그 어디서도 발설하지 말아야 할 것이야. 노부의 충고를 가벼이 여기지 말게."

노사의 몸에서 뿜어져 나오는 기세는 무시무시할 정도였다.

하지만 강설영은 눈 하나 깜짝하지 않았다. 그녀가 차분한 어조로 말했다.

"정향이나 반하 같은 약초가 좋아요. 끊는 데 도움을 줄 수 있죠."

노사의 눈썹이 치켜 올라갔다.

이번엔 분노가 아니라 놀라움이었다. 그가 되물었다.

"끊게 만들 방법이 있다고?"

"금상에 의원이 한 분 계세요. 마에 관한 것을 오랫동안 연구하셨던 분이죠."

"손을 놓은 의원들이 하나둘이 아니다. 의원들은 말했다. 마엽(麻葉)을 태워서 흡입하는 것은 처음 보았다고들 했었지. 형님께서 이런 물건을 어떻게 알게 되셨는지는 노부로서도 영문을 모를 지경이다. 한데, 그처럼 잘 알려지지도 않은 것을 연구하는 이가 있다니. 노부로서는 쉬이 믿어지지가 않는다."

"흔한 일은 아닐 거예요. 금상의 식솔들 중에도 대마연(大麻煙)을 즐기는 이들은 많지 않죠. 마(麻)는 옷을 만드는 원료를 주지만, 잎과 꽃에는 사람을 취하게 만드는 힘이 있다고들 하죠. 대마연은 차라리 괜찮아요. 꽃의 수지를 정제하면 화신(花神)이라는 무서운 환각제가 만들어지는데, 이것은 금상에서도 엄격하게 금지하고 있어요.”

“조금 더 자세히 말해보라.”

노사는 커다란 흥미를 보이고 있었다. 어줍지 않게 아는 척하는 것이 아니라, 진짜 뭘 좀 아는 듯했기 때문이다. 잘 알지도 모르면서 민감한 데를 건든 것이라면 화를 내야 마땅하겠지만, 알고서 그러는 것이라면 이야기가 달라진다. 노사의 심경 변화를 눈치 챈 그녀다. 다행이었다. 이야기를 풀어갈 구실이 생긴 것이다. 그녀가 살며시 미소를 지으며 입을 열었다.

“그럼, 축객령은 거두어주시는 건가요?”

“소저가 어떤 이야기를 들려주느냐에 달려 있겠지.”

“알겠어요.”

그녀가 헛기침을 한 번 했다. 그녀가 고운 입술로 천천히 말을 이었다.

“사람이 마(麻)를 재배하기 시작한 역사는 이천 년이 넘어요. 옷을 입기 시작한 역사와 같다고 봐도 무방하겠죠. 마는 항상 우리 곁에 있었어요. 그러니, 이리저리 뜯어보기 시작한 것도 우연이 아닐 거예요. 마엽(麻葉)을 태워서 흡연하는 것은 유래가 정확하지 않아요. 천축을 통해 들어온 풍습이라고도 하는데, 본 가 금약당에서는 광동 외곽에서 자체적으로 시작된 오래된 유희 정도로 생각하고 있어요. 금상 대마를 관리하는 마의당(麻衣堂)에서는 대체로 금기시하고 있지만, 적발되었다 해도 엄벌에 처하진 않아요.”

“치료는?”

노사가 물었다. 노사의 최대 관심사는 역시 그거다. 강설영이 연기에 취한 노인을 흘끔 돌아보았다. 눈을 거의 다 감은 채 졸고 있는 듯하다. 그녀가 입가에 떠올라 있던 미소를 지우며 진중한 어조로 말을 이었다.

“정향과 반하 같은 약재를 말했지만, 근본적인 해결책은 될 수 없어요. 가장 중요한 것은 본인의 의지라고 할 수 있죠. 옆에서 보기엔 정신이 흐려지고 이지(理智)가 탁해진 것처럼 보이지만, 의존성이 심하진 않아요. 흡연을 중단하면 금세 제정신으로 돌아오죠. 만일 끊고자 하는 의지가 전혀 없으시다면, 저기 있는 마를 뽑아서 처분하거나 본인을 격리하는 방법 등을 쓸 수 있을 거예요.”

노사가 눈살을 찌푸렸다. 뻔한 대답이어서가 아니다. 노사가 노인을 한 번 돌아보고는 고개를 갸웃거리며 혼잣말처럼 작은 목소리로 말했다.

“그렇다면 형님의 괴벽은 저 대마연 때문이 아니라는 뜻인가?”

“괴벽이라니요?”

“형님은 저걸 하고 있을 때도, 하지 않고 있을 때도 항상 이지가 흐려져 있는 듯 보인다네. 혹, 광동에 가면 금상의 신세를 좀 질 수 있겠는가? 그 의원께 형님을 좀 보여 드리고 싶네만.”

강설영은 내심 당황했다. 자칫 금상까지 동행이라도 하자면 입장이 곤란해지기 때문이다. 하지만 지금 그런 내색을 할 수는 없다. 그녀가 태연한 어조로 대답했다.

“물론이에요.”

“희소식이 아닐 수 없군. 형님이 저리된 것은 꽤나 오래된 일이야. 난감한 일이 아닐 수 없었지. 어디서 간단히 이야기하고 다닐 수 있는 것도 아니고 말일세.”

“사해는 동도라고 했어요. 강호의 대선배께 힘이 될 수 있다면 후학으로서 더할 나위 없이 기쁜 일이겠지요.”

“어린 소저의 마음 씀씀이가 대단해. 노부가 오해를 했으이. 강호의 남아라면 어느 순간에나 대범함을 잃지 말아야 하는 일이겠지만, 이런 일이 오래다 보니 절로 사람들의 시선을 피하게 된 것 같네.”

“당연한 일이지요. 마음 쓰지 마세요.”

“그렇게 말하니 더더욱 노부가 빚을 지는 느낌일세. 두 젊은 이가 예까지 온 이유를 아니 물을 수 없겠어.”

“여쭤볼 것이 있어서요.”

“여쭤볼 것이라고 한다면?”

“전 강호에 한 가지 물건을 찾으러 나왔어요. 전설상의 보물이지요.”

“보물?”

“병기전설이라고 알고 계시죠?”

노사의 얼굴이 삽시간에 굳어졌다. 가볍게 내비치고 있던 호의가 단숨에 사라지고, 매와 같이 날카로운 눈동자에 강렬한 적의가 실렸다.

또 무엇을 건드린 것일까.

대궁을 쥔 왼손에 힘이 들어간다. 까마득한 후학을 상대로 손까지 쓸 마음을 먹은 것이다.

'어째서……?'

"어린 소저여, 내 앞에서 그 책의 이름을 말한 것은 실수였
네. 납득할 만한 설명이 없다면, 크나큰 후회를 하게 될 것이
야."

노사의 목소리는 살벌했다. 막강한 고수의 진면목을 그대로
드러내며 두 사람을 압박한다. 옆에 선 단운룡이 내공을 끌어
올리며 섬영을 발동할 준비를 했다. 일촉즉발의 긴장감이 월
궁 전체를 휩쓸고 있었다.

"강씨금상은 천하제일의 금가(錦家)를 자처하고 있어요. 천
하의 모든 비단과 옷감들을 다루어보았고, 황제 폐하의 구룡포
부터 백토 농민의 초의까지 어떤 옷이든 다 만들 수가 있었죠.
오직 단 하나, 단 하나의 옷을 제외하고는요."

"그래서?"

"천잠보의라는 옷이 있어요. 수화불침, 도검불상의 신의(神
衣)죠. 그것이 병기전설에 실려 있어요."

번쩍이는 눈빛, 노사의 얼굴에 분노가 차오른다.

"갈! 그 책의 이름을 말하지 말라고 하지 않았더냐!"

노사의 호통은 사자후와도 같았다. 내공의 파장에 처마며
담벼락이 다 흔들릴 정도다. 푸스스하며 먼지가 일어난다. 월
궁 지붕의 기왓장이 다 들썩일 정도였다.

"병기전설! 병기전설이라고? 아우야! 그걸 어디다 뒀더냐?'

카랑카랑한 목소리가 터져 나온 것은 바로 그때였다.

대마연에 취해 있던 노인이었다. 축 늘어졌던 노인이 퍼뜩

일어나며 우당탕, 안쪽으로 뛰어 들어간다. 호호백발 휘청거리는 게 마치 광인과도 같았다.

"이… 이제 와서 어이하여……!"

노사는 노인의 뒷모습을 보며 긴 탄식성을 토해냈다.

노사의 눈동자가 이글이글 타오르고 있었다. 강설영을 돌아보는 모습이 당장이라도 화살을 장전할 기세였다.

'왜……?

어찌해야 할까. 그녀는 당황할 수밖에 없었다. 궁 노사가 이런 반응을 보일 줄은 꿈에도 몰랐기 때문이다. 병기전설 네 글자에 타오르는 노사의 분노. 병기전설 네 글자를 듣고 펄쩍 일어난 노인의 행동. 모든 것이 의외요, 놀라움이었다.

'사연이 있는 거야……!'

노사가 한 발 다가왔다. 분노를 쏟아내자니 상대는 어린 소저다. 천잠보의를 찾고 싶다지 않은가. 악의가 있는 것도 아니다. 연륜으로도 진정시킬 수 없는 온갖 복잡한 상념이 노사의 얼굴에서 드러나고 있었다.

"겨우 잠잠해진 것을 이렇게 끄집어내다니! 아아, 하늘이여. 어찌도 그리 무심하신가!"

그저 하늘을 탓할 수밖에.

노사의 눈이 하늘로 향했다. 천의를 짐작할 수 없는 그 광활함에 노사의 한탄이 뿌려진다.

우당탕!

"야야, 아우야, 이것 봐라! 이것 봐!"

방으로 들어갔던 노인이 뛰어나와 노사의 앞에 섰다. 노사의 형님이라고 했다. 장대한 체구와 각진 얼굴을 보면 닮긴 닮았다. 하나, 닮으면서도 어찌 그렇게 다를 수가 있을까. 어린아이 같은 말투로 삐쭉한 백발 머리를 이리저리 흔들고 있다. 보기에 안쓰러울 지경이다.

"이거! 왜 구석에 처박아뒀어! 안 찾아줄 거야?"

노인이 노사의 눈앞에 한 권의 책을 내밀었다. 눈앞에서 흔드는데, 숫제 뺨에다가 문지를 기세였다.

강설영과 단운룡의 눈이 그 책에 이르렀다. 두 사람의 눈이 빛난다. 잘 알고 있는 책이기 때문이었다.

병기전설.

그렇다. 병기전설이다. 고색창연한 표지에 손때가 가득하다. 얼마나 넘겨보았던지 너덜너덜해진 종이가 흐물흐물해 보였다.

"형님, 진정하십시오."

"이거, 이거! 찾아줘! 다른 책은 없어? 다른 소식은 없는 게야?"

노인은 노사의 눈앞에다 병기전설을 펴 들고 한 면만을 연신 가리키고 있었다. 병기전설을 보고 찾아달라는 물건이라면 신병이기가 틀림없을 텐데, 노인은 마치 당과(糖菓:설탕과자)를 사달라고 조르는 어린아이 같았다.

"형님, 내가 최대한 알아보겠다고 약속드리지 않았습니까. 안에 좀 들어가 계십시오."

노사의 얼굴엔 난감함이 가득했다.

추태에 가까운 노인의 투정을 부끄러워하는 것 같기도, 슬

퍼하는 것 같기도 하다. 노안(老顔)을 물들인 고민을 보고 있자면 천하제일의 명성도 다 소용없겠단 생각이 들었다.

"무엇을 찾으시는 것이기에 그러시나요?"

강설영이 조심스러운 어조로 물었다.

"이제 충분하네! 더 이상 상관하지 말게!!"

노사는 호통을 쳤지만, 노인은 달랐다. 노인이 퍼뜩 고개를 돌리며 그녀를 쳐다보았다. 두 눈을 반짝이는 모양이 당과를 사주겠단 이야기를 들은 아이와도 같았다.

"어린 꼬마 계집아, 너도 뭘 찾는다고 했었지?"

누가 꼬마인지 모르겠다.

노인이 후다닥 신발도 신지 않은 채 달려와 강설영의 앞에 섰다. 구부정 허리를 굽히면서 손때 묻은 병기전설을 뒤적이는데, 큰 체구에도 불구하고 그렇게 초라해 보일 수가 없다.

"이거 맞냐? 니가 찾는 거?"

강설영의 눈이 번쩍 떠졌다.

대마연에 취해 있는 줄 알았건만, 이야기를 듣긴 다 들었나 보다.

공포마황(恐怖魔皇) 마왕신의(魔王神衣) 염마전포(閻魔戰袍).

강설영이 지니고 있었던 병기전설에 실린 것과 같은 문구다. 다른 사람 손에서 이걸 보고 있자니, 뭔가 감개무량한 느낌이 든다고 할까. 강설영이 미소를 지으며 대답했다.

"맞아요. 틀림없어요."

"이거? 큭큭큭. 이런 물건을 뭣 하러 찾지?"

"어릴 적부터 찾고 싶었던 꿈이었어요."

"아아, 그랬지, 맞다, 맞아. 아까 들었다. 금씨 꼬맹이라고?"

노인이 박장대소를 하며 낄낄거렸다. 강설영이 다시 한 번 부드럽게 웃으며 노인의 말을 정정해 주었다.

"금씨가 아니라, 강씨요. 강씨금상."

"그래, 그래. 맞아. 내가 틀렸다. 금씨강상. 금씨강상 꼬맹이. 아, 아닌가? 케케케."

자신의 머리를 스스로 쥐어박으며 괴이쩍은 웃음을 흘린다.

아무리 봐도 온전한 정신은 아닌 것 같다. 하나 다음 순간, 강설영은 두 눈을 크게 치뜰 수밖에 없었다.

"근데, 이걸 말이지. 내가 언제 봤더라?"

노인이 눈동자를 위로 올리고는 기억을 더듬는 시늉을 했다. 강설영이 놀라 되물었다.

"본 적이 있다고요? 천잠보의를요?"

"그게, 그게, 몇 년 전이었던가? 내 젊을 때였나? 아닌데, 아닌데. 그놈은 죽었을 텐데. 아닌가. 죽었나? 살았나? 그때, 그놈이 혼자 가서 죽였다지 않았나? 아닌가?"

노인은 횡설수설 알아듣지 못할 말을 반복하고 있었다. 노인이 갑자기 뒤를 돌아보며 말했다.

"아우야! 그놈이 죽었던가? 그놈, 그놈 아직 살아 있냐?"

"누구 말입니까."

"왜 있잖아. 그 무슨 대왕이라던가, 지옥에서 왔다던가. 사람 막 죽이고, 왜 그놈!"

노인이 손짓발짓, 카랑카랑한 목소리로 애써 설명을 한다. 뭔가 무시무시한 그런 느낌으로 손짓을 해대는데, 병기전설만

찢어질 듯 펄럭거리고 있다. 이제 포기한 듯한 표정의 노사가
한숨을 내쉬면서 대답했다.

"그런 놈이 한둘이었습니까."

"아아, 있는데. 그 뭐였지?"

노인은 숫제 짜증까지 냈다. 병기전설을 던져 버릴 기세다.
보다 못한 강설영이 차분한 어조로 물었다.

"노선배, 그러니까 천잠보의를 보셨던 건가요?"

"노선배 아니고, 노괴."

"에?"

"저놈, 궁 노사. 난 궁 노괴. 근데 그냥 노괴, 노괴라 불러."

백발노인이 노사를 가리키고, 다시 자신을 가리켰다. 강설
영이 웃으며 고개를 설레설레 저었다.

"하지만 노선배, 노선배를 어찌 노괴라고……."

"노괴! 아니면 말 안 할 거다."

노인이 꽥 하고 소리를 질렀다.

반로환동이란 말이 있다. 심후한 내력을 익힌 노인이 아이
와 같은 외모로 다시 돌아갔다는 전설 같은 이야기다. 이 노인
은 그 외모는 노인이되, 성격만 아이로 돌아간 것 같다. 아니,
대저 늙으면 다시 어려진다고 하지 않았던가. 이 노인이 딱 그
표본이다. 강설영이 마지못해 고개를 끄덕이며 말을 이었다.

"알겠어요, 노괴. 그러니까 천잠보의를 본 적이 있다는 거
죠?"

"그놈 봤다고."

"천잠보의를 입은 사람요?"

"아니."

"예? 아니라니요?"

"그냥 이놈. 이놈 비슷한 놈."

노괴가 책을 뒤적거리더니 천잠보의가 있는 면을 딱 가리켰다. 공포마황, 그자를 보았다는 것 같다. 아니, 진짜 이 공포마황을 본 건지 아닌지 도통 모를 지경이다. 궁 노사가 그걸 보고 한 발 다가오며 말했다.

"내 말했었지. 관여하지 말라고. 형님과 이야기를 나눈다는 것은 그와 같네. 강 소저, 소저는 소저가 원하는 대답을 듣기 힘들 것이야."

포기한 듯한 목소리다.

왜 화를 냈는지 알 것도 같다. 타오르던 분노도 형님의 그런 모습 앞에서는 이미 부질없다는 것일까. 허탈감으로 점철된 탄식이 그의 목소리에 깊고 깊은 울림으로 남았다.

"아니야, 아니야. 찾을 수 있지. 찾을 수 있고말고."

"형님, 그만 하시지요."

"아우는 좀 가만히 있어! 자아, 금씨강상 꼬마계집아! 나도 니 이야기를 들어줬으니, 너도 내 이야기를 들어줘야지! 이거 봐라. 이게 내가 찾는 거다."

노괴가 호들갑을 떨며 병기전설을 들이민다. 강설영과 단운룡이 노인이 가리키는 책장에 이르렀다.

영웅예후(英雄羿侯) 멸살만요(滅殺萬妖). 고대신병(古代神兵) 사일적천궁(射日赤天弓).

언제나와 같이 거창한 이름이다. 영웅 예(羿)가 요괴들을 멸

살하니, 겁난이 평정되고 백성이 평안하다. 고대로부터 내려온 전설에 오직 영웅에게만 어울리는 신병이 있으니, 그 이름 사일적천궁이라 했다.

"활이로군요."

"그럼, 그럼. 꼬마계집은 그 이야기 알고 있지? 옛날 옛적에 태양을 쏘아 떨어뜨렸다는 영웅 말이야."

"하늘에 열 개의 태양이 떠서 온 세상이 불탈 지경에 이르자, 천하제일 활의 명수가 아홉 개의 태양을 쏘아 떨어뜨리고 세상을 구하더라. 영웅 예(羿)의 이야기로군요."

"그래, 그래, 그래! 바로 그 이야기!! 캬하하하!"

노괴가 박장대소를 하며 웃었다. 눈동자까지 맑게 반짝이는 게 언제 대마연에 취했던 사람인가 싶다.

"이게 그때 그 활인가요? 태양을 쏘아서 떨어뜨렸다는?"

"그렇지, 그렇지. 맞아. 그 활이야."

노괴가 고개를 연신 끄덕였다.

강설영이 노괴가 내민 병기전설을 다시 한 번 보았다.

예전에도 본 적이 있다. 당연하다. 병기전설 책장을 노상 뒤적거릴 때가 있었으니까. 하나, 활에는 큰 흥미가 없었기 때문에 별생각없이 그냥 넘기곤 했었던 그림이다.

단색 묵(墨)으로 그려졌기에 제대로 표현이 안 되지만, 아무래도 붉은색을 표현하고 싶었던 듯하다. 붉은색 궁신(弓身)에 중앙에 보석으로 짐작되는 것들이 총총히 박혀 있다. 과장이 섞인 화법만큼이나 화려하고 강력해 보이는 활이었다.

'하지만······.'

그러나 그걸 보고 있자니 하나의 의문이 고개를 쳐든다. 강설영이 슬쩍 단운룡을 돌아보았다. 단운룡도 고개를 끄덕인다.

이렇게 화려한 활. 이런 것은 본 적이 없기도 하거니와, 후예가 살았던 시대의 물건이라면 지나치게 오래된 이야기다.

아니나 다를까. 노괴의 뒤에서 들려오는 목소리가 있다. 궁노사가 고개를 흔들며 노괴의 옆으로 다가왔다. 그가 탄식 어린 어조로 입을 열었다.

"후예(后羿)는 전설상의 인물이네. 회남자(淮南子)에 의하면 성천자(聖天子) 요(堯) 임금의 신하로 요괴들을 물리치며 활약했다고 하며, 춘추좌씨전에 따르면 하(夏)나라 때의 영웅왕이라 기술되어 있지. 요순시절, 하나라 때라면 그야말로 몇천 년을 헤아리네. 이천 년, 삼천 년 전의 물건이 지금까지 남아 있을 리가 만무한 일이야."

"무슨 소리! 아우는 엉뚱한 소리 하지 마!"

"형님, 사일적천궁이 있다 해도 그 시절 물건은 아닙니다. 일단 그것부터 인정해야 찾을 수 있다고 누차 말씀드리지 않았습니까."

"그, 그건 아, 아우가 틀렸어! 그렇지 않대도!!"

"사일적천궁은 분명히 존재했었습니다. 하지만 하나라 때 물건은 아니에요. 그때 물건으로 생각하면, 영원히 찾을 수 없습니다. 그때는 철궁이 없었습니다. 그렇다면 목궁이라는 이야긴데, 그것이 목궁이었다면 절대 남아 있을 수가 없는 일이지요. 예, 이미 바스러져 한 줌 흙이 되어 있을 겁니다."

"아니야! 그렇지 않아!"

노괴는 크게 역정을 냈다. 모처럼 흥이 났다가 산통이 다 깨진 격이다. 노괴가 궁 노사를 한참 노려본다. 숨까지 몰아쉬며 씩씩대더니, 급기야 홱 돌아서서 우당탕 대청마루 안으로 뛰어 들어가 버렸다.

"후우……."

골치가 아플 만도 하겠다. 그런 궁 노사를 보며 강설영은 문득 아버지 생각을 했다. 자신도 저랬나 싶다. 아니, 저랬던 것이 맞을 것이다.

천잠보의를 찾겠다며 고집을 부리고, 화를 냈으며, 결국은 집까지 뛰쳐나오고 말았다. 만에 하나 노괴만큼 늙을 때까지 못 찾게 된다면, 아마 그녀도 노괴와 똑같은 모습이 되겠지. 대마연에 취해 있거나, 아니면 어린아이처럼 그저 투정을 부리고 있거나.

"벌써 몇십 년째네. 이 일을 아는 사람은 강호에 몇 명 되지 않아. 결코 자랑할 만한 일이 아니니까. 누구라도 마찬가지였네. 이런 걸 이해하는 이는 아무도 없었어. 이해하는 척하는 자들은 있었지만 말일세. 하나, 자네들은 다르군. 젊어서 그런 건지는 모르겠지만, 이런 일을 그다지 놀랍게 받아들이지 않는 것 같아. 형님의 이야기를 그렇게 맞장구쳐 주고 진심으로 들어주는 사람은 처음 보았네."

궁 노사는 그것이 무척 흡족했던 모양이다. 이제 그의 눈에 담긴 것은 완전한 호의였다. 적의와 분노를 보일 때와는 크게 달랐다.

"저도 그런 물건을 찾고 있으니까요."

대답하며 생각한다.

'힘들 만도 할 거야.'

강설영은 이 모든 것이 남의 일 같지가 않았다.

그렇기에 노괴뿐 아니라 궁 노사까지도 이해할 수 있다.

궁 노사 정도의 연배, 궁 노사 정도의 성취를 얻은 이는 어지간한 일에 흔들리지 않는다. 하지만 오늘 노사는 몇 번이나 격한 심경의 변화를 보여주었다. 불쾌, 호의, 분노, 허탈, 그리고 다시 호의로……. 그 정도 인물에게 이 정도 심동은 재난이나 다름없다. 그만한 고수가 보일 태도가 아니다. 그것은 아마도 이 일이 누구라도 감당키 힘든 일이기에 그런 것이리라.

"그래, 천잠보의를 찾는다고 했었던가. 하기야 처음부터 병기전설 이야기를 꺼낸 걸 보면, 강 소저는 내가 오랫동안 병기전설을 쫓고 있었음을 미리 알고 찾아온 거겠지."

"예. 하지만 이게 그만큼 실례가 될 줄은 몰랐죠."

"반가운 손님은 아닌 게 맞아. 그건 지금도 마찬가지네. 난 이것이 세상에 알려지기를 바라지 않으니까."

"전 입이 무거운 편이에요."

"그래야지. 그보다, 소저는 내게 묻고 싶은 것이 있다고 했네. 천잠보의에 관한 것인가?"

"예."

"내가 가장 먼저 해줄 수 있는 대답이 하나 있네."

"그게 무엇인가요?"

"포기하게."

"예?"

"내 나이가 되면, 눈만 봐도 사람들의 내면을 알 수가 있지. 소저는 총명한 두뇌를 지녔네. 영악할 정도로 총기 넘치는 영혼이야. 그 머리로 생각하게. 십 년, 그리고 이십 년 후에 어떻게 될지 말일세. 노부는 이런 길을 누군가가 똑같이 밟아가는 것을 결코 바라지 않는다네."

우당탕! 세 사람은 대청마루 안쪽 방 안에서 무언가 부서지는 소리를 들었다. 노괴였다. 뭔가를 때려 부수고 있는 모양이다. 방 안을 난장판으로 만드는 노괴의 모습을 절로 상상할 수 있었다.

"포기할 수는 없어요. 이제 시작이니까요."

방에 들어가서도 화를 삭이지 못하는 노괴는 몇십 년 후 강설영 자신의 모습일 수도 있다. 그때까지도 포기하지 않으면 그리될 수밖에 없는 것이다. 궁 노사가 그녀를 이해한다는, 그렇기에 더더욱 걱정된다는 어조로 말했다.

"이제 시작이니 일찍 포기하라는 것일세. 사실 노부는 이 말이 통하지 않을 것을 이미 잘 알고 있네. 하지만 그래도 충고를 아니 할 수 없겠지. 아니다 싶을 때 놓지 못하면 평생을 붙잡고 살아가야 하네. 세상 모든 것이 그와 같다네. 소저는 그와 같은 우를 범하지 말게. 적당한 때에 멈출 줄 알아야 해."

"금과옥조와 같은 말씀, 감사해요. 새겨듣겠습니다."

입에 발린 소리가 아니었다. 강설영은 진심으로 대답했다.

아마 다른 사람이 이런 말을 했다면 코웃음을 쳤을 게다.

하지만 노괴를 본 지금, 강설영은 그의 말을 마음 깊이 이해할 수 있었다.

끝까지 포기하지 않으면 저렇게 될 수도 있구나란 생각이 절로 든다. 그리고 그것은 그녀가 바라는 결말이 결코 아니었다.

"일단 당장은 포기하지 않겠다고 하니 할 수 없겠지. 일단 들어오게."

마침내 거두어진 축객령이다. 궁 노사가 먼저 신발을 벗고 대청마루로 올라갔다. 단운룡과 강설영이 뒤를 따른다. 마루 뒤쪽, 노괴가 들어갔던 방을 지나 구석에 있는 방문을 열었다. 횡으로 열고 닫는 문 안쪽으로 꽤 큰 방이 모습을 드러냈다. 강설영의 눈이 휘둥그레하게 변했다.

"굉장하네요……!"

절로 감탄이 날 수밖에 없다. 삼면이 책장으로 둘러 있고, 각 책장마다 엄청난 권수의 책이 꽉꽉 채워져 있었다. 한쪽 탁자 옆으로 고색창연한 활 몇 개가 진열대에 있는 것이 보였다. 보물을 찾기 위한 자료들이다. 오랜 세월 노사가 수집해 온 수많은 책과 문서들이 그 안에 하나 가득 펼쳐져 있었다.

"어차피 날도 어두워질 텐데, 어디 묵어갈 곳은 있는가?"

"객잔을 따로 잡아두긴 했는데요……."

그리 대답은 했지만, 반색하는 표정을 감추긴 힘들다. 이 정도 자료를 보고 혹하지 않는다면 그건 강설영이 아니다. 두고 두고 앉아서 이걸 다 뒤져 볼 수 있다면 객잔에 올려둔 돈쯤이야 버려도 된다.

"괜찮다면 이곳에서 머물러도 상관없네."

　노사의 한마디는 결정타였다. 강설영이 단운룡을 슬쩍 돌아보았다. 그녀가 다소 곤란한 표정을 지으며 대답했다.

　"그러면 저희로서는 감사할 뿐이죠. 한데……."

　"한데?"

　"일행이 두 명 더 있어요."

　그 말에는 노사도 다소 거부감을 느낀 것 같다. 노사의 표정이 굳어지는 것을 본 강설영이 재빨리 말을 이었다.

　"말을 옮기거나 할 사람들은 아니에요. 불편하시다면, 그 둘은 따로 객잔에 머무르도록 이야기하겠어요."

　"굳이 사람을 가리는 것은 아니네만, 여러 사람이 내왕하는 것은 그다지 반갑지 않군."

　단도직입적이다. 데려오지 말란 소리였다.

　"노사의 뜻은 충분히 알겠습니다."

　강설영이 이번엔 단운룡에게 고개를 돌리며 물었다.

　"객잔에 가서 좀 전해주겠어요? 난 일단 여기에 남아 있을게요."

　"알겠어."

　단운룡의 대답은 짧았다. 그가 곧바로 몸을 돌렸다. 그녀가 문득 미간을 좁히고는 궁 노사에게 양해를 구했다.

　"잠시만요."

　대청마루까지 단운룡을 따라 나왔다. 그녀가 그의 옷깃을 잡아당기며 속삭이듯 작은 목소리로 물었다.

　"뭐가 문제죠?"

　"무슨?"

“여기 와서 한마디도 안 했잖아요.”

“조금 이상해서.”

“뭐가요?”

“별거 아냐.”

단운룡은 길게 설명하지 않았다. 강설영의 눈살이 가볍게 찌푸려졌다.

“뭐가 있긴 있군요? 뭔데 그래요?”

“나중에 말해줄게. 확실해지면.”

“자꾸 그럴 거예요?”

“그것보다 조심해. 공기가 심상치 않아. 빠르다면 오늘, 며칠 내로 무슨 일이 생길 거야.”

“예? 또 무슨 일이 생긴다는 거예요?”

단운룡의 시선이 대청마루 저편, 궁 노사 쪽으로 향했다. 잠시 멈춰 있던 시선이 오른쪽으로 움직였다. 잠잠해진 노괴의 방 쪽이다. 당운룡의 시선이 다시금 강설영에게로 돌아왔다. 그가 고저없는 목소리로 말했다.

“나도 잘 모르겠어. 어쨌든 다녀올게.”

단운룡은 월궁을 나섰다. 복잡해진 머리. 그의 걸음이 빨라지고 있었다.

*   *   *

“남경에 누가 들어왔다고?”

“탈명마군, 장요 말입니다.”

“그가 왜?”

“원래 탈명마군의 주 활동 영역은 강소성이었다고 알려져 있습니다. 혹시 모르지요. 칠귀대를 다시 규합하려는 것일 수도…….”

“칠귀대? 아니야. 그것보다는 살인마와의 관계가 문제지. 이런 시기에 남경에 나타났다는 것은 아무래도 공교롭단 느낌이 든다.”

“이상한 일이긴 합니다. 자료를 다시 한 번 검토해 보겠습니다. 둘 사이에 어떤 연관관계가 있을지는 조금 더 조사해 봐야…….”

“그럴 필요 없어.”

하진화는 딱 잘라 말했다. 그가 빠르게 말을 이었다.

“놈은 역적이다. 작년 봄, 어전무도대회에 난입하여 사람을 죽였고, 폐하께 무도한 언사를 서슴지 않았지. 당장 잡아야 해. 살인마도 중요하지만 이놈이 먼저야. 단목 대주를 불러.”

“안 그래도 모셔오라는 전언을 넣어놨습니다.”

“놈은 고수다. 어전무도대회에는 흑살대 반 대주가 있었어. 그 반 대주 말이다. 십보단혼객 반나한 앞에서 사람들을 죽이고 유유히 사라진 놈이야. 단목 대주 하나로는 불안해. 흑참대를 전원 다 소집해야 할 거다.”

“그것도 이미 전달해 놨습니다. 전원 다 모이라고 해두었으니, 단목 대주만 도착하시면 바로 칠 수 있을 겁니다.”

“잘했군. 한데, 자네 말야. 칠 준비까지 다 해놓고 무슨 자료를 재검토한다 그래?”

“그래야 살인마와 연관이 있는지 확실히……”

“알았어, 알았어. 알았으니까, 일단 잡는 게 먼저야.”

“한데…… 또 한 가지 특기할 만한 것이 있습니다.”

“또 뭐?”

“탈명마군이 남경에 들어왔다는 정보는 우리 번역들의 보고에 의한 것이 아닙니다.”

“우리가 알아낸 것이 아니라고?”

“그렇습니다. 모용세가의 정예, 모용십수 중 한 명이 탈명마군을 추적하고 있었다더군요. 그쪽에서 알려온 정보입니다.”

“모용십수 누구?”

“모용중이라고, 일엽비연이란 별호를 갖고 있습니다. 무위는 모용십수 중에서도 중간 이하로 평가되는데, 경공 하나만큼은 수위를 논한다고 했습니다. 북경에서부터 줄곧 탈명마군의 행적을 쫓고 있었답니다. 아, 탈명마군의 존재는 자금산 건업사(建業寺) 경내에서 번역들이 직접 확인했습니다.”

“금의위와 우리도 놓친 것을 잘도 쫓고 있었군.”

“모용세가니까요. 가주인 모용도는 대단한 인물입니다. 북경에서 폐하을 알현하고, 황실과 상호협력의 밀약을 맺었다지요.”

“원래부터 눈치가 빨랐던 자야. 하지만 그자도 처음에는 건문제를 지원했었어. 그것 때문에 아무래도 뒤가 켕겼던 게지. 직접 수습을 하려고 든 것 보면.”

“덕분에 위험인물을 빨리 파악하게 되었지요. 강호와 관가의 공조체계도 슬슬 자리를 잡아가는 것 같습니다.”

"아직 멀었어. 게다가 그런 밀약이 영원히 이어지라는 법도 없으니까. 무엇보다 큰 문제는 우리 측에 고수가 부족하다는 사실이다. 중원 전체에서 통할 만한 고수는 반 대주나 단목 대주 정도가 전부야. 도연 선사께서는 폐하의 곁에서 떠날 수 없는 데다가, 일선에서 뛸 배분이 아니시니 말이지."

"그래도 단목 대주의 무력이면 육대세가의 가주 정도는 충분히 잡을 수 있습니다."

"육대세가에 고수가 가주만 있는 것은 아니잖나. 강호엔 위험분자들이 너무도 많아. 탈명마군 한 명이 떴다고 단목 대주 포함, 흑참대 전원이 나서야 하는 마당이다. 우울하기 짝이 없는 일이야. 고수 충원이 절실해."

"탈명마군은 초절정고수입니다. 그런 자는 흔치 않습니다. 흑참대가 전부 나서는 것도 당연한 일입니다."

"그런 걸로 위안이 되진 않아."

"다만 걱정인 것은 탈명마군의 위치가 너무 쉽게 노출이 되었다는 데 있습니다. 주의해야 할 필요가 있어요. 함정일지도 모릅니다."

"함정이라도 쳐야지, 어쩌겠나? 단목 대주와 흑참대 전원이 나서면 어지간한 무림방파 하나를 통째로 쓸어버릴 수 있어. 그쪽에서도 우리가 이렇게 빨리 나설 거라고는 예상 못할 거다."

"그러면 다행이겠죠. 이번만 잘 넘기면 됩니다. 머지않아 일대 창위 양성이 끝나니까요. 고수가 부족하다지만, 우리 측도 곧 모양새가 갖춰질 겁니다."

"그래. 그들만 충원되어도 조금은 괜찮아지겠지."

괜찮다. 괜찮다. 괜찮다……. 주문처럼 반복한다. 그저 허공에 흩어지는 바람처럼 허허로운 주문이다.

'실패는 없어야 해.'

탈명마군이란 거물이 나타난 것은 그야말로 의외가 아닐 수 없다. 만일 그를 잡는 것을 실패한다면? 끔찍한 상상이다. 그런 일이 벌어져선 안 된다.

저벅저벅.

비정철극마(非情鐵戟魔) 단목창성이 들어오는 소리가 들려오고 있었다. 언제나처럼 가공할 기도를 뿜내면서 동창의 회의실을 가로질러 온다. 그의 무위를 익히 알고 있는 하진화다. 괜찮다, 한마디가 목구멍에 탁 걸린다. 그의 답답함은 영영 사라질 줄을 몰랐다.

*　　*　　*

"이렇게 신세를 져도 되는 건지 모르겠네요."

"신세를 지는 게 아닐세. 이대로 돌려보냈다가는 형님 역정을 감당키가 어려울 것 같더군. 당장 내일 아침부터 강 소저를 찾아오라 난리를 쳤겠지. 형님 이야기를 그렇게 잘 들어준 이는 일찍이 몇 명 없었다네."

"그래도요."

"힘든 나날이었지. 중원 곳곳에 열 개가 넘는 집을 마련했네. 형님 때문일세. 종종 옮겨가지 않으면 형님은 그것만으로도 화를 낸다네. 한곳에 머물러서 어떻게 찾겠냐고 말일세.”

“단서는 없는 건가요?”

“보물이란 건 그렇다네. 한 가지 단서를 찾으면 또 다른 단서가 나오지. 오래된 물건일수록 그 정도가 더 심한 법일세. 그렇게 그 그림자만 쫓다가 끝나는 경우가 대부분이지. 사일적천궁? 생각해 보게. 태양을 쏘아서 떨어뜨린다는 것이 말이나 되겠냔 말일세.”

“그런데도 찾고 계시잖아요.”

“그래서 포기하라는 것이네. 이렇게 되고 싶지 않다면.”

“성과가 아주 없는 것은 아니잖아요.”

“물론 쫓아다니다 보면 얻는 것은 없지는 않아. 한데, 강 소저는 이 일에 정말 흥미가 있는 모양이로군? 예의상 물어보는 것이 아닌 것 같으니.”

“그럼요. 정말로 흥미가 있어요. 대단한 일이잖아요. 그것이 있다고 아무도 믿어주지 않을 물건을 이렇게 찾고 있다는 것 자체가요.”

“그런가? 소저는 엉뚱한 데 매달리고 있는데도 표정이 밝아서 보기 좋네. 사실 우린 출발이 늦었어. 소저처럼 순수한 열정보다는 막돼먹은 고집이 더 큰 힘이었지.”

“일단 시작했다는 게 중요한 거잖아요.”

“시작이 중요하지. 중요하고말고. 말하자면 시작도 없어야만 했던 것이었어. 한참 동안 찾아 헤맨 끝에 내가 얻은 결론은 간단했지. 예가 썼다던 적궁(赤弓)은 세상에 존재하지 않는 물건이다. 설사 존재했었다 해도 이제는 찾을 수 없네.”

"아깐 있다고 하셨잖아요."

"사일적천궁? 사일적천궁은 후세 사람들이 붙인 그럴듯한 이름에 불과해. 실제로 예가 썼던 활에는 그런 이름 같은 것도 없었어. 기록에 남아 있는 것은 단지 붉은 활이었다 이 말뿐이네. 중요한 것은 활이 얼마나 뛰어난 신병이었냐가 아니라, 예가 얼마나 뛰어난 궁사였었냐일세. 태양도 쏘아 떨어뜨릴 만큼 뛰어난 솜씨를 지녔다. 그게 전설의 요체이니까."

"하지만 활이 대단치 않고서야 어찌 태양을 맞힐 수 있었겠어요?"

"그런 질문은 별 의미가 없네. 태양을 맞혔다는 것 자체가 말이 안 되는 일 아닌가. 다만, 소저처럼 생각한 사람들이 많았다는 데 문제가 있었지."

"문제라니요?"

"예가 썼던 붉은 활이 남아 있으려면 철궁이 아니고서는 불가능하네. 하지만 하나라 때는 철을 제대로 쓰지 못했어. 아무리 훌륭한 활이었다 해도, 목궁(木弓)이었을 것이 틀림없네. 우린 오랫동안 전설을 찾아 헤맸네. 끝내 고려국(高麗國)까지 갔다 왔지. 동방의 고대 국가들 중 예맥을 칭하는 나라가 있었다고 했네. 아직까지도 그 비결이 전해 내려오고 있지. 그들의 활은 예맥각궁이라 하여, 탄력이 좋고 사거리가 보통 긴 것이 아니네. 화살의 위력이 강한 것으로도 유명하지. 예(羿)와 예맥(濊貊)은 글자가 다르지만 그들의 언어로는 발음이 똑같다네. 우린 고대사를 연구하는 학자들을 찾아다녔지. 영웅 예(羿)의 전설은 고대 동방부족들의 영웅 신화와

요순시대 중원의 전설이 섞이면서 만들어졌다는 견해가 있었네. 즉, 노부는 예(羿)에 관한 전설 자체가 동방에서 전달된 것이 아닌가 생각하고 있다네."

"예가 썼던 붉은 활과 예맥각궁이 비슷한 종류라고 생각하시는 건가요?"

"그렇지! 예맥국에는 훌륭한 궁사들이 많이 태어났다고 하네. 그 시대에 가장 성능이 좋은 활이었다면, 태양을 쏠 수 있다는 식으로 신화화되었을 가능성이 있는 게야. 하지만 그게 그처럼 예맥의 각궁과 같은 종류라면, 결국 나무로 만든 목궁이었다는 이야기이고, 목궁이라면 수천 년이 지난 지금, 삭아서 문드러졌어야 정상이네. 더군다나 그런 목궁에 보석을 박다니, 아무래도 있을 법한 물건이 아니지."

병기전설에 그려져 있던 그림을 떠올려 보았다. 장대한 활과 활 가운데에 박혀 있던 보석을 생각하자면, 고대의 목궁을 그린 것으로 보기엔 무리가 따를 수밖에 없었다.

"결국 병기전설에 그려진 활은 예가 직접 썼던 물건이 아니라는 이야기네. 직접 썼던 물건이 될 수 없다는 표현이 맞겠지. 그렇다면 왜 병기전설에서는 사일적천궁이라고 하여 예의 이름을 써놓았을까. 벽에 부딪친 기분이었지. 병기전설 자체가 거짓말이라고 던져 버렸으면 차라리 편했을 텐데, 그러지도 못했네. 병기전설에 나온 물건을 직접 봐버렸기 때문이지."

"병기전설에 나온 물건을요?"

"사일적천궁의 흔적을 쫓던 중, 형님과 나는 북해까지 흘러 들어 가게 되었네. 예맥족 전설을 찾아갔던 건데, 어찌하다 보니 내친김에 현명창을 구경해 보자는 쪽으로 말이 나왔지. 아무런 성과를 못 올리던 시기라 병기전설의 다른 물건이라도 확인해 보자는 뜻이었네.”

“세외사신병……!”

“그래, 세외사신병 중 북방의 기병이었지. 한기(寒氣)를 내뿜고 있더군. 주변에 하얀 서리가 앉을 정도였어. 빙공(氷功)을 익히고 있어야만 다룰 수 있는 것처럼 보였네.”

“그런 걸 누가 가지고 있었나요?”

“달리 누가 있겠나? 북해빙궁주였지. 하기야, 벌써 십 년이 넘은 이야기라네. 지금 주인은 누군지 모르겠어.”

“병기전설과 같은 모양이었나 봐요.”

강설영의 말. 노사의 대답은 비무상왕이 했던 것과 똑같았다.

“병기전설, 그 이상이었지. 어쩌면 진짜 시작은 바로 그 순간이었는지도 모르겠어. 그때 그걸 보지 않았더라면 지금까지 이러고 있지는 않았을 것이야.”

“후회… 하시나요?”

“후회하냐고? 맞아. 후회돼. 난 지쳤다네. 그걸 보지 말았어야 했다는 생각을 하루에도 몇 번씩 할 정도야. 더 이상 이러고 싶지 않아. 하지만 형님은 아니지. 예전부터 지금까지 변하질 않았어.”

“단서가 있다고 하셨잖아요.”

“단서? 단서는 또 하나의 전설을 새롭게 들은 것에 불과했어. 예에 대한 전설은 단지 태양를 쏘아 떨어뜨렸다는 것만 있는 것이 아닐세. 그가 지닌 붉은 활과 절대로 빗나가지 않는 붉은 화살은 신수 백택이 말한 만 천오백이십 마리 요괴를 토벌하는 데 쓰였다고 했지. 그건 굉장히 매력적인 전설이네. 누군가의 장인욕을 부추기기엔 충분한 이야기였겠지.”

“장인욕이라 함은… 누군가 그걸 만들었다는 이야기군요!”

“그렇다네. 사일적천궁은 후세의 누군가가 만든 물건이야. 누군가 말하기를 화덕사천군(火德四天君)이 만들었다고도 하고, 형옥화덕신군이 만들었다고도 했네. 둘 모두 도가에서 말하는 화신(火神)을 의미하는데, 불의 신이 훌륭한 무기를 주조했다는 것은 지못 그릴듯한 이야기라고 할 수 있어. 하나 진짜 신이 만들었을 리는 만무하고, 신의 영역에 이른 장인이 만들었다고 한다면 말이 될 걸세.”

“불의 신이 만들었다니… 굉장하네요.”

“굉장하지. 누군가는 사방신검도 화덕신군이 만든 거라 하더군. 군신 치우와 화덕신군이 힘을 합쳐 만들었다던가.”

“너무 거창해지는 거 아닌가요?”

“거창하지. 병기전설은 그래서 병기전설이네. 사일적천궁도 만만치는 않아. 이런 전설이 있네. 세상의 그 어떤 요괴도 사일적천궁으로 날리는 화살에는 당적하지 못한다고 하지. 따라서 술가에서는 이 사일적천궁을 최고 법구 중 하나로 친다고 하네. 그들은 사일적천궁을 필멸의 활이라고 부른다더군.”

“굉장하네요.”

“술사들이 그냥 그들의 희망을 담아 만든 허황된 이야기일 수 있겠다는 생각이 들어. 아까도 말했지. 예는 세상에 널리 퍼진 요괴들을 물리쳤던 영웅이었다고. 예가 붉은색 활에 시위를 걸고 화살을 내쏘면 바람을 부르는 용도, 하천을 어지럽히는 이무기도 단숨에 죽일 수가 있었다고 하네. 귀신들을 쫓는 술사라면 그런 걸 마다할 리 없겠지. 누구라도 가지고 싶어할 거야.”

“존재하지도 않은 물건에 필멸의 활이란 이름을 붙이진 않을 것 같아요. 게다가 만든 사람이 있다고 하잖아요. 비록 신의 이름을 뜻하는 말일지라도요.”

“형님이 하는 말도 그와 같네. 형님이야 그 필멸의 활이 곧 예가 직접 쏘던 활이라고 굳게 믿고 있네만.”

“믿는 그대로일 수도 있겠죠.”

“그렇든 그렇지 않든 노부에겐 사실 큰 의미가 없네. 이제 그저 그만두고 싶을 뿐일세. 너무 많은 세월을 여기에 바쳤어. 지나치게 많은 시간을…….”

노사와 강설영의 대화는 마치 친근한 노손 사이의 그것과도 같았다. 잠자코 들어주고, 적절한 때에 생긋 웃으며 이야기가 끊이지 않도록 만든다. 노사는 좀처럼 드러내지 않던 진심을 내비쳤고, 강설영은 마음 깊은 공감으로 그 진심을 받았다.

천잠보의에 대한 이야기를 못 들어도 괜찮다. 보물을 찾기 위해 기나긴 길을 걸어온 사람이 있다. 그런 사람을 만난 것만으로도 이미 이곳에 온 목적은 달성한 것이나 다름없다. 풀벌레 소리가 들려온다. 전설과 함께하는 밤이 깊어가고 있었다.

*　　　*　　　*

"범인은 고수요. 뛰어난 신법을 익혔고, 평소에는 병장기는 사용하지 않소. 아마도 백타를 주특기로 할 것이오. 자신을 드러내지 않는 데 능한 자요. 아마 평생 동안 그런 수련을 해온 것이 틀림없소."

"그걸 어떻게 알아?"

"아는 수가 있소."

"아는 수가 있소? 지랄."

"설명이 어려워서 그렇소. 이런 부류의 범인들은 보통 사람을 죽일 때 자신이 잘 다루지 않는 병장기를 사용하는 경향이 있소. 이자는 기본적으로 신중하고 섬세한 성정을 지녔을 거요. 즉흥적으로 희생자를 고르는 듯하지만, 일 처리엔 빈틈이 없소. 오랜 준비 기간 없이도 그만큼 해치우려면 타고난 성정이 그러지 않고서는 어려운 일이오. 모든 것을 신속하고 완벽하게 처리하는 것이 몸에 밴 자요."

"뭐 그리 복잡해. 그냥 미친놈 아냐?"

"그리 단순한 자가 아니라오. 들리는 바에 의하면, 미태가 뛰어난 얼굴을 지닌 여인에게 더 심한 상처를 입힌다고 했소. 뭔가 이유가 있을 거요."

"그러니까 그냥 미친놈이란 거지. 못생긴 년이 더 쳐 맞는 게 정상이야. 예쁜 년을 더 난도질했으면 그게 미친놈이 아니고 뭐겠느냐?"

"말이 심하지 않소! 불쌍한 희생자들이오."

"틀린 말은 아니잖아!"

“후우……. 뭐, 어찌 되었든 광기(狂氣)에 빠진 것은 확실해 보이오. 행동의 일관성이 유지되는 듯하나, 실제로는 스스로 혼란스러워하는 형세요.”

“그래서, 범인이란 놈은 어디 있는 거야?”

“아직 알 수 없소. 시체를 좀 보고 싶은데… 아무래도 어렵지 않을까 싶소.”

“어려울 건 또 뭐야?”

“……?”

“찾아서 담을 넘으면 그만이지.”

막야흔이 씨익 웃으며 말했다. 그의 두 눈에 위험한 빛이 서렸다. 못된 장난을 치려는 아이의 눈빛 같다고 할까. 역시 막야흔은 막야흔이다. 세상 겁내는 것이 없는 남자가 그였다.

*　　　*　　　*

중원의 수도, 남경은 밤이 깊도록 밝은 빛을 꺼뜨릴 줄 몰랐다.

하늘에는 은은한 달빛이, 땅에는 뜨거운 횃불이 흔들려 퍼져 나가는 순간이다. 불꽃 같은 삶을 살아가는 강호의 무인들의 이야기는 지금도 화려하게 대지를 수놓고 있다.

강설영이 노사와 함께 월궁에서 이야기꽃을 피우고 있을 때다.

단운룡은 객잔을 나와 저잣거리로 발을 옮겼다. 돌아오지 않는 막야흔과 엽단평을 찾기 위해서다.

저잣거리 반대편, 수십 개의 전각을 지난 그곳에 막야흔과 엽단평이 있었다. 추관 관아의 외벽 앞이다. 안 된다 말하는 엽단평을 끌고 막야흔은 추관 관아의 담을 넘는 중이었다.

추관 관아에서 한참 떨어진 황폐한 폐가, 땅 밑 지하의 어딘가에서는 광기에 휩싸인 살인마가 불쌍한 여인의 육신을 탐하는 중이다.

그들의 삶이 그렇게 교차하고 있을 때다.

동쪽 이십 리. 자금산 건업사에서도 또 하나 펼쳐지는 이야기가 있다. 수많은 무인들의 생과 사가 갈리는 이야기였다. 검은 옷을 입은 창위들이 땅 위에 쓰러진다. 건업사 승려들로 둔갑했던 사마외도의 무리들이 마침내 본색을 드러내고 있었다.

"크윽……!"

비정철극마 단목창성의 입에서 억눌린 신음 소리가 흘러나왔다.

뱃속에서 올라오는 핏덩이를 억지로 삼킨다. 비청철극마. 마의 철극을 쥔 손아귀가 부들부들 떨리고 있다. 호구가 찢어져 핏물이 흥건하게 배어 나오고 있었다.

"비정철극마의 명성도 대단할 것이 못 되는군."

탈명마군 장요의 목소리는 탁했다.

칙칙한 검은색 마의, 불같이 번뜩이는 호안에 얼굴 전체엔 거친 수염이 가득하다.

전대의 거마(巨魔)로 사해를 떨쳐 울렸던 악명이 함께하는 이다.

"닥쳐라, 장요."

동창 흑참대 대주, 비정철극마는 강했다. 전대의 거마라는 탈명마군의 앞에서 조금도 밀리지 않는 실력을 과시했다. 탈명마군은 멀쩡할 수 없었다. 가슴과 어깨, 왼쪽 옆구리에 철극에 당한 상처가 커다랗게 입을 벌리고 있었다. 단목창성이 입은 내상만큼이나 심한 상처였다.

"자, 단목 대주, 어쩌실 생각이오? 이미 전세는 기운 것 같소만."

문제는 탈명마군이 아니었다. 들려온 목소리. 단목창성은 흔들리는 눈동자로 그 옆에 선 남자에게 시선을 주었다. 탈명마군에 이어 차륜전으로 맞서게 된 상대였다.

처음 보는 놈이었다.

삼십대 중반이나 됨직한 헌앙한 얼굴, 수염은 기르지 않았다. 목까지 올라오는 회색 장삼을 입었고, 왼쪽 팔엔 검은색 비구(臂具)를 장비했다. 오른손에 들린 것은 은빛 철곤이다. 그 철곤에 당했다. 내상이 도져 목구멍에 핏덩이가 끓고 있는 것도, 철극이 울고 있는 것도 바로 그 은빛 철곤 한 자루 때문이다.

"네놈은 누구냐?"

비정철극마 단목창성은 초절정고수였다. 황실 삼대고수에는 들어가지 못했지만, 사대고수를 뽑으라고 한다면 그 말석은 틀림없이 단목창성 차지다.

그런데도 이 모양이 되었다.

탈명마군이라는 괴물과 싸운 후 극심한 내상을 입은 상태에서 차륜전으로 겨뤘다고는 하나, 이 애송이 놈은 멀쩡한 몸으로 겨뤘다 해도 승리를 장담하기 힘들 것 같았다. 내상이고 뭐고, 전부 핑계일 뿐이다. 이름도 모르는 놈에게 이렇게 속수무책으로 당할 줄은 꿈에도 몰랐다.

"이름을 말해줄 수는 없소. 나는 할 일이 많은 사람이오. 동창이 얼마나 나를 귀찮게 할 것인가 생각해 보시오. 여기서 당당히 이름을 꺼내놓는 건 그야말로 미련한 짓이라오."

"이름 따윈 몰라도 상관없다. 지옥 끝까지라도 쫓아가 주마. 동창의 행사에 끼어들다니, 영원히 두 발 뻗고 자지 못할 줄 알아라."

"아니, 당신은 그럴 수 없을 거요. 당신은 나를 찾을 수 없을 테니까."

은빛 철곤을 비껴든 남자는 무척이나 여유로웠다.

단목창성은 생각했다. 이놈은 위험한 놈이다. 이런 놈을 살려두면 안 된다. 이런 놈은 반드시 세상을 어지럽히는 괴물이 된다. 크나큰 분란을 일으킬 것이라는 데 목숨이라도 걸 수 있었다.

"탁가야, 말장난은 그만 하라."

탈명마군 장요가 말했다. 탁가라 불린 은빛 철곤의 남자가 미간을 좁히며 뒤를 돌아보았다.

"이런! 마군께서는 너무하시는구려. 이름 한 글자를 알려줘 버리면 어떻게 하오? 난 동창의 살벌함이 몹시도 두렵단 말이오."

두렵다 말하고 있지만, 실제로 전혀 두려워하지 않고 있다. 삼척동자라도 알 만한 일이다. 단목창성의 얼굴이 무섭게 일

그러졌다.

'놈······!'

뒤를 돌아보고 있음에도 틈이 보이질 않는다.

죽여야 한다. 무조건 이놈부터 죽여야 한다. 오랜 세월, 수많은 반역자들과 무고한 자들을 가리지 않고 처형해 온 비정마로서의 감각이 그렇게 말하고 있었다.

"네놈 같은 위험분자가 남경에 있었다니. 설마하니 그 살인마가 네놈이었던가?"

"아아, 그 연쇄 살인극에 대한 소문은 참으로 흥미롭더이다. 하나 그런 저급한 살인광과 나를 똑같이 보다니, 그거 참으로 섭섭한 일이오."

"내 눈엔 똑같이 보인다. 네놈은 살려둬선 안 될 놈이야."

"하하하. 그건 당신이 결정할 일이 아니라오. 안 그래도 그 친구가 재미있는 일을 하고 있다기에 좀 거들어줄 생각이긴 했었소. 그거 아시오? 마군께서 왜 모습을 드러냈는지? 당신을 끌어들이기 위해서였소. 그 친구는 살인광이지만 동시에 상당한 고수이기도 하오. 당신이 쓰러지면 누가 그를 잡을 수 있을지 모르겠소. 내 장담컨대, 하진화나 기청량 정도로는 근처에도 가지 못할 것이오."

함정이었다는 이야기다.

단목창성의 눈에서 분노의 불길이 이글이글 타오르고 있었다.

"놈에 대해 알고 있나?"

"북경의 반나한이라도 불러온다면 혹시 또 모르겠소. 충신의 측실이 납치당했고, 곧 더럽혀진 시체가 들판에 버려질 거요. 역천의 영락제와 정통의 건문제, 온 남경에 그 이야기가 떨쳐 울린다면 참으로 볼만하겠소. 하하하.”

“갈!!”

단목창성은 결국 참지 못했다. 거대한 철극을 휘두르며 땅을 박찬다.

하지만 상대는 강했다. 분노로 제압할 수 있는 자가 아니다. 은빛 철곤이 움직였다. 장쾌하고 간결하게 뻗어나가 무거운 철극을 비껴냈다.

단목창성의 눈이 부릅떠졌다.

놀라운 무공이다. 아무리 내상을 심하게 입었더라도 이렇게 간단히 질 수는 없다. 단목창성의 실력을 생각하자면 있을 수가 없는 일이었다.

빠박!

단목창성의 왼쪽으로 은빛 철곤의 남자가 스쳐 지나갔다. 은색의 빛무리가 단목창성의 등줄기와 뒷목을 때렸다.

동창의 일대 거인이 쓰러지는 순간이었다. 꾸웅, 하는 소리가 땅 위에 울려 퍼졌다. 그 육중한 소리는 단목창성이 죽였던 수많은 사람들이 쓰러지는 소리와 조금도 다를 바가 없었다.

“죽이지 않았군.”

탈명마군이 다가왔다. 탈명, 일장에 사람의 목숨을 빼앗는 마인이라 했다. 은빛 철곤의 사내가 그의 앞을 막아서며 입을 열었다.

“죽이면 안 되오.”

“왜지?”

“동창과의 전면전은 단심맹주께서도 좋아하지 않을 거요.”

“이놈은 동창 전력의 핵이다. 지금 제거하는 편이 좋아.”

“핵이기 때문에 안 된다는 거요. 어차피 기청량이나 하진화 정도는 차차 봉쇄해 둘 작정이지만, 이자는 그 둘과 다르오. 이자를 죽이면 반나한이 세상에 나올 거요. 자칫 잘못했다간 황실에 틀어박힌 진가의 괴수까지 풀어놓는 결과까지 낳을 수가 있소.”

탈명마군의 얼굴이 굳어졌다. 하나, 그는 끝까지 고집을 꺾지 않았다.

“진가의 애송이 놈 말인가? 사패의 망령 따윌 무서워할 내가 아니다!”

“마군이 그를 무서워하지 않는다는 것은 익히 알고 있었소. 다만, 마군이 이자를 죽이면 내가 곤란해질 수 있소. 련에서도 결코 좋아할 일이 아니오.”

“련에서는 나온 것이 아니었던가?”

“아직은 련의 그늘을 벗어날 수 없소. 흠검단주와 마창회주가 중원에 나왔소. 경동할 때가 아니오.”

탈명마군 장요가 호안에 떠올렸던 노기를 가라앉혔다. 그것을 확인한 은빛 철곤의 사내가 고개를 끄덕이며 말했다.

“고맙소이다, 마군.”

은빛 철곤의 사내가 돌아섰다. 아수라장이 된 건업사 경내가 두 눈에 한가득 비쳐들었다. 이리저리 쓰러진 동창의 창위들이 수십 명에 이른다. 되도록 죽이지 말라고 지시했지만, 제대로 들어줬을 리가 만무했다. 죽은 창위들이 도처에 널려 있었다. 단심맹이 탈명마군에게 딸려준 무인들은 난폭하고 잔인하기가 둘째가라면 서러울 놈들이었다.

그가 건업사 담장 너머에 메어둔 그의 기마 쪽으로 걸음을 옮길 때였다. 퍼억! 하는 타격음이 등 뒤에서 들려왔다. 놀란 그가 급히 몸을 돌렸다.

탈명마군 장요가 손바닥을 아래로 한 채 단목창성을 내려다보고 있었다. 쓰러진 단목창성의 등판에 일장을 찍어 내친 것이다.

"마군!"

"아무래도 분이 풀리지 않아 일격을 가했을 뿐이다. 살아날 것인지, 죽을 것인지는 이놈 운에 달렸다."

노기를 삭이자고 이미 쓰러진 자에게 일장을 때렸단다. 눈살이 절로 찌푸려질 행동이었다. 마인은 마인이라는 것일까.

단목창성이 살아나는 것은 이제 그야말로 천운에 달렸다 할 것이다. 비정철극마 단목창성의 입과 코에서 검은 핏물이 끊길 줄을 모른 채 줄줄 쏟아지고 있었다.

*　　*　　*

"아직 멀었냐?"

막야흔은 질색을 했다. 자기가 끌고 추관의 담을 넘었다지만, 이제 와서는 참담한 후회가 밀려온다. 처참한 시체들 한가운데 서 있자니 심기가 불편해진 것이다. 바깥의 동향을 살피면서도 틈만 나면 짜증을 부리고 있었다.

"그 눈, 보이긴 하냐?"

막야흔은 엽단평의 눈을 처음 보았다. 밝고 깨끗한 눈. 막야흔이 제일 싫어하는 눈이었다. 눈가리개를 푼 엽단평의 눈동자는 푸른 하늘처럼 맑기만 했다.

한참이나 시체들을 들여다보던 엽단평이 다시 붉은 천으로 자신의 눈을 가렸다. 그러고는 시체 쪽으로 몸을 숙이고 코를 가까이 가져갔다. 얼굴을 처박다시피 한 그의 자세에 막야흔이 얼굴을 잔뜩 찌푸리며 욕지거리를 내뱉었다.

"뭐 하는 거야, 이 미친놈아?"

"냄새를 맡는 거요."

"시체 냄새를 맡아? 미친……!"

말 그대로다. 엽단평은 코를 들이대고 시체의 머리카락부터 얼굴, 목, 문드러져 썩어가는 상처 부위, 내장이 튀어나온 배와 음부까지 샅샅이 훑어나갔다. 막야흔이 이를 악물고 세상 못 볼 걸 보았다는 표정을 지었다.

"변태 같은 놈."

엽단평은 멈추지 않았다. 다음 시체, 이미 다 썩어서 말라비틀어진 시체까지 코를 박고 냄새를 맡았다. 막야흔은 아예 고개를 돌려 버렸다. 그걸 보고 있자니 토악질이 절로 나온다. 안 그래도 내공을 써 냄새를 막고 있는 마당에, 저런 식으로 냄새를 맡았다가는 뇌가 전부 녹아버리고 말 것 같다.

"돌 냄새가 있소. 음습한 흙냄새. 그리고 물 냄새. 지하수로 로군."

눈을 가리고 있어서인가. 다른 감각이 극도로 발달되어 있다.

후각도 그중 하나다. 막야흔은 엽단평이 신기하면서도 또한 괴이하게 느껴졌다. 정도명문 출신이란 놈이 시체에 코를 박고 있다? 포공사가 강호의 악적들을 징벌하는 데 뛰어난 전통을 지녔다지만, 저런 것까지 가르치는 줄은 몰랐다.

"화상 자국이 심한데 다른 상처와는 다르오. 다른 상처는 분노의 표출이지만, 화상은 같은 곳에 같은 정도로 나 있소. 이건… 무슨 의식(儀式) 같소. 각인된 기억을 자꾸 반복하는 그런 느낌이오. 범인은 화상을 입었을 가능성이 있소. 자신이 똑같은 화상을 입었거나, 아끼는 누군가가 이런 화상을 입었거나……."

"더 이상 듣고 싶지 않다, 변태 새끼야."

막야흔이 엽단평의 말을 끊었다. 몇 마디 입에 담지도 못할 욕지거리가 뒤를 따랐다.

"남경은 관개수로가 잘 정비된 도시요. 지하수로도 셀 수 없이 많을 거요. 하지만 이런 토질과 석분(石粉)이라면 상당히 범위를 좁힐 수 있소. 금방 찾을 수 있을 것 같소."

"다 했냐?"

"……?"

"다 봤으면 나가자. 숨이 막혀 뒈지겠다."

막야흔은 끝까지 역정을 냈다.

＊　　　＊　　　＊

동창엔 난리가 났다. 난리도 난리 나름이지, 이건 그야말로 재앙 수준이다. 단목창성은 극심한 내상을 입었다. 의식을 잃은 채 기식이 엄엄해 있는 것을 찾아 겨우겨우 숨통을 붙여놓았다. 언제 정신을 차릴 수 있을지조차 알 수 없다. 완전한 혼수상태에, 그나마 이어지고 있는 진기도 위태위태할 지경이다. 회복한다 해도 예전의 무위를 다시 보여줄 수 있을지 의문이 들 정도였다.

"어떻게 이런 일이!!"

밤새 뒤처리를 했다. 정보를 통제하고, 건업사 싸움을 보았다는 목격자들을 모조리 잡아넣었다. 다른 이유에서가 아니다. 동창이 패배했다는 사실이 알려져서는 안 되기 때문이다.

밤새도록 건업사 승려들과 행인 백성들을 잡아 엄포를 놓았다. 소문이 조금이라도 흘러 나갔다가는 피를 볼 것이라며 입을 막았고, 언행이 가벼워 보이는 자들은 아침이 올 때까지 풀어주지도 않았다.

그렇게 아침을 맞았다.

집무실에 돌아온 하진화는 망연자실한 표정이었다. 이렇게 될 줄은 몰랐다. 그가 힘없이 따라 들어온 기청량을 돌아보았다. 기청량도 마찬가지다. 남경지부, 동창 최고의 두뇌를 지녔다는 기청량도 이번만큼은 넋이 나간 얼굴이었다. 동창 흑참대 대주 비정철극마가 당했다. 꿈이라도 꾸고 있는 기분이었다.

"이럴 수는 없습니다. 모든 변수를 계산해도 이런 결과는 나올 수가 없었습니다. 단목 대주의 무위와 탈명마군의 무위는 동수입니다. 승률을 오 할로 잡아도 이쪽엔 숫자의 우위가 있습니다. 단목 대주는 승부사요, 무공광이지만 합공을 꺼리지 않습니다. 동창 창위 몇 명만 함께 공격을 가했어도 승기를 잡는 것은 어렵지 않았을 겁니다."

기청량은 마치 이 모든 결과를 부인하기라도 하듯 빠르게 말을 이어가고 있었다. 하나, 그것이 부질없는 짓이라는 걸 그 역시도 이미 잘 알고 있는 바다. 말하자면 엎질러진 물이다. 단목창성은 전투불능이 되었고, 언제 회복할지 기약도 없다. 다시 주워 담을 길이 없었다.

"생존자들의 보고에 따르면 은빛 철곤을 쓰는 고수가 있었다고 했습니다. 그가 창위들의 합공을 막고, 탈명마군과 단목 대주의 일 대 일 승부를 유도합니다. 단목 대주는 탈명마군과의 싸움에서 지지 않았을 겁니다. 하지만 이기지도 못했습니다."

"그만!"

"싸움은 차륜전으로 이어졌고, 은빛 철곤의 흉수가 단목 대주를 제압했습니다. 치명적인 내상은 장력에 의한 것이었고, 탈명마군의 손속을 시사합니다. 합공을 가했다는 뜻일까요? 생존자들의 보고를 다시 한 번……."

"그만 하라니까!!"

하진화가 벌떡 일어나며 기청량의 말을 막았다. 지금은 그럴 때가 아니다. 지난 싸움을 분석할 때가 아니라, 앞으로의 일을 예측하고 대비해야 할 때였다.

"생존자들의 보고를 백번 더 들어도 결과는 달라지지 않는다. 이 패배는 자네의 계산이 틀려서가 아니다. 놈들의 음험함이 몹시도 깊었기 때문이다. 흑참대는 전력 외로 분류하고, 산출 가능한 가동 전력을 계산해라. 살인마는 아직 저 밖을 활보하고 있다. 탈명마군과 그 은빛 철곤의 괴수도 마찬가지다. 그들 모두를 한꺼번에 상대하는 것은 무리다. 고수가 심히 부족한 상황이야. 어떻게든 끌어올 수 있는 무력이 절실하다."

기청량이 두 눈을 깜빡거리면서 정신을 수습했다. 한숨을 몇 번이나 내쉬고는 고개를 설레설레 젓는다. 그가 천천히 이전에 받았던 보고들을 떠올리며 입을 열었다.

"일단… 황실 금의위의 병력을 빌려 쓸 수 있습니다. 북경으로 대부분 올라간 상태에서, 현재 남경에 남아 있는 숫자를 생각하자면 정병 삼백 명까지는 차출해 올 수 있을 겁니다."

"고수는? 고수가 필요하다."

"현재 남경 황실 금의위에는 무공고수가 몇 명 없습니다. 감장군과 유 장군 정도가 즉시 전력감이고, 나머지는 흑참대 창위 수준입니다. 추관에 정 포쾌라고 쓸 만한 고수가 있습니다. 냉혈명포라고 불리며, 포쾌 수준에 머물러 있지 않은 강자입니다."

"추관의 정한당? 미친 살인마 하나도 제대로 못 잡는 놈이 무슨 소용이 있겠나."

"다른 사건에 발목이 잡혀 있었답니다. 이제 막 이번 사건을 맡았다는 보고입니다."

"그들로는 안 돼. 정한당이 정도로는 어림없어. 더 강한 고수가 필요해."

"관아에는 그게 전부입니다. 북경에 지원을 요청하면 흑호대 백 대주라도 나서주시겠지만, 시일이 너무 많이 걸립니다. 지금으로선 강호인들의 힘에 기댈 수밖에 없습니다."

"강호인들, 언제나 그들이 문제야. 당장 힘을 빌릴 수 있는 이들로는 누가 있지?"

"모용세가에 지원을 요청하겠습니다. 틀림없이 도움을 줄 겁니다."

"모용세가는 배제해."

"그들이 준 정보가 발단이기는 하나, 연루되었을 확률은 일 푼도 되지 않습니다. 굳이 배제할 필요는……."

"그 일 푼을 가능케 하는 것이 강호인이라는 족속들이다. 단목 대주도 그 일 푼 확률에 당했어."

"알겠습니다."

"다른 고수는?"

"유아검(柔牙劍)이 있습니다. 그가 있는 우장산은 성문만 나서면 바로입니다."

"유아검? 장춘 진인? 강소에 돌아왔던가?"

"예. 돌아온 지 얼마 되지 않았습니다."

"듣던 중 반가운 소리군. 작년 어전무도대회에서 준우승한 후, 기연이라도 얻었는지 실력이 급성장했다고 들었다."

"맞습니다. 황실에도 호의적이라고 했지요. 십중팔구 흔쾌히 도와줄 겁니다."

"좋아. 전언을 띄워. 다른 고수는 없나?"

기청량이 퍼뜩 두 눈을 크게 떴다. 왜 이걸 생각 못했지, 하는 얼굴이다. 그가 왼손으로 탁자를 탁 치며 상기된 얼굴로 입을 열었다.

"아아… 그가 있었군요."

"누구?"

"너무 거물이라… 미처 떠올리지 못했습니다."

"거물?"

"신궁, 궁무예 말입니다. 지금 월궁에 와 있습니다."

"아아! 그랬던가……!"

하진화가 두 눈을 크게 떴다. 보름 전쯤이다. 월궁에 불이 켜졌다는 보고를 받았다. 궁무예의 남경 귀환을 알리는 불빛이라 했었더랬다.

"궁 노사께 전언을 올리겠습니다."

"노사가 나서준다면 천군만마와도 같겠지. 다만, 예의를 갖추도록 해. 월궁은 외인을 반기지 않는다. 노사는 대체로 황실에 호의적이지만, 때에 따라서는 그렇지 않은 경우도 있다. 일 년 전엔 나조차도 쫓겨날 수밖에 없었어."

"알고 있습니다. 오전 중에 제가 직접 가겠습니다."

"그래, 그게 좋겠군."

하진화가 고개를 끄덕였다. '괜찮다'란 한마디가 다시 한번 마음속에 울린다.

'궁 노사가 남경에 있다. 하늘은 아직 이 하진화를 버리지 않은 것이다.'

궁 노사는 살아 있는 전설이다. 궁 노사가 잡아서 태산 마금

뢰에 처넣은 거마들 중에는 탈명마군 이상의 악명을 떨치던 괴물도 다섯 명은 될 게다.

'단목 대주, 내 이놈들을 꼭 잡아 죽이겠소. 그러니 반드시 일어나서야 하오.'

하진화가 다짐한다. 제복을 단정히 하고 회의실을 떠나는 기청량의 뒷모습이 보였다. 기청량의 마음속에도 같은 다짐이 새겨지고 있을 것이다. 어떻게든 해결할 것이다. 하진화는 또 다짐하고, 다시 또 다짐했다.

*　　　*　　　*

밤을 샌 것은 하진화와 기청량뿐이 아니었다.

단운룡도 밤을 샜다. 엽단평, 막야흔과 합류한 후, 남경 시내 전체를 한 바퀴 돌았다. 범인이 있을 만한 장소를 찾기 위해서였다.

"이제 한곳 남았나?"

단운룡의 말에 엽단평이 고개를 끄덕였다.

단운룡은 놀랍게도, 엽단평과 막야흔이 추관의 담을 되넘어 나오던 바로 그때, 추관의 담벼락 바로 밑에서 그들을 기다리고 있었다. 어찌 찾았냐는 엽단평의 질문에 있을 만한 곳이 거기밖에 없어서라고 했다. 이건 거의 예지 능력이라 해도 과언이 아니다. 막야흔은 담벼락 밑에 있는 단운룡을 보고 대경하며 부처님 손바닥 위라는 표현을 썼다. 얼토당토않은 욕지거리가 그 뒤에 붙었음은 물론이다.

"제발 들어가서 자자. 졸려 죽겠다."

막야흔은 끝도 없이 불평을 했다. 밤을 새서 돌아다니는 이유를 도통 모르겠다는 식이다. 낮에 찾아도 되지 않느냐는 이야기를 백번도 넘게 한 것 같다.

"납치당한 여인은 아직 살아 있을 수도 있어. 서둘러야 한다. 한시라도 빨리 찾는 것이 그녀를 구하는 길이다."

"빌어먹을 협객질. 진짜 돌아버리겠군!"

동이 터온다. 남경의 사람들은 잠도 없는지 새벽부터 돌아다니는 사람들이 온 대로에 하나 가득이다. 수도의 이름을 빼앗기게 생겼다지만, 그래도 대명제국의 중심은 중심이란 생각이 든다.

"분위기가 이상하군. 싸움이 있었던 모양이다."

단운룡이 그리 말하며 눈을 빛낸 것은 자금산 근처에 이르렀을 때였다. 싸움이 끝난 전쟁터의 공기가 느껴진다. 어수선하게 뒤처리를 하는 아이들, 부상당한 사람을 옮기는 어른들, 언젠가 오원 산자락에서 느꼈던 바로 그 공기가 이 자금산에 가득했다.

"뭔가 일이 있었군요. 저 옷, 저 문양 동창이오."

"동창?"

막야흔이 눈썹을 치떴다. 동창, 이름이야 숱하게 들어봤다. 수도에서 피바람이 불었다는 소문을 몇 번이나 들었다. 공포의 대명사로 유명한 동창이라니, 절로 호기심이 일었다.

"상관하지 않는 게 좋아."

단운룡은 지체없이 몸을 돌렸다. 사부의 말을 기억하기 때문이었다. 동창과 금의위는 가까이하지 마라. 제아무리 개세의 무공을 지녔어도 황실을 적으로 돌리면 안 된다. 황실을 적으로 돌린 자, 그 앞엔 오직 고난과 고행만이 남아 있을 뿐이다. 그게 사부의 말이었다.

"구경 좀 하자."

"안 돼."

"엇, 저것 봐라. 사람들을 잡아가는데?"

막야흔의 말에 단운룡이 뒤쪽으로 고개를 돌렸다. 아닌 게 아니라, 포승에 묶여서 끌려가는 승려들이 보였다. 삼엄한 눈초리로 이곳저곳을 살피는 흑의제복의 무관들이 그 옆을 지키고 있었다.

"관심 두지 마. 우린 이게 먼저다."

단운룡은 서둘러 발길을 옮겼다. 호기심이야 단운룡도 만만치 않았지만 지금은 한곳에 집중해야 할 때다. 무엇보다 동창의 행사에는 위험스러운 무언가가 느껴진다. 말려들어서는 안 될 것 같은 예감이 그 어느 때보다 강하게 느껴지고 있었다.

단운룡이 그처럼 강경하게 말하니, 막야흔도 어쩔 수 없었다. 엽단평과 함께 그의 뒤를 따른다. 자금산 밑자락을 따라 남쪽으로 향했다. 광대한 구릉이 그들을 반겼다. 명효릉(明孝陵), 건국의 황제 주원장의 묘가 거기에 있었다.

"겁나는군."

무덤이라기엔 하나의 산과 같다. 엄청난 규모였다. 둘러친 담벼락 요소요소엔 금의를 입은 무장들이 석상처럼 서 있다. 금의위다. 새벽부터 동창과 금의위를 연이어 보게 되다니, 무슨 날인가 싶다.

"이쪽이오."

엽단평이 한쪽 길을 가리키며 말했다. 금의위와 마주치지 않아도 되는 길이다. 길을 따라 끝까지 가서 오른쪽으로 한 번 꺾었다. 장강 물줄기를 끌어온 수로(水路)가 나타났다. 엽단평이 주저앉더니 두 손가락에 흙을 묻혀 코끝에 가져다 댔다. 그가 입매를 굳히며 말했다.

"같은 냄새요. 물 냄새도 비슷하오."

"뭔 소리야? 이 근처에 뭐가 있다고."

틀린 말은 아니다. 막야흔이 손짓으로 주변을 가리키며 말했다.

명효릉의 화려함이 저 앞인데, 여기는 아무것도 없다. 갈색 풀밭 가운데를 가로지르는 한 줄기 농수로(濃水路), 그게 전부다. 몇 그루 나무엔 생기없는 나뭇잎이 이리저리 흔들리고 있을 뿐이다.

"여기는 아닌 것 같다. 지하수로가 있을 만한 곳이 아냐."

단운룡의 말이 맞다. 지형으로 봐도 그렇고, 수로의 형태로 봐도 그러하다. 지하로 뚫려 있는 대규모 관개수로가 있을 만한 곳이 아니었다.

"시체가 이 근처에 있었던 것만은 틀림없소. 같은 냄새요."

"죽이고 옮기는 것인지도 모르지. 한곳이 아니라 이곳저곳으로."

단운룡의 말에 엽단평이 고개를 설레설레 흔들었다. 단운룡의 말이 틀려서가 아니다. 스스로 뭔가를 놓치고 있다고 느끼는 것 같았다.

"죽이는 장소는 지하가 틀림없는데……."

벽에 부딪친 그들이다. 단운룡이 엽단평의 어깨를 잡으며 말했다.

"돌아보기로 한 곳은 다 돌아봤으니 일단 객잔으로 돌아가자. 잠시 생각을 정리하고 다시 움직이는 편이 좋겠어."

막야흔이 반색을 했다. 모처럼 표정이 밝아진 막야흔이 먼저 앞장선다. 길을 알기는 하는 걸까. 단운룡과 엽단평, 두 남자가 발을 옮긴다. 동쪽 하늘, 태양이 떠오르고 있었다.

객잔에 도착한 단운룡은 재검토를 하듯 엽단평과 함께 범인에 대한 이야기를 다시 한 번 주고받았다. 단운룡은 엽단평의 이야기를 들으며 감탄을 금치 못했다. 엽단평은 많은 것을 알고 있었다. 범인은 체구가 좋고, 경공이 뛰어난 고수라 했다. 아주 규칙적인 수련을 거쳤으며, 백타와 점혈을 특기로 한다. 살인으로 쾌감을 얻는다기보다는 어떤 특별한 의식(儀式)에 따라 움직이는 것으로 보인다. 정신에 문제가 있는데, 문제가 생기기 전까지는 자신의 일에 굉장히 충실한 사람이었을 것이라고 했다.

하룻밤 사이에 알아낸 것치고는 대단한 일이라 아니 말할 수 없었다. 단운룡에겐 없는 재주다. 배우고자 마음만 먹는다면 금세 배울 수 있겠지만, 그렇다고 감탄의 순도가 떨어지는 것은 아니다. 놀라운 재능, 출중한 능력이었다.

"난 일단 월궁에 가 있겠어."

단운룡은 가볍게 식사를 때우고 곧바로 자리에서 일어났다. 막야흔은 탁자에 엎어져 곯아떨어진 상태다. 내가고수라는 놈이 저렇게 잘 수 있는 것도 놀랍다. 그 역시도 보통 재주가 아닌 것 같다.

단운룡은 서둘렀다. 별다른 일이 있었겠냐마는, 밤새도록 강설영을 그곳에 혼자 두었으니 자초지종에 대해 긴 설명을 해야 할 게다.

칠흑 같은 밤길에서 살인마를 찾아 헤매던 발걸음과 내리쬐는 햇빛 속에서 월궁으로 향하는 발걸음은 그 감흥이 무척이나 달랐다. 저잣거리를 지나 높은 전각군이 이어지는 대로에 이르렀다. 커다란 장원 몇 개를 지나고, 전각 사이 월궁으로 향하는 골목에 접어든다.

그때다. 단운룡의 발걸음이 딱 멈추었다. 월궁으로 향하는 길, 스쳐 가는 행인들 사이로 검은 옷을 입은 남자가 보였다. 호리호리한 체격, 단발에 가까운 머리카락은 이리저리 뒤엉켜 영영 정돈되지 않을 것 같다. 무엇보다 눈에 띄는 건 그가 입고 있는 검은 제복이다. 검은 제복을 본 행인들이 슬금슬금 고개를 숙이고 조심스레 그 옆을 스쳐 간다. 단운룡이 걸음을 멈춘 이유도 다름이 아니다. 검은 옷, 남자가 입은 것은 동창의 제복이었던 것이다.

'동창의 창위가 월궁으로 간다?

이 길을 쭉 따라가면 저 끝에 있는 것이 월궁이다. 동창의 창위가 왜 월궁으로 향하고 있을까. 제아무리 단운룡이 뛰어난 통찰력을 지녔어도, 모르는 것은 모르는 거다. 아마도 궁무에를 만나기 위해서겠지. 그것만큼은 확실했다.

파라락!

다음 순간이다. 단운룡은 한줄기 파공음을 들었다. 동창 창위가 흠칫 놀라며 걸음을 멈추는 것이 보였다.

"서, 설마……!"

동창 창위의 입에서 당황한 목소리가 흘러나왔다.

그의 앞에는 어느새 한 남자가 나타나 있다. 목까지 올라오는 회색 장삼을 입고, 한 손에는 은빛으로 빛나는 철곤을 비껴든 자였다.

"노사를 모시러 올 것이라 생각했지. 기청량, 흑야대 대주라……. 월척이 따로 없다. 혹시나 했더니 역시나 거물이 왔어. 하진화를 눕히고 싶었는데 차라리 잘되었다. 머리가 없으면 몸이 움직이지 못하는 법이지."

남자의 목소리는 평온한 가운데 강력한 힘을 지니고 있었다.

누가 감히 그런 목소리로 동창 제복을 막는가.

지나가던 행인들은 놀라움을 금치 못했다. 그 자리에 멈춰선 채 놀란 눈을 치뜬 행인들이 절반, 행여나 큰일 나겠구나 걸음을 빨리하는 자들이 또 절반이다. 아니다. 질려서 도망가는 사람들이 조금 더 많다.

"창위들의 보고에 따르면, 건업사의 흉수는 탁가 성을 쓴다고 했다. 탁가 성에 은빛 철곤. 그 정도 눈에 띄는 외모라면 정체를 아는 것도 어려운 일이 아니다."

"아아, 말장난으로 시간을 끌 요량이라면 상대를 잘못 짚었어."

"살인마와 연관 관계는 없지만, 남경의 소란을 확대하고 싶어한다. 내부적으로 꾸미고 있는 것이 있어서다. 작년, 북경에서 벌어졌던 일은 단심맹이란 반역의 무리가 획책한 혈사였지. 당신도 거기에 연루된 자가 틀림없다."

"자네는 참으로 말이 많군."

빠박!

은빛 광영이 번뜩인다. 강렬한 타격음이 연쇄적으로 터져 나왔다. 기청량이라 불린 창위가 줄 끊어진 인형마냥 땅바닥으로 허물어졌다. 과감하고도 재빠른 한 수였다.

수군대던 사람들이 한꺼번에 뒷걸음질쳤다. 이럴 수가! 동창 창위를 쓰러뜨렸다. 그것도 대낮에. 남경 시내 한복판에서.

"땅바닥에 나뒹구는 동창의 창위란 쉽사리 볼만한 게 아닐 거요! 자, 남경의 백성들이여, 좋은 구경 하시오!! 하하하하!"

남자는 곧바로 담벼락 위로 솟아올랐다. 그리고는 훅 꺼지듯 사라진다. 굉장한 경공이다. 쫓는다 해도 잡을 수 있을 것 같지가 않았다.

굉장한 고수였다. 월궁의 노사에게 필적할 무위를 지닌 것 같다. 여기서 쫓아가는 것은 무리다. 저런 자를 상대하려면 뇌신 발동은 필수였다.

단운룡이 다시 쓰러진 창위 쪽으로 고개를 돌렸다.

말을 잃은 행인들이 보였다. 누구도 쓰러진 창위에게 가까이 가지 않는다. 역병으로 죽어버린 시체라도 보는 듯, 근처에만 가도 죽을 것 같은 두려움이 모두의 눈에 떠올라 있었다. 난

아무것도 보지 못했다면서 눈까지 가리고 서둘러 장내를 벗어
나는 자들도 있다.

동창이란 그런 조직이다. 영락제의 절대 황권 밑에서 공포
정치를 주도한 동창의 이름이 민초들에게 얼마나 큰 위력을 지
니는지 여실히 드러나는 대목이었다.

'일부러 죽이지 않았어.'

단운룡은 생각했다. 공격하는 순간 알았다. 저건 죽이려고
공격을 가한 게 아니다. 그렇다고 손속이 장난처럼 가벼웠던
것도 아니다. 하지만 어떤 면에서는 죽인 것과 다름이 없다.

최소한 보름 정도는 시체와 다름없을 게다. 기혈이 크게 진
탕되었을 것이 틀림없다. 오랫동안 거동이 어렵게 되는 것은
물론이요, 당장 조치를 취하지 않으면 회복도 보장하지 못한
다.

'동창에서도 요직에 있는 인물이야.'

단운룡은 동창과 관계되고 싶지 않았다. 하지만 단운룡은
차마 그를 두고 보지 못했다. 관여하고 싶지 않았지만, 돌아가
는 상황 모든 것이 이미 발을 들여놓았다 말하고 있었다. 저렇
게 쓰러진 자를 외면한다? 외면이야 할 수 있다. 누군가가 와
서 도와주겠지. 그러나 그래서는 안 된다. 협을 생각한다면 이
렇게 지나칠 수 없다.

"제길."

단운룡의 입에서 욕지거리가 흘러나왔다. 막야흔을 닮아가
는가. 아니다. 오래전 오원에서 내뱉던 욕지거리다.

단운룡이 쓰러진 창위에게 다가갔다. 주변에서 숨을 들이켜

는 소리가 들렸다. 한쪽 무릎을 꿇고 앉았다. 은빛 철곤의 남자는 기청량이란 이름을 말했다. 아마도 이 창위의 이름일 게다. 무슨 대주라고도 했다. 흑야대라고 했던 것 같다.

"기청량!"

단운룡은 시험 삼아 철곤의 남자에게 들은 이름을 불러보았다. 하지만 아무런 소용이 없다. 기식이 엄엄한 상태다. 창백한 얼굴에 입가에는 코와 입에서 검은 핏물이 줄줄 흘러나오고 있었다.

"제길."

한 번 더 욕지거리가 흘러나온다. 할 수 없다. 단운룡이 기청량을 들처 업었다. 그리고는 곧바로 월궁을 향해 뛰어갔다. 전각 몇 개를 지나 월궁 앞에 당도했을 때다. 문을 두드리지도 않았는데 끼익, 하고 문이 열렸다.

서 있는 것은 놀랍게도 백발이 곤두선 노괴였다.

노괴가 단운룡에게 후우우우, 하고 연기를 내뿜었다. 오른손 손가락 사이엔 돌돌 만 대마잎이 들려 있었다.

"무슨 일이죠?"

들려온 목소리는 강설영의 것이다. 단운룡은 노괴에게서 눈을 떼지 못했다. 노괴가 다시 한 번 푸우… 하며 연기를 내뿜고는 비틀비틀 돌아섰다. 강설영이 달려나온다. 단운룡이 퍼뜩 고개를 돌렸다. 강설영의 뒤에 있는 자는 궁 노사다. 신경이 곤두선 표정으로 미간을 잔뜩 찌푸리고 있었다.

"바깥에서 소란이 난 것은 이미 알고 있었다. 하지만 월궁은 외인을 반기지 않는다지 않았나. 내 누차 이야기했던 것 같은데."

창위가 쓰러진 곳은 여기서 지척이다. 아닌 게 아니라, 궁 노사 정도의 고수라면 뭔가 사단이 일어났음을 쉽게 감지할 수 있었을 것이다.

단운룡이 내원으로 비척비척 들어가는 노괴에게 한 번 시선을 주고, 다시 궁 노사에게 눈을 돌렸다. 뭐라고 말하려고 했을 때다. 궁 노사가 먼저 찌푸린 얼굴로 물었다.

"잠깐, 자네 일행이란 게 동창의 창위였나?"

단운룡이 고개를 저었다. 몸을 숙이고 창위의 얼굴을 본 궁 노사의 안색이 급변했다. 뭐라고 말할 새도 없었다. 궁 노사가 단운룡의 어깨로부터 창위의 몸을 낚아챘다. 반백의 머리, 나이가 무색한 몸놀림이다. 큰 체구만큼이나 힘도 좋다. 창위의 몸을 짚단 인형이라도 되는 양 가볍게 들어 올린다.

"누가 감히 동창 흑야대의 대주를!!"

궁 노사는 서두르는 기색이 역력했다. 늘어진 창위의 혈도 몇 군데를 짚고는 그대로 내원을 향해 몸을 날린다. 대청마루에 그를 눕히고는 호법조차 부탁하지 않은 채 명치 위에 손을 올렸다. 곧바로 운기요상에 들어간다. 마치 한 식구를 돌보는 듯 신속한 처치였다.

"고수에게 당했다. 대체 누가 있어 이런 악독한 수법을……!"

놀라운 일이었다. 궁 노사는 내력을 전달하면서도 말을 하는 데 아무런 지장이 없는 듯했다. 눈을 감고 진기를 운용하면서 다른 손을 기청량의 정수리에 올린다. 말하는 것뿐이 아니라 몸을 움직이는 것도 자유자재였다.

"노사의 내공은 실로 대단하군요."

강설영이 단운룡을 돌아보며 속삭였다. 궁 노사는 그것을 자신에게 한 말로 들었는지 눈을 감은 채 대답했다.

"공력이 대단해서가 아닐세. 동공(動功)이 강조된 심법이기 때문이지. 움직이면서 활을 쏘려면 어쩔 수 없는 일이야."

"어쩔 수 없다 해도 대단한 건 대단한 거죠."

강설영이 짐짓 놀랐다는 듯 맞장구를 쳤다. 노사는 말이 없다. 정신을 더 집중하고 있는 모양이다. 그녀가 다시 단운룡을 돌아보며 물었다.

"무슨 일이 있었던 거죠?"

"바로 근처에서 생긴 일이다. 내 바로 앞쪽에서 이 남자가 걷고 있었는데, 웬 고수 한 명이 나타나 이 남자를 쓰러뜨리고 사라졌다. 워낙 갑작스럽게 벌어진 일이라 막을 도리가 없었어."

"그러니까……."

"그래. 우리와는 상관없는 일이야."

"한데 왜……?"

"이 남자, 이곳으로 오고 있었다. 나타난 남자는 이 남자가 올 것을 기다리고 있었던 듯했어. 노사를 모시러 올 줄 알고 있었다는 식으로 말했다."

"모시러 온다고요?"

"동창에 무슨 일이 생겼나 보지."

단운룡은 새벽 자금산 기슭에서 있었던 일을 떠올렸다. 자금산에 남아 있었던 것은 전장의 공기다. 간밤에 싸움이 났던 것이 틀림없다.

"노사를 모시러 온다는 건, 간단한 일은 아닐 텐데요."

"감당 못할 고수가 출현한 게 아닌가 싶다. 가령, 아까 나타난 자라든지."

"이 사람을 이렇게 만든 흉수 말인가요?"

"그래, 보통 고수가 아니었다. 은색 철곤을 다루는 자였는데, 기상이 호방하고 경공이 뛰어난 자였어."

"은빛 철곤이라……. 들어본 적이 없는데요."

"나도 마찬가지야."

"하면, 그자를 상대하기 위해서 노사께 도움을 청하러 온 건가요?"

강설영이 고개를 갸웃거리며 물었다. 단운룡이라고 명쾌한 해답을 지녔을 리 만무하다. 대답은 궁 노사 쪽에서 나왔다.

"그럴 리 없네. 동창엔 비정철극마 단목창성이 있지. 추관에서라면 모를까, 동창에서 내 힘을 빌리러 올 리가 없다네."

단운룡의 두 눈이 번쩍이는 뇌광을 품었다. 단목창성. 들어본 적 있다. 한 자루 철극을 휘두르며 온 강호를 휩쓸고 다니다가 황실의 도연 선사에게 잡혀 동창에 몸을 담게 된 초절정고수의 이름이었다. 단운룡이 톱니바퀴가 맞아떨어진다는 얼굴로 고개를 끄덕이며 말했다.

"그래, 그랬어……. 단목창성이 당한 거야."

흠칫. 궁 노사가 얼굴을 굳혔다. 운기행공을 하며 저렇게 세세한 반응을 보이는 것이 신기할 따름이다. 단운룡이 강설영을 보며 말을 이었다.

"새벽에 자금산 쪽에서 동창이 움직이는 걸 보았지. 싸움이 터졌던 것 같아. 승려들, 향화객들, 지나가는 행인들을 닥치는 대로 잡아가더군. 이제 보니 그것은 목격자들 통제하려 함이었던 것 같다. 뭘 알거나 본 자들은 전부 다 잡아갔던 거다."

"과연… 아귀가 맞는 이야기네요."

강설영이 고개를 끄덕였다.

후우우우.

옆에서 아무렇게나 앉아 있던 노괴는 입에 하나 가득 품었던 연기를 공중에 흩어놓는다.

"그나저나, 밤새 어디 갔었어요?"

"엽단평이 단서를 좀 찾았다. 솜씨가 이만저만이 아니더군."

"하루 만에요?"

"범인을 찾았다는 건 아냐. 단서를 잡았다는 거지. 이쪽은 어때? 천잠보의에 대한 단서는 좀 찾았어?"

강설영이 입술을 삐죽 내밀며 대답했다.

"글쎄요. 전 솜씨가 별로인가 봐요. 단서라고 할 만한 것도 제대로 못 찾았거든요. 다만, 천잠보의를 입었던 사람이 있기는 있었나 봐요. 이곳엔 정말 희귀하고 신기한 책이 많아요. 개중에 서술이 일치하는 부분들이 몇 개 있었어요. 도검불침의 옷을 입은 사람 이야기인데, 한 세 가지 정도 각각 다른 책에서 비슷한 이야기를 하고 있죠. 강호의 협사였다는데… 탐관오리의 죄를 징벌하고, 물에 빠진 노인을 구하는 등 협객행에 관한 내용이 주를 이루고 있어요. 문제는…….”

“문제는?”

“당대의 이야기란 데 있죠. 당 말도 아니고 당 초엽이에요. 육백 년, 칠백 년은 족히 된 이야기란 말이죠.”

“육백 년이라…….”

“너무 오래되었어요. 그렇죠?”

“그래도 전설대로의 천잠보의라면 여태까지 남아 있겠지.”

“그럴까요.”

강설영은 다소 힘이 빠진 듯했다.

당 시절에 천잠보의를, 천잠보의라 짐작되는 옷을 입고 활약했던 협객이 존재했다는 것은 상당한 성과다. 비록 그것이 설화적인 이야기나 지어낸 이야기 같다 한들, 적어도 천잠보의의 존재를 입증할 수 있는 증거라 할 수 있으니 말이다. 전 같으면 크게 상기된 얼굴로 이것 보라며 책부터 꺼내왔을 것이 틀림없었다.

하나, 강설영은 차분하게 지금과 당시의 시대적인 간격을 이야기하고 있었다. 찾고자 하는 열망은 여전하나, 조금 더 현실적이 된 것처럼 보인다고 할까.

포기하라던 궁 노사의 말 때문만은 아닐 게다.

궁 노사가 수집했다는 방대한 자료는 물론이요, 지금도 대마연에 취해 있는 노괴의 모습을 보고 있자면 회의적인 생각이 아니 들 수 없는 것 같다. 아무것도 느끼지 못한다면 사람이 아니다. 무작정 젊은 혈기로 달려들 만한 문제는 아니라는 뜻이었다.

　단운룡, 강설영, 기청량 셋 모두가 불청객이었다고 한다면, 월궁은 이틀 사이에 참으로도 많은 불청객을 들여놓게 된 셈이었다. 기청량의 치료가 한창이었던 오후, 하진화를 필두로 한 동창 창위들이 대거 월궁에 들이닥친다.

　"어떻게 된 일입니까?"

　하진화는 다짜고짜 자초지종부터 물어왔다. 노사는 이제 화내기를 포기한 것 같았다.

　문조차 두드리지 않은 채 들어온 검은 제복의 숫자는 열 명에 이른다.

　외인이 이렇게나 몰려들어 왔으니 얼굴부터 찌푸리고 본 것은 당연한 수순이다. 하지만 노사는 축객령부터 내릴 수가 없었다. 모든 일에는 상황이 있고, 때가 있는 법이다. 흑야대의 대주가 이 모양이 된 마당에 쫓아내겠다 역정을 부릴 수는 없는 일이기 때문이었다.

　"저들에게 물어보게."

　노사는 기청량의 내상을 치료하는 데 생각보다 많은 시간을 들이고 있었다. 상세가 이만저만이 아니라는 뜻이다. 박대정심한 공력으로도 쉽사리 해결을 보지 못하고 있는 것이다.

　"소저는 누구신지?"

　"강설영이라 해요. 강씨금상의 여식이지요."

　강설영은 굳이 이름을 숨기지 않았다. 어차피 이렇게 얼굴이 드러난 이상 동창에서 출신 내력을 알아내는 것은 시간문제라 할 것이다. 감추려다가 드러난 후 골치 아프게 휘말리는 것

보다는 차라리 깨끗하게 밝히고 시작하는 편이 낫다는 판단이
었다.

"들어본 적이 있는 이름이오. 소상주, 보기 드문 여걸이라던
데."

하진화의 눈은 날카로웠다.

흑야대 기청량의 비상한 두뇌를 기억의 저장고로 활용하고
있다지만, 하진화 역시도 굉장히 뛰어난 기억력의 소유자였
다. 그 정도 정보 처리 능력이 없어서는 동창의 실세가 되는 것
자체가 불가능한 일이다. 이름부터 밝히길 잘했다는 느낌이
다. 강설영이 가볍게 미소 지으며 대답했다.

"여걸이라니, 과분한 말씀이군요."

"한데, 강씨금상 소상주가 여기엔 어인 일로?"

"새로운 옷감을 비밀리에 알아보는 중이라서 말이죠. 그런
만큼, 제가 이곳에 있는 건 알려지지 않았으면 좋겠네요."

반응은 즉각적이었다. 하진화의 곁에 있던 창위들이 미간을
좁히며 무서운 눈빛을 했다. 동창을 상대로 비밀을 지켜달라
요구부터 한다. 여인의 몸으로 보통 배짱이 아니다. 뭔가를 주
는 것보다 빼앗는 데 익숙한 그들로서는 살벌한 눈빛부터 나오
는 것이 당연했다.

"과연 보통 배포가 아니오. 하나 소상주, 동창을 상대로 그
런 언사는 조심하는 것이 좋을 거요."

"그런가요? 알아두도록 하죠."

강설영은 태연했다. 위협이 전혀 먹혀들질 않는다. 하진화
가 한쪽 눈썹을 치켜 올리며 불쾌함을 드러냈지만, 그 이상 시

비를 걸진 않았다. 대신 단운룡 쪽을 돌아보며 묻는다.

"그쪽은?"

단운룡이 대답했다.

"알 바 없어."

하진화의 얼굴이 황당함으로 얼룩졌다. 하진화뿐이 아니라, 동창 창위 모두가 그렇다.

강설영조차도 놀랐는지 고개를 휙 돌려 단운룡을 본다. 기청량의 백회에 진기를 불어넣던 노사도 퍼뜩 고개를 들었다. 한쪽 구석에서 뒹굴고 있는 노사만이 굼뜬 몸짓 그대로 연기한 자락을 내뱉을 뿐이다.

"어느 안전이라고!!"

당혹감이 먼저. 그다음은 분노다. 하진화의 옆에 선 창위가 거칠게 한 발 나서며 소리쳤다. 단운룡은 눈 하나 깜짝하지 않았다. 하진화가 손을 들어 당장이라도 달려드려는 창위를 제지했다. 하진화가 고개를 모로 꺾으며 말했다.

"자네, 지금 우리가 누구인지 모르나 본데."

"모르긴 뭘 몰라?"

단운룡은 여전히 얼굴색 하나 변하지 않았다. 하진화의 눈가 주름이 파르르 떨렸다. 참수를 생각함이다. 대명률로 동창에게 부여된 즉참권을 당장이라도 발동할 태세였다.

"젊은 혈기로 죽음을 자초하고 싶다면 굳이 말릴 이유가 없겠지."

기어코 일이 터지는가. 하진화가 검자루에 손을 올렸다. 단운룡이 하진화를 똑바로 쳐다보았다. 조금도 흔들리지 않는 눈빛으로. 그가 입을 열었다.

"지금 이러고 있을 때가 아니지 않나? 한 명이라도 희생을 줄일 때다. 단목창성이란 거물을 잃은 마당에."

검을 뽑기 직전이었던 하진화의 손이 덜컥 멈추었다. 그가 두 눈을 크게 뜨며 되물었다.

"그, 그걸 어디서 들었지?"

"당신들 대주가 쓰러진 걸 들쳐 업고서 이곳으로 데려온 게 나다. 묻고 싶은 게 있으면 예의를 갖춰라. 난 죄인이 아냐."

화아아악!

단운룡의 전신에서 무서운 기세가 일어난다.

물결을 만드는 용이다. 물보라가 동창 창위들을 삼키고 있었다.

이 힘. 이 기세.

하진화는 말을 잇지 못했다.

마치 처음 황상을 알현했을 때와 비슷하다고 느낀다. 천자(天子), 하늘의 아들을 보는 것과 같았다.

"대, 대체……!"

관에 몸담은 이래 이런 적은 일찍이 없었다. 이런 적은 그때뿐인 것 같다. 처음으로 폐하를 알현하고 동창 창위가 되라는 명을 받던 날, 바로 그때다. 아니다. 한 번 더 있다. 황실 금의위에서 '그'를 만났을 때가 그랬다. 그렇다. 그때다. 이 느낌은 황상을 뵈었을 때가 아니라, '그'를 만났을 때 느낌과 비슷하다. 돈이나 지위, 지력이나 무력을 넘어선 인간 그 자체의 그릇에 압도당한 기분이었다.

"그리고 하나 더. 대주가 둘이나 쓰러진 지금, 아무 곳에서
나 검을 뽑았다가는 낭패를 면치 못할 거다."

정적이 흐른다.

하진화는 한참이나 아무 말도 하지 못했다.

이자의 말은 조금도 틀린 데가 없다. 지금은 경동할 때가 아
니다. 동창 대주 두 명이 쓰러진 지금, 일을 해결하기 위해서는
신중할 필요가 있었다.

검자루를 쥔 손이 몇 번이나 흔들린다. 이내 그가 검자루에
서 손을 뗐다. 하진화가 어쩔 수 없다는 듯 이를 악물었다. 그
가 천천히, 억눌린 목소리로 입을 열었다.

"…그렇다면, 묻겠다. 기청량을 해친 흉수는 누구인가?"

"은빛 철곤을 들고 있었다. 순식간에 사라졌지. 대단한 고수
였다."

하진화가 고개를 끄덕였다.

"행인들의 진술과 일치하는 이야기다. 누군지 알아볼 수는
없었나?"

"강호에 알려지지 않은 자다."

하진화는 적의를 거둔 상태다. 단운룡의 정체에 대해서도
더 캐묻지 않았다. 그렇다면 단운룡 측에서도 더 이상 일을 어
렵게 만들 이유가 없다. 아는 대로 가르쳐 줄 뿐이다. 단운룡이
하진화에게 손을 내밀며 짧게 말했다.

"검을."

하진화는 잠시 눈살을 찌푸렸지만 그것으로 그만이다. 그가
곧바로 자신의 검을 내줬다. 단운룡이 그 검을 받아 들고는 검

을 검집에서 뽑았다. 오른손에 검집을 들고, 뽑아 든 검은 다시 하진화에게 건넸다. 단운룡이 검집을 비껴들고 천천히 한 발 움직였다. 하진화의 눈이 번쩍 뜨인다. 강설영의 눈에도 이채가 깃들었다.

검집을 왼쪽으로 돌리고, 다시 오른쪽으로 돌린다. 한 발 앞으로 발을 딛고, 다시 돌아서며 검집을 빠르게 찍어냈다. 일련의 동작을 시연한 단운룡이 고저없는 음색으로 입을 열었다.

"그자가 휘둘렀던 철곤의 움직임이다. 나로서는 처음 보는 곤법이었지만, 동창 측에서는 알아볼 수도 있겠지."

단운룡이 하진화에게 검집을 건넸다. 하진화는 곧바로 그 검집을 받지 않았다. 대신 그가 굳어진 표정으로 부탁한다.

"한 번만 더 보여줄 수 없겠나?"

거절할 이유가 없다. 단운룡은 다시 한 번 그자의 출수를 그대로 재연해 보였다. 은빛 철곤의 고수가 이걸 봤다면 모르긴 몰라도 크게 놀랐을 게다. 단운룡의 움직임은 그자의 일격과 한 치의 어긋남도 없이 닮아 있었다.

"천천히 해줄까?"

"아니다. 충분해."

단운룡이 다시금 검집을 내밀었다. 하진화는 군소리없이 그 검집을 받았다. 검을 검집에 꽂아 넣고, 옆에 선 창위를 돌아보며 말했다.

"기억했지?"

"예."

"당장 섬서지부에 보내. 놓치지 않고 세세하게 그려. 아마 알아볼 수 있을 거다."

하진화는 다른 곳도 아닌 섬서지부를 이야기했다. 뭔가 눈치 챈 것이 있다는 뜻이다.

지시를 받은 창위가 날쌔게 달려나갔다. 그걸 본 단운룡이 흥미롭다는 어조로 물었다.

"단서가 잡힌 모양이지?"

"최고 기밀 사안이다. 누군지도 모르는 놈에겐 말해줄 수 없어."

언중유골이다. 하지만 적의는 한껏 누그러져 있었다. 중요한 단서를 내줬기 때문이다. 건업사에서도 은빛 철곤 남자의 무공을 본 창위들이 있긴 했지만, 어떤 수법인지 제대로 기억하는 이는 한 명도 없었던 것이다.

"어차피 나와는 상관없는 놈이다. 잘 찾아봐. 그런 놈을 내버려 뒀다가는 골치가 아플 거다."

단운룡이 말했다. 하진화가 고개를 끄덕였다.

그때였다, 창위 하나가 급박하게 뛰어온 것은.

"대주!"

"무슨 일이냐?"

"직접 가보셔야겠습니다."

하진화가 눈살을 찌푸리면서 창위를 돌아보았다. 하진화는 캐묻지 않았다. 심각한 일이라는 것을 표정만으로도 알 수가 있었던 까닭이다.

"알겠다."

그게 동창의 방식이다. 그가 고개를 끄덕이고는 궁 노사를 향해 말했다.

"노고에 감사드리오. 동창은 결코 이 은혜를 잊지 않을 것이오."

"황실에 충성함은 이 궁 모에게 있어 당연한 일일세. 괘념치 말게."

"청량을 부탁드리오."

하진화가 포권을 취했다. 한 손을 소매로 가린 동창 특유의 포권이었다.

"가자."

검은 제복, 동창 창위들이 썰물처럼 빠져나갔다. 강설영이 단운룡을 돌아보며 말했다.

"왜 그랬어요?"

"그냥. 마음에 안 들어서."

"그게 다예요? 마음에 안 든다고 동창과 척을 질 필요는 없잖아요."

기가 막힌다는 목소리다.

뭐라고 더 쏘아붙이려고 했지만, 그녀는 그러지 못했다. 갑작스레 끼어든 노괴 때문이다.

비척비척 언제 왔는지 모르겠다. 백발 노괴가 단운룡과 그녀 사이에 쭈그리고 앉아 꼼지락꼼지락 손가락을 움직인다. 그러더니 노괴가 단운룡에게 손을 내밀며 짧게 한마디 했다.

"이거 받아."

길쭉하게 돌돌 만 대마잎이었다. 단운룡이 노괴를 내려다보았다. 노괴는 눈을 마주치지 않았다. 흐릿흐릿 흔들리는 노괴의 눈은 이미 다른 데로 돌아가 있다. 아래쪽 대청마루를 훑고 있었다.

단운룡은 사양하지 않았다. 그가 말없이 대마잎을 받아 들었다. 그러자 노괴가 꿈지럭 옆으로 움직이더니 부싯돌과 화섭자를 주워 들었다.

노괴가 내미려는 것을 단운룡이 손을 들어 막았다. 괜찮다는 몸짓이다.

단운룡은 부싯돌을 쓰지 않았다. 대마잎을 입에 물고, 한쪽 끝에 손가락을 한 번 튕겼다.

파직! 하고 한줄기 빛이 번쩍였다. 대마잎 끝이 검게 오그라들며 한줄기 연기를 내뿜기 시작했다.

노괴는 그걸 보고 놀라지도 않았다. 말없이 클클대는 괴소만을 남길 뿐이다. 강설영이 눈살을 있는 대로 찌푸리며 앙칼지게 말했다.

"못된 짓만 골라서 하는군요, 진짜."

강설영이 홱 돌아섰다. 제집이라도 되는 양 안쪽 방으로 성큼성큼 들어가 버린다.

"후우우우우."

노사도 좀 쉬려는가. 긴 숨을 한 번 내뿜고는 손을 털고 일어났다. 노사가 말했다.

"젊은이, 그건 안 하는 게 좋을 걸세."

노사가 그리 말하고는 기청량을 들어 올렸다. 너무나도 가볍게 들쳐 업고 강설영이 들어간 옆방으로 발을 옮겼다.

"좋은데? 노인장."

단운룡이 입에서 하얀 연기를 내뿜으며 말했다. 백발 주름진 입에서 맥 빠진 목소리가 흘러나왔다.

"노인장 말고, 노괴."

"뭐든 간에."

단운룡이 웃었다. 노괴가 끌끌대며 언제나와 같은 괴소를 흘렸다. 하얀 연기만이 두 사람 사이로 구름처럼 피어오를 뿐이었다.

*　　*　　*

"이게 무슨!!"

하진화의 얼굴엔 노기가 가득했다. 얼굴이 벌겋게 변하고 이마엔 푸른 핏줄이 선다.

분기탱천이 따로 없다.

두 글자.

문(文), 그리고 뒤집어진 천(天).

다른 곳도 아닌 동창 본관의 대문에 붉은 주사로 커다랗게 쓰여 있었던 것이다.

그가 벼락같은 목소리로 소리쳤다.

"당장 뜯어버려!"

우지끈!

명령이 떨어진 직후다. 동창 본관의 검은색 대문이 순식간에 부서져 나왔다. 동창 창위 열 명이 달려든 결과다.

쾅! 와작!

하진화의 발이 뜯겨져 나온 대문 한가운데를 밟았다. 커다란 소리와 함께 부서진 파편이 사방으로 튕겨져 나갔다.

"감히……! 동창의 정문에!!"

그가 고개를 홱 돌려 창위들을 윽박질렀다.

"보자마자 뜯어버렸어야지! 뭘 한 것이냐!"

상명하복. 동창 창위들은 어떠한 핑계도 대지 않았다. 대문이란 곧 현판과도 같은 얼굴이나 다름없다. 독단적으로 부수기에 부담이 되니 곧바로 하진화를 데려온 그들이다. 뭐라고 한마디 변명이라도 할 수 있는 일이건만, 아무도 그런 내색은 하지 않았다. 그저 고개를 숙인 채 죽을죄를 지었다는 표정을 떠올리고 있을 뿐이다.

"이이익!"

쾅!

기어코 폭발하는 성질이다. 그가 다시 한 번 발을 굴렀다. 부서진 대문 파편들이 또 한 번 허공을 날았다.

"지키던 위병들은 어떻게 된 것이냐."

"위병 네 명이 중태입니다. 사단을 알고 달려나온 창위 두 명도 당했습니다. 모두 다 의관(醫官)에 실려가 있습니다."

"백주에 급습을? 대주 둘을 잡더니, 간덩이가 배 밖으로 튀어나왔구나."

미친놈들이다. 동창의 대문에 역천의 상징을 써놓다니, 제정신으로 가능할 법한 일이 아니다.

"내 이놈들을……!"

하진화는 머리끝까지 치밀어 오른 분노로 인해 정신이 다

날아갈 지경이었다.

주사로 거대하게 써 갈긴 두 글자가 두 눈에 박혀든다. 박살이 나서 흩어져 있지만, 그의 눈엔 마치 원래대로 합쳐져 있는 양 생생하기만 했다.

"살인마가 이렇게까지……."

"살인마의 소행이 아니다! 보고도 모르겠나? 필체도 다르고, 크기도 다르지 않나! 이건 건업사 그놈들의 소행이다. 정신 똑바로 차려!!"

고래고래 소리를 질러도 끝 모르는 분노는 수그러들질 않았다.

숨을 고르고, 마음을 진정시킨다. 전력을 다해 운기라도 해야 할 판이다. 그러지 않고서는 도무지 마음을 가라앉힐 수가 없을 것 같았다.

"후우, 후우……. 목격자는?"

"목격자는 지나가던 행상인 하나, 추관의 관리 하나, 그리고 가룽로 귀족가의 자제 두 명이 있습니다. 즉각 통행을 통제하여 그 네 명 이외엔 본 사람이 없습니다."

"네 명 모두 보름 후에 풀어준다. 발설하면 죽이겠다고 해."

"알겠습니다."

부서진 문설주를 보고 있자니 별생각이 다 든다. 범인에 대한 온갖 저주가 입 안에서 맴돌았다.

"대주님."

달려오는 놈은 그저 악몽이다. 창위의 표정만 봐도 알겠다. 또 나쁜 소식이다. 아니나 다를까, 앞에까지 달려와서 하는 말은 그저 타오르는 불 위에 뿌리는 기름과도 다를 게 없었다.

"장춘 진인의 요비암에 다녀왔습니다. 습격의 흔적이 남아 있었습니다."

"장춘 진인은?"

"사라진 상태입니다. 암자의 문과 벽이 박살이 났고, 내부의 잡동사니는 성한 것이 없었습니다. 핏자국도 많았는데, 누구의 것인지는 확실치 않습니다."

"선수를 쳤군."

분노가 극에 이르니, 허탈감마저 들 정도다. 단목 대주가 쓰러졌으니 고수를 초빙하려 할 거다. 적들은 그것까지 예측했고 그들보다 먼저 움직였다.

궁 노사를 모시러 갔던 기청량이 당했다. 장춘 진인의 거처엔 장춘 진인이 없고 싸움의 흔적만이 가득하단다.

그리고 이곳, 동창. 대문에 버젓이 살인마의 상징을 응원이라도 하듯 역심으로 가득한 두 글자를 커다랗게 써 갈기고 사라졌다.

"완전히 당했어."

이런 치욕이 또 있을까. 입버릇도 이젠 끝이다. 하진화는 더 이상 '괜찮다' 세 번을 되뇌일 수가 없었다.

*　　　*　　　*

저녁 무렵, 단운룡은 객잔을 찾았다. 빌려놓은 방이다. 불빛 일렁이는 방 가운데 탁자에서 단운룡은 엽단평과 마주 앉았다. 막야흔은 그때까지도 퍼질러 자다가 단운룡이 온 것을 보고서야 겨우 일어난 상태였다.

"대강 감이 잡혔소. 운만 따르면 꽤 근접할 수 있을 것 같소."

"빠르군. 이틀 만에. 몇 달 동안 잡히지 않은 놈이라던데……. 자네 실력이 좋은 거야, 아니면 여기 놈들이 바보인 거야?"

"이전까진 별다른 증거들을 남기지 않았기 때문에 단서를 잡기가 까다로웠을 거요. 굉장히 철저한 놈이었는데, 조금씩 허술해지고 있는 데다가 무리수까지 두고 있소. 굳이 내가 쫓지 않아도 누군가가 곧 잡을 수 있을 거요."

"그런가? 보통 살인을 계속하면 더 익숙해지게 마련 아냐?"

"처음엔 그렇소. 점점 익숙해지는 게 정상이오. 수법도 세련되어지고, 죽이는 방법도 다양해지게 되어 있소. 한데, 이자는 좀 다르오. 오히려 퇴보하고 있다고 보는 게 옳을 거요. 광기에 물들어가고 있음이 요소요소에서 드러나고 있소."

"마공(魔功)이란 건가."

"아니오. 그 반대요."

"반대?"

"범인이 익힌 건 정공이오. 아주 정련된, 정통의 무공이 틀림없소. 하지만 무슨 계기였는지 이런 끔찍한 일을 저지르게 되었고, 점차 통제가 어렵게 된 것이오. 마공이라면 그런 일이 발생하지 않소. 오히려 더 잔혹해지고, 더 완벽해졌겠지. 허점을 드러내게 되지는 않았을 거란 말이오."

"무슨… 글자 이야기가 있던데."

"문(文), 그리고 역위로 뒤집어진 천(天)이오. 범인이 남기고 간 글씨요. 추관에서는 쉬쉬하고 있는데, 이미 알 만한 사람들은 다 알고 있소."

"그거 심상치 않군. 문이라 함은 건문제를 뜻하는 것 아닌가. 살인마 주제에 꽤나 거창한 명분을 지녔는걸?"

"대의명분은 아니오. 명분은 맞지만 그건 굉장히 개인적인 것이오. 아마도 자기 방어에 가까울 거요."

"자기 방어라……?"

"이자는 정통무공을 익혔소. 모르긴 몰라도 악행이라곤 저질러 본 적이 없던 인물이었을 거요. 하지만 무슨 이유에선가 살인을 시작하게 되었고, 점점 더 충동을 억제하지 못하게 되었소. 마음 한구석에선 그것이 잘못된 일이라는 것을 알고 있었을 터. 어떻게든 옳은 일이라 믿고 싶었던 것이 틀림없소."

"그래서 건문제를 끌어왔다?"

"그렇소."

"그럴듯하군."

"추측일 뿐이지만, 나름 확신이 있소. 다만, 이상한 것은 동창에 관한 소문이오. 오늘 낮, 동창 현문에도 같은 글씨가 쓰였다는데, 아무래도 그자의 소행 같지는 않소. 그 정도로 무모해지지는 않았을 텐데, 지나치다는 느낌이오."

"동창 대문에 역천을?"

"그렇소."

"그랬군. 급하게 나갔던 것은 그래서였나."

단운룡이 고개를 끄덕이며 말했다. 하진화가 급히 월궁을 빠져나갔던 것이 납득이 간다. 엽단평이 두 눈을 빛내며 물었다.

"뭔가 알고 있는 것이 있소?"

"동창의 대주 하나가 궁 노사의 거처에 찾아왔었지. 변고가 생긴 듯 갑작스레 돌아가 버렸다. 그 일 때문이었던 모양이야."

"이상한 일이오. 누군가 이 소문을 일부러 퍼뜨리고 있는 듯한 느낌이오. 동창은 허술한 곳이 아니오. 본청 정무에 그런 것이 쓰여졌다면 곧바로 정보 통제에 들어갔을 것이 틀림없소. 그럼에도 불구하고 이렇게 소문이 나고 있다는 것은 뭔가 조직적인 움직임이 있다는 뜻이오. 하나, 범인은 혼자 움직이는 자요. 납득이 되지 않소."

"간단해. 범인의 소행이 아니니까."

"범인의 소행이 아니라니?"

단운룡이 미간을 좁혔다.

얼개가 맞아간다. 지금껏 보고 들었던 모든 것들이 이리저리 맞물리며 하나의 실체를 드러내기 시작한다. 단운룡이 두 눈을 빛내며 말을 이었다.

"동창은 간밤에 대적을 만났다. 건엽사 기억나지?"

"자금산……!"

"거기서 동창의 단목창성이 당했어."

"비정철극마 단목창성!"

"그래. 거기다 흑야대 대주 기청량이란 자까지 당했다. 동창을 적대하여 대주 둘을 활동 불능으로 만든 걸 보면, 역모를 꾸며왔던 무리가 틀림없을 거야. 이전부터 역심을 품었던 놈들인데, 살인마가 마침 역천을 상징으로 남겼으니 좋은 기회다 싶었겠지. 백성들 모두가 살인마를 두려워하고 있는 틈을 타서 대혼란을 획책한 거다. 아마 곧 더 큰 게 터질 거야.”

“그거… 안 좋은 이야기군요.”

“그래, 빨리 움직이자. 막야흔, 일어나!”

단운룡이 먼저 일어났다. 엽단평이 검을 챙기고 방문을 나선다. 궁시렁거리는 막야흔이 그 뒤를 따랐다.

세 사람은 바쁘게 움직였지만 밤새도록 아무런 소득이 없었다. 그 다음날도, 그 다음날도 마찬가지다. 엽단평은 지하수로가 틀림없다 말했지만, 도통 어디쯤인지는 알아볼 수가 없었다. 심지어 남경의 건축을 담당하는 공관에 잠입, 관개수로 설계도까지 살펴보았지만 조건에 맞는 곳은 찾을 수가 없었다. 비슷한 곳이 있어 조사해 보았으나 허탕만 쳤을 뿐이다.

삼 일째, 사 일째가 되었을 때다.

막야흔의 역정은 그야말로 최고조에 달하고 있었다. 못해먹겠다는 아우성에 엽단평은 딱 한곳만 더 가보자고 했다. 막야흔이 기어코 언성을 높였다.

“혼자 가면 될 거 아냐!”

“알겠소.”

“뭐? 알겠소?”

“한 번 더 확인해야겠소. 막 형은 여기서 좀 쉬시오.”

“이… 이……!”

“단 공자는 어쩌시려오?”

“난 월궁에 들려야겠다. 바로 이 앞이다.”

“어! 뭐야? 혼자 빠지는 거야?”

“얼굴은 비쳐줘야지. 한참을 나 몰라라 했으니 화가 잔뜩 나 있을 거다.”

“얼씨구. 이젠 소상주 눈치까지 보는군?”

“넌 객잔에서 잠이나 자라. 계속 불평만 할 요량이면.”

“됐다, 됐어. 내가 졌다. 간다, 가.”

“방해할 거면 가지 마.”

“아, 간대두! 가면 될 거 아니야!”

막야흔이 소리치며 엽단평에게로 돌아섰다. 마지못해 동행하는 그들을 두고 단운룡은 월궁으로 향했다.

“벌써 며칠째예요?”

아니나 다를까.

그를 기다리고 있는 것은 토라진 강설영과의 신경전이었다. 단운룡은 자신이 제멋대로 행동했음을 인정하고 있었던지라, 강설영의 쏘아대는 말투에도 과민하게 반응하지 않았다. 기분을 풀어줄 요량으로 함께 책자들을 뒤져 보자니, 갑작스레 피로가 물밀 듯이 밀려왔다. 며칠째 제대로 눈 한 번 못 붙여왔던 까닭이었다.

졸음이야 운기로 쫓아내면 그만이겠지만, 유사시에 최고조의 몸 상태를 유지하려면 잠깐이나마 자두는 것이 좋다. 단운룡은 너저분하게 펼쳐진 책들을 앞에 두고 벽에 기대어 앉아 눈을 감았다. 진기를 운용하자는 머릿속의 목소리를 무시하고 졸음에 몸을 내맡겼다. 칠흑 같은 어둠이 눈앞을 가렸다.

＊　　＊　　＊

몇 번이나 똑같다.

지옥 같은 고통 속에서 눈을 떴다.

고개를 돌리자 하얀 나신이 한가득 비쳐들었다.

몇 번을 범해도 마찬가지다. 타는 듯한 갈증은 해소되지 않았다.

욕정을 채우고자 발을 옮겼다. 시비들을 부리면서 향락과 비단에 휘감겨 살고 있던 귀부인은 이제 처참하게 망가진 시체나 다름없었다.

"죽여……."

귀부인은 끙끙 앓고 있었다. 차가운 돌바닥 위에서 그녀가 얼어 죽지 않은 것은 오직 꽃다웠던 젊음, 그 하나 때문이다.

"죽여… 주세요……."

그의 숨결을 느낀 그녀가 새파랗게 질린 입술로 말했다. 다 갈라진 목소리엔 절망만이 가득했다. 그걸 들은 그가 손을 멈추었다.

그는 그 절망을 알고 있었다. 죽여달라. 죽자. 함께 죽자고 했던 황후의 얼굴이 머리 속을 스쳤다.

"폐하……."

그가 갑자기 땅바닥에 머리를 박고 온몸을 부들부들 떨기 시작했다. 그가 일어났다. 일어난 그의 눈은 이제 무서운 광기로 물들어 있었다.

"폐하, 폐하는 사서야 합니다."

그가 한쪽에 피워놓은 횃불로 걸어갔다. 마치 무엇에 홀리기라도 한 듯 횃불을 들고 그녀에게로 다가간다. 발가벗겨진 채, 모든 것을 파괴당한 그녀의 두 눈이 타오르는 횃불에 머물렀다.

"따뜻해……."

그녀는 자기가 무슨 말을 하는지도 모르는 듯했다. 다음 순간, 그녀의 얼굴이 일그러진다. 처참한 비명 소리가 그녀의 입에서 터져 나왔다.

"아아아아아악!"

치이이익!

매캐한 연기가 피어오른다. 살가죽이 타고 있었다. 그녀가 몸부림을 치며 비명을 내질렀다. 죽은 듯 쓰러져 있던 몸에서 어찌 그런 힘이 솟아났는지 모를 정도다. 격한 몸부림이 이어졌다.

"아악! 아아아악!"

그녀는 결코 도망칠 수 없었다. 두 손에 묶인 쇠사슬은 그녀를 영영 놓아주지 않을 것 같았다. 불길이 그녀의 왼손에 머물렀다. 등, 오른팔, 그리고 두 쪽 허벅지와 오른쪽 발등까지. 불길은 옮겨가며 그녀의 살갗을 태웠다. 이제껏 죽었던 여인들이 당했던 참극을 똑같이 당하고 있는 것이었다.

"아아아!"

비명 지를 힘도 없었다. 그녀의 목소리는 탁하고 거칠게 변해 있었다. 목까지 망가져 버렸다. 끝내는 쌕쌕거리는 소리밖에 나오지 않는다.

그가 그녀의 눈앞에 얼굴을 들이밀었다. 그의 얼굴은 마치 가면처럼 무표정했다. 그의 손엔 어느새 핏자국이 얼룩진 투박한 대도(大刀) 한 자루가 들려 있었다.

"나는, 폐하의 원한을 잊지 않을 것이다."

상황도 장소도, 그런 말과는 어울리지 않는다.

광인의 모습이다.

그가 대도를 휘둘렀다.

"컥!"

그녀의 목줄기에서 핏물이 폭포수처럼 흘러내리기 시작했다.

그가 바깥으로 나온 것은 한참 뒤였다.

그는 난도질한 시체를 등에 업고 있었다. 등판에 핏물이 흥건하게 배어드는데도 전혀 그런 것을 모르는 것 같았다. 움직일 때마다 붉은 선혈이 뚝뚝 떨어지고 있었다.

"폐하, 거의 다 왔습니다."

그의 정신은 오직 혼돈으로만 가득 찬 상태였다. 자기가 범하고 난도질한 여자의 시체를 등 뒤에 업고서 폐하를 부르고 있는 것이다.

얼마나 걸어갔을까.

어둠 속에서 그가 등 뒤의 시체를 땅바닥에 내려놓았다. 아

무렇게나 널브러진 그녀의 나신 위에 찢어진 옷가지를 올렸
다.

뚝, 뚝.

그가 사방에 홍건한 핏물에 손가락을 찍었다. 천천히 쓰는
글자는 뒤집어진 하늘 천(天) 자였다. 마치 경건한 의식이라도
되는 것처럼 오래오래 공을 들여 글자를 썼다. 그가 몸을 일으
켰다. 붉은 달빛이 그를 향해 쏟아지고 있었다.

그때였다.

"잡았다. 이 미친 새끼."

한줄기 목소리가 달빛을 갈랐다.

그가 천천히 몸을 돌렸다.

옆으로 비껴든 협도 한 자루, 형형한 눈빛으로 쏘아보는 이
가 있다. 그가 뒤로 발을 옮겼다. 하지만 그는 뒤로 도주하지
못했다. 가슴 앞에 품은 검, 죽립을 눌러쓴 이가 홀연히 나타나
그의 퇴로를 막아섰기 때문이었다.

칼과 검이었다.

막야흔과 엽단평이 거기에 있었다.

*   *   *

툭툭.

누군가 건드리는 손짓에 잠을 깼다. 눈을 뜨니 난마로 헝클
어진 백발의 머리카락이 코앞에 있었다.

노괴였다.

후우우우.

노괴가 단운룡의 얼굴에 연기를 내뿜었다.

"일어나."

단운룡이 끙, 하는 소리와 함께 몸을 일으켰다. 강설영의 등이 보였다. 그녀가 서책을 뒤적뒤적 넘기면서 뒤도 돌아보지 않고 말했다.

"일어났어요?"

"응."

단운룡이 노괴를 쳐다보았다. 왜 깨웠는지 모르겠다. 노괴는 이미 저쪽에 쭈그리고 앉아 활이 잔뜩 그려진 책을 보는 둥 마는 둥 하고 있을 뿐이었다.

"노괴, 왜 깨운 거야?"

단운룡의 거침없는 말투는 노소를 가리지 않았다. 단운룡이 노괴에게 가까이 다가갔다. 그때다. 단운룡의 눈이 번뜩이는 빛을 발했다.

"소상주."

단운룡이 강설영을 불렀다. 강설영이 벌떡 일어난다. 그녀가 말했다.

"나도 느꼈어요."

두 사람이 방문을 열고 뛰어나갔다. 단운룡은 문을 나서며 순간적으로 노괴를 돌아보았지만, 노괴는 그저 쭈그려 앉은 그대로였다. 단운룡이 뭔가를 물어보려다가 그만두고 고개를 돌렸다. 이야기할 시간이 없다. 단운룡이 급하게 대청마루 쪽으로 달려나갔다.

타닥!

그가 강설영과 나란히 섰다. 살기가 몰려들고 있었다. 열 명이 넘는 숫자였다. 월궁을 포위한 채 서서히 거리를 좁혀오는 중이었다.

"많네요."

조직적인 놈들이었다. 대형을 갖추고 있는 듯 천천히 접근하고 있다. 하지만 그들은 결코 느린 놈들이 아니다. 일단 담벼락을 넘으면 노도와 같이 쳐들어오리라.

파팟!

아니나 다를까. 첫 번째 놈이 담벼락을 넘어오자 이어 십수 명의 괴인들이 한꺼번에 몸을 날려왔다. 뛰어난 경공, 살벌한 기세다. 순식간에 외원을 가로질러 내원까지 들어온다. 한쪽 구석에 무성히 자란 대마 줄기가 바람결에 후드득 흔들렸다.

"왼쪽!"

"문제없어요!"

강설영이 몸을 돌리며 주먹을 내갈겼다. 펑! 하는 소리와 함께 한 놈이 무서운 기세로 튕겨 나갔다. 단운룡은 소리없이 움직였다. 몸을 숙이고 쏘아져 나가 오른발을 짧게 올려 찼다. 팡! 하는 경쾌한 타격음과 함께 짓쳐들던 괴한이 그대로 땅바닥을 굴렀다.

쉬익! 파앙!

단운룡은 섬영을 전개하지 않았다. 신풍도, 순속도 끌어내지 않은 채였다. 괴한들은 강했지만, 충분히 상대할 수 있었다. 이유는 다름이 아니다. 뇌정광구에서 흘러나오는 진기의 흐름이 전보다 훨씬 거세져 있었기 때문이었다.

빠악!

완전한 해방은 아직이다. 그래도 괜찮다. 이 정도면 싸우는 데 조금도 지장이 없었다.

무엇보다 그의 옆에는 강설영이 있다. 강설영은 강했다. 공중에서 휘돌고, 몰아치며, 뒤집고, 내리찍는데, 하늘을 나는 듯 자유롭기만 했다. 내치는 손 묵직한 경력에, 일격이라도 허용하면 절대로 일어나지 못했다. 내부를 파고드는 침투경과 기혈을 박살 내는 경파의 공부가 일권 일타에 하나 가득 실려 있었다.

"합!"

그녀가 또 한 명을 쓰러뜨렸다. 세 합 만에 제압하여 땅바닥에 던져 놓았다.

'쉽진 않아.'

적들의 실력은 상당했다. 이 정도면 포공사 무인들 이상이라 해도 과언이 아니었다. 개개인이 꽤나 실력있는 놈들이었다.

'그래도 들어올 곳을 잘못 찾았어.'

이 정도로는 무리였다. 이 정도 무공으로 월궁에 쳐들어왔다는 것은 무모함의 소산이라고밖에 말할 수 없다.

"불을 질러라!!"

문제는 싸움이 아닌 다른 수작이다. 이를테면 화공 같은 술책을 뜻함이다.

괴한들 중 누군가가 불을 지르라 외치고 있었다.

갑작스레 주위가 환해졌다. 새롭게 담을 넘어서 들어온 놈들은 양손에 횃불을 하나씩 들고 있었다. 단운룡이 땅을 박차고 몸을 날리려 했다. 하나 거기엔 그보다 훨씬 더 빠르게 움직이는 이가 있었다. 다름 아닌 강설영이다. 그녀가 무서운 속도로 바람을 갈랐다. 순식간에 공간을 압축하고 횃불을 든 괴한 하나를 눕혀 버렸다.

퍼엉!

그녀의 움직임이 더 빨라졌다. 다급해진 마음을 적나라하게 느낄 수 있는 출수였다.

빠박! 빡!

또 한 명이 쓰러졌다. 횃불을 들고 있지 않은 자는 건들지도 않았다. 땅을 박차고 몸을 날리는 곳엔 어김없이 횃불을 든 자들이 있었다. 순식간에 세 명이 땅바닥을 굴렀다.

단운룡은 강설영이 서두르는 이유를 단숨에 꿰뚫어 볼 수 있었다.

불이 나서는 곤란하다는 것이다. 자칫하면 노사가 모아놓은 자료들이 한 줌의 재로 사라질 수 있다. 목조 건물 나무 뼈대와 목판이 쫙 깔린 대청마루는 한눈에 보기에도 화재에 취약해 보였던 것이다.

화륵!

강설영이 아무리 빨라도 열 개가 넘는 횃불을 다 막기는 힘들다. 벌써부터 횃불 하나가 내원의 정자나무 위에 걸려 불길을 뿜어내기 시작하고 있었다. 내원 담벼락에서도 불꽃이 내려앉은 상태였다.

'또!'

다음은 여러 개다.

놈들이 횃불을 마구 던지기 시작했다. 일곱 개나 되는 횃불이 한꺼번에 하늘을 날았다.

터엉!

단운룡이 땅을 박차고 뛰어올랐다. 공중에서 발을 휘둘러 횃불 하나를 박살 냈다. 사방으로 불꽃이 튀었다. 다시 몸을 돌려 땅을 박찼다.

'역부족이야……!'

단운룡과 그녀의 몸은 여러 개가 아니었다. 여섯 개의 횃불이 허공을 갈랐다. 강설영이 경이적인 속도로 몸을 날려 횃불 한 개를 낚아챘다. 거기까지다. 횃불 다섯 개가 지붕과 대청마루로 향했다.

쐐쐐쐐쐐쐐색!

엄청난 파공음이 터져 나온 것은 바로 그때였다. 횃불들이 공중에서 퍽퍽 터지며 박살나 흩어졌다.

'이것은……!'

횃불 다음은 사람이었다.

좌충우돌 뛰어다니던 괴한들이 덜컥덜컥 쓰러지며 땅바닥을 나뒹굴었다. 파공음 한 발에 하나씩이었다. 공기를 찢어발기는 소리. 결코 목표를 놓치지 않았다.

한차례 난사(亂射)가 주위를 휩쓴다. 이어 웅혼한 고함 소리가 터져 나왔다.

"이곳이 어디라고 더러운 발을 들여놓는가!"

제대로 서 있는 자는 몇 명 없었다. 대청마루 위로 무게있는 발자국 소리가 울려 퍼졌다.

저벅, 저벅.

걸어나오는 이는 다름 아닌 궁 노사였다. 한 손에는 완만하게 휘어진 작은 목궁 하나를 들고 있었다. 다른 손에는 얇은 목전(木箭) 세 대가 손가락 사이사이에 끼워져 있었다.

"썩 물러가지 못할까!!"

또 한 번 벼락같은 고함 소리에 놈들이 주섬주섬 땅을 박차고 바깥으로 달려나가기 시작했다. 강설영이 궁 노사를 돌아보며 의아함이 가득한 목소리로 물었다.

"잡지 않아도 되나요?"

궁 노사가 고개를 끄덕였다. 궁 노사가 뒤를 가리키며 대답했다.

"이 친구가 그래도 된다는군."

강설영과 단운룡이 그 뒤로 눈을 돌렸다.

창백한 얼굴, 식은땀을 흘리며 서 있는 이가 있었다. 기청량, 동창 흑야대의 대주였다.

정자나무에 붙은 불은 단운룡이 나무를 밑동째로 쓰러뜨리고서야 잡을 수가 있었다. 담벼락에 붙은 불도 마찬가지였다. 강설영이 고법으로 거의 일 장에 가까운 담벼락을 허문 뒤에야 불이 잡혔다. 순전히 힘으로 끈 셈이다.

불길을 수습한 직후엔 모두 앉아 기청량이 하는 말을 들었다. 그는 습격자들을 잡지 않은 이유부터 이야기해 주었다.

"진강방이라고, 남경 근역의 흑도방파입니다. 팔뚝에 보셨지요? 붉은 띠를 두르고 있었죠. 꽤 실력있는 무파지만 이런 일을 함부로 벌일 정도의 문파는 못 됩니다."

"청부를 받은 거로군."

"하청이지요. 명령에 가까운 일이었을 겁니다. 졸개들 몇 명 잡아봤자 아무런 의미가 없습니다. 진강방 따위 찔러봤자 바로 윗선 배후를 알아내는 것으로 끝입니다. 훨씬 더 상위의 문파가 개입되어 있어요. 꼭대기를 밝혀낼 수 있는 가능성은 전무합니다."

"목적은?"

"아마도… 도발… 이었을 겁니다."

"도발?"

궁 노사가 되물었다. 기청량은 입술이 다 하얗게 갈라진 것이 무척이나 힘들어 보였다. 몰아쉬는 숨소리를 듣고 있자면 듣는 사람 입에서도 단내가 날 것 같다. 기청량이 침을 꿀꺽 삼키고는 고개를 내저으며 말을 이었다.

"내일이면 소문이 쫙 퍼지겠지요. 월궁의 안마당에서 불이 났다고요. 달려들던 놈들도 제법 요란스레 소동을 부렸으니, 누구라도 노사가 공격받은 사실을 알게 될 겁니다."

"그렇겠군."

"안 그래도 시끄러워진 이 마당에 월궁이 공격받았다는 소문은 순식간에 남경 전체를 강타하리라 봅니다. 노사가 분노했다는 소문이 파다하게 퍼지겠지요."

"소문만이 아닐 걸세. 난 충분히 분노했다네."

“소문은 그 이상일 겁니다. 십중팔구 조작되겠지요. 놈들은 이걸 살인마와 연관된 일로 퍼뜨릴 것이 틀림없습니다. 노사가 살인마를 잡을 것이란 이야기가 퍼질 겁니다.”

“그게 어떻게 그렇게 연결되지?”

“그렇게 됩니다. 제가 장담하지요.”

육체는 무디게 망가졌지만, 정신만큼은 날카롭게 벼려져 있다. 기청량의 눈동자는 그 어느 때보다도 강렬하게 빛나고 있었다.

“그래서 자네가 말하는 ‘놈들’이 얻는 게 뭔가?”

“그 살인마는 지금껏 추악한 악인으로 여겨져 왔습니다. 그냥 두렵고 더러운, 그런 존재였지요. 하나 놈이 무언가를 남기기 시작하면서 이야기는 달라졌습니다. 무언가 명분을 가진 것처럼 받아들여지고 있어요. 거기에 노사가 등장하면 판은 더 커집니다. 추관의 포쾌나 보통의 협사들이 잡을 수 없는 존재. 신궁이 나서야만 잡을 수 있는 존재. 놈은 더 무섭고 거대한 괴물이 됩니다. 실제로 그렇다는 게 아니라, 백성들이 그리 받아들이게 될 거라는 이야기입니다.”

“남기기 시작했다는 그 무언가가 뭐기에?”

“문(文), 그리고 역위의 천(天).”

대답은 단운룡이 했다. 기청량이 창백한 얼굴을 홱 돌리며 되물었다.

“그걸 어찌 알았습니까?”

“밖에서는 모두가 그 이야길 하고 있어. 당신이 나자빠져 있는 나흘 동안 상황은 더 나빠졌다.”

기청량의 눈동자가 크게 흔들렸다. 사태는 바야흐로 악화일로를 걷고 있는 것이다. 그가 새파랗게 질린 입술로 결론을 내렸다.

"이렇게 된 이상 빨리 잡는 것밖에는 방법이 없습니다. 최대한 조용히, 가능하다면 죽이는 쪽으로 말입니다."

노사가 그의 말에 고개를 끄덕임으로써 이야기는 일단락되는 듯했다. 월궁 문을 두드리고 허락도 없이 들이닥친 창위의 보고만 아니었다면.

"큰일이 터졌습니다."

기청량의 눈썹이 치켜 올라갔다.

기청량이 정신을 차린 것은 어찌 알았을까. 간단한 일이다. 그새 보고가 오간 것이다. 기청량이 월궁에 실려온 그날부터 월궁 주위에 동창 창위가 상주하고 있었음은 이곳에 있는 모든 이들이 다 알고 있던 사실이다.

빨리 움직인 것도 이해 못할 바는 아니다. 동창 입장에서 기청량의 활동 재개란 구세주의 출현 소식과 다름이 없을 일이었다.

"무슨 일이?"

"의관(醫官)이 습격을 당했습니다."

"의관이?"

"예. 단목 대주께서… 납치되셨습니다."

"뭐라고? 누가 납치돼?"

이보다 놀랄 일은 없을 것이다. 단목창성이 당해서 쓰러졌다는 소식을 들었을 때보다 더 큰 놀라움이었다.

“동창만 난리가 난 것이 아닙니다. 금의위의 감 장군이 실종
되었습니다. 추관 정 포쾌도 당해서 자리에 누웠답니다.”

“단목 대주가 어떻게…….”

다른 보고 따위 귀에 들어오지도 않는다. 기청량의 얼굴은
망연자실 그 자체였다.

“흑참대 대주님께서는 줄곧 혼수상태셨습니다. 그 상태 그
대로 끌려가셨다는 보고입니다.”

“말도 안 되는…….”

말도 안 된다. 하나, 현실적으로 불가능한 일은 아니다. 단
목 대주는 전투 불능 상태였고, 의관에는 고수라 불릴 사람이
없었으니까.

문제는 ‘왜’ 다. 왜 군이 단목 대주를 끌고 갔는가. 그럴 거면
건업사에서 잡아갔어도 되었을 텐데, 왜 이제 와서 다시 잡아
갔느냔 말이다.

“그리고…….”

“또 있나?”

“예. 또 있습니다.”

“보고해.”

“시체가 발견되었습니다. 은 부인입니다.”

“은 부인이?”

잡혀간 여인, 숙 대인의 측실이라던 그녀다. 기어코 시체로
발견되었구나. 이제쯤 나올 거란 생각은 했었는데.

“은 부인이 확실합니다. 같은 곳에 화상, 강간당한 흔적이
있습니다. 게다가 이번에는 머리카락도 다 잘라냈더랍니다.”

“머리카락을?”

“그렇습니다. 한데…….”

“한데?”

“싸움의… 흔적이 있었습니다.”

“싸움이?”

“그렇습니다. 시체 근처에 세 명의 발자국이 남아 있습니다. 하나는 검객, 하나는 도객입니다. 마지막 하나는 병장기를 쓰지 않는 자입니다.”

“셋이라고?”

기청량만 눈을 크게 치뜬 것이 아니다. 단운룡도 눈을 크게 뜬다. 검객과 도객, 둘이 누구인지 아는 까닭이다.

“범인은 백타를 사용하는 놈이라고 결론 내렸었다. 검객과 도객은 뭐지? 우리 측인가?”

“아닙니다. 금의위 쪽도 아니라고 합니다.”

“그럼 대체 어떤 놈들이……?”

기청량의 목소리가 높아졌다.

하지만 기청량은 그들을 멀리서 찾을 필요가 없었다.

싸웠던 장본인들이 바로 지금, 월궁으로 걸어 들어오고 있었기 때문이었다.

제24장 합류(合流)

"몇 년이 뭐가 중요하다는 건지 모르겠군. 난 그저 무의를 도와주려 했을 뿐이다."

벽력사모(霹靂蛇矛)는 그것이 언제였는지 기억이 안 난다고 했다.

"글쎄. 그게 영락 칠년이었던가요, 팔년이었던가요. 장강에서 용이 승천했던 때라고 했으니 칠년이 맞겠군요."

소천마고(召天魔鼓)는 그렇게 말했다.

"그쯤이오. 남경, 제남, 태산… 영락 칠년이 맞소."

청천대검객까지 확인해 주었으니 대략 그때가 맞는 듯하다.

…(중략)…….

발도각주와 의협군사를 비롯, 의협비룡회의 고수들은 대체로 영락 칠년에서 팔년 사이에 비룡제와 함께하게 된 것으로 사료된다. 일 년에서 이 년. 지금까지도 의협비룡회의 주축 전력이 되고 있는 인재들을 상당히 짧은 시간 내에 포섭했다는 뜻이다. 이는 곧, 비룡제는 처음부터 계획적으로 움직였다는 말이 된다. 한데 막상 의협비룡회의 고수들을 만나보면 딱히 그런 것도 아니었던 듯하다. 계산에 따라 접근했다기보다는 즉흥적으로 사람을 얻은 경우가 오히려 더 많았던 것으로 보인다. 흘러가는 인연에 따라 사람을 얻었다는 말인데, 그렇게 생각하기엔 현 의협비룡회의 고수들이 지나치게 뛰어난 감이 있다. 그토록 쟁쟁한 사람들을, 그저 우연히 그렇게 만났다는 것은 쉽사리 이해할 수 없는 일이다. 그것은 아마도 비룡제가 본래 그러한 연을 끌어 모을 만한 힘을 지닌 인간이었거나, 그게 아니라면 그로 인하여 거기까지 올라갈 수 없던 이들까지도 그 위치까지 끌어올려진 것이라 해석할 수 있겠다…(중략)…….

한백무림서 미완
한백의 일기 中에서.

"엄청 세더군. 보통 놈이 아니었어."

"고수였소. 제정신이 아닌 것 같았는데도 굉장히 빨랐고, 무엇보다 정교했소. 그자가 정신이 멀쩡했더라면 우리가 되려 당했을 게 틀림없소."

"거의 잡았었는데, 젠장할……!"

막야흔은 연신 어깨를 주무르는 중이었다. 팔을 움직이는 것을 계속 불편해하고 있었다.

"왜 놓쳤지?"

단운룡이 물었다. 막야흔이 분통이 터진다는 듯 언성을 높였다.

"난 한칼 제대로 먹였다고! 샌님 놈이, 하필 그게 빗나가서……."

"손 때문에 어쩔 수가 없었소."

배 안에서 단운룡의 내공으로 화상을 입은 이래, 엽단평의 손은 아직까지도 완전하게 회복되지 않은 상태였다.

확실히 그런 상처라면 검법을 펼치는 데 문제가 있을 법도 하다. 고수들의 싸움이란 종이 한 장 차이에도 승부가 갈리기 마련이었으니. 작은 상처 하나 때문에 맞힐 것을 못 맞힐 수도, 막을 것을 못 막을 수도 있다는 뜻이었다.

"한 치만 더 들어갔어도 쓰러뜨릴 수 있었는데……."

"둘이 함께 덤볐나?"

"처음엔 나 혼자. 나중엔 둘이서."

"둘이서도 제압하지 못했다니, 보통 고수가 아니로군. 대체 뭐에 당한 거야?"

단운룡이 엽단평을 돌아보며 물었다. 엽단평이 침중한 목소리로 대답했다.

"점혈에 당했소."

"점혈?"

"그런 것은 처음 보았소. 일종의 지공(指功)이었는데, 정말 대단했소. 틈새를 비집고 들어오는 것이 참으로 막기가 힘들었소."

"다 잡은 걸 놓친 거도 그것 때문이었다. 난 견정혈, 샌님은 음곡혈에 한 방씩 당했지. 경공을 제대로 펼치기가 어렵더군. 그래도 꽤 멀리까지 쫓아가긴 했었어. 결국은 놓쳤지만."

"괜찮다. 그 정도 고수였다면 살아 돌아온 것만으로도 다행이다."

"다행이 아니야! 거의 잡았다니까!"

"여하튼."

막야흔은 무척이나 열을 내고 있었다. 쫓을 때는 그렇게도 귀찮아하더니 이제 와서란 느낌이다. 막상 놓치고 나니까 엽단평보다 더 화가 난 듯했다.

기청량이 끼어든 것은 그때였다.

"거기에 단목 대주는 없었소?"

"뭐?"

막야흔이 눈을 부라리며 기청량에게 되묻는다. 기청량이 두 눈을 커다랗게 떴다. 그가 다소 당황한 목소리로 다시금 막야흔에게 물었다.

"단목창성, 단목 대주 말이오."

"이놈은 또 뭐라 씨부리는 거야? 단목창성? 그게 누군데?"

막야흔의 질문. 모두의 눈이 휘둥그레하게 변했다.

후우우우우.

옆에서 노괴가 하얀 연기를 잔뜩 내뿜었다. 그 뿜어내는 연기 끝에 웃음기가 배어 있다고 느낀 것은 그저 강설영의 착각이었을까. 단운룡이 고개를 설레설레 흔들며 막야흔에게 말했다.

"저번에 말했었다. 단목창성. 동창의 고수라고."

"아아, 비정철극마인가 뭔가 하던……."

"객잔에서 다 듣지 않았었나?"

"아, 그땐 자느라……."

"그는 지금 실종 상태다. 혹시 그 살인마가 데려갔나 해서

묻는 거다.”

“그놈, 남자도 잡아가냐?”

“지금까진 아니었지만 또 모르지.”

“거긴 없었다. 칼에 다져진 여자 시체뿐이었어.”

막야흔이 기청량을 돌아보며 말했다. 간략하고도 건방진 어조다. 하지만 기청량은 전혀 불쾌해하는 얼굴이 아니었다. 다른 동창 창위들도 마찬가지다. 그들은 이미 이들 무리의 언사에 대해서 완전히 포기 상태인 듯했다. 막야흔이 어떤 막말을 하더라도 단운룡이 보여줬던 태도에 비하자면 대단할 게 못 되기 때문이었다.

“내가 지금 가장 궁금한 것은, 어떻게 살인마를 그렇게 빨리 찾았는가요. 지금껏 아무도 그놈을 찾지 못했소. 심지어 얼굴 한 번조차 본 사람이 없었지.”

잠시 눈을 감고 생각에 빠져 있던 기청량이 의문점을 내놓는다. 대답은 엽단평이 했다.

“범인의 거점은 지하수로요. 그자는 같은 흙, 같은 돌이 있는 곳에 시체를 버리곤 했었소. 버릴 만한 곳을 하나씩 확인하고 있었는데 버리는 순간에 운 좋게 걸린 거요.”

“지하수로? 확실하오?”

“확신하오.”

“어떻게?”

“냄새.”

“냄새?”

기청량이 두 눈을 치뜨며 되물었다. 그가 잠시 턱을 매만지며 기억을 더듬는 듯하더니 문득 미간을 좁히며 묻는다.

"그런 걸 본 적이 있어. 당신, 포공사 출신인가?"

흠칫. 대답은 그 반응으로 충분하다. 기청량이 고개를 끄덕이며 말했다.

"맞군. 포공사."

"……."

"포공사의 추적 기술은 대단하지. 공관 주사에게 전언을 넣도록. 남경 수로 지도를 요청해."

기청량이 옆에 있는 창위에게 명령했다. 하지만 창위는 달려나가지 못했다. 엽단평이 그를 가로막으며 제지한 까닭이었다.

"그럴 필요 없소."

"그럴 필요 없다니?"

"지도는 이미 확인했소. 그자가 있는 곳은 거기에 나오지 않은 곳이오."

"지도를 확인했다고 했소? 어떻게?"

엽단평은 선뜻 대답하지 못했다. 옆에서 어깨를 주무르던 막야흔이 끼어들었다.

"다 방법이 있다. 여하튼, 그의 말대로 지도에는 없는 곳이야."

기청량이 막야흔을 한번 돌아보고 엽단평을 쳐다보았다. 그가 뭔가 알겠다는 어조로 말을 이었다.

"당신들, 공관에 잠입했었군. 며칠 전 추관에도 누군가 침입한 것 같다고 하더니, 그것도 당신들 소행이었던 모양이오."

"그런 일이 있었나? 우린 모르는 일인데?"

막야흔은 능청스럽기 짝이 없었다. 생전 처음 들어보는 이야기라는 식이다.

"당신들의 언행은 참으로 감당키 어렵소. 이번 일이 끝나고 나면 곧바로 남경을 뜨는 게 좋을 거요."

"안 떠나면 어쩔 건데? 우리를 잡아넣기라도 할 셈인가? 우린 잘못한 게 없어."

"잘 알아두시오. 동창이 사람을 잡아넣는 데에는 그 어떤 이유도 필요없소. 거기에 있으면 잡아서 털고, 털고도 먼지가 안 나오면 먼지가 나올 때까지 터는 거요. 털고 던지다가 바닥의 먼지가 묻으면, 그땐 죽여 버리면 그만이오."

기청량은 차분차분 담담한 어조로 살기 어린 이야기를 부드럽게 쏟아냈다.

막야흔이 짐짓 부르르 몸을 떠는 시늉을 하며 대답했다.

"오호호호. 그거 무서운걸. 조심해야겠어."

창위들의 눈썹이 꿈틀 올라갔다. 기청량은 더 이상 일을 크게 만들지 않았다. 그가 옆을 돌아보며 명령을 내렸다.

"공관 주사 정도로는 안 되겠어. 공부시랑에게 직접 연락하는 것이 좋겠군. 비밀 수로가 있는지 확인해 봐."

"존명!"

그들이 월궁 밖으로 달려나갔다.

그리고 그들이 사라지기가 무섭게 새로운 창위들이 들어온다. 새로운 창위들, 새로운 소식의 연속이다. 또 다른 사건이 터진 것이다.

*   *   *

"머리가 망가졌군."

"누구냐."

"죽고 싶은가?"

"누구냐니까!"

"죽고 싶겠지. 자신이 저지른 일 때문에."

"어떻게 여길 찾았지?"

"우린 친구들이 많아. 자네같이 미친 자들도 꽤 있어. 그들
은 알고 있더군. 자네 같은 이들이 어떻게 행동하는지."

쉬익! 타닥.

파공음 한줄기.

순간적으로 도망치려 했던 그와, 그의 앞을 막은 한 사람이
거기 있다.

그들의 신형이 멈추었다.

"아아, 자넨 다쳤어. 그 상처론 나에게서 못 도망가."

"……!!"

"누가 그랬지? 도상(刀傷)이로군."

"…모른다. 누군지."

"밖에는 대단한 놈들이 참 많아. 그렇지?"

"……."

"밝은 세상엔 칭송받는 자들이 많이 있어. 한데 넌 이 지저
분한 곳에서 힘없는 여인들이나 죽이고 있지. 하지만 원래 자

넨 그런 사람이 아니었잖나? 그게 자네를 더 미치게 만들고 있
을 거야. 매일같이 죽고 싶다는 충동에 휩싸이고 있겠지.”

“당신… 정체가 뭐야?”

“정체가 뭐기에 그렇게 자네를 잘 아냐고? 난 붉고도 붉은
심장을 지닌 사람이야. 자네 마음을 너무나도 잘 알지. 자넨 죽
고 싶어. 하지만 이런 살인마로 죽고 싶진 않아 하지. 옳은 생
각이네. 자넨 좀 더 큰, 더 대단한 사람이 될 자격이 있으니
까.”

“자격이… 있다고?”

“물론이다. 자넨 기억될 거야. 모든 사람들에게. 살인마가
아닌 다른 인간으로.”

“……!”

“내가 가르쳐 주마. 의미있게 죽는 법을.”

“의미있게 죽는 법……!”

“관심이 있나?”

그것은 치명적이고도 악마적인 유혹이었다. 한참 동안의 침
묵 끝에 그가, 무명이 대답했다.

“관심이 있다.”

“그렇다면 선물부터 받아라.”

어둠 속에서 세 남자가 나타났다. 세 남자는 각각 한 사람을
짊어지고 있었다.

털썩, 털썩, 털썩.

그들이 돌바닥에 세 사람을 던져 놓았다.

구석에 밝혀진 횃불이 세 사람의 얼굴을 비춘다.

세 사람.

정난지변의 공신. 우화대공가의 가주 숙평경.

친군지휘사. 황실 금의위 남진무사 천호장군 감건중.

그리고… 동창 흑참대 대주, 비정철극마 단목창성이 거기에 있었다.

＊　　＊　　＊

밤이 지나고 해가 떴다.

남경은 발칵 뒤집혔다. 납치 사건 '들' 때문이다.

이번 납치 사건들은 보통 납치 사건들과 달랐다. 숫자도, 신분도, 그리고 성별도.

처음에 알려진 것은 우화대공가의 가주, 숙 대인이었다. 측실이 시체로 발견된 지 하루 만에 숙평경 본인이 납치되었다. 우화대공가 심처, 가주의 침실에서 문(文)이란 글자가 발견된 것은 비밀도 아니었다.

그다음 알려진 것은 금의위 천호장군, 감건중의 실종 소식이었다. 금의위 대부분이 북경으로 떠나 버린 지금, 남경을 지키고 있는 금의위 장군들 중에서 가장 뛰어난 실력파라 소문난 장수가 그였다.

가장 커다란 파문을 몰고 온 것은 동창 흑참대 대주인 단목창성에 관한 소문이었다. 관아 심처의 의관에서 치료를 받던 단목창성이 괴이한 무리들의 습격과 함께 사라져 버린 이야기가 돌고 있었다. 이는 이 모든 실종과 납치 사건의 백미(百媚)

라 해도 과언이 아니었다.

　고관과 대작을 가리지 않고 가슴 한가운데 철극을 꽂아 넣길 주저하지 않았던 죽음의 신. 동창의 사신(死神)이 실종되었다는 소식은 남경 백성 모두에게 경악이 아닐 수 없었을 따름이었다.

　하루가 또 지났다.

　그리고 남경의 백성들은 마침내 놀라운 광경을 목격하고 만다.

　그들이 나타났다.

　명효릉, 명 태조 주원장이 묻힌 그 거대한 황릉 앞에서 납치당한 세 사람 모두의 얼굴을 볼 수가 있었던 것이다.

　"어디냐!"

　"자금탑 꼭대기랍니다!"

　하진화가 집무실을 뛰쳐나왔다. 그가 함께 달리는 창위들에게 소리쳤다.

　"금의위에 전언을 보내! 군사들을 동원한다. 도독부에는 알리지 말고 비밀리에 움직이라고 해."

　"존명!"

　"구경꾼들을 통제해라! 창위와 번역들로 장벽을 짠다! 병사가 동원되면 백성들을 뒤로 물린다. 다가가지 못하게 해!"

　"존명!"

　하진화는 결단이 빨랐다. 그가 뒤에 따라오는 번역에게 물었다.

“기 대주는?”

“월궁으로 전언이 갔습니다. 곧 출발하실 겁니다.”

하진화가 효릉 쪽으로 달리는 동안, 월궁에서도 바쁜 움직임이 시작되고 있었다. 전언을 지닌 창위가 월궁에 도착한 것이다.

“무슨 일이야?”

“범인이 모습을 드러냈습니다. 자금탑 꼭대기에서 인질들을 잡고 있답니다.”

“인질?”

“확실치는 않지만, 대공가의 숙 대인과 금의위 감 장군 같답니다. 그리고… 단목 대주님까지 거기 계신 모양입니다.”

“단목 대주가 인질로?”

“그런 것으로 사료되나… 아직 확인은…….”

“이럴 수가……!”

기청량은 아직도 거동이 불편했다. 무공조차 펼치지 못하는 몸으로 돌아다닐 바에는 궁 노사의 보호하에 있는 것이 좋겠다는 하진화의 권유로 이제껏 월궁에 머무르고 있는 상태였다. 창위의 다급한 목소리에 단운룡과 강설영이 방에서 나왔다. 온 김에 객잔에서 나와 월궁에 눌러앉은 막야흔과 엽단평도 마찬가지였다. 모두가 몰려나와 창위의 이야기를 듣고 있는 상황이었다.

“자금탑은 구층의 첨탑이다. 거기에 세 명을 데리고 올라갔다니…….”

"인질 세 명이 구층의 지붕 위에 묶여 있다는 보고입니다.
그 꼭대기에서 전군도독부(前軍都督府) 좌, 우도독을 불러달라
소리치고 있답니다."

"도독을 불러? 미쳤군."

도독이란 최고위 관직 중 하나다. 무려 정일품의 최고 품계
를 지닌다. 황제의 친족이나 공, 후, 백, 작위를 지닌 공신들 외
엔 도독 위에 오르는 것 자체가 불가능할 정도다. 무소불위의
군사력을 지닌 직위이기 때문에 그렇다.

남경은 오군도독부 중 전군도독부의 병력이 상주하는 영역
이었다. 오군도독부란 중원천하를 다섯으로 나누어 편성한 군
제를 의미하는데, 각 지역의 방위를 중, 전, 후, 좌, 우, 오군에
게 맡겨 모든 병권을 통괄토록 하는 것이 그 요체다. 남경이란
아직까지 틀림없는 제국의 수도인 바, 수도를 지키는 전군도독
부의 도독이라 함은 그야말로 중원 군사력의 총사령관이라 해
도 과언이 아닌 것이다.

각 도독부의 수장은 한 명의 폭주를 막기 위해 좌우 도독 두
명이 맡고 있는 바, 말하자면 이 범인이란 놈은 제국 전체의 최
고 권력자 두 명을 요청한 것이나 다름없다. 오직 황제만이 그
위에 있을 수 있는 그런 권력자들 말이다.

"그래서, 도독부에는 알려졌나?"

"흑성대 대주께서 정보 통제를 명하셨습니다. 하지만 워낙
에 소란이 커지고 있는지라 오전까지가 한계일 것 같습니다."

"행여나 전군도독부에서 직접 나서게 된다면 일은 일파만파
돌이킬 수 없는 사태까지 갈지도 모른다. 최대한 빨리 해결해

야 해.”

기청량이 벌떡 일어나 몸을 돌렸다. 그가 두 손을 가슴 앞에 모으고 궁 노사에게 깊이 고개를 숙였다. 동창 창위로 강호인에게 보일 수 있는 최대의 예(禮)다. 그의 입에서 흉중의 진심이 구구절절 흘러나왔다.

“그자는 비록 추악한 살인마에 불과하나, 일으킨 사태는 단순한 살인마의 그것이 아닙니다. 정란의 충신, 금의위의 장군, 동창의 대주를 잡고 있는 지금, 행여나 일이 잘못되면 황실의 위신이 땅에 떨어지게 됩니다. 온 제국의 민심이 달려 있는 사안입니다. 노사, 부디 힘을 보태주시길 부탁드립니다.”

죽어 있는 시체라도 다시 일으켜 세울 만한 목소리였다. 어느 누가 감복하지 않을 수 있으랴. 궁 노사가 흔쾌히 고개를 끄덕이며 말했다.

“이럴 때가 아니로군. 당장 가야겠어.”

그가 훌쩍 안으로 들어갔다 나왔다. 노사의 어깨에는 커다란 철제대궁과 작은 목궁 두 개가 매달려 있었다.

“자네들은?”

“물론 가야지요.”

강설영이 대답했다.

“그럼 어서 가세.”

노사가 땅을 박찼다. 순식간에 월궁의 대문 밖으로 사라진다.

“노친네가 엄청 빠르군!”

막야흔이 감탄하며 뒤를 따른다. 강설영과 엽단평이 신형을

날렸다. 월궁의 내원문을 나서려던 강설영이 문득 뒤를 돌아
보았다.

"단 공자는 안 가요?"

"잠깐만. 바로 갈 테니 먼저 출발해."

"알겠어요. 빨리 와요."

강설영은 두 눈에 순간적인 의아함을 담았지만 더 캐묻지
않았다. 그녀가 곧바로 내원 밖으로 사라졌다. 남겨진 단운룡
이 기청량을 한 번 돌아보고는 그 옆에 쭈그려 앉은 노괴에게
다가갔다.

"노괴, 같이 가자."

"어딜?"

"구경하러."

"뭘?"

"재미있는 거."

단운룡이 번쩍, 노괴의 몸을 들어 올려 어깨 위에 앉혔다. 어
깨 위에 앉은 노괴가 휘청휘청 꽥 하는 소리를 냈다.

"뭐 하는 짓이냐! 떨어져, 떨어지겠다!"

"간다. 그럼."

단운룡은 노괴를 내려놓지 않았다. 강철 같은 팔로 노괴의
허벅지를 잡고 버틴 채 땅을 박찼다. 꽥꽥대는 노괴의 목소리
가 월궁 밖으로 이어진다. 이토록 심각한 상황에서 무얼 하자
는 것인가. 홀로 남은 기청량은 노괴의 비명 소리를 들으며 그
저 망연자실, 이해 못하겠다는 표정을 짓고 있을 뿐이다. 그가
문득 정신을 차리며 대기하고 있는 창위에게 명령을 내렸다.

"이럴 때가 아니다. 기마를 준비하라. 달릴 수 없다면 기마의 힘을 빌려서라도 가야지!"

"존명!"

흑야대 창위가 바깥을 향해 뛰어나갔다.

＊　　＊　　＊

군중들은 전혀 통제가 되지 않았다. 아니, 도저히 통제할 수가 없는 상태였다. 동창이 검은 제복을 입고 소리를 치고 있지만, 그것마저도 통하지 않을 정도다. 백성들의 민심은 이제 끝간 곳을 모른 채 흔들리고 있었고, 그것은 동창이라는 공포의 이름으로도 어찌할 수가 없는 일이었던 것이다.

"물러나라!"

하진화가 내력을 담아 소리를 쳤지만, 그것이 먹힌 것은 앞줄의 몇십 명이 전부였다. 조금 물러났다가 다시 웅성웅성 앞으로 밀려온다. 내공이 담긴 목소리를 바로 앞에서 듣고 주저앉은 사람들을 짓밟고서라도 전진할 기세였다.

"병력이 필요하다. 금의위는 아직인가!!"

금의위가 늦는 것이 아니다. 동창이 빠른 거였다. 가장 신속하게 움직였기 때문에 가장 어려운 일을 맡고 있다. 그러나 그들의 인원으로는 도저히 감당할 수가 없었다.

"막아라! 이차 저지선을 더 두텁게 짜라! 광장 입구를 봉쇄하고 광장을 둘러친 담벼락 위에 창위들을 배치하라! 백성들이 광장 안으로 진입하지 못하게 해!"

하진화가 고개를 돌려 금탑 광장을 바라보았다. 명효릉 앞에 펼쳐진 광장 한가운데, 자금탑은 주원장의 영령을 지키는 한 자루 검이라도 되는 듯 이쪽을 내려보며 고고한 자태로 솟아올라 있었다.

하진화의 시선이 자금탑을 따라 쭉 올라갔다. 그 꼭대기에 지저분한 갑주를 입은 남자가 서 있었다. 그놈이 이 모든 일의 주범이다. 민심을 들끓게 만들고, 수천, 수만 명의 백성들을 이곳으로 몰려들게 만들고 있는 범인이 바로 그놈이었다.

'놈……!'

하진화의 눈에 불꽃이 튀었다. 저기에 당당히 서 있는 저놈. 자신이 분노한 만큼, 백성들은 흥분 상태다. 그 흥분을 더 부추기게 될지는 모르는 일이지만 지금으로서는 할 수 없다. 그가 결국 소리 높여 명령을 내렸다.

"검을 들어라! 광장으로 들어가는 이, 참(斬)을 허한다!!"

하진화의 고함 소리는 온 군중을 휩쓸 정도로 컸다.

이 이상 접근하는 자.

죽음을 면치 못하리라.

동창의 참살 명령의 위력은 끓어오르던 군중들의 열기를 한순간이나마 식힐 수 있을 정도로 대단했다. 백성들의 전진이 주춤, 느려졌다. 그냥 엄포가 아니라는 것을 잘 알기 때문이었다. 그들은 지금껏 보아왔다. 동창의 행사에는 그 어떤 제약도 없다. 죽이겠다면 진짜로 죽이겠다는 뜻이었다.

그때였다.

"함부로 백성들을 죽이는 이들이 과연 적통의 신하들을 자

처할 수 있는가!! 제위를 찬탈하고 황위에 오른 역천의 폭군이
란, 휘하의 백성들을 개만도 못하게 알고 있구나!!"

웅혼한 목소리였다.

자금탑 꼭대기에서 발하는 목소리는 하진화의 그것보다 훨
씬 컸다. 마치 자금탑 광장을 단숨에 지나 몰려든 백성들의 머
리 위에 천신의 목소리처럼 울려 퍼진다. 잠시 동안 억눌렸던
백성들의 소란이 다시금 커지기 시작했다.

하진화는 다급해졌다. 그가 한쪽으로 달려가 창위 하나를
붙들고 물었다.

"잠입은 아직인가?"

"주위가 완전히 트여 있기 때문에 불가능합니다. 광장에는
다른 건물이 없습니다. 안으로 들어갈 방법이 없습니다."

"방법이 없으면 찾아! 땅굴을 파든 하늘을 날든, 어떻게든
해보란 말이다!"

놈은 저 꼭대기에 온몸을 드러낸 채 서 있다. 당장이라도 올
라가서 죽여 버리고 싶은 마음이 굴뚝같다.

하지만 하진화는 공격 명령을 내릴 수가 없었다. 자금탑에
접근하는 자가 생기면 인질을 죽이겠다는 살인마의 협박 때문
이었다. 보통의 백성들 같으면야 인질 따위 신경도 안 쓰고 진
입하겠지만, 인질의 지위와 신분이 발목을 잡는다. 충신, 금의
위, 동창. 목숨의 가치가 다른 이들이다. 이 북새통에 한 명만
죽어도 그 여파를 감당키가 어려운 이들이었다.

"옵니다. 금의위, 유 장군이십니다."

"이제 도착한 건가?"

하진화의 얼굴엔 불만이 가득했다. 이 사태도 사태거니와,
금의위의 대응 속도는 정말 못 봐줄 지경이다. 금의위 천호장
군 유만직이 달려오는 것이 보였다.

"하 대주! 어찌 된 일이오?"

"보는 대로요. 군사들은?"

"이쪽으로 몰려오고 있는 백성들이 엄청나게 많소. 가히 남
경 백성 전체가 움직이는 식이라오. 여기서 막았다가는 도저
히 감당이 안 되겠기에 금산로와 오운로, 효릉대로와 중모로에
저지 병력을 배치했소이다."

들던 중 반가운 소리였다. 그냥 굼떠서 늦은 줄 알았더니, 다
행히도 할 일은 제대로 해놓은 모양이었다. 그나마 금의위에
서 쓸 만한 인물이라는 평을 받는 만큼, 이름값 정도는 해주는
것이다.

"군사를 더 동원할 수는 없겠소? 보다시피 여기도 마땅치가
않소."

"내 재량껏 모을 수 있는 군사는 전부 다 긁어모았소. 이미
권한 초과요. 이 이상 동원하려면 전군도독부와 이야기가 되
어야 하오."

"전언을 드렸다시피, 전군도독부는 배제해야 하오."

"어차피 알려지게 되어 있는 것 아니겠소. 그럴 거면 차라리
도독부와 협력하여 사태를 빨리 진정시키는 편이 나을 수 있
소."

정론이었다.

하지만 하진화는 그러한 정론에도 회의적인 표정을 지을 수

밖에 없었다. 전군도독부가 나선다 해도 쉽게 해결될 일이 아님을 잘 알기 때문이었다.

"전군도독부가 나서도 마찬가지요. 문제는 어떻게 해서도 저놈의 요구를 들어줄 수 없다는 데 있소."

"놈의 요구가 정확히 무엇이기에?"

"듣지 못했소?"

"좌, 우도독을 불러달라 한다고만 들었소."

"맞소. 정확히는, 두 도독 중 한 명이 자금탑 꼭대기에 혼자 올라오라는 것이었소."

"그런 말도 안 되는……!"

"현 전군도독부 좌, 우도독은 두 분 다 황족(皇族)이시오. 그렇소. 말도 안 되는 일이지. 절대 불가한 일이오. 더욱이, 알고 있다시피 두 분께서는 지금 남경에 없소. 공식적으로는 시찰차 강소성 외각에 가 계신 걸로 되어 있지만, 실제로는 안휘성에 나가 계신 상태요."

"그, 그게 무슨 소리요? 금의위 보고에는 강소성 내에 계신 걸로 되어 있소만……."

"기밀 사안이오. 장강에서 교룡이 승천했다는 소문에 백성들이 대혼란에 빠져 있다 하오. 헛소문의 위력이라고 하기엔 지나치게 파장이 큰지라 반란의 위험까지도 고려하고 있는 모양이오. 그런 마당에 여기까지 문제가 확대되어서는 큰일을 면치 못하오. 게다가 여기 있는 백성들은 이미 이성을 잃은 상태요. 반란 가능성이 현실이 될 수도 있다는 말이오."

"최대한 빨리, 조용히 해결하지 못하면 뒷일을 감당키 힘들다는 것이로군!"

"바로 그렇소."

조용히 해결해야 한다는 말.

사단이 발생한 것은 바로 그때였다. 광장을 둘러친 담벼락을 훌쩍 뛰어넘으며 들어오는 이들이 있었다. 하나같이 날쌘 경공을 지닌 자들었다.

하진화와 유 장군이 대경하여 광장 쪽으로 고개를 돌렸다. 하진화와 유 장군의 입에서 동시에 커다란 고함 소리가 터져나왔다.

"막아라!!"

동창 창위들이 급히 그들을 쫓았다. 검은 제복을 입은 창위들이 화살처럼 쏘아져 나가 순식간에 다섯 명을 제압했다. 문제는 창위들의 숫자다. 광장 입구를 틀어막으랴, 담벼락 위를 경계하랴, 난입자들을 잡을 인원이 터무니없이 부족했던 것이다.

"멈춰라!!"

한줄기 장대한 목소리가 울려 퍼졌다.

광장을 가로지르는 자들을 그 자리에 멈춰 세운 목소리.

그 목소리의 주인은 동창 창위들도, 급히 몸을 날린 유 장군도 아니었다. 그것은 자금산 꼭대기에서 아래를 내려다보고 있는 살인마였다.

살인마가 지붕 위, 처마 끝에 선다. 그 손에는 정신을 잃고 늘어진 한 사람의 몸뚱어리가 통째로 들려 있었다.

"더 접근하면 이자를 죽이겠다!!"

살인마의 목소리는 짜릉짜릉 울리는 천둥소리와도 같았다. 자금탑으로 달려가던 자들이 일순 그 자리에 멈춰 섰다. 그들이 살인마를 올려다보았다. 살인마가 지붕 위 처마 끝에 선 채, 사람 하나를 한 손으로 들어 올려 텅 빈 공중 위로 내밀고 있었다. 축 늘어진 사람은 멱살이 잡힌 상태로 매달려 있어 당장이라도 떨어질 듯 위태위태했다. 더 다가오면 그대로 떨어뜨리겠다는 뜻이었다.

"그런 협박 따위 통하지 않는다!!"

자금탑까지의 거리는 오십 보 정도.

그쯤에 옹기종기 모여 선 자들이 위쪽을 향해 목소리를 높였다. 가운데에 선 자가 한 발 더 나서며 소리쳤다.

"당장 대공가의 어르신인 숙 대인을 넘겨라! 사람의 목숨을 함부로 해하다가는 천벌을 면치 못할 것이다!!"

제법 강렬한 목소리다. 소리친 자 바로 뒤까지 접근한 하진화의 눈살이 확 찌푸려졌다.

'우화대공가의 무인들인가……!'

그렇다. 난입한 자들은 우화대공가의 무인들이었다. 가주인 숙평경이 잡혀가자 직접 구하겠다고 이렇게 뛰쳐나온 것이다.

"숙 대인을 풀어주지 않겠다면 내 직접 찾으러 가겠다!!"

기어코 일을 내는가.

선두에 섰던 무인이 땅을 박차고 자금탑으로 뛰어가기 시작했다. 하진화가 무서운 속도로 그자를 쫓았지만 무인은 생각보다 빨랐다.

사십 보. 그리고 삼십 보.

그때였다.

퍼억! 하는 소리가 들려온다.

그 소리. 무인과 하진화의 몸이 덜컥 멈추었다.

자금탑 꼭대기로부터 핏방울이 떨어지고 있었다. 한 손으로 멱살을 잡고 다른 손을 머리에 박아버린 것이다.

휘익!

그렇게 숨통을 끊고 하늘 위로 던진다.

하진화도, 무인도, 유 장군도.

수천 명 운집한 백성들마저도 한순간 숨을 죽인 채 하늘에서 떨어지는 사람의 그림자를 보았다.

콰직! 퍼어억!

금탑 광장 위에 피분수가 피어올랐다. 머리가 터지고 온몸이 박살났다. 꼭대기에서 이미 죽음을 맞이했던 자였지만, 몸조차 제대로 보전하지 못했으니 그야말로 두 번 죽은 셈이었다. 참혹하고도 참혹한 모습이었다.

"이놈!!!"

무인이 광기를 드러내며 땅을 박찼다. 이번엔 하진화가 조금 더 빨랐다. 검집째로 검을 휘둘러 뒤통수를 후려치니 단숨에 앞으로 꼬꾸라져 일어나질 못했다. 기절한 무인을 잡아채 질질 끌고 뒤쪽으로 물러섰다. 우왕좌왕하던 대공가의 다른 무인들은 창위들이 벌써부터 제압한 후였다.

"분명히 끌어냈다! 더 접근하지 않을 테니 더 죽이지 말아라!!"

사십 보, 오십 보. 충분히 물러선 다음 하진화가 위를 보며 소리쳤다. 협상과 타협 따위 모르던 동창이었지만 이런 상황에서는 달리 도리가 없었다.

"죽은 자의 신원은?"

우화대공가 무인들을 광장 밖으로 끌어내라 명령한 다음 땅에 떨어진 시체 쪽으로 달려갔다. 이리저리 뒤틀린 시체는 머리부터 박살나 있어 당장 누구인지 알아보기가 어려운 상태였다. 하지만 아무리 망가졌어도 한눈에 알아보는 사람이 있다. 유 장군이 이를 갈며 신음 소리와도 같은 한마디를 뱉어냈다.

"감 장군……!"

감 장군. 죽은 사람은 실종되었던 황실 금의위의 천호장, 감건중이었다. 유 장군의 얼굴이 붉게 달아올랐다. 유 장군은 감건중과 오랫동안 고락을 함께했던 전우였다. 이렇게 허무하게 죽은 것이 믿어지지 않는다는 표정이었다.

"경동하지 마시오! 유 장군!!"

하진화는 똑같은 일이 또다시 반복되도록 할 수가 없었다. 그는 생각했다. 그나마 괜찮은 일이라고. 유 장군에게는 미안한 일이지만, 차라리 그가 죽어서 다행이다. 다른 둘보다는 목숨값이 훨씬 더 싸다. 하진화가 살아온 세상에서 죽음의 가치란 결코 평등한 것이 아니란 말이다. 죽는 사람으로 셋 중의 하나를 고르라면 감건중을 고르겠다는 뜻이었다.

"내 이놈을……!"

이를 악물어도 방도가 없다. 놈은 감 장군을 죽임으로써 인질의 신분이 무엇이든 개의치 않고 죽일 수 있다는 사실을 간단하게 입증해 버렸다.

인질을 포기하고서라도 무조건 죽이고 볼 것인가.

지금으로로선 차라리 그것이 상책 같다. 유 장군이 하진화를 돌아보았다. 하진화도 결연한 눈빛을 보이는 것이, 아무래도 같은 생각을 하고 있는 듯하다. 인질들을 다 죽일 생각으로 쳐들어가 놈을 죽이는 것이다.

"백성들이 문제요."

하진화가 광장 입구를 돌아보며 말했다.

이 일은 이 자체만으로 이미 충분히 치명적이다. 장소만 해도 그렇다. 명 태조 주원장의 무덤 앞에서, 그가 아꼈던 자금탑 위에 올라 마치 시위라도 하듯, 영락제의 충신들을 데리고 인질극을 벌이고 있다.

이 일을 벌인 장소로 이곳을 택한 것은 절대로 우연이 아니다. 우연일 수 없었다.

주원장은 자신의 아들들 중 가장 뛰어났던 주체, 당금의 영락제를 제쳐 두고 병약한 황자였던 장자를 태자로 책봉했다. 태자인 황자가 급사하자 장손인 주윤문, 건문제에게 황제의 자리를 물려주기에 이른다. 영락제는 전쟁 끝에 조카였던 어린 건문제를 폐하고 황위에 올랐다. 황제로서의 그릇으로 보자면 그것이 지당한 일이었다고 이야기하지만, 찬탈이라는 오명을 씻기는 어려운 일이다. 주원장의 선택이 옳은 것이었든 아니었든, 결국 건국의 황제가 인정한 적통은 오직 건문제 하나였다는 뜻이다.

그렇기에 이 장소가 문제인 거다.

명효릉 앞에서, 주원장의 무덤 앞에서 '영락제는 역천의 황제요’ 그렇게 소리치고 있으니, 민심이 엉망진창으로 변하는 것은 당연지사였다.

왜 이런 일이 생긴 것인지.

무슨 일이 벌어지고 있는지.

명효릉 앞에서 이런 일이 벌어지고 있는 것이 과연 어떤 의미를 함축하고 있는지.

정확히 알지도 못한 채 무작정 몰려와 난리를 부리고 있는 백성들이 태반이겠지만, 그렇다고 그들을 무식한 백성들이라 치부할 수는 없는 일이다.

아무것도 모르면서, 또한 모든 것을 알고 있는 게 민초들이다. 백성들은 자세한 내막을 영원히 알지 못하겠지만 그들은 그저 단순한 구경꾼들이 아니다. 뭔가 잘못되고 있다는 것을 피부로 느끼고 있다. 그것이야말로 이들이 이렇게 몰려들고 있는 가장 큰 이유였다.

“도저히 안 되겠소. 일단 들어가서 죽이고 봅시다. 백성들은… 나중에 제압하면 되지 않겠소?”

광장 입구는 당장이라도 터져 나갈 듯 한계에 이른 상태다. 동창 창위와 군사들의 땀방울을 생생하게 볼 수가 있었다.

“저걸 어찌 제압할 수 있겠소. 다 죽여야 되겠소?”

백성들은 막무가내였다. 사건의 진상을 밝히라고 소리치는 사람부터, 살인마를 욕하는 자, 무능한 관아를 욕하는 자, 안 보인다 소리치는 자까지 천자만별, 아수라장에 다름이 없다. 눈에 보이게 욕을 하지는 못하지만 저 뒤쪽으로는 황실을 욕하는 자들도 상당수가 있을 게다. 또한 그렇게 욕하는 자가 늘어

나기 시작하면 남경의 민심은 뿌리부터 붕괴되고 만다. 황제
가 다시 한 번 군사를 이끌고 남경을 쳐야 할 사태가 생길지도
모를 일이었다.

"가장 좋은 방법은 암살, 그것밖에 없소."

"암살이라도 저기까지 들어가야 가능한 것 아니오!"

누가 그것을 모르는가.

버럭 소리라도 지르고 싶은 마음이다. 그가 문득 고개를 돌
렸다. 그런 그의 눈에, 마치 구세주와 같이 비쳐드는 이가 있었
다.

담벼락 저쪽에서, 창위들이 열어준 길을 따라 나타난 이.

궁 노사가 거기에 있었다.

"쏘아 맞힐 수 있겠습니까?"

"가능이야 하겠지."

궁 노사는 자초지종을 물어보지 않았다. 하진화가 빠른 어
조로 간략하게 사태를 설명해 준 것만으로도 어찌해야 할지 충
분히 알아들은 노사다.

"한데 저 남자, 황실의 갑주를 입었군."

"황실의 갑주… 라고 하셨습니까?"

"그렇네. 내 눈엔 그래 보이는구먼."

궁 노사의 눈이 얼마나 밝은지는 신궁이라는 그 명성만으로
도 충분히 짐작이 가는 바다. 하진화가 눈살을 찌푸리며 다시
자금탑 위를 올려다보았다. 구층 탑 꼭대기, 갈색으로 얼룩진
더러운 갑주를 입은 놈이 서 있다. 그가 미간을 좁히며 신음 소

리와 같은 한마디를 내뱉었다.

"저것은 설마하니……."

"지금은 많이 달라졌지. 이십여 년 전 황실에서 본 기억이 있네. 그 시절 물건 같은데, 그렇지 않은가?"

"맞습니다. 틀림없군요. 황실의 갑주입니다. 분명… 이전의……."

하진화는 뒷말을 목구멍으로 삼켰다. 이전 황제, 건문제 때의 갑주다. 그것도 황실 측근, 최측근의 호위무사들만 입을 수 있었던 태천갑주였다.

"저자도 뭔가 사연이 있는 게야."

"그렇겠지요. 그러니까 더더욱 조용히 죽여야 합니다."

"하진화의 말도 틀린 말은 아닐세. 아무리 사연이 깊고 길어도 이렇게나 민심을 흔들어놓아서야 안 되는 일이겠지."

노사가 앞으로 나섰다.

그가 화살을 시위에 잰다. 수십 장 떨어진 곳, 구층 탑 저 높이에 놈이 있다. 노사의 눈이 날카로운 빛을 발했다.

그때였다.

탑 꼭대기에 있던 자가 일순 궁 노사 쪽으로 고개를 돌리는 것이 보였다. 그가 지붕 위에 널브러져 있던 사람 하나를 확 들어 올렸다. 마치 방패처럼 앞을 가리고 궁 노사 쪽을 똑바로 노려본다. 놀랍게도, 화살의 존재를 단숨에 알아챈 것이다.

"이런……!"

노사가 시위에 걸었던 화살을 풀고 활을 밑으로 내렸다. 노사가 침중한 목소리로 말했다.

"생각했던 것보다 훨씬 고수였군. 아니, 아니지. 저건 고수인 것만으로 되는 일이 아닐 걸세. 살기 따위 흘리지도 않았는데 어찌 알았을까."

놀란 것은 궁 노사뿐이 아니었다. 모두가 놀랐다.

궁 노사는 그의 말마따나 살기를 감추고 나타내는 것이 완벽하게 자유로운 경지에 올라 있었다. 궁 노사는 그저 화살을 시위에 올렸을 뿐이다. 하진화는 돌아보기 전까지 궁 노사가 화살을 시위에 올린 것조차 눈치 채지 못했을 정도다. 지척에 있는 동창의 대주도 눈치 채지 못했던 것을 저토록 먼 거리에서 알아챘다. 그리고는 사람 하나를 들어 몸을 가렸다. 눈으로 보고도 믿기 어려운 대응이었다.

"화살로는 나를 잡지 못할 것이다! 누구도 맞히지 못한다!!"

꽝꽝한 목소리가 주변을 뒤흔들었다.

심후한 내력이 엿보인다. 강설영이 고개를 설레설레 흔들며 막야혼을 돌아보고 물었다.

"저런 자에게 도상을 입혔다고요? 저자가 맞긴 해요?"

"저자가 틀림없다."

"맞소. 저자요."

막야혼, 이어서 엽단평이 대답했다. 강설영이 이해할 수 없다는 얼굴로 다시금 위쪽을 바라보았다. 옆에서 자금탑 위를 유심히 바라보던 단운룡이 문득 입을 열었다.

"저자, 저게 무척 익숙해 보이는군."

"예? 단 공자, 뭐라고 했어요?"

"화살을 방어하는 것 말이다. 어디서 날아오든, 대응할 준비가 되어 있어. 마치 평생토록 저런 걸 수련한 사람 같아.”

단운룡의 눈은 정확했다. 그들 누구도 몰랐지만, 살인마 무명은 반평생을 그런 것을 수련하며 살아온 자였다. 어디서 날아올지 모르는 화살을 방어하는 것. 황제를 보호하기 위한 수련의 첫머리에 있는 방어법이라 할 것이다.

“자네 말이 맞아. 좀처럼 맞히기 힘들겠네.”

노사가 단운룡을 돌아보며 말했다. 노사는 괜한 자존심을 내세우지 않았다. 신궁이란 명성이 흠집이 나는 것 따위, 그다지 개의치 않는 듯했다. 명중시키기 힘든 상황에선 명중시키기 힘들겠다, 분명히 말한다. 그게 또한 신궁의 능력이다. 신궁의 이름은 실력으로 이룩된 것이지 고집으로 얻은 것이 아니라는 뜻이었다.

“어디, 이거라면 또 모르지.”

노사가 목궁을 놓고 대궁을 꺼내 들었다. 화살을 당겨 목표를 노린다. 저 멀리 자금탑 꼭대기에서 곧바로 반응이 왔다. 뒤로 물러나며 들고 있는 사람을 앞으로 내민다. 정확한 각도, 완벽한 방패다.

노사가 한 발 옆으로 움직였다. 저 위에서 그자가 슬쩍 사람을 옆으로 돌린다. 놀라운 광경이었다. 대각선 높이까지 생각하면 백 장은 족히 될 거리다. 그 거리를 두고서 활과 방패가 첨예한 대치를 하고 있다. 모두가 숨을 죽였다. 모두의 얼굴에 긴장감이 어린다.

“인질을……”

한참 동안 그렇게 화살을 재고 있던 노사가 결국 아까보다 더 침중한 목소리로 입을 열었다.

"죽여도 되겠는가?"

그것은 마치, 패배 선언과도 같았다. 인질을 꿰뚫고 놈을 잡자면 못 잡을 것도 아니다. 하나, 죽이지 않고는 못 맞히겠다. 그런 뜻이었다.

"잡혀 있는 인질은……."

"보는 대로일세. 단목창성이네."

하진화가 눈을 질끈 감았다. 어떻게 해야 하는가. 그의 마음속에 소용돌이가 친다. 그가 침중했던 노사의 목소리보다 두 배 더 침중한 목소리로 물었다.

"단목 대주를 죽이고 놈을 죽일 수 있는 확률은… 어느 정도나 됩니까."

"칠 할."

"나머지 삼 할은……."

"단목창성은 죽고, 저놈은 산다."

"위험부담이… 너무 크군요."

"어떻게 할까, 하 대주?"

'단목 대주, 미안하오…….'

하진화가 결정을 내렸다. 그가 말했다.

"쏴주시오."

"알겠다."

노사가 한 발 옆으로 움직였다. 순간, 자금탑 위에 있던 놈이 확 몸을 낮추더니 다른 손으로 쓰러져 있던 다른 자를 들어 올렸다.

변화를 직감한 그가 숙 대인까지 방패로 삼은 것이다. 노사의 눈이 가늘게 변했다. 은은한 분노가 노안에 실렸다.

"굉장한 놈이로다."

노사가 하진화를 돌아보며 물었다.

"인질을 둘 다 죽여도 되는가?"

"그것은… 안 됩니다."

하진화의 대답에 안도의 한숨이 섞여 있다고 느낀 것은 착각이 아닐 것이다. 노사가 활시위를 느슨하게 했다.

속수무책.

자금탑 위를 올려다보았다. 그자가 지붕 위에서 뒤쪽으로 물러나는 것이 보였다. 두 인질을 언제라도 방패 삼아 들어 올릴 수 있는 위치다. 방어태세를 확실히 한 것이다.

"허어… 저것 보게……."

노사는 화살을 활시위에 걸지 않았다. 그 상태로 한 발 옆으로 움직인다. 놈의 눈동자가 따라 움직였다. 대단한 놈이다. 노사가 쏠 마음을 먹으면 화살을 재지 않았음에도 즉각 반응이 온다. 놈의 눈동자가 순식간에 굳어지는 것을 볼 수가 있었다.

"저런 놈이 있었다니……."

노사마저도 어쩔 수가 없단다.

하진화가 이를 악물며 주위를 돌아보았다. 그가 유 장군에게 물었다.

"궁병들은 없는가?"

"궁병들의 화살은 놈을 맞히지 못하네. 인질들만 위험해질 뿐이야."

대답은 노사가 했다. 물론 하진화도 그 사실을 알고 있다. 다만 답답해서 물었을 뿐이다.

"도독을 불러와라! 역천의 폭군을 따르는 이들은 이토록 무능하구나!! 백성들을 지킨다는 군사들은 되려 백성들을 핍박하고, 신하들이 죽어나가는 데에도 지휘관은 얼굴조차 비추지 않는다! 통탄하고 통탄할 일이로다!"

절규하듯 뿜어져 나간 목소리가 다시 한 번 주위를 휩쓴다. 하진화와 유 장군의 얼굴이 처참하게 일그러졌다. 가능만 하다면 백성들의 귀를 한꺼번에 틀어막았으면 좋겠다. 아니, 저 소리 지르는 아가리를 통째로 찢어버릴 수 있다면 원이 없겠다.

"이대로는 안 되겠어."

한줄기 목소리.

마침내 그가 나선다. 단운룡이었다.

＊　　　＊　　　＊

"노사, 놈의 시선을 붙잡아둘 수 있지?"

단운룡의 말투는 노사에게도 예외가 없었다. 하나 그 누구도 그의 말투에 놀라지 않았다. 단운룡의 몸으로부터 줄기줄기 뻗어 나오는 무지막지한 기도 때문이었다.

"가능하다."

"놈은 이미 생을 포기한 것 같아. 그렇다면 이건 결코 좋게 끝나지 않을 거야. 놈이 죽을 위기에 처하면 무슨 수를 써서라도 저 인질들을 죽일 거다. 나라면 그러겠어. 그다음에 자신도 죽겠지."

단운룡의 말에 이견을 표할 사람은 아무도 없다.

그게 바로 정확하게, 놈이 벌이고 있는 짓이다. 전군도독부의 도독이 진짜로 나타나 저 위에 올라간다 한들, 희생자만 하나 더 생기는 꼴이라는 것은 누구라도 알고 있는 바였다.

"노사가 시선을 잡는다."

"잡으면?"

"내가 금탑 안에 들어갈 거다."

"뭐라고?"

하진화의 얼굴이 확 찌푸려졌다.

"촌각의 시간이면 충분해. 아주 잠깐이면 된다."

"탁 트인 광장이다. 무슨 수로 들어가겠다는 말인가!"

"들어갈 수 있어."

단운룡이 말했다. 누구의 반박도 용납하지 않을 만큼 단호한 한마디였다.

"들어간 다음에는?"

노사가 물었다. 그가 그의 말에 귀를 기울이는 이유는 단 하나다. 단운룡의 말에서 이 모든 것을 가능케 할 미지의 힘을 느꼈기 때문이었다.

"올라간다. 난 두 인질을 구할 거다."

"그다음에 쏘라는 건가?"

"아니. 노사는 놈을 붙잡아두는 것만 해. 내 역할은 인질을 구하는 것이 한계다. 놈을 죽이는 것은 노사도, 나도 아니야."

단운룡이 고개를 돌렸다.

저벅, 저벅.

그가 한쪽으로 걸음을 옮겼다. 호호백발, 뻗쳐 있는 머리카락이 엉망이다.

휘청휘청, 그저 자금탑 위를 올려다보고 있는 늙은이.

"노괴."

모두의 놀라움 속에서.

단운룡이 말했다.

"노괴가 해. 노괴가 놈을 쏘아 죽여 줘."

"뭐라는 거냐, 애송아."

"이렇게 사람이 많은 곳에서 노괴의 정체를 말하는 걸 원하지는 않겠지."

"뭐 하자는 거냐니까?"

"쏴 죽일 수 있잖아."

"누굴 쏴 죽여?"

"노괴의 동생은 저놈을 맞히지 못한다. 견제하는 것이 한계야."

"그는 잘 맞혀."

"알고 있잖아. 동생은 못해."

노괴의 눈빛은 흐릿했다. 단운룡이 피식 웃으며 말했다.

"사일적천궁, 내가 찾아줄게."

흠칫. 노괴가 두 눈을 크게 뜬다.

"그에게 미안하니까 미친 척하는 거 다 알고 있어. 이제 그만 그를 놔줘."

단운룡이 몸을 돌렸다. 모두가 단운룡을 보고 있다.

단운룡은 그 모두의 시선을 받으면서 성큼성큼 발을 옮겼다.

"이제 시작이다. 놈의 시선, 잘 잡아줘."

노사, 아니, 노괴의 동생은 무슨 말을 해야 할지 모르겠다는 눈으로 단운룡을 보고 있었다. 마음 깊은 곳 지쳐 버린 눈빛과 세상 바깥으로 약동하는 뇌룡의 눈빛이 허공에서 부딪쳤다. 이내 그가 꾹 다문 입술로 고개를 끄덕였다. 화살을 대궁의 시위에 올렸다. 우웅, 장쾌하게 휘어지는 대궁의 활 끝으로 화살촉이 태양 빛을 받아 번쩍이는 빛을 머금었다.

"몇 번 화살을 겨누어도 마찬가지다! 엉뚱한 수작 하지 말고 도독을 불러와라!!"

강렬한 고함 소리가 높은 곳에서 울려 퍼졌다.

활시위에 걸린 화살은 이제 무시무시한 살기를 마음껏 뿜어내고 있었다. 진기를 담고 팽팽하게 당겨진 활시위가 나직한 울림을 머금었다.

단운룡이 움직인 것은 바로 그때였다.

그가 재빨리 땅을 박차고 놈의 반대편으로 돌아갔다. 위에서는 단운룡을 보지 못했다. 화살 끝에 모든 정신이 집중되어 있었던 까닭이었다.

"후우우우."

단운룡이 숨을 들이켰다.

진기를 모아 뇌광구를 두드린다. 마치 거대한 성문을 열어

달라 부탁하는 것과도 같다.

심혼으로, 염원으로 다가간다.

마침내 응답이 온다.

원하는 자, 여기에 힘이 있다. 번쩍이는 뇌광이 그의 몸속을 치달리기 시작했다.

'발동.'

그가 주먹을 쥐고 자세를 낮췄다.

광구는 온전히 해방되지 않았다. 힘을 모으는 데 준비가 필요한 이유다.

광구를 완벽하게 쓸 수 있게 되면 이런 준비 시간 따위 필요치 않으리라.

'가자.'

뇌기가 집중된다. 그리고 퍼져 나갔다. 전신으로, 몸속 깊은 곳에서 손끝까지 질주하는 광뢰가 그의 몸을 지배한다.

"뇌신(雷神)이다."

파지지지직!

그가 눈을 떴다. 몸 바깥까지 번쩍이는 전광을 눈으로도 확인할 수 있을 정도다.

그때였다.

구층 자금탑, 그 위의 살인마가 흠칫 고개를 돌렸다. 그만한 고수가 그런 엄청난 힘의 파장을 느끼지 못한다면 말이 안 된다.

하지만 그가 눈을 돌렸을 때.

거기엔 이미 단운룡이 없었다.

형언할 수 없이 빠른 움직임이다. 거기에 있었다 싶었더니, 이미 단운룡의 몸은 자금탑 안이다. 살인마, 무명이 그 사실을 깨달았을 때는 이미 늦었다.

그는 아래쪽에서 겨눠진 화살의 살기에 반응하여 뒤로 물러설 수밖에 없었고, 갑작스런 상황 변화에 대응치 못한 머리가 실책을 초래했다.

쾅! 콰쾅! 콰쾅!

살인마 무명은 아래쪽으로부터 올라오는 막대한 기운을 느꼈다.

보지 않아도 알 수 있었다.

수직으로 숫구쳐 올라오는 그 힘의 결정체는 너무나도 눈이 부셨고, 황홀할 만큼 아름다운 빛을 지녔다.

'죽는가……!'

그가 손을 들었다.

황궁수신무공 패왕호천십지의 정기가 그의 손가락에 모여들었다.

인질을 죽이고 장렬하게 자결하리라.

그의 손이 인질의 목덜미로 향했다. 그때였다.

꽈아아앙!

지붕 전체가 흔들렸다. 폭발이라도 일어난 것처럼 기왓장이 하늘을 난다.

어떻게 벌써 올라왔는가.

이건 불가능하다. 이렇게 빠를 수는 없었다.

파지직! 파지지지직!

광채를 뿜으며 올라오는 자는 마치 번개를 다스리는 뇌신(雷神)처럼 보였다. 그가 다가오고 있었다. 눈에 보이지도 않는 속도로 쳐올라오는데 막을 방도가 없다.

잡고 있던 인질을 놓고 뒤쪽으로 몸을 날렸다. 단운룡의 손이 떨어지는 인질을 잡아챘다. 순간과 순간의 시간 속에서 단운룡이 고개를 돌렸다. 살인마가 한순간 몸을 뒤집으며 쓰러져 있는 또 다른 인질에게 손을 뻗는 것이 보였다.

그때다.

쿠이이잉!

화살이다. 밑에서부터 날아온 화살이 그자의 가슴으로 짓쳐들었다.

노사, 노괴의 동생이 날린 화살이었다. 살인마가 본능적으로 손을 휘둘러 화살을 쳐냈다.

그 순간이면 충분하다. 틈새를 뚫고 몸을 날려 단운룡이 인질을 잡아끌었다.

왼손에 단목창성, 오른손에 숙 대인이다.

인질은 확보했다.

놈이 지붕을 박차고 이쪽으로 짓쳐든다. 화살이 날아올 수 없는 각도를 교묘히 이용해서 달려들고 있었다.

하지만.

화살은 하나가 아니다. 또 한 명, 이곳을 향해 겨누고 있는 이가 있다.

'지금이다, 노괴!'

단운룡이 머리를, 몸을 숙였다. 단운룡의 마음속에서 노괴를 향한 소리없는 외침이 터져 나왔다.

백 장 밖에서.

제멋대로 흔들리는 백발 밑으로.

노회한 천하제일신궁의 눈이 번뜩이는 빛을 발했다.

그의 손에 잡혀 있는 것은 화살도 없는 목궁이었다.

노괴의 손이 빈 시위를 놓는다.

피잉!

한줄기 파공음이 공기를 갈랐다.

빨려들 듯 시야가 확대되니, 마지막에 이른 것은 살인마의 머리끝이다.

퍼억! 하고 핏물이 퍼져 나갔다.

살인마의 머리가 박살난 것이다. 그 몸이 구층 탑 아래로 떨어지고 있었다.

툭.

노괴가 활을 내던졌다.

품속에서 꼬질꼬질하게 말려진 대마연을 꺼내 들었다.

후우우우우.

하얀 연기가 늙은이의 입에서 흘러나왔다.

끝난 것이다.

*　　*　　*

"백성들을 돌려보내라! 살인마는 잡혔고 인질들은 무사하다!"

하진화가 소리쳤다.

백성들의 아우성이 가라앉고 있었다.

무슨 일이 더 터질 줄 알았건만, 인질을 살리고 범인은 죽었단다.

인질이 다 죽고 범인의 뜻대로 되길 바랐던 것일까. 아니면 정말 반란의 소동이라도 일어나길 바랐던 것일까.

그게 군중의 심리다. 범인이 그대로 죽어버렸다고 하니 쌍수를 들고 환영할 일임에도 오히려 아쉬움에 가까운 감정이 주위를 휩쓸고 있었다.

소란을 벌일 이유가 사라진 마당이다. 터질 것처럼 요동치던 광장 정문은 서서히 진정되고 있었고, 담벼락에 매달리며 고개를 치켜 올리던 사람들도 현저히 줄어든 상태였다.

"엄청나군."

하진화는 구층 자금탑 일층으로 들어가 위쪽을 올려다보았다.

천장 위에 커다란 구멍이 뚫려 있다. 계단으로 올라가는 것이 아니라 뚫고 올라가는 길을 택한 것이다. 거의 수직으로 이어진 구멍들, 저 꼭대기로 손바닥만 한 하늘이 보인다. 아직도 채 가시지 않은 먼지가 부스스 떨어지고 있었다.

"자, 어서 움직여!"

하진화는 감탄을 지우고 고개를 돌렸다. 지금 이런 걸 보고 있을 때가 아니다. 군사들을 독려하여 백성들을 흩어놓았다. 광장 정문에서 난리를 쳤던 백성들과 담벼락에 붙어 있는 백성

들은 모조리 추관으로 잡아넣도록 지시했다. 고함 소리와 투
닥거리는 소리에 또 한차례 격한 소란이 주위를 휩쓸었다.

말을 타고 온 기청량이 하진화와 눈빛을 주고받았다. 기청
량이 창위들을 불러 모았다.

"한림원과 통정사에 통보한다. 이 일에 대한 어떠한 기록도
남기지 말라 전하라. 살인마는 무고한 아녀자를 죽인 악당이
었고, 강호인의 도움을 받아 추관에서 소탕한 것으로 처리한
다. 금의위의 감 장군은 사고사로 기록하고, 자금탑과 명효릉
은 어떠한 문서에도 표기되지 않는다. 알겠나?"

"존명!!"

"이 일은 없었던 일이다. 이 순간부터 실제로 벌어지지 않은
일이 된다. 추관에 잡아넣은 백성들도 그렇게 말하게 될 것이
다."

"존명!!"

창위들이 사방으로 흩어졌다. 누군가는 한림원 학사에게 검
을 겨눌 것이요, 누군가는 통정사 통정과 참의를 위협하게 될
것이다. 시끄러운 백성들에겐 실제로 그 검이 꽂힐지도 모른
다. 그게 동창의 방식이다. 그렇게 해서라도 이 사건을 세상에
서 지워야만 했다.

"이 일에 연루된 강호의 고수들은 모두 다 월궁으로 모셔라.
번역 열 명이 호위한다."

말이 호위지, 실제로는 감시다.

동창 입장에서는 그들의 입까지도 막고 싶을 게다. 하나, 그
럴 수는 없다. 그러기엔 그들의 공로가 지나치게 컸기 때문이

다. 이렇게나마 끝낼 수 있는 것은 전적으로 그들 덕분이다. 정보를 조작하고, 민심을 되돌리려면 몇 달이 걸릴지 모르지만, 어쨌든 피해는 최소화한 것이다. 전군도독부가 나서기 전에 모든 것을 끝낸 지금, 금의위 감 장군이 죽은 것이 안타깝긴 하나 거진 최상의 결과라 해도 과언이 아니었다.

"단 공자는 좀 어때요?"

"저번보다 더한 것 같습니다."

"엽 검사가 해줘요. 난 손 안 델래요."

단운룡은 또다시 쓰러졌다.

하나, 그 누구도 그를 탓하지 않았다. 모두 그가 한 일에 놀랐다.

가장 놀란 것은 아마도 강설영이었을 것이다. 태연한 척 엽단평과 이야기를 주고받지만, 그녀의 머리 속에는 단운룡이 해낸 모든 것이 생생하게 새겨져 있었다.

수십 장을 순간에 가로지르던 그 움직임.

수직으로 구층을 뚫고 올라가던 그 기세. 강설영은 일찍이 그런 것을 본 적이 없었다.

그녀가 전력을 밑바닥까지 다 끌어낸다 해도 그 정도 할 수 있을지 의문이 든다. 그렇기에 그녀는 또한 이해할 수 있었다. 그런 것을 그와 같은 연배에 할 수 있으려면, 누구라도 온몸이 망가질 수밖에 없다. 단운룡이 쓰러져 있는 것에도 고개를 끄덕일 수 있는 것이다. 더 큰 의문, 더 큰 궁금증을 남겨놓긴 했지만 그래도 괜찮다. 이만한 일을 할 수 있는 이가 그녀의 조력자로 있다. 그거면 되는 것이다. 그녀는 그렇게 생각하기로 마음먹었다.

그녀가 발길을 돌려 노괴에게 다가갔다.

"노괴는……."

"응? 뭐?"

노괴는 하얀 연기부터 내뿜었다.

강설영의 얼굴에, 눈앞이 보이지 않을 만큼 하나 가득.

웃음이 나온다. 단 공자는 어떻게 이런 노인의 힘을 알아볼 수가 있었을까.

"아니에요. 나중에 이야기하죠."

게다가 사일적천궁을 찾아주겠다고, 제멋대로인 약속까지 했다.

그리고 그녀는 그 의미를 잘 알고 있었다.

동행이 하나 더 생겼다는 것을 말이다.

모든 것이 끝났다? 아니다. 아직 남은 것은 많다. 은빛 철곤의 남자는 누구였던가. 어둠 속에서, 미쳐 버린 황궁무사에게 이 엄청난 인질극을 종용했던 자는 어떤 이들이었는가.

그 모든 것이 이름없는 자의 죽음과 함께 땅속으로 묻혀 버렸다.

그리고 여기.

그 모든 것을 오롯이 보고 있던 한 승려가 있었다.

승려가 자금탑 지붕 위를 향해 합장을 하고 죽립을 눌러썼다. 그 아래, 시신이 떨어졌던 금탑 광장 쪽으로도 합장을 했지만 시선은 차마 그쪽으로 주지 못했다.

　　승려는 다시 몸을 돌려 주원장 명효룡을 향해서도 긴 합장을 했다.

　　승려는 태조의 성대한 황릉 앞에서 좀처럼 발길을 떼지 못했다. 맨발로 끌고 있는 짚신 모퉁이가 애처롭다.

　　이윽고… 승려가 발을 뗐다. 짚신 위, 오른발 발등엔 사나운 화마가 스치고 간 상처가 참담한 흉터로 남아 있었다. 염주를 든 왼손에 똬리를 틀고 있는 흉터도 희미하긴 하나 오랜 화상 자국이 분명했다.

　　승려가 먼 하늘, 잘 외우지도 못하는 불경을 읊조리며 떨어지지 않는 발길을 청했다. 기어코 돌아보는 옛 황궁 터. 그 위로 이름조차 가질 수 없었던 불쌍한 영혼의 얼굴이 겹쳐 든다. 승려의 턱 밑으로 굵은 눈물이 방울져 떨어졌다.

＊　　　＊　　　＊

　　산동 제남으로 가는 길은 수월했다. 동창 측에서 쓸 만한 마차를 제공해 준 덕분이었다. 동창의 이름이 박혀 있으니 어떤 관도, 어떤 성벽에서도 지체되는 일이 없었다. 누구의 제지도 받지 않은 채 제남에 도착할 수 있었다.

　　단운룡은 한참 동안 일어나지 못했다. 정신을 차린 것은 열흘 뒤였으나, 제대로 움직이질 못해 오 일을 더 남경에서 쉬었다. 자금탑 사건 이후 꼬박 보름을 보낸 셈이다. 마차를 탄 후에도 짐짝 같기는 마찬가지였다. 거동을 제대로 할 수 있게 된 것은 제남에 도착했을 때가 되어서였다. 마차 여행만 넉넉잡

고 한 달, 세월아 네월아 맹자의 묘가 있다는 추성과 공자의 묘
가 있다는 곡부까지 들러 도착했으니, 무려 사십 일에 가깝도
록 제 힘을 되찾지 못한 것이다.

"클클클, 뭔 놈의 무공이 그따위인고?"

노괴의 곤두선 백발은 여전했다. 남경에서부터 함께하게 된
새로운 일행이다.

노괴는 얼핏 이전과 다를 게 없어 보였다. 추레한 얼굴도 그
대로고, 때 묻은 백의도 그대로다. 품속에 얼마나 챙겨왔는지,
가끔씩 꺼내 피우는 대마여도 달라진 게 없었다. 다만, 달라진
것은 그 눈빛이다. 정신 나간 노인네의 눈빛은 이제 천하제일
을 논하던 신궁의 눈빛으로 바뀌어 있었다. 물론 종종 이전의
눈빛을 보여줄 때도 있었다. 단운룡에게 농지거리를 걸고 있
는 지금이 딱 그랬다.

"노괴 꼬락서니보다야."

"내 꼬라지가 어때서?"

노괴는 즐거워 보였다.

그랬다. 보이는 것만이 아니라 노괴는 실제로도 즐거워하고
있었다. 오랜 짐에서 해방된 모습이다. 가슴 위에 올려져 있던
거대한 바위가 제 길을 찾아 굴러가 버린 덕분이었다.

"노사의 이름을 여쭈어봐도 될까요?"

단운룡이 정신을 잃은 사이.

가장 먼저 진실을 알아차린 것은 강설영이었다. 궁 노사, 그
에게 이름을 묻는 강설영의 눈빛에는 어떤 확신이 떠올라 있었

다. 아니나 다를까. 궁 노사는 대답했다.

"소저는 역시나 총명하군. 내 이름은… 궁무결일세."

궁 노사.

궁무예라 생각했던 노사의 이름은 궁무결이었다.

지금껏 그들은 그를 궁 노사라고 생각해 왔다. 천하제일궁사, 궁 노사를 뜻함이었다.

하지만 그는 그 궁 노사가 아니었다. 물론 엄밀히 말하자면 그들은 그를 잘못 부른 것은 아니다. 그의 성은 틀림없는 궁 씨였고, 노사라 불릴 만한 연륜이 있었으며, 존경받을 만한 무공 또한 지니고 있었다. 그를 천하제일궁사라 결론지은 것은 그저 겉모습을 보고 느낀 그들 멋대로의 생각이었단 말이었다.

"노괴가 바로 천하제일궁사 궁무예였어요. 그렇죠?"

강설영이 노괴를 돌아보며 말했다. 노괴는 저번처럼 하얀 연기를 강설영의 얼굴에 뱉어냈다. 노괴가 말했다.

"그래, 나다. 그게 어때서?"

강설영은 놀라지 않았다. 막야흔과 엽단평은 화들짝 놀랐지만.

"단 공자가 말하고 싶었던 것이 이거였군요. 단 공자는 노괴가 진짜 신궁이라는 걸 알고 있었어요."

"그놈은 처음부터 알고 있었지. 애송이 주제에."

"우리가 월궁에 처음 당도했을 때 문을 열어준 것이 노괴였었죠. 월궁에 괴한들이 침입했을 때도 뭔가 이상하다고는 생각했었어요. 그들이 횃불을 던졌을 때에요. 그 횃불들은 한꺼번에 공중에서 터져 버렸어요. 화살에 맞지도 않았는데 말이죠."

"그랬던가?"

"그때 노사의 아우께서 들고 나온 것은 목전이었지요. 하지만 활을 들고 나타난 방향과 횃불을 꺼뜨린 기운이 발사된 방향은 서로 달랐어요."

"그래서?"

"노사가 방에서 쏜 거예요. 그렇죠?"

"이제 보니, 그랬던 것 같기도 하군."

"왜 그러신 거죠?"

"뭐를?"

"이 모든 것이요."

"미쳐 버린 것?"

"미쳐 버린 게 아니라, 미친 척하신 거겠죠."

"아니, 난 미친 게 맞아."

"그렇지 않아요."

"미쳐야지. 별수있나."

"별수없다니, 그게 무슨 소리죠?"

"이봐, 강씨금상 꼬맹이. 처음 볼 때부터 알았다. 꼬맹이는 나와 같다는 걸. 또 있다. 날 알아본 애송이는 무결, 저 녀석과 같았지. 꼬맹이가 제때에 보물을 찾지 못한다면, 꼬맹이는 지금 내 모습이 될 거다. 그것은 비단 꼬맹이만의 문제가 아냐. 난 볼 수 있어. 그 애송이는 저 녀석과 같아질 거다. 평생토록 데리고 다니면서 부려먹었는데, 어떤 보답도 해줄 수가 없었어. 그때 가서 후회하면 늦는다. 일찍 놓아주지 못하면, 미치는 것밖에는 방도가 없다는 말이야.”

눈앞이 밝아지는 느낌이다.

궁무예가 미친 것처럼 보였던, 아니, 미칠 수밖에 없었던 이유.

그것은 아우를 향한 죄책감이다. 보물을 찾자 끌어들인 이후, 궁 노사의 그림자가 되어 출중한 실력을 강호에 펼쳐 보지도 못했던 불행했던 아우에 대한 감정이 그를 광인처럼 살도록, 대마연에 빠지도록 만들었던 것이다.

“그래요. 기억나요. 처음 월궁 문을 열어줬던 것도 노사였죠. 노사는 알고 있었군요. 우리가 어떤 사람들인지.”

“이 나이가 되면 남들이 볼 수 없는 게 보이지. 그 애송이는 나에게 사일적천궁을 찾아준다고 했어. 그래, 내가 월궁의 문을 열어줬지. 어쩌면 이것이 이렇게 되리라는 것을 미리 알고 있었는지도 몰라. 클클클.”

궁무예가 웃으며 말했다. 얼굴에 새겨진 주름이 그 웃음과 함께 멋진 곡선을 그렸다. 무슨 예지 능력이나 예언 능력 같은 게 아니다. 그냥 그렇게 느꼈다는 것뿐이다.

궁무예가 궁무결을 돌아보며 말했다.

“아우는 항상 고생이 많았어. 하지만 이제 그만 하도록 해. 나도 더 이상 떼를 쓰지 않을 테니.”

“형님, 이 아우에게 무슨 말을 하는 겁니까.”

“동창에라도 들어가는 게 어떻겠나? 단목창성은 회복하는 데 오래 걸릴 거야.”

“형님.”

"동창이 아니라면 금의위도 괜찮겠지. 마침 공석도 생겼으니."

"형님, 이러지 마십시오."

"아우가 강호에 뜻이 있었다는 건 예전부터 잘 알고 있었어. 말이야 바른말이지. 그 정도 실력이면 어디든 갈 수 있었는데. 못난 형을 만난 죄로 그게 무슨 꼴이야."

"그렇지 않습니다."

"다만 마음에 걸리는 것은 대충 가르친 그 원연이란 녀석이야. 그래도 신궁의 제자라는 이름을 달았는데, 아직도 포쾌질이나 하고 있으니 그놈도 정신 나간 놈이지. 명색이 궁왕이라면 순검이나 검찰관 정도까진 올라가야 할 게 아닌가. 부족한 게 많은 아이니까 자네가 잘 돌봐주도록 해."

"형님은 앞으로 어떻게 하시렵니까?"

"그 애송이가 그랬잖아. 찾아주겠다고."

"그 말씀은……."

"새 말로 갈아타겠다는 이야기지. 더 젊고 튼튼한 놈으로."

궁무예의 언사는 거침이 없었다.

그럼에도 궁무결은 전혀 언짢은 내색을 하지 않았다. 그런 것으로 감정이 상하거나 북받쳐 오르기엔 두 사람 다 너무 오랜 세월을 살아왔기 때문이었다. 회한도, 불만도, 아픔도, 원망도, 고마움도, 야속함도, 정리하는 데에는 다소의 시간이 필요하겠지만, 그들이 살아온 시간과 비교하자면 그것마저도 티끌에 불과했다.

"끝까지 가보실 생각이군요."

“그래, 끝까지 가볼 거다.”

“그럼 전 이만 내리겠습니다. 충분히 멀리 왔어요.”

“그러도록 해. 그리고 앞으로 신궁이란 이름은 아우 거야. 노사라는 명칭도 아우가 가져가도록 해. 난 그냥 노괴일세. 궁노괴.”

궁무예의 마지막 말은 강설영을 보면서 했다. 강설영이 생긋 웃었다.

그리고 사십여 일.

그들은 그렇게 제남까지 온 것이다.

*　　　*　　　*

산동제일고는 유명했다. 궁무예 때도 그랬지만, 찾는 상대가 유명인이라는 사실은 상당히 좋은 점이 많았다. 누구에게나 물어봐도 어디 있는지 알아볼 수가 있기 때문이다. 다만, 문제는 산동 특유의 억양이었다.

강설영은 중원의 남쪽 끝에서 온 사람이다. 강소성 때는 그나마 의사소통이 어렵지 않았지만, 여기는 거기와 또 달랐다. 남쪽 끝 광동 토박이인 그녀는 동쪽 끝 산동 사람들의 말투를 도통 알아듣기가 어려웠던 것이다.

“대명호 쪽으로 가면 된다는 거다, 꼬맹아.”

그나마 궁무예가 있어서 다행이었다. 중원 곳곳을 안 돌아다녀 본 데가 없고, 안 머물러 본 데가 없던 그다. 심지어는 이야기 속 북해빙궁까지 다녀왔다지 않았던가. 산동성 억양이 아무리 억세다 한들, 궁무예에겐 불편한 점이 없다. 알아듣고 말하는 것이 산동 출신인 양 능숙하기만 했다.

"이쪽?"

"그래."

궁무예가 휘적휘적 걸어간다. 막야흔이 툴툴대며 걸어가면 엽단평이 조용히 그 뒤를 따른다. 단운룡과 강설영이 서로를 한 번씩 돌아보고는 대명호가 있다는 북쪽으로 발을 옮겼다. 그들이 도고악당(陶鼓樂堂)에 도착한 것은 날이 어둑어둑해지는 저녁 무렵이었다.

"도 악공께서는 지금 부재중이십니다."

"어디 가셨는지……."

"외인께는 말씀드릴 수 없습니다."

"언제 돌아오시는지는……."

"외인께는 말씀드릴 수 없습니다."

하인으로 짐작되는 남자는 똑같은 이야기를 토씨 하나 틀리지 않고 말했다. 강설영은 무엇을 물어봐도 같은 대답이 나올 것을 직감하고는 발길을 돌리기로 했다. 막야흔이 욕지거리를 뱉어내며 들이받으려는 것을 엽단평이 먼저 어깨를 잡고 말려 놓았다.

객잔을 잡기로 한 그들은 궁무예가 이끄는 대로 발을 움직였다. 궁무예는 모르는 게 없었다. 제남의 어디가 묵기에 괜찮다느니 어디 술이 맛있다느니, 전부 다 꿰고 있었던 것이다.

"여기다."

그들이 이른 곳은 역하정이라는 객잔이었다. 대명호를 끼고 선 커다란 정자 주위로 홍취있는 전각들이 주루 겸 객잔으로 이용되는 곳이었다.

"여기선 이걸 잘해. 후회하지 않을 거야."

궁무예가 추천하는 음식으로 저녁을 먹으려니, 호반의 연꽃에 삼면의 버들잎이 유월 여름의 바람을 실어온다. 좋은 경치, 기분 좋은 밤이었다.

"노괴, 가장 화려한 주루가 어디지?"

"창랑정."

"기녀들이 가장 예쁜 주루는?"

"창랑정."

"그렇군."

단운룡이 자리에서 일어났다. 강설영이 단운룡에게 물었다.

"어디 가요?"

"창랑정에 좀 다녀올게."

"에?"

단운룡은 뒤도 돌아보지 않고 역하정을 빠져나갔다. 강설영이 어이없다는 표정으로 자리에 앉았다. 그걸 본 막야흔이 실실거리는 웃음을 지으며 농지거리를 건넸다.

"왜 그래, 소상주? 질투하시나?"

"질투요?"

"표정이 딱 그런데?"

"무슨 소리를 하는 거예요?"

강설영이 목소리를 높였다. 막야흔이 한마디 더 하며 꼬리를 말았다.

"어이쿠, 치겠다."

"그러게 치겠어. 조심해야지. 클클클."

궁무예가 혀를 차며 괴소를 날렸다. 술잔을 들어 한 잔 들이켜고는 세상을 다 가진 듯한 표정을 짓는다.

"캬아, 좋구나! 옜다. 네놈도 한 잔 받아라."

궁무예가 막야흔에게 술을 권했다. 막야흔이 호탕하게 웃으며 잔을 받았다.

"좋소이다, 노인장!"

한 잔 순식간에 들이켠 막야흔이 엽단평을 툭 치며 말했다.

"어이, 샌님. 한잔하지?"

"난 술을 그다지 좋아하지 않소. 취하지도 않을 것을 왜 마시는 건지 모르겠소."

"어이쿠, 이놈 봐라! 세상 사는 재미 하날 포기한 놈일세!"

"노인장, 이놈은 원래가 재미없는 놈이오. 캬하하하하."

궁무예와 막야흔은 죽이 잘 맞았다. 가만두면 부어라 마셔라 해대며 어깨동무라도 할 분위기다.

"이봐, 마셔보라구!! 어서!"

막야흔이 엽단평에게 연신 술을 권했다. 마시기 전까지는 포기하지 않을 기세다. 한사코 사양하던 엽단평이 기어코 술잔을 든다. 이번에는 궁무예가 강설영을 보며 소리쳤다.

"어이, 꼬맹아! 너도 한 잔 마셔라! 와하하하하!"

강설영이 할 수 없다는 듯 술잔을 받아 들자, 왁자지껄 단숨에 시끄러운 자리가 되었다. 여름 공기가 불어오니 그 어느 때보다 유쾌한 한때다. 이백과 두보가 시를 읊었다는 호반에서 즐겁고도 즐거운 이야기를 나눈다. 오랫동안 두고두고 기억될 덥고도 시원한 하룻밤이었다.

단운룡은 창랑정에 당도하여 창랑루주를 찾았다.

루주는 단운룡을 보자마자 두 눈을 크게 떴다. 그가 품속에서 둘둘 말린 하나의 두루마리를 꺼내 들었다.

"소신풍?"

그가 물었다. 억센 산동 억양이긴 하나 소신풍 세 글자까지 못 알아들을 정도는 아니다.

"그렇소."

창랑루주가 두루마리를 쫙 폈다. 거기에 그려진 것은 한 사람의 초상화였다. 어딘지 모르게 익살스러운 느낌의 필치가 확 눈에 들어온다. 단운룡은 그 필법이 누구의 것인지 너무나도 잘 알고 있었다. 다름 아닌 사부의 필치다. 단운룡이 초상화를 슬쩍 훑었다. 딱히 똑같다 그러기엔 실소가 나오지만, 특징만큼은 확실했다. 그림을 보고 단운룡을 본다면, 그 누구라도 단운룡이 초상화 속의 인물임을 알 수 있게 해놓은 것이다.

"당신 맞군."

창랑루주의 말은 짧았다. 그가 품속에서 재빠른 손놀림으로 하나의 서신을 꺼내 들었다. 그는 서신을 바로 내놓지 않았다. 단운룡에게 비어 있는 왼손부터 내밀었다.

"돈?"

단운룡은 눈치가 빨랐다. 그가 은자 세 냥을 꺼내어 빈손 위에 올려놓았다. 루주가 흡족한 미소를 짓더니 다른 손에 들린

서신을 쭉 내밀었다.

"또 오쇼."

서신을 받아 들었다.

단운룡은 곧바로 창랑정에서 나와 다시 역하정으로 향했다. 청등 홍등 불빛이 호수 위에서 부서진다. 매미 소리 시끄럽게 울리는 버드나무 길을 지나 역하정이 보이는 곳까지 이르렀다. 갓등 불빛 나무 곁에서 단운룡은 들고 온 서신을 펴 들었나. 최고급 종이 위엔 짤막한 몇 글자만 박혀 있었다. 그걸 본 단운룡의 눈이 커다랗게 뜨여졌나.

양무의. 태산.

그것이 거기에 써 있는 전부였다.

단운룡이 역하정에 도착했을 때, 탁자 위는 난리가 난 상태였다. 궁무예와 막야흔은 완전히 신이 난 상태였고, 강설영마저도 깔깔대며 목소리를 높이고 있었다. 엽단평만이 어색하게 죽립 아래로 술잔을 홀짝이는 중이다.

단운룡을 본 궁무예가 좋다고 헤벌쭉 웃는다. 막야흔이 킬킬대고 웃으며 단운룡에게 소리쳤다.

"어이!! 즐기고 온 것치고는 너무 빨리 온 거 아냐?"

"그러게 말이죠?"

강설영까지 고개를 돌리며 높은 목소리로 묻는다.

털썩.

단운룡이 의자에 앉았다. 막야혼은 대뜸 술잔부터 건넸다.

"자자, 쭉 들이켜라고!"

단운룡은 사양치 않았다. 가볍게 한 잔을 들이켠 후, 탕! 하고 술잔을 내려놓는다.

"와하하하하. 제법인데!"

막야혼은 유쾌했다. 궁무예도 마찬가지다. 거기에 전염이라도 된 듯 강설영의 얼굴에서도 웃음이 떠나질 않는다.

"이봐요, 단 공자. 나 지금 단 공자 이름도 모르는 거 알아요?"

"그랬나?"

"그래요."

"진짜냐, 소상주! 난 저놈 이름 아는데. 내가 더 친한 건가? 캬하하하하."

남경에서 난리가 났던 게 언제였었나.

사십 일이 넘었으면 꽤 시간이 지난 것이긴 하다. 그러고 보면 정말 별놈들이 다 얽혀 있었다. 이름 모를 살인마부터 황실, 동창, 금의위, 정체불명의 고수들까지. 심각한 사태라며 좌충우돌했던 게 아직도 생생하다.

그런데 막야혼과 궁무예는 그런 것을 전부 다 잊어버린 것 같다. 살인마에게 칼을 겨누고 살인마의 머리를 박살 냈던 이들이 그들임에도.

순간, 단운룡은 묘한 기분을 느꼈다.

몇 개의 얼굴이 머리 속을 스치고 사라진다.

오래전 기억 속의 얼굴들이다. 십리부동천 운남의 하늘 아래서, 땅바닥에 원을 그려놓고 타소목 놀이를 즐기던 소마군 아이들의 모습이 거기에 있었다. 죽음을 보고 치열한 싸움을 하기 때문에 더더욱 그런 의미없는 놀이에 매달린다. 목숨을 걸고 전장을 헤매다가, 어젯밤 친구 하나 사라졌음에도 왁자지껄 낄낄대며 나뭇조각들을 던지고 까불던 아이들의 웃음소리가 귓전을 스친다.

그때의 그 웃음소리.

단운룡은 이 술판을 보며 그 웃음소리를 똑같이 듣고 있는 느낌을 받았다.

"쉿! 쾌협도 양반, 가르쳐 주지 말아요. 얼마나 대단한 비밀인지, 내가 직접 단 공자한테 들을래요."

"그런가? 그건 또 무슨 연애놀음이지?"

"연애놀음이 왜 어때서요? 단 공자 정도면 괜찮잖아요? 겉멋만 잔뜩 든 바보 도객보다야 백번 낫죠!"

강설영은 한술 더 뜨고 있었다. 단운룡을 돌아보며 생긋 웃는데, 진심인지 거짓인지 알 수가 없다.

"아이고! 둘이 어디 한번 잘해보시오!"

"그래! 그렇다면 이 노괴가 월하노인이 되어주마! 천지신명에 대한 맹세는 술잔 대신 대마연으로 하는 거다!"

"웃기지들 마셔요. 진짜."

그녀가 깔깔 웃으며 젓가락 하나를 던졌다. 아무런 내력도 담기지 않고, 그냥 보통 사람들이 던지듯 던진 젓가락이다. 그럼에도 궁무예와 막야혼은 법석을 떨면서 몸을 낮추고 난리를 쳤다.

"그나저나 단 공자, 단 공자 무공은 대체 뭐예요?"

"뭐가 뭐야."

"그거 나 죽이려고 익힌 무공이죠?"

강설영의 볼은 보기 좋은 붉은색으로 물들어 있었다. 천룡무제신기의 공능은 무지막지하여 내공 운용을 하지 않아도 술 따위 취하지 않는다. 술에 취하려면 천룡무제신기의 힘을 억누르기 위해 운공을 할 때보다도 더 큰 힘을 들여야 했다.

그녀는 일부러 취했다. 내공을 억누르고 술기운을 마음껏 받아들였다. 그래서 물어볼 수 있는 것이다. 발갛게 달아오른 얼굴은 진짜 술기운에 의한 거였다.

"무슨 소리를 하는 건지."

단운룡이 고개를 모로 돌렸다. 당황하지 않으려 해도 당황할 수밖에 없었다.

"그렇잖아요. 그런 내공은 처음 봤어요."

"내 무공은 누굴 특별히 죽이려고 익힌 게 아냐."

"그럼 왜 그랬을까……?"

강설영은 짐짓 눈을 가늘게 뜨며 단운룡에게 얼굴을 가까이 가져갔다. 마치 음험한 속을 들여다보겠다는 식이다. 단운룡이 술잔을 훅 들이켜고는 그녀의 눈을 똑바로 마주 보았다.

"난 소상주를 죽이지 않아. 그럴 일은 영원히 없을 거다."

"피이, 거짓말."

강설영은 진짜로 취한 것 같았다. 홱 고개를 돌리는데, 꼭 그 또래의 평범한 아가씨와 다를 바가 없었다.

"또 연애놀음이다. 못 볼 걸 봤다. 눈깔을 파버려야겠어. 으하하하하!"

"그러게, 네 눈깔은 내가 파주마. 칼칼칼!"

"노인장이 내 눈깔을 파면, 그럼 노인장 눈깔은 누가 파
지?"

"네놈이 파주면 되지?"

"안 보일 텐데, 어떻게 파?"

"그런가? 그럼 하나씩 파주면 되겠다. 캬하하하!"

"노인장, 노인장, 그럼 한 개가 남는다고."

"그럼 그건 샌님한테 피달라 그래!"

"노인장, 샌님은 원래 안 보여! 으하하하하!"

미친 말장난이 모두를 웃음 짓게 만든다. 엽단평마저도 어
깨를 들썩이며 웃고 있었다.

폭풍 전야였다. 단운룡은 이 모든 것을 보며 그렇게 느꼈다.

거센 폭풍이 불어오기 직전, 한여름 호수 냄새 버들바람을
맞으며 술잔을 기울인다. 치열한 강호무림의 어딘가에서, 그
들이 자아내는 웃음꽃의 향기는 호반에 떠다니는 연꽃의 자태
보다 눈부시게 밝다. 그래서 단운룡은 서신을 곧바로 꺼내놓
지 않았다. 이야기는 이 밤이 지난 후에 한다. 지금은 즐기는
거다.

이 순간을 즐긴다. 단운룡은 문득, 스스로 사부와 닮아간다
는 생각을 했다.

"아이구, 머리야."

"내공은 됐다가 어디에 써먹냐."

궁무예가 핀잔을 줬다. 막야흔이 짐짓 진지한 어조로 말했다.

"노인장, 숙취라는 것은 술에 대한 예의다. 그 나이가 되도록 뭘 배운 거야? 조금은 아파줘야 술 먹을 맛이 나는 법이야."

"놀구 있네."

막야흔과 궁무예는 아침까지도 똑같았다. 단운룡이 고개를 설레설레 흔들며 계단 위쪽을 올려다보았다. 강설영이 멀쩡한 얼굴로 내려오는 것이 보였다.

다섯 명이 탁자 앞에 앉았다. 막야흔이 점소이를 불러 이것저것 내키는 대로 음식을 시켰다. 강설영이 그걸 아침부터 다 먹을 거냐고 핀잔을 주었지만 막야흔은 들은 척도 안 했다.

"도 악공은 언제 온다지?"

"보름 후에요."

"이미 알아봤군."

"어제 술 먹으면서요."

"좋아."

"뭐가 좋아요?"

"시간 여유가 있겠어."

단운룡이 품속에서 서신을 꺼내 탁자 위에 툭 하고 올려놓았다.

"이건 또 뭐죠?"

"펴봐."

단운룡의 말에 막야흔이 쭉 손을 뻗었다. 단운룡은 제지하지 않았다. 팔락, 하고 막야흔이 서신을 펴놓았다. 막야흔이 눈썹을 치켜 올리며 말했다.

"양무의, 태산? 이게 뭐야?"

막야흔의 목소리에 가장 먼저 반응한 것은 다름 아닌 강설영이었다. 그녀가 막야흔의 손에서 그 서신을 확 빼앗아 들었다.

"양무의……!"

"어때. 보름 동안 할 일이 생긴 것 같지 않아?"

"할 일이라고요?"

"한 사람이라도 너 있는 편이 좋겠지."

단운룡의 말. 막야흔이 물었다.

"어쩔 생각이야?"

"동료를 늘린다."

"동료를 늘린다고……?"

"소상주, 소상주가 결정해."

"내가요?"

"그래."

강설영이 단운룡을 똑바로 바라보았다.

양무의. 불산에서 놓친 천재 모사.

이제 와 여기서 다시 이름을 듣게 될 줄은 몰랐다. 깨끗이 미련을 버렸던 상대였음인데, 이제 와 단 공자는 그를 동료로 맞이하자 말하고 있다.

"할 수 없죠. 내가 싫다고 해도 어차피 단 공자는 단 공자 마음대로 할 거잖아요."

강설영이 대답했다. 옆에서 잠자코 듣고 있던 궁무예가 클클대며 입을 열었다.

"그럼, 이놈 찾으러 태산으로 가는 거냐?"

"그래. 양무의, 그가 우리 동료가 될 거다."

단운룡이 대답했다. 강설영의 눈동자가 가볍게 흔들렸다.

그녀의 머리 속에 풀리지 않는 의문들이 다시금 고개를 쳐들었다.

단 공자의 진의는 무엇인가.

그는 과연 순수하게 천잠보의를 찾고 있는 것인가.

간밤에는 술기운을 빌려 단운룡의 무공에 대해 물었고, 그녀는 아무런 해답을 얻지 못했다. 듣고 싶은 답을 듣긴 했다. 그저 단 공자가 적이 아니라는 것만 확인했을 뿐이다.

모르겠다.

단 공자가 진정 어떤 사람인지. 그리고 어떻게 양무의를 손에 넣겠다는 것인지.

그녀는 정말, 진심으로 알 수가 없었다.

*　　　*　　　*

태산은 고산(高山)이 아니다.

태산은 험산(險山)이 아니다.

태산은 성산(聖山)이다. 그저 중원의 성지(聖地)일 뿐이다.

높지도 않고, 험하지도 않다. 산맥의 수장도 아니요, 화려한 미인도 아니다.

그럼에도 불구하고 사람들은 태산을 성산(聖山)의 으뜸으로

친다.

고고한 기상 때문이다. 완만한 평지에 홀로 우뚝 선 그 장대한 기품은 땅 위를 걸어가는 이, 그 누가 봐도 감탄이 절로 나올 수밖에 없다.

제왕이 된 자, 태산 산기슭과 정상에서 봉선(封禪)의 의식을 행하리라. 그게 천하의 법도라 이야기한다. 태산이야말로 천하제일의 산이라는 말이다. 그만큼 신성한 산이었다.

"태산의 정기는 참으로 대단하구나!!"

태산 자락, 장쾌하게 불어오는 바람 앞에 긴 장포를 펄럭펄럭 휘날리는 이가 있었다.

붉은색 검날 문양이 온 장포에 아로새겨 화려한 모습을 자아낸다. 청수한 얼굴, 짧게 기른 수염이 멋지다. 날카로운 눈매지만, 눈동자는 부드러운 빛을 발산하고 있다. 칠 척 장신, 뇌운(雷雲)이 새겨진 검을 들었다.

"이토록 놀라운 성산에 마금뢰(魔禁牢)가 있다는 것은 또한 하늘의 변덕이겠지."

옆에서 말을 받은 자.

푸른색 장포엔 검은색 빗살무늬가 종횡으로 뻗어 있다. 각진 얼굴에 검은 눈썹이 하늘 높이 뻗었다. 깊게 파인 눈은 커다란 검은 눈동자로 채워져 흰자위가 없는 듯 보인다. 육 척에 이르는 호리호리한 체격에 등 뒤에는 각각 길이가 다른 창(槍)이 세 자루나 매달려 있었다.

"그러고 보니, 마금뢰가 이곳에 있었군! 구경이나 가볼까."

"아서라. 잘못하면 갇힌다."

"하하하! 누가 있어 나를 가둘 수 있을까?"

"태산의 정기는 위대하고도 위대하여, 그 어떤 누구의 힘도 능히 제압할 수 있지."

"그랬던가?"

장포의 검사가 가슴 깊이 숨을 들이켰다. 백색 구름 녹색 단애 겹겹이 휘돌아가니, 웅장하고 아름다운 선경이다. 산자락 바람 소리 한 번 들이켬에 웅대한 검심(劍心)이 솟아오른다. 장포검사가 호연지기를 발하며 소리쳤다.

"결정했다! 언젠가 마음에 드는 검을 얻게 되면, 그 이름 성왕(聖王)이라 부르리라!"

푸른 장포 세 개의 창을 진 남자가 고개를 설레설레 흔들며 물었다.

"새로운 검이라고? 도철의 칠대기병으로도 모자라는가?"

"물론 이 강의검은 명검 중의 명검이다. 하지만 왠지 모르게 이 검에는 미련이 없다. 내일 당장 잃어버린다 해도 크게 아까워할 것 같지가 않다."

"흠검단주의 성정이 갈수록 대범해진다 하더니 직접 보니 더하군."

"도철의 칠대기병이라고는 해도, 자네가 지닌 청린이룡(靑鱗螭龍)만 할까."

"똑같은 칠대기병이다. 강의검의 조화를 못 살린다면 그것은 또한 자네 탓이야."

"호풍환우 강의검? 검사는 오직 검심으로 싸우는 거다. 술검(術劍)의 이능(異能) 따위 쓸 마음도, 쓸 필요도 없다."

"흠검(欽劍)이라… 그것도 좋겠지. 하나, 만창(萬槍)에는 이기지 못함이다."

"오호라. 도발인가. 어디 한번 해볼 테냐?"

"지금은 때가 아니다. 난 창왕을 보러 왔다. 흠검을 보고자 이곳에 온 게 아니다."

"자네야 그랬겠지. 하지만 나는 창왕만을 보러 온 게 아니야. 만창은 또 얼마나 강해졌을까 그게 더 궁금할 뿐이다."

"후일을 기약하는 것이 좋겠다. 알고 있겠지만, 여기엔 우리민 온 게 아니야. 선수를 빼앗겼다가는 창왕의 그림자도 엿보지 못할 거다."

"그도 그렇군. 천봉원수와 탁탑천왕이 왔다고 했으니까."

"둘뿐이 아니다. 천봉은 권렴과 함께 움직이지. 이랑진군도 가세할지 모른다는 이야기가 있어. 주의해야 할 곳은 또 있다. 참룡방, 운장대도가 태산에 들어왔다는 보고다."

"운장대도 관승? 그것 볼만하겠다. 외모만큼은 관성제군을 뺨친다던데."

"실력이 겉모습을 따라줄지 모르겠다."

"그거야 직접 보면 알겠지."

흠검의 갈염. 만창의 능위.

두 사람이 움직이기 시작했다. 화려한 장포 자락 휘날리며 산책이라도 나온 듯 느긋하게 비탈을 오른다. 산봉의 운무 속으로 모습을 감추는 그들은 오직, 무를 숭상하는 무인들일 따름이었다.

*   *   *

　제남은 황하의 지류인 제수를 끼고 있다. 물이 풍부한 도시라 천성(泉城)이라고도 불린다. 길마다 수로를 끼고 있다 해도 과언이 아니다. 슬슬 따가워지는 햇살이 물살과 함께 부서지고 있었다.

　"제남엔 도착했는데… 이제 어쩌죠?"

　어리고 발랄한 목소리. 늙고 중후한 목소리가 그녀의 말을 받았다.

　"찾아봐야지."

　"어디부터 찾아야 할까요?"

　"글쎄."

　노인의 목소리엔 오랜만의 강호행에 대한 신선한 감흥이 함께하고 있었다. 땅을 밟으면 막막하고 하늘을 보면 무심한 그 느낌. 마치 강호 초출 때로 돌아간 기분이었다.

　소매에 감춰 손목에 매달아놓은 반월륜이 차가웠다. 오랫동안 써본 적이 없는 병기였지만 언제든 내칠 수 있는 준비가 되어 있었다.

　"노선배님, 일단 객잔들부터 찾아보는 게 어떻겠습니까."

　노인이 고개를 돌려 젊은 남자의 얼굴을 돌아보았다. 헌앙하고 진중한 사내였다. 나무랄 데 없는 기상을 갖춘 후기지수였다.

　"그러세나. 객잔부터 가보도록 하지."

　한 명의 소녀, 한 명의 노인, 그리고 한 명의 젊은이다. 제남의 장청로를 걷고 있었다.

"노장로님, 제남은 참으로 멋진 곳이네요. 광주에 비해서도 부족함이 없는 것 같아요."

"허허. 그런가……."

소녀는 노인에게 노장로라는 호칭을 썼다.

노장로, 노인이 키 작은 어린 시비를 내려다보았다. 왜 소상주가 이 어린 시비를 그리도 아꼈는지 알 것 같다. 즐거움이 가득한 소녀의 눈은 참으로 소상주를 닮았다. 세상 물정 모르는 아이의 눈으로 사방을 둘러보며 놀라운 바깥세상을 마음껏 만끽하고 있었다.

'그런 때가 있었지.'

예전으로 돌아간 느낌이었다. 과거의 편린이 이렇게 생생하게 다가오는 때가 또 있었던가 싶다. 이 어린 시비를 데리고 강호에 나오고 보니, 소상주를 데리고 세상 나들이를 하던 그때가 생각난다.

"노선배님, 쭉 생각을 해봤습니다. 영 매는 사라지기 직전, 저에게 천잠보의라는 물건에 대해 물어보았습니다. 그 단 공자란 자가 어떤 사람인지는 모르겠지만… 혹, 기기묘묘한 감언이설이라도 흘린 것이 아닌가 싶습니다만……."

참으로 격식있는 말투다. 제대로 교육을 받은 명가의 자제였다. 하지만 노인은 딱 하나, 그 영 매라는 호칭이 마음에 들지 않았다. 그것은 마치 그가 그만큼 소상주와 가까운 사이라는 것을 무척이나 드러내고 싶어하는 것처럼 들렸던 것이다.

"이 공자 말인즉슨, 소상주가 그 단 공자란 이의 꼬임에 넘어갔다는 이야기인가?"

"말하자면… 예, 그렇습니다."

"그런 일은 없을 걸세."

노인은 젊은이의 얼굴에서 질투와 불안함이 뒤섞인 착잡함을 엿볼 수 있었다. 그 나이의 열정으로만 보일 수 있는 표정이다. 하기야, 정성만큼은 인정해 줘야 한다. 광동성, 중원의 남쪽 끝에서 동쪽 끝 산동까지 소상주가 걱정된다는 이유 하나로 따라왔으니, 칭찬을 해줘야 마땅한 일이었다.

"하지만……."

"천잠보의를 찾고 싶다 했던 것은 소상주의 오랜 꿈이었네. 그것은 금상이 중원 최고의 금가가 되길 바라는 상주의 숙원과 크게 다르지 않은 성질의 것일세."

"그, 그렇다고는 해도……."

"자네는 어떤가. 자네가 어릴 적에 품었던 꿈과 지금 품고 있는 꿈이 똑같은가? 보통은 나이가 들면서 자기가 가지고 있었던 꿈이 변하기 마련이네. 하지만 전혀 변하지 않는 사람들도 있지. 그것은 선택의 문제일세. 남들과 조금 다른 선택을 한다 해도, 그 사람을 탓할 수는 없는 것이네."

"저는… 노선배님이 영 매를 말리기 위해 여기까지 온 줄 알았습니다."

"자네는 모르고 있었군. 우리 셋은 여기에 같은 목적으로 왔지만, 또한 각자 다른 마음을 품고 있다네."

노인의 주름진 눈가에 웃음기가 떠올랐다. 젊은이가 의아함이 가득한 표정으로 되물었다.

“같은 목적이되, 다른 마음이라니… 후배는 생각이 짧아 잘 이해가 되지 않습니다.”

“우리 셋은 소상주를 금상에 되돌아가게 만들기 위해 왔다네. 그렇지 않은가?”

“그렇습니다.”

“여기 이 아이는 소상주를 말리러 왔지. 당장이라도 금상에 돌아가게 만들고 싶어하네. 하지만 중간에 강호를 구경하는 것 정도는 괜찮다 생각하고 있어.”

소녀의 얼굴이 붉어졌다. 속마음을 그대로 들켰기 때문이다.

“그리고 나는 소상주를 데리러 왔지만, 그것은 결코 지금 당장이 아닐세. 난 소상주를 도와줄 생각이야.”

“도와줄 생각이라 하심은……?”

“천잠보의를 찾도록 말일세.”

“그, 그건…….”

“말도 안 된단 말인가? 난 그렇게 생각하지 않네. 자네는 모르겠지. 난 사실 이 모든 것에 커다란 책임이 있는 사람일세. 그래서 편안한 은거를 깨고 예까지 온 것이지. 하지만 난 소상주를 잡아서 제자리에 되돌려 놓는 것으로 내 책임을 회피할 생각이 추호도 없다네. 난 소상주를 최대한 지원할 생각이야. 그러다가 천잠보의란 것이 없다고 판명이 나면, 소상주를 설득하여 금상으로 되돌아갈 걸세. 소상주는 무척이나 총명하지. 존재하지 않는 것이 확인되면 깨끗이 포기하고 뒤도 돌아보지 않을 걸세.”

한 쌍의 반월륜, 쌍월벽을 지니고 강씨금상의 상주를 보필했다. 강호를 질타할 명사의 이름을 포기하고 상가의 밑으로 들어가 평생을 종복으로 살았구나. 이대에 걸쳐 철벽의 호위를 자처하여 굳건히 자신의 길을 걸어왔으니, 그 미덕이 세상에 널리 퍼져 오히려 그 주인보다 훌륭한 명성을 쌓았음이라. 광동천노, 곽경무. 그것이 바로 노인의 이름이었다.

"저로서는… 영 매가 천잠보의를 찾는 것 자체를 반대하는 입장입니다."

"자네는 확실히 훌륭한 기품을 지녔네. 젊지만 예와 법도가 확실하고, 옳다 생각하는 일에 있어 자신의 주장을 드러내는 데 망설임이 없다네. 바로 지금처럼 말일세. 물론 그것도 좋은 일이야. 하나, 사실 자네는 천잠보의를 찾는 걸 막고 싶은 것이 아니네. 천잠보의 때문에 소상주가 자네와 멀어지는 것을 막고 싶은 것이겠지."

소녀, 여은의 얼굴이 빨개졌던 것과 달리 젊은이의 얼굴엔 홍조가 떠오르지 않았다.

젊은이, 이군명은 당당했다.

그가 조금도 당황하지 않은 얼굴로 굳게 고개를 끄덕이며 말했다.

"노선배님 말씀이 옳습니다. 제가 지켜볼 수 없는 곳에서, 보물을 찾겠다 험한 강호를 돌아다니는 것이 싫습니다. 그래서 영 매를 막았으면 합니다. 천잠보의를 찾는 것을 말입니다."

사내라면 무릇, 이런 면이 있어야 하는 법이다.

곽경무는 그가 마음에 들지 않으면서, 또한 한편으론 무척 마음에 들었다. 연정을 숨기지 않고 드러내는 것 역시 젊은이가 지닌 특권일진저. 곽경무의 눈이 멀리 보이는 대명호 호수에 이르렀다. 햇살이 거울 같은 호면 위에 영롱한 빛깔로 부서지고 있었다.

*　　*　　*

태산 중턱의 동굴이다. 태산의 성스러운 기운은 어둑어둑한 동굴 속까지 밝혀주는 듯했지만 그 안에 있는 세 사람의 마음은 결코 밝을 수 없었다.

"이번엔 남악천주부(南岳天柱斧)다. 버틸 수 있겠나?"

"걱정 마라. 형산파의 떨거지 따위!"

양무의의 걱정스런 목소리에 장익(張翼)이 가슴을 탕 쳤다. 양무의의 눈빛이 더 가라앉았다. 호방하게 두드리는 가슴 아래, 아직 아물지 않은 상처가 거친 마의의 앞섶을 점점이 물들이고 있었던 까닭이다.

"무리하지 마라. 정 안 되면 가화가 나가면 돼."

"안 될 소리! 이 몸으로 가화 누이의 등 뒤에 숨을 순 없지."

"통천벽력창은 내력 소모가 심하다. 운기를 게을리 하면 결국 네가 먼저 쓰러질 거다."

"난 아직 힘이 철철 넘친다. 넌 너무나도 걱정이 많아. 무평 때는 안 그랬지 않았나."

장익은 거구의 장한이었다. 양무의가 무평에 있던 시절부터 의형제나 다름없었던 이다.

함께 무평에서 어린 시절을 보냈고, 타고난 천생신력으로 일찍이 각광을 받았던 대기(大器)였다. 이전부터 책을 좋아했던 양무의가 연의삼국의 고사들을 이야기해 준 다음부터 장판파의 장익덕을 그리도 좋아하더니, 장칠(張七)이란 이름을 스스로 장익이라 고치고는 장비익덕을 호걸의 표본으로 삼기에 이른다.

양무의는 그 모든 것을 어제처럼 기억하고 있었다.

장익은 당시 왜 익덕을 그대로 쓰지 않았냐는 양무의의 질문에, 장익덕의 덕은 그리 높지 못했으니 결국 횡포를 부리다 배신당해 죽었다는 말로 대답을 대신했다. 즉, 장익덕의 덕은 배울 만한 것이 안 되는지라 덕 자를 빼버렸다는 이야기다. 그것은 달리 말해, 거구에 부리부리한 눈을 보면 딱 장비익덕이 어울리나, 또한 외모와 달리 총명한 두뇌를 지녔다는 뜻이기도 했다.

"무평 때와 지금은 다르지. 우리가 상대하는 자들의 면면을 봐라."

"다를 게 뭐가 있나. 그때나 지금이나 덩치만 커졌지, 하는 짓은 똑같다."

장익의 말엔 뼈가 있었다.

장비를 따라 수염까지 길러보겠다는 놈이었지만, 사태를 바라보는 안목만큼은 무식한 장수가 아니라 음모를 꾸미는 모사(謀士)와도 같다. 하기야 어지간히 머리가 잘 돌아가지 않고서는 경쟁이 치열한 무평에서 살아남는 것이 힘드니, 이 정도 성장하여 양무의를 돕고 있는 것만으로도 그 능력은 입증이 된 거라고 봐야 했다.

"여기서 끊으면, 하루는 벌 수 있다. 부탁한다."

"맡겨둬라."

장익이 가슴 깊이 숨을 들이쉬었다. 들판처럼 넓은 가슴이 한 아름 부풀어 올랐다. 그가 숨을 내쉬며 동굴 벽에 세워둔 사모(蛇矛)를 휘어잡았다. 역시나 장비익덕을 따라 쓰기 시작한 장팔사모였다.

"간다."

장익이 동굴 밖으로 뛰쳐나갔다. 바람을 몰고 나가는 듯 대단한 기세다. 머지않아 저 아래로부터 격한 호통 소리가 들려오기 시작했다. 장익은 지모와 무용을 동시에 갖춘 인물이나, 굉굉한 고함 소리를 듣고 있자면 그 이름 뒤에 덕 자를 꼭 붙여줘야 할 것 같은 생각이 든다.

'고맙다.'

양무의는 마음속으로 고마움을 표했다. 우정의 증표라며 장익에게 통천벽력창의 비급을 넘겨준 것이 벌써 오 년 전이다. 절강에서 또다시 어려움에 처했을 때 나타난 장익은 그야말로 하늘에서 뚝 떨어진 구원자와 같았다. 장익은 만나자마자 이렇게 될 줄 알고서 준 거 아니냐고 호통을 쳤지만, 양무의는 정말 그럴 것을 예상하고 통천벽력창을 넘긴 것이 아니었다. 아무리 양무의가 하늘을 헤아리는 두뇌를 지녔다고 해도, 오 년 전에는 이렇게까지 쫓기게 될 거란 생각을 안 했으니 말이다.

"우리도 가요."

“그래야지.”

고마운 사람은 장익만이 아니었다. 너무나도 고맙고, 미안한 마음에 양무의는 차마 백가화를 똑바로 바라볼 수조차 없었다.

야윈 것이 눈에 보이기 때문이었다. 백가화가 양무의의 철운거를 받쳐 들었다. 거뜬히 어깨 위로 올리는데, 그것이 또 그의 가슴을 아프게 만들었다. 그녀는 틈만 나면 절치부심 내공 수련에 여념이 없었다. 눈동자는 갈수록 형형해지고, 창왕진기는 갈수록 촘촘한 예기를 발하지만, 얼굴은 그야말로 수척하기 짝이 없다. 광대뼈가 다 드러나고 턱 선은 달라붙었으며, 팔다리는 마르다 못해 견고한 뼈대처럼 보일 정도다. 예전의 화사한 미태는 온데간데없다. 무(武)에 목숨을 건 구도자와 같은 모습이었다.

백가화가 동굴 밖으로 나왔다. 장익이 싸우고 있는 반대편으로 땅을 박찬다. 태산의 장엄한 산세가 그들을 맞이했다.

‘이상해……!’

백가화는 생각했다. 양무의는 백발백중 항상 옳은 길만 제시했었다. 위험한 길이라 했으면 반드시 사단이 생겼고, 안전한 길이라 했으면 토끼 한 마리 마주치질 않았다.

하지만 이번엔 다르다.

양무의가 가자는 길로 가고 있지만, 자꾸만 불길한 예감이 든다. 기나 긴 싸움 끝에 다져진 전투 감각이 그렇게 말하고 있었다.

“의랑, 뭔가 좀 이상한 기분이 들어요.”

“무슨?”

“이 길로 가면 안 될 것 같아요.”

철운거 안에서는 대답이 없었다. 백가화는 기다렸다. 양무의는 백가화의 말을 무시하는 사람이 아니다. 백가화의 이야기를 들었으니, 다시 한 번 계산을 하고 검토를 하고 있는 게다. 이내, 철운거 안으로부터 한줄기 목소리가 흘러나왔다.

“가화, 변수는 다 채워졌어. 적을 만날 확률이 가장 낮은 길이 이 길이야.”

“그 낮은 확률이 현실이 될지 몰라요.”

“안 돼. 지금 이 길로 가지 않으면 장익을 만날 시점이 어긋나게 돼. 이 길로 가면 내일 아침이지만, 다른 길로 가면 삼 일은 있어야 합류할 수 있어.”

“하지만…….”

“만일 이 길에서 적을 만난다면, 지금껏 싸웠던 자들과 전혀 다른 자들이 나타났다는 소리야. 창왕비전을 노리고 오는 게 아니라는 말이지. 그 말인즉슨, 위험하지 않을 수도 있다는 뜻이니까…….”

“아니에요. 위험해요.”

백가화는 전에 없는 고집을 피웠다. 양무의의 목소리가 철운거 안에서 흘러나왔다.

“미안하지만 그대로 가줘. 혹시라도 누가 나타나면 싸움이 일어나지 않도록 구슬려 볼게. 만에 하나 싸움까지 가면, 가화가 물리쳐 주면 되잖아.”

백가화는 그 자리에 한참이나 멈춰 서 있었다.

위험하다. 양무의를 믿지만, 그래도 위험한 것은 위험한 거다.

백가화가 결국 발을 뗐다.

양무의는 언제나 옳았고, 앞으로도 옳을 거다. 양무의가 해줄 거다. 그렇게 생각하고 몸을 날린다. 원래 가던 길을 따라서였다.

*　　　*　　　*

백가화가 선택의 기로에 섰던 바로 그 시각, 태산으로 향하는 관도에는 때 아닌 먼지구름이 일어나고 있었다. 마차 한 대, 그리고 마차의 뒤를 따라 말을 달리는 수십 명의 기병들 때문이었다.

"이런 일에 금의위까지 나서야 되는 이유가 뭐지?"

금의위 위사, 원공권 원태는 머리를 쥐어뜯고 싶은 심정이었다. 산야를 떠돌던 무림인 출신으로 작년 어전무술대회에 나가 어찌어찌 우승을 거머쥐는 바람에, 갑갑하기 짝이 없는 금의까지 입게 되었다. 대명제국 황제 폐하가 직접 명한 것이니 거절할 수도 없는 마당이다. 전답과 관저, 황금과 보검을 하사받은 것까진 좋았는데, 막상 금의위에 적을 올리고 나자 이리저리 부려먹기 바쁘다. 죽을 맛이었다.

"양무의? 무명은 운거모사? 모사라는 데 무명은 무슨?"

황실에선 한자도 왜 이리 어려운 걸 쓰는지 모르겠다. 글씨야 명필이든 개발새발이든 알아보게 써 갈기면 그만인 법인데,

334　천잠비룡포

장군에게 보고를 올리라 치면 관 문서에 맞지 않는 필치라며 퇴짜를 놓는 바람에 그저 머리가 터질 지경이었다. 원태가 마차 창문 밖으로 머리를 내밀었다. 부관이란 놈이 바로 옆으로 기마를 붙여왔다.

"제남 추관에 가서 정용들을 좀 차출해 와. 태산 도관의 도사들에게도 협조를 좀 구하고. 아, 참 대필 문사도 잊지 말고 데려오도록."

"예, 알겠습니다."

목소리는 참으로도 우렁차다. 그래서 더 미치겠다. 수하들이라고 붙여준 것들이란 게 하나같이 멍청하기 짝이 없는지라, 일을 맡겨놓고도 신뢰를 할 수가 없었다.

무공이라도 훌륭하면 한시름 놓을 텐데, 이건 뭐 예외없이 한주먹감이다. 적당한 때 때려치고 싶은 마음이 굴뚝같다. 대충 모양새만 갖춰주다가 일찌감치 옷을 벗어야 할 모양이었다.

"혹 전투가 벌어지면 맹(盟)이란 글자에… 그게 뭐였더라?"

혼잣말이었다. 머리를 벅벅 긁으며 고개를 연신 좌우로 흔들고 있었다.

"에잇, 젠장."

옆에서 한 뭉치 고급스런 두루마리를 집어 들었다. 마차에 앉아 한참을 씨름하고 있는데, 뜻을 몰라 집어 던지기를 몇 차례다. 그 와중에 태산 절경도 놓쳐 버렸다. 태산은 멀리서 보았을 때 더 멋진 법이라 마차 타고 창밖으로 스쳐 보내는 홍취가 남다르다는데, 벌써부터 산기슭이 눈앞이다. 태산 원경(遠景)

은 일 끝내고 돌아갈 때를 기약해야 할 모양이었다.

"맹이란 걸 조심해라? 주목해라? 뭐 여하튼, 근데 무슨 맹을 말하는 거냐."

원태가 뒤적뒤적 두루마리를 훑어 내렸다.

"단심맹? 이거 그때 그놈들 아닌가?"

원태의 눈이 번쩍 빛났다. 작년 어전무술대회 마지막에 나타나 초를 친 놈들. 그놈들과 연관된 집단이라 했었다. 수뇌부에선 꽤나 심각하게 이야기하는 것 같던데, 만일 그놈들이 태산에 나타난다면 이거 보통 일이 아니다.

"이런 오합지졸 가지고 해결하라고? 아서라. 못할 말이지."

원태가 혼잣말로 중얼거리며 빽빽이 적혀 있는 글자들을 읽어나갔다.

"맹이 단심맹이면 동창에 연락하되, 맹이 다른 맹이라면 정체를 알아내는 데 주력. 중소문파라면 적극적으로 개입하고, 이름이 알려지지 않은 단체라면 경동하지 말고 대기……."

어지간하면 싸우지 말란 이야기 같다. 관병들을 동원하되, 싸움이 커질 것 같으면 괜한 희생을 만들지 말라는 뜻이다.

"화기(火器) 취급 혐의. 화약(火藥) 소지. 수배. 일금 은자 삼백 냥. 대체 뭐 하자는 건지……."

고작 현상금 삼백 냥짜리 잡범을 잡느라 금의위를 파견하다니, 그건 또 무슨 수작인지 알 수가 없다. 게다가 운거모사 양무의라면 그렇게 위험한 놈도 아닐 거다. 어디 남쪽 동네에서 머리 좀 쓴다 하는 이야기를 들었던 것 같기는 한데, 몹시 악독한 놈이라거나 무공이 엄청나다거나 하는 소문은 들어본 적이 없었다.

"아, 강호인이 화탄쯤 들고 다닐 수도 있지, 뭘 그리 팍팍하게 구는 게야. 무림인을 통째로 잡아넣을 것도 아니면서."

원태가 두루마리를 확 집어 던졌다. 금의위 마차라면서 창고에서 썩다 남은 것을 줬는지, 잘 다져진 관도를 달리는 데도 덜컹덜컹 불편하기 그지없었다.

*　　　*　　　*

"의랑, 느껴지죠? 누군가 오고 있어요."

"그렇군."

"어때요?"

"잘 모르겠어. 이들은 의도가 잘 읽히지 않아."

"싸우러 오는 것 같죠?"

"맞아. 그런데… 왜지? 살기도 없고, 탐욕도 없어. 이건…….."

"의랑."

"……?!"

"이들은 무인이에요. 무섭도록 순수한."

백가화가 속도를 올리기 시작했다. 더 빨라야 한다. 그들의 눈에서, 올가미와 같은 시선에서 벗어나야만 했다.

"무인이라니… 이제 와서 새로운 자들이… 어째서?"

양무의는 계산이 틀렸다는 사실에 충격을 받은 듯했다.

그의 계산은 잘 어긋나지 않는다. 혹, 어긋난다 해도 그것은

언제든 다시 되돌릴 수 있는 범위 내에서였다. 이렇게 다급해
질 정도의 오차는 세 손가락 안에 꼽을 만했다.

'의랑의 예측을 벗어나는 자들……'

백가화도 그것을 잘 알고 있기에 더더욱 긴장할 수밖에 없
었다.

파사사사삭!

나뭇잎이 비산했다. 백가화는 낼 수 있는 최대 속도로 달렸
다. 소리가 나든, 눈에 띄든 상관없었다. 당장은 무조건 거리를
벌려야 했다.

'따라붙는다.'

백가화는 놀랐다. 그녀는 불산에서의 그녀가 아니었다. 짧
은 시간 동안 비약적인 성장을 이룬 그녀다. 최고 속도에 이르
면 그 누구라도 따돌리는 것이 어렵지 않았었던 것이다.

'둘……'

이제는 숫자까지 확실하게 느껴진다. 가까워지고 있다는 뜻
이다. 가까워지고 있다는 것은 다시 말해 그녀보다 빠르다는
뜻이기도 했다.

파삭! 촤악!

그녀의 발이 풀밭을 스쳤다. 바람을 뚫고 숲을 가른다. 태산
산자락이 흔들리고 있었다.

"그만 하자! 구경도 하기 전에 지치겠다!"

뒤에서 들려오는 고함 소리는 마치 음공(音功)과도 같았다.
바위를 뛰어넘던 신형이 휘청 흔들릴 정도다.

적의나 살기는 느껴지지 않는다. 그래도 백가화는 멈추지

않았다.

타닥!

마침내 그녀가 목적지에 도착한다. 양쪽으로 봉우리가 솟은 협곡이다. 마치 문처럼 두세 사람 겨우 지나갈 만한 협로 뒤로 좁다란 내리막길이 쭉 이어져 있었다.

"오호라. 무슨 일이 있어도 철운거는 빼돌리고 보겠다는 건가."

이미 등 뒤에 따라와 있다.

백가화는 망설이지 않았다. 그녀가 철운거에 입을 대고 속삭였다.

"조심해요."

백가화가 철운거를 내리막길에 내려놓았다. 철운거가 끼릭 끼릭, 앞쪽으로 움직이더니 이내 콰르륵 하는 소음을 내며 내리막길 저편으로 굴러가기 시작했다.

그때서야 백가화가 몸을 돌렸다. 두 사람의 모습이 눈앞에 비쳐들었다.

"누구……?"

백가화는 이들은 본 적이 없었다.

뇌운이 새겨진 검집, 칠 척 장신의 검사가 눈길을 사로잡는다. 아니다. 그 옆도 만만치 않다. 칠 척 장신의 검사에게 눈이 간 것은 그냥 그가 조금 더 앞에 있기 때문이다. 우열을 가릴 수 없는 기도다. 빗살무늬 청색 장포, 세 자루의 창을 든 남자도 감당키 어려운 기파를 뿜어대고 있었다.

"내 이름은 갈염이다. 이쪽의 이름은 능위라고 하지."

갈염과 능위. 들어본 적 없다. 한 번도 들어본 적이 없는 이름인데, 어찌 이리도 강한 무력을 뽐내고 있는가. 강호에 이름이 알려지지 않은 것이 이해되지 않는다.

"창왕비전은?"

능위의 목소리는 깊게 울리는 저음이었다. 백가화의 표정이 굳어졌다. 창왕비전을 노리고 왔다면 철운거도 안전할 수 없다. 백가화가 한 발짝 뒤로 물러나며 백룡창을 꺼내 들었다. 무릎을 굽히고 자세를 낮춘 채 백룡의 용아를 겨누었다. 갈염이란 자의 얼굴에 한줄기 미소가 떠올랐다. 그가 여유있는 목소리로 입을 열었다.

"철혈신녀의 위용은 자못 대단한 구석이 있군. 하지만 백 소저, 거기 그렇게 서 있는 것만으로 우리 둘을 막을 수 있다고 생각하는 것은 아니겠지?"

"당신들이 어디서 온 고수인지 얼마나 강한지는 모르겠지만, 이 백룡창을 넘어갈 수는 없을 거예요."

"그런가?"

갈염이 웃었다.

그가 차앙! 하는 장쾌한 소리와 함께 검을 뽑아 들었다. 도철의 칠대기병, 강의검이다. 그가 땅을 박찼다. 붉은 검 문양 장포 자락이 화려하게 펼쳐졌다.

파라라락!

백가화가 겨누었던 백룡창을 치켜 올렸다. 강맹한 경풍이 백룡창 창끝에 담겼다.

치이잉!

충돌은 털끝처럼 가벼웠다. 갈염의 검이 시야에서 사라졌다. 백가화의 눈이 상대를 쫓았다.

타닥! 파라라락!

위다. 갈염이 깎아지른 바위 위를 걷고 있었다. 마치 평지를 걷고 있는 것처럼 자유롭게 올라가 발을 찬다. 펄럭이는 장포 자락 그림자가 백가화의 머리 위를 덮었다.

쐐액! 치잉!

이번에도 마찬가지다.

백가화가 있는 힘을 다해 위쪽으로 백룡창을 내질렀지만, 창끝에 걸리는 느낌은 깃털처럼 부드럽기만 했다.

텅!

갈염이 땅 위에 내려섰다. 백가화의 눈동자가 크게 흔들렸다. 갈염이 씨익 웃으며 말했다.

“어쩌지? 넘어와 버렸는데?”

그렇다.

갈염은 백가화의 머리 위를 넘어 내리막길 쪽에 서 있었다. 이미 철운거는 저 밑으로 내려가 굽은 길로 모습을 감췄지만, 당장 뛰어간다면 순식간에 따라잡을 수 있으리라. 쫓아갈 길을 훤하게 열어준 것이나 다름이 없었다.

‘끝이다……..’

상황은 절망적이었다. 하나라면 모르되, 둘이면 무슨 수를 써도 막을 수가 없다. 갈염은 그녀의 머리 위를 간단히 타 넘었다. 창 세 자루를 등에 멘 청색장포의 고수 역시 같은 능력을 지녔을 게다.

막으려고 했는데도 길을 내줬는데, 한 명과 싸우고 있는 중이라면 이미 이 협곡은 열린 것이라 봐야 한다. 형의 이점 따위, 간단히 초월할 수 있는 고수들이었다.

"실망하지 말게. 백 소저의 대응은 훌륭했어."

그녀가 백룡창을 고쳐 쥐며 사생결단을 각오하고 있을 때다. 갈염이 그렇게 말하며 검끝을 돌렸다.

스르릉.

검이 검집으로 들어간다. 그가 한 발 움직였다. 협곡 뒤 내리막길 쪽이 아니라 백가화 쪽을 향해서다.

"무슨……?"

"뒤를 걱정해서야 제 기량을 발휘하기 힘들겠지."

저벅, 저벅.

갈염은 무방비 상태로 그냥 그렇게 걸어왔다. 그러더니 백가화의 어깨 옆을 스치며 청색장포 능위 쪽으로 넘어와 버렸다.

백가화가 갈염을 따라 몸을 돌렸다. 갈염은 여유로운 걸음걸이로 능위의 옆에까지 걸어가더니 그대로 근처 바위 위에 털썩 주저앉았다.

파락!

장포 자락을 한쪽으로 치우고, 무릎과 다리 쪽 먼지를 털어낸다. 그가 고개를 들고 백가화를 바라보며 입을 열었다.

"자, 우린 철운거를 쫓지 않는다. 뒤는 걱정하지 말고 운기부터 해. 이왕이면 최상의 상태로 펼치는 걸 보고 싶다."

갈염이 비어 있는 양손을 슬쩍 들어 올렸다. 정말 쫓지 않겠

다는 몸짓이다. 백가화가 이번엔 청색장포의 고수를 돌아보았
다. 그녀가 의아함을 가득 담은 목소리로 물었다.

"대체 어쩌자는 짓이죠?"

청색장포, 능위가 대답했다.

"보는 그대로다. 구주창왕은 희대의 고수였다. 그 비전을 견
식하고자 여기에 왔을 뿐이다."

"비무… 를 하자는 건가요?"

"그렇다."

"난 백가창을 익혔어요. 구주창왕의 비급이 있다는 건 거짓
말이에요."

"아니다."

백가화의 말. 능위의 표정은 조금도 변하지 않았다.

"아니라고요?"

"그 창법은 백가창이 아니다."

능위가 단호한 어조로 말을 이었다.

"사람들은 이야기한다. 백일창 천일도 만일검이라며, 백 일
이면 창을 쓸 수 있다 말하지. 만병지왕 만일검? 우스운 소리
다. 일만 자루의 창엔 일만 가지의 창법이 있으니, 무릇 창이야
말로 모든 병장기의 근원이자 종사(宗師)다. 만창회는 일만 가
지 창을 섭렵하기 위해 만들어졌다. 백가창의 요체는 이미 백
년 전에 확인이 끝났어. 내 눈을 속이려 하지 말라."

"만창……! 설마하니, 전설의……."

백가화는 세인들에게 잊혀진 전설의 문파를 떠올렸다.

창술의 대종사들이 최종적으로 이르게 된다는 그곳.

　　모든 병장기술의 근원을 한 자루 창끝에서 구현한다는 고대 문파다. 이천 년 전에 시작되어 당대(唐代)까지 이어져 내려왔으나 송대에 이르러 뿔뿔이 흩어졌고, 일부는 북원의 초원으로, 일부는 서역 저편으로, 일부는 동북의 북해까지 이르러 맥과 원류를 찾을 수 없게 되었다고 전해진다. 귀원만창종사회(歸元萬槍宗師會). 그것이 그 이름이다.

　　백가화의 놀라움은 거기서 그치지 않았다.

　　"구주창왕의 비전창법은 다섯 자루 창에 담겨 있다. 통천벽력창, 철심무혼창, 무쌍금표창, 포효호심창, 청룡굉화창. 무쌍과 포효는 아니다. 그대가 익힌 것은 철심무혼인가?"

　　"그것을 어떻게……!!"

　　"철심무혼창은 웅혼함과 장중함의 극치라고 했다. 좋은 구경을 하겠어."

　　능위의 두 눈에 떠오른 것은 흡족함에 다름이 아니다. 그가 입을 다물고 두 팔을 올려 팔짱을 꼈다. 그 의도는 다른 게 아니다. 대화가 끝났으니 진정 운기행공을 할 시간을 주겠단 뜻이었다.

　　'괜찮아. 이 정도 시간이면 의랑도 모습을 감출 수 있을 거야.'

　　백가화의 얼굴엔 두려움과 안도감이 동시에 깔려 있었다.

　　그녀가 눈을 감고 심호흡을 했다. 운기를 할 시간을 주겠다는데 마다할 이유가 없다. 오히려 이것은 힘을 회복할 절호의 기회다. 이 자신만만한 두 명의 고수들은 그녀의 운기행공이 아무리 오래 걸리더라도 언제까지든 기다려 줄 기세였다.

백가화는 주어진 시간을 마음껏 활용했다. 축적된 탁기를 호하고, 태산의 정기를 흡하며 온몸을 순수한 진기로 가득 채웠다.

운기가 끝났다는 이야기는 따로 할 필요가 없었다. 다시 뜬 눈에 강렬한 정광이 서려 있다. 그걸로 충분했다.

"능위. 자(字)는 백당. 만창회주를 맡고 있다. 강호에 알려진 무명은 없다."

"백가화, 백가창을 연마하고 구주창왕의 철심무혼창을 연성했어요. 사해의 농노들은 칠혈신녀라고도, 철혈마녀라고도 부르더군요."

백가화가 자세를 잡았다. 능위가 말했다.

"선공은 양보한다. 오라, 구주창왕의 후예여."

능위는 그녀에게 구주창왕의 후예라는 말을 했다.

구주창왕의 후예.

그 얼마나 거창한 수식어인가. 스스로도 감히 붙여보지 못한 그 이름이 그녀의 강철 심장을 뜨겁게 달군다. 그녀가 땅을 박찼다. 철심무혼창이 허공을 갈랐다.

좌아앙!

만창회주 능위가 등 뒤에서 꺼낸 것은 한 자루의 단창이었다. 당대 최고의 명장 중 하나인 괴산 문철공이 만든 봉명단창(鳳鳴短槍)이다. 두꺼운 창봉에 넓은 창날이 독특하다. 백룡창에 부딪치며 내는 소리가 거대한 징을 울리는 듯했다.

좌앙! 좌아아앙!

능위가 봉명단창을 내리찍었다. 철심무혼 백룡창이 부러질 듯 휘어진다. 창날과 창봉이 깨지지 않는 것은 오직, 창왕진기의 공능 덕분이다. 휘어질 수 없는 각도까지 휘어지면서도 탄력을 유지하고 있다.

위잉! 파라락!

백가화가 앞으로 세 번을 연이어 찔렀다. 능위의 보법은 절도가 있었다. 왼쪽으로 돌고 한 발 내딛더니, 한 바퀴 돌며 봉명단창을 휘둘렀다. 장포 자락, 등 뒤에 매달린 두 개의 창봉이 움직임을 방해할 만도 한데 조금도 제약을 느끼지 못하는 듯했다.

촤앙!

백가화의 백룡창이 튕겨 나왔다. 그녀가 머리 위에서 창을 한 바퀴 회전시키며 공중으로 뛰어올랐다. 내려치는 창봉에 천 근의 무게가 실렸다. 능위는 아래로 파고들었다. 밑에서 봉명단창을 솟구쳐 올린다. 두 사람 사이에서 또 한 번의 굉음이 터져 나왔다. 백가화가 그 반탄력을 이용, 공중에서 몸을 돌리며 다시 한 번 창날을 내리찍었다. 실전으로 단련된 움직임이다. 능위의 어깻죽지에 당장이라도 구멍이 뚫릴 것 같았다.

파라락!

능위는 봉명단창을 휘두르지 않았다. 대신 왼손을 허리 뒤로 돌려 등에 진 창대를 잡았다. 그가 몸을 숙이며 그대로 어깨를 들이밀었다. 어깨 뒤 매달린 창대가 위쪽으로 쭉 뻗어 나왔다.

따아앙!

백룡창 창날이 창봉에 막혀 장쾌한 소리를 낸다. 백가화의 두 눈에 놀라움이 깃들었다. 등 뒤에 매달려 뽑지 않은 창대를 방어구로 이용한 것이다. 능위의 이 한 수는 임기응변임이 분명하되, 임기응변이 아니라 체계화된 초식같이 느껴졌다. 그만큼 어색함이 없고 자연스럽다는 뜻이다.

차앙!

백가화가 뒤로 물러나고 능위가 그 자리에 버텨 섰다. 묵직한 박수 소리가 들려온 것은 바로 그때였다. 바위 위에 주저앉은 채 지켜보고 있던 갈염이었다.

"상당하구만, 백 소저. 한데… 귀는 괜찮나?"

"……?"

백가화가 갈염을 돌아보며 미간을 좁혔다. 그러고 보니 이상하다. 귀 안 쪽으로 미세하게 웅웅거리는 진동이 느껴진다. 심하진 않지만, 없던 이명(耳鳴)이 생긴 것은 분명했다.

"견딜 만한 모양이야. 보통은 고막이 터진다구. 봉명단창을 상대하다 보면 말이지."

갈염이 씨익 웃으며 능위를 돌아보았다. 그가 은근한 어조로 말을 이었다.

"이보게, 능위. 너무하는 것 아닌가? 백 소저의 공력이 예상외로 심후하다고는 하지만 자네의 내공에 비할 바는 아니겠지. 내공도 깊고, 무공에서도 앞선다. 그런 마당에 병장기의 우위까지 가져가면 어찌하나? 지나치게 불공평한 일이라 생각되는데."

능위가 눈썹을 치켜 올렸다.

검은 눈동자가 더 진해진 느낌이다. 그가 잠시 동안 갈염을 바라보더니 이내 자세를 풀고 겨누었던 봉명단창을 거두었다.

"자네 말이 맞군."

그가 봉명단창을 등 뒤로 돌렸다. 요대와 이어진 가죽 끝엔 탈착이 가능한 특별한 장치라도 갖춰져 있는지, 딸깍 하는 소리와 함께 두 자 단창이 등 뒤에 달라붙었다. 그가 오른손을 뒤로 돌려 장창의 창대를 잡았다. 비껴든 창은 은은한 주홍빛을 띠고 있었다. 창날이 톱니처럼 사나운, 다섯 자 길이의 장창이었다.

"하! 내 말이 맞다면서 염 노사의 파철마창을 꺼내? 정말 너무하는 것 아닌가?"

갈염이 기가 막힌다는 듯 목소리를 높였다. 하나, 능위는 아무 말도 하지 않았다. 한 손 세 손가락으로 장창을 거머쥔 채 그녀에게로 창끝을 겨누었을 뿐이다. 늑대의 이빨처럼 삐죽삐죽한 창날이 삼엄한 빛을 흘리고 있었다.

"자, 다시 오라. 전력을 다해야 할 것이다."

백가화가 숨을 들이켜며 백룡창을 고쳐 잡았다.

기량의 차이는 이미 절감하고 있다. 그래도 나아가야 한다. 그게 무인이었다.

"이얍!"

압력을 떨치기 위한 기합성이었다. 부족한 초식 조합과 내공 운용은 기백으로 메우리라. 그녀의 몸이 무서운 속도로 쏘아져 나갔다.

따앙! 따당!

과연 충돌음부터가 다르다. 두 사람의 창봉이 격하게 얽혀

들었다. 백가화가 휘둘러 찔러내면 능위는 꺾어서 받는다. 부딪치고 물러난다. 다시 뛰어들어 틈새를 노렸다.

스각!

백가화의 옷깃이 찢어졌다. 옷깃일 뿐이다. 살갗은 다치지 않았다. 그녀의 창이 다시 한 번 하늘에서 회전했다. 내려치는 일격이 한 손으로 버텨선 파철마창에 가볍게도 가로막혔다.

파락! 타다닥!

느려졌다 빨라지는 공방이다. 몰아쳐 오는 파철마창에 백가화의 발끝이 언신 뒤쪽으로 밀려났다. 협곡, 깎아지른 바위가 바로 등 뒤다. 백가화가 일창을 내질렀다. 반격이 온다. 날렵하게 왼쪽으로 몸을 날렸다.

퍼석! 푸스스스.

파철마창이 바위에 틀어박히며 돌가루를 날렸다. 수급이 쉽지 않을 거라 생각하고 한 발 깊이 들어가 창을 휘둘렀다.

퍼서서석! 쩡!

잘못된 판단이었음은 바위가 터져 나가는 소리만으로도 능히 짐작할 수 있었다. 능위의 창날은 바위를 흙처럼 부수면서 짓쳐들었다. 급히 몸을 숙이며 창봉 반대편으로 일격을 막았다. 뒤를 돌아 창을 겨누고 능위 쪽을 바라보는데, 바위 위에 새겨진 밭고랑이 먼저 눈에 들어온다. 단단한 암벽을 진흙처럼 긁어놓는 창날이라니, 실로 무서운 위력이다.

'위험해……'

생명의 위협까지 느낀다. 그래도 공격이다. 그녀가 다시금 능위에게 뛰어들었다. 흔들리지 않는 철심에 타오르는 무혼이다. 거센 공세에 이번에는 능위가 뒤로 물러난다. 한 손으로 휘두르는 파철마창이 백룡창의 난무를 이리저리 흩어내고 있었다.

챙! 채채챙!

또다시 한 발. 또다시 한 발. 능위가 두 발 더 물러났다. 능위의 등 뒤엔 아직도 돌가루가 흩날리고 있는 암벽이 있다. 그녀가 기세를 탄 듯 일 보 더 전진했다.

턱.

능위는 또다시 물러났다. 암벽 위에 발뒤꿈치를 올리더니 그곳이 평지인 양 암벽을 밟고 뒤로 한 발 더 올라간다. 백가화는 놀라지도 않았다. 능위는 아무렇지도 않게 암벽을 밟고 서 있다. 암벽에 수직으로 서 있는 능위와 땅 위에 수직으로 서 있는 백가화. 능위와 백가화가 또한 수직으로 선 형세다. 둘 사이에서 창대와 창대가 무서운 속도로 부딪치고 있었다.

쩌정! 쩡!

결국 승기를 잡은 것은 능위다. 당연한 결과라고 봐야 할까. 능위의 창이 갑작스레 빨라졌다. 미친 듯 회전하는 창날에 백가화의 창날이 닿았다. 백가화의 눈매가 가볍게 흔들렸다.

키이잉!

나무 둥지가 톱날에 갈리는 느낌.

백룡창 창날이 갈리고 있었다. 순식간에 여섯 합을 주고받고 뒤쪽으로 튕겨 나왔다. 턱, 하고 다시 땅 위에 내려선 능위가 평온한 신색으로 창날을 거눠왔다.

'창날이……!'

백가화의 얼굴은 굳어 있었다. 백룡창 창날이 엉망으로 망가져 있었다. 이가 빠진 것은 물론이요, 이리저리 금까지 가 있다. 지금 금방 부딪쳐서 그런 것이 아니다. 봉명단창과 마주칠 때부터 누적된 손상이었다.

'상관없어.'

백가화는 그렇게 생각하며 당당하게 창날을 앞으로 치켜세웠다. 누더기처럼 해졌어도 소중하게 입어온 옷은 결코 부끄러운 물건이 아니다.

능위의 눈이 이채가 스쳐 갔다. 그가 짤막하게 한마디 내뱉었다.

"재미있군."

재미있다. 그것은 어쩌면 능위가 이 비무에서 얻고자 했던 단 한 가지였는지도 모른다. 하지만 백가화는 재미로 싸우는 것이 아니었다. 그녀는 이 비무가 즐겁지 않았다. 살아남기 위해 살아온 삶의 연장이었을 뿐이다.

챙!

두 사람의 창이 다시금 장쾌한 소리를 냈다. 한 손으로 창을 휘두르던 능위가 돌연, 다른 손으로 창대를 받쳤다. 그가 무표정한 얼굴에 이제껏 들려주지 않던 한줄기 기합성을 뱉어냈다.

"합!"

창대가 몇 개로 갈라지는 듯한 느낌이다. 그것이 백룡창을 부수고 있었다. 찌정, 하는 소리와 함께 창날이 몇 조각으로 깨져서 날아가더니, 급기야 백룡창 창대마저 세 토막으로 분질러지고 만다.

　텅! 텅!

　백가화가 뒤쪽으로 튕겨져 나왔다. 땅 위엔 족적 두 개가 뚜렷이 남아 있었다.

　"심하군!!"

　바위 위 갈염의 얼굴에 떠오른 것은 불쾌감에 가까웠다. 실력으로 농락한 것도 모자라 신병이기의 위력으로 상대의 무기까지 박살 냈으니, 너무나도 잔인한 처사라 아니 말할 수 없다. 밟은 것을 또 짓밟는 행태다. 무인답지 못하다 느낀 것이다.

　"심하다고? 물론 심했지."

　능위가 고개를 끄덕였다. 그는 갈염을 바라보지 않았다. 그녀를 똑바로 바라보며 말을 이었다.

　"병장기가 무공이 뻗어나갈 길을 가로막고 있으니, 그 어디 심하지 않을까. 받아라! 철심무혼창엔 이것이 더 어울릴 거다!"

　능위가 파철마창을 백가화에게로 던졌다. 백가화가 엉겁결에 그걸 받아 들었다.

　"이것을……."

　"착각하지 마라. 빌려주는 거다."

　참으로 이해할 수 없는 이들이다.

　이들에게 있어서 무공이란 무엇인가.

　제대로 싸워보자면서 상대편에게 신병이기를 건네다니, 어디 허무맹랑한 군협의 잡설쯤에서나 나올 법한 일이다.

　"제대로 잡아라. 이젠 나도 전력을 다할 것이야."

여력이 많이 남아 있다는 소리다. 아니, 들리는 말투로만 보자면 실력의 절반도 발휘하지 않은 듯싶다.

절반.

아마도 그게 맞을 것이다. 능위가 마음을 먹은 순간, 그녀의 창은 단숨에 박살나고 말았다. 강철로 주조된 창을 그렇게 박살 낼 수 있음에도 승부를 오래 끌며 그녀의 실력을 보았다. 무슨 명문정파의 비무라도 되는 것처럼 말이다.

"무슨 수작인지 모르겠지만, 좋아요. 장단에 맞춰 드려야죠. 선택의 여지가 없으니까요."

묘한 일이었다. 절로 공격적인 어투가 나온다.

그녀는 이내 그 이유를 알 수 있었다. 자존심이 상했기 때문이다. 상대의 실력이 훨씬 더 위에 있다는 것을 이미 알고 있음에도 계속 싸워야만 한다. 게다가 그 싸움은 그녀가 원한 것이 아니라, 단지 상대의 재미를 위해서다.

싸움을 멈추면 그만이다? 아니다. 그러면 진짜로 지는 거다. 무슨 수를 써서라도, 통쾌하게 일격을 가해줬으면 좋겠다. 그녀의 마음속에서 불길이 일고 있었다.

"좋아, 아주 좋아."

능위의 눈에 담긴 것은 만족스런 웃음이다. 그가 마지막 세 번째 창을 꺼내 든다. 치링, 치링, 꺼내 드는 데 묘한 울림이 있다. 검이 우는 것을 검명이라고 한다면, 창이 우는 것을 창명이라 해야 할까. 달리 표현할 길이 없다. 완벽한 주인과 완벽한 상대를 만난 창봉이 스스로 울고 있었다.

"도철의 칠대기병 중 하나인 청린이룡이다. 이놈도 알고 있는 모양이야. 구주창왕의 후예가 자신의 상대라는 것을.”

무슨 금속으로 만들어졌는지 모르겠다. 창대 전체가 푸르스름한 빛을 띤다. 이룡(螭龍)이란 뿔이 없는 용을 말한다. 이무기나 용의 새끼를 부를 때도 이룡이란 말을 쓴다. 그렇기 때문일까. 창날을 입에 문 용 머리에는 뿔이 조각되어 있지 않았다. 귀안(鬼眼)과 수염을 새겨 용이라는 것을 드러냈지만, 뿔이 없으니 얼핏 뱀 머리처럼 보이기도 했다.

“그럼 다시 가겠어요.”

백가화는 대답을 기다리지 않았다. 곧바로 땅을 박찬다. 파철마창이 이룡의 이빨에 정면으로 짓쳐들었다.

차아앙!

이번에는 어느 한쪽이 부서지는 일도, 창날의 이빨이 빠지는 일도 없다. 흠집을 낼 수 없는 강도, 완전에 가까운 무기들이다. 두 사람의 창봉이 종전보다 훨씬 더 사납게 얽혀들었다.

‘아아, 이것이 신병이기로구나!’

다섯 합이 채 지나기 전에 깨달았다.

백룡창과 길이도 무게도 달랐지만, 원래 쓰던 병기처럼 손끝에 잘도 달라붙는다. 마치 휘두르는 자의 마음을 창대가 읽고 있는 것 같았다.

차앙! 채채챙!

호쾌하게 터져 나온다. 한 치의 물러섬도 없다. 백가화의 정신이 무아지경으로 돌입했다. 이미 바닥까지 끌어냈던 실력일진대, 순식간에 그 이상의 기량을 보여주고 있다. 바닥 밑 깊은 곳으로 아직도 채 캐내지 않은 보물들이 하나 가득 쌓여 있는 듯했다.

꽈아앙!

백가화의 발이 세 발짝 뒤로 튕겨 나왔다. 단지 내공의 차이였을 뿐이다. 손속의 격차는 거의 없어 보인다. 찰나의 순간에 발해지는 선택, 달라지는 상황에 따른 임기응변, 어느 하나 모자람이 없다. 구주창왕의 수제자를 만난 느낌이랄까.

"그렇지! 거기다!"

지켜보고 있던 갈염이 주먹을 불끈 쥐었다.

강철 같은 의지가 한 자루 무적의 창날을 빚어낸다. 그녀가 쥔 파철마창이 능위의 머리를 꿰뚫었다.

치링! 치리링!

청린이룡이 꿈틀댄다.

꿰뚫은 줄 알았던 능위의 머리는 다섯 치 옆에서 멀쩡하게 붙어 있었다. 진짜로 죽을 뻔한 것이다. 숭무련 만창회주가. 이름 모를 협곡, 태산의 산야에서.

차앙! 치링!

능위의 두 눈에 일순, 사나운 살기가 깃들었다.

파철마창이 청린이룡을 때렸다. 그때다. 청린이룡이 파철마창을 휘감기 시작한 것은.

치리리리링!

무아지경에 빠져 있던 백가화의 눈이 덜컥, 당혹감으로 물들었다. 천 년 묵은 사악한 뱀이 파철마창의 창대를 감아 올라오고 있었다. 그렇게 보였다.

"흐읍!"

그녀가 손을 아래로 내리고 내력을 발출하며 급박하게 뒤쪽으로 물러났다. 치링! 하는 소리가 먹이를 놓친 이무기의 혓바닥 소리처럼 들렸다.

"그것은……?"

진짜 뱀을 휘두르는 것인가.

아니다. 눈이 빚어낸 착각이다.

능위가 지닌 창대가 굽이굽이 꺾이더니, 다시 촤악 하고 굳건한 창대로 변했다. 그녀의 입에서 놀라움의 한마디가 흘러나왔다.

"구절창……?"

아홉 마디 굽이치는 기병을 뜻함이다. 다루기가 극히 힘들고, 보통 장창이 지니는 호쾌한 맛이 떨어져 정통의 창술 고수들이라면 좀처럼 손에 대길 꺼려하는 병장기였다.

"이제 그만 끝내자."

자존심이 상한 백가화다?

능위도 마찬가지다. 일순간이나마 생명의 위협을 느꼈다는 것이 스스로 용서가 되지 않는 모양이었다.

그가 먼저 한 발 나선다. 백가화는 긴장했다. 파철마창을 겨누고 틈을 보려 했다.

'없어.'

그렇다. 틈 따윈 없었다. 아까와는 판이하게 다르다. 이게 진짜 능위의 힘인 것이다.

"합!"

틈이 없으면 찔러서 만들면 된다. 그녀가 창을 비껴들고 달려나갔다. 순식간에 거리를 좁히고, 철벽처럼 튼튼한 기파 한 가운데에 창끝을 찔러 넣었다.

'열린다!'

파철마창은 신병이기다. 창으로 막지 않는 이상, 맨몸의 피류으로는 절대 막을 수 없다. 능위가 자세를 낮추는 게 보였다. 휘두르는 창을 꺾어 방향을 전환했다. 철심무혼창, 경험과 감각으로 쌓은 모든 비결을 그 창끝에 실었다.

"……!!!"

패배는 순식간에 찾아왔다.

치링!

창과 창이 부딪친다. 반탄력을 이용해서 연환초로 넘어가리라.

그렇게 생각했다.

하지만 청린이룡의 창날은 거기에 없었다. 그녀의 눈이 커다랗게 치떠졌다.

"컥!"

창날도, 창대도 사라졌다. 다음 순간, 그녀는 목이 콱 막히는 것을 느끼고 본능적으로 목덜미로 손을 올렸다.

'이룡……!'

목을 휘감고 있는 딱딱한 그것은 굽이굽이 꿈틀거리는 청린이룡의 창대였다. 그녀의 몸이 공중으로 붕 떠올랐다. 사람의 목을 휘감고, 하늘로 승천하려다 다시 땅으로 곤두박질친다. 그녀의 몸이 머리부터 땅 위로 떨어지고 있었다.

"능위! 안 돼!!"

백가화는 갈염의 목소리를 들었다. 꿍! 하는 충격과 함께, 다른 모든 소리가 사라진다. 눈앞에 칠흑 같은 어둠이 드리워졌다.

＊　　　＊　　　＊

철운거는 한참 동안 내려갔다. 굽이치며 꺾이는 곳도 있고, 풀숲으로 떨어질까 위태위태한 길도 있었지만, 철운거는 용케 뒤집어지지도, 비탈 아래로 추락하지도 않았다.

내부에 그럴 만한 기관이 만들어져 있지 않고서야 불가능한 일이다. 그저 관처럼 생긴 철궤 옆에 바퀴 네 개만 달린 것이 아니라는 뜻이었다.

철운거가 멈춘 것은 완만한 평지에 이르러서였다. 산 중턱이다. 철운거는 마치 주변 동향을 살피기라도 하듯 조심스럽게 움직였다. 누가 밀어주지 않아도 스스로 나아간다. 신기하기 짝이 없는 일이었다.

이리저리 방향을 바꾼 철운거는 이내 한쪽 비탈을 따라 내려가기 시작했다. 경사가 가팔라지면 바퀴가 멈추며 속도를 줄였고, 경사가 완만해지면 다시 바퀴가 풀려 속도를 냈다. 다소 답답하고 힘겨워 보이는 움직임이나 이동 자체에는 문제가 없어 보였다.

카가가각. 텅!

철운거가 풀밭 한쪽에 멈춰 섰다. 노송 숲 사이로 평평한 바위로 이루어진 공터가 펼쳐져 있었다. 잠시 방향을 가늠하듯 이리저리 머리를 돌리던 철운거가 일순, 다급한 움직임을 보였다. 방향을 바꾸고, 억지로 바퀴를 돌리는 것이 누가 봐도 급박하다는 느낌이었다.

"이것 봐라. 드디어 잡는군."

아니나 다를까.

철운거가 급히 방향을 바꾸려고 했던 이유는 다름이 아니었다. 숱하고 숱한 적들을 따돌린 끝에, 결국 대적(大敵)을 맞닥뜨리게 된 것이다.

차랑! 차랑! 차라라랑!

거구가 다가오고 있었다. 철운거는 포기한 듯 그 자리에 멈춰 선 채 움직일 줄 몰랐다.

"안에 보물이 들었을까? 여자가 들었을까? 부드러운 여자 고기는 침이 줄줄 넘어가나, 질긴 남자 고기는 싱싱해도 뱉고 싶다. 어디 한번 신나게 잡아먹어 볼까?"

둔탁한 목소리로 노래를 부른다.

흔들흔들 둔중한 몸매에 굵은 다리로 땅을 밟으니 땅 전체가 흔들리는 듯하다. 한쪽 어깨로 걸쳐 멘 쇠스랑에는 금빛 고리가 열 개나 달려 있었다.

차라라랑!

"항상 곁에 있던 계집아이는 어디로 갔지? 보궤 안에 숨었는가?"

거구의 몸엔 금장 갑옷이 아무렇게나 걸쳐져 있었다.

느릿느릿 서두르지 않는다. 쇠스랑 거구가 이십 보 거리에 멈춰 서서 주위를 살핀다. 미련하게 느껴지는 목소리나 실상은 전혀 그렇지 않았다.

묘한 대치가 이어졌다. 먼저 침묵을 깬 쪽은 철운거 쪽이었다. 철운거 안에서 양무의의 목소리가 조용히 흘러나왔다.

"그 가면, 천봉원수의 가면인가?"

거구의 남자는 뿔 없는 투구와 누런 가면을 썼다.

비대한 몸집이 화들짝 흔들렸다. 무척이나 놀랐다는 시늉이다.

"어이쿠! 그 안에서 밖이 보이는구나! 어두컴컴 바깥세상 안 보일 줄 알았거늘!"

차랑! 차라랑!

쇠스랑에 매달린 고리가 흔들리며 맑은 소리를 냈다. 철운거 안에서 고저 없는 목소리가 흘러나왔다.

"그 무기는 상보손금파……! 팔계저마(八戒猪魔)로군."

천봉원수 팔계저마.

제천대성이 불법을 구하러 당승 현장법사와 함께 천축으로 향하니, 팔계 저오능과 수마 사화상이 함께하더라. 천봉원수란 저팔계가 인간 세상으로 떨어지기 전, 천계에서 받았던 직함이라 했다. 천봉원수의 가면이란, 곧 팔계 저오능의 얼굴일진저. 신마맹, 요마련의 팔계저마가 양무의의 철운거 앞에 모습을 드러낸 것이다.

"참으로 이상하고도 이상하도다! 세상에 아는 자 없고 알려지지 않았다. 나의 얼굴을 알고 나의 이름을 안다. 철운거와 양무의는 괴이하고 괴이한 자다. 어떤 가면이 어울릴지 천봉원수는, 팔계저마는 도통 도저히 알 수가 없다!"

팔계저마의 말투는 마치 당승 전설 속에서 뛰쳐나오기라도
한 듯 요사하고 기이했다. 일반 백성들은 물론이요, 기행을 남
발하는 괴인들도 그런 말투는 쓰지 않을 것이다.

"그래, 나를 잡아가서 가면을 씌우는 것이 당신들의 생각이
라고 했었지. 어디 한번 해보시오."

철운거 바퀴가 스르르 돌아간다. 앞이 아니라 옆면을 팔계
저마 쪽으로 향한다. 팔계저마가 고개를 까딱까딱 뱃살을 출
렁대며 슬그머니 한 발 앞으로 다가갔다.

"자자, 어디 한번 뚜껑을 열어보자꾸나!"

팔계저마가 불쑥 몸을 날린다. 그때였다. 철운거 옆면에 손
바닥만 한 구멍이 열렸다. 팔계저마의 몸이 주춤했다.

치지직!

무언가 미세하게 타 들어가는 소리가 들렸다.

"화포……?"

팔계저마의 몸이 번쩍 뒤로 물러난다. 철운거의 구멍이 불
을 뿜은 것과 거의 동시였다.

콰아앙!

폭음이 주위를 가득 메웠다. 매캐한 냄새, 검은 연기가 피어
오른다. 노송 줄기에 불길이 옮겨 붙고 있었다.

"머리가 좋다, 머리가 좋다, 하더니 믿을 것이 못 된다. 철운
거는 미친 철궤, 양무의는 미친놈이었구나!"

차랑! 차라랑!

목소리가 들려온 것은 노송나무 옆에 뿌리를 내린 측백나무
위에서였다.

그 육중한 몸으로 굵지도 않은 가지 위에 올라가 있다. 불가해한 광경이었다. 폭발 순간에 보여준 그 놀라운 속도도 불가해하긴 마찬가지였다.

"과연… 팔계저마라……."

중원의 신들이란 무릇, 유명할수록 더 강한 힘을 지녔다는 특징이 있다. 천봉원수, 저오능은 민간에 뿌리 깊게 내려오는 당승 전설 속에서도 막대한 비중을 차지하는 천신이요, 요괴였다. 그런 요괴의 가면을 썼으니, 지닌바 실력도 보여지는 것 이상일 게다. 화포를 피해 나무 위로 올라간 것쯤이야 빙산의 일각임이 틀림없었다.

'가화 역시도… 빠져나오지 못할 것이다.'

허탈감이 물밀듯 밀려들었다.

여기까지 어떻게 왔는데.

단 한 번의 그릇된 판단이 두 사람 모두를 사지로 몰아넣었다.

백가화가 이상하다고 했을 때 그녀의 말을 들었어야 했다. 그가 고집을 부리지 않았더라면 이런 일은 발생하지 않았으리라.

"천봉원수의 기량은 전설만큼이나 대단하군. 하지만 요마련의 주구여, 당신은 나를 데려가지 못할 것이다. 이 철운거 안에는 나와 가까이 오는 모든 것을 파괴하기에 충분하고도 남을 만한 화약이 들어 있다. 가면에 지배당해 두 사람의 삶을 살 바에는 저승으로 가는 편이 좋겠다는 생각이야."

철운거가 움직였다. 천봉원수 쪽이다. 천봉원수가 움찔, 나

무 위에서 튕겨져 내려왔다. 철운거가 다가온다. 함께 자폭이
라도 할 기세였다.

그때였다.

"운거모사, 경동하지 마라!"

우렁찬 목소리가 측백나무와 노송나무 사이를 가르고 울려
퍼졌다.

철운거가 그 자리에 멈추었다.

차라라라라랑!

상보손금파, 팔계저마가 몸을 돌렸다.

바윗돌로 이루어진 평지, 바위 위에 발자국이라도 남길 듯
천 근의 무게로 걸어오는 자가 있었다. 대추처럼 붉은빛 얼굴,
가슴까지 내려오는 검은색 미염(美髥)이 중후함을 더한다. 부
리부리한 호안은 온 세상을 불태울 것처럼 빛이 나고, 오른손
청룡언월도엔 태산 주봉의 태양 빛이 부서지고 있었다.

"돼지 가면의 괴인이여, 그대의 상대는 이 관승이다."

당승전설의 팔계와 삼국전설의 관제가 만났다.

운장대도. 관승의 출현이었다.

『천잠비룡포』 7권 끝

❧ 중국 역사상 최대의 미스터리 중 하나. 비운의 황제 건문제.

건문제, 주윤문은 젊은 나이에 황위에 올라 숙부인 영락제, 주체에게 황위를 빼앗긴 비운의 황제다. 영락제가 건문제를 치게 된 발단은 정난지변으로 군사를 모아 진격하기 훨씬 전인 주원장 시대 때라 할 수 있다. 당시 주원장에게는 이십 명이 넘는 아들들이 있었고, 황위를 물려주는 데 있어 골육상쟁의 혈사를 막기 위해 종법제를 채택, 오왕에 올랐을 때 이미 장자인 주표를 세자로 책봉하기에 이른다. 주원장은 각 아들들을 중원 전국에 뿔뿔이 흩어놓아 '왕위'를 주고, 번왕으로 각 지역에서 봉건 제후와 같은 역할을 맡도록 한다. 각 왕들의 군사적인 연합을 원천적으로 봉쇄하고, 중앙의 황제에 충성하는 전제국가 체제를 확립하려는 시도였다고 할 수 있겠다.

하나, 그렇게 차기 황제의 위를 물려받기로 예정되었던 주표는 새롭게 피어나는 대제국의 황제라는 직책을 감당하기 어려운 인물이었던 것으로 보인다. 주원장은 후계자에게 더 안정된 제국을 물려주겠다는 일념에 호유용 남옥 등 개국공신들까지 전부 처형하기에 이르고, 그 부담감을 이겨내지 못한 주표는 자살 시도 및

우울증에 시달리다가 결국 병사하였다고 전해진다. 주원장은 장자에게 황위를 물려준다는 종법제를 다시 적용, 자신의 장손이자 주표의 장자인 주윤문에게 황제 위를 넘기게 된다. 문제는 주원장의 아들들이 만만치 않은 인물들이었다는 데 있었다. 황제의 위는 주원장의 손자인 주윤문, 즉 삼대째로 넘어갔지만, 그 윗세대인 이대째 주윤문의 숙부들이 건재했던 것이다.

그중에서도 가장 위험했던 인물이 바로 영락제, 당시의 연왕 주체다. 주체는 어려서부터 주원장과 함께 종군하며 훌륭한 무공을 올렸을 뿐 아니라, 타고난 카리스마로 말미암아 주원장의 아들들 중 가장 뛰어난 인물이란 평이 자자했다 전해진다. 그만큼 황제에 합당한 아들이었다는 이야기가 돌고 있었음은 물론이다(돌고 있었다라고 역사는 기록하고 있다-누가 편찬하도록 만들었던 사서였건 간에). 주원장도 그 사실 때문에 주윤문에게 황위를 물려주기에 앞서 크게 고민했다는 이야기가 있다.

주체는 북경을 근거지로 연왕에 봉해졌고, 북방 원나라 잔당의 침습에 일차 저지선으로 활약하고 있었던 '군왕'이었다. 중요한 요충지를 방어하고 있었던 만큼, 필연적으로 강성한 군사력을 갖출 수밖에 없었다. 건문제 주윤문은 제후들로 있었던 왕들 중에서 이 주체를 가장 두려워하게 되었고, 결국 건문제는 왕들의 세력을 제한할 목적으로 봉령을 낮추는 삭봉책를 추진하는 한편, 번왕들, 즉 자신의 숙부들을 남경으로 불러 직위를 빼앗고 귀양살이를 시키거나 심지어는 처형하기에 이른다. 하지만 이는 결코 좋은 선택이 되지 못했다. 연왕의 야심을 폭발시키는 도화선이 되고 만 것이다.

연왕은 직접 군사를 끌고, 원나라의 잔당과 대적해 온 이다. 나라를 위해 최전방에서 싸우고 있는 와중에 세력을 축소하겠다는 정책이 추진된다고 했으니, 화가 날 법도 했을 것이다. 스스로 강력한 지도자를 자칭하는 인물이 장자로 태어나지 못했다는 이유 하나로 황제가 되지 못했고, 변방의 방어를 위해 최전선으로 쫓겨났으며, 이어 조카를 황제로 모시게 되었으니, 그 박탈감이 어느 정도였을지는 능히 짐작이 간다. 게다가 조카는 군왕이라는 자신을 두려워하여, 원 잔당을 막기 위한 싸움이 한창인 그때에 왕들의 세력을 줄이고자 시도했으니, 폭발하지 않고는 배길 수가 없었을 것이다.

정란지치 또는 정난지변이라고 불리는 전쟁은 그렇게 일어났다. 정란이란 혼란함을 바로잡는다는 뜻으로, 정란지치라 함은 나라의 혼란을 깨끗이 하고 치국의 도를 바로 세우겠다는 뜻으로 풀이된다. 연왕은 그 정란지치라는 기치를 내걸고, 북방을 방어하는 군사들의 창끝을 남경의 건문제에게 돌려 진격을 시작한다. 사 년의 전쟁 끝에, 압도적인 군사력을 자랑하던 연왕은 남경의 성문을 격파하고 황궁을 불태우기에 이른다. 연왕은 건문제가 화재로 인해 사망했다고 발표한 후, 마침내 황제의 위에 오른다. 그게 정란지치의 전모다.

미스터리의 발단은 건문제의 시신이 발견되지 않았다는 데 있다.

불에 탄 황궁에서 단지 건문제로 추측되는 시체를 두고 사망했다 발표했는데, 이것이 결국 수많은 억측과 소문들을 불러오고 만

것이다.

미스터리는 그 이후 세상에 널리 퍼진 야사들로부터 더욱 큰 힘을 얻게 된다.

건문제는 그 북새통에서 목숨을 잃지 않았으며, 중이 되어 한 많은 세상을 떠돌았다는 이야기가 세상을 휩쓴다. 심지어 한 야사에서는 남경이 포위되던 당시, 건문제가 황궁에서 자결을 시도하던 최후의 순간에 환관 왕철이 주원장이 미리 마련해 놓은 철상자를 가져와 건문제를 살렸다는 이야기를 꽤나 상세한 묘사를 곁들여 서술하고 있는데, 천잠비룡포상에서의 황궁 화재 장면 역시 그 야사를 토대로 재구성된 것이라 할 수 있다. 야사는 야사일 뿐이지만, 실제 역사상에서도 있었던 상황 역시 크게 다르지는 않았을 것으로 생각하고 있다. 누가 불을 지르기 시작했는지 모르는 대혼란의 와중에 울부짖는 신하들이 있고 망연자실한 건문제가 세상에 대한 한탄을 읊조린다. 그럴듯한 장면이다. 주원장이 손자를 위해 가사와 은덩이를 넣은 상자를 준비해 두고 있었다는 것은 아무래도 픽션성이 짙지만 말이다.

건문제의 사망 여부에 대해서는 여러 가지 견해가 난무하고 있다.

대표적인 것들을 뽑아보면 다음과 같다.

첫째. 건문제는 살아남지 못했다. 연왕이 발표한 것처럼 화재 중에 죽었고, 시신은 확인되지 않았으되 죽은 것은 확실하다. 여기엔 다른 의심의 여지가 없고 다른 억측의 개입이 불가능하다. 그저 사서에 쓰여진 그대로라는 견해다.

둘째. 건문제는 야사에서처럼 살아남았다. 연왕은 죽었다고 발표했지만, 화재 중에 비밀통로로 피신했고, 목숨을 건져 한 사람의 승려로 중원을 떠돌았다.

이것이 작가들의 입장에선 가장 매력적인 결과다. 이는 명, 청, 현대까지 수많은 작가—우리 무협 작가들을 포함하여—들을 통해 재생산되었으며, 아직까지도 수많은 연극과 영화, 소설들의 소재가 되고 있다.

철혈의 황제에게 황위를 빼앗기고 신하들의 희생을 통해 목숨을 보전한 젊은 황제. 게다가 자신의 황위를 빼앗은 황제가 부덕한 폭군이었더라면 재기를 위한 꿈이라도 꿔보았을 텐데, 영락제는 거대한 역사(役事)를 거듭하고, 제도와 법규를 정리하였으며 수많은 전쟁을 승리로 이끌면서 바야흐로 명나라는 최대의 전성기를 구가하게 된다. 그늘에서 그것을 지켜보아야만 했던 젊은 황제는 어떤 심정으로 호화로운 명제국의 발전을 지켜보고 있었을까.

온갖 픽션의 소재가 되지 않고는 배길 수 없다. 심지어 몇몇 역사가들은 이런 견해까지 내놓았을 정도다. 정화의 남해원정이 지닌 숨겨진 의미가 사실은 남해로 도주한 건문제를 찾기 위함이라고 말이다.

일리가 아주 없는 것은 아니다. 정화의 남해원정 자체가 또한 하나의 미스터리이기 때문이다. 정화의 남해원정은 아시아 중세 세계사를 통틀어 가장 큰 사건 중 하나라 할 수 있다. 그런 대선단의 항해는 그 이전까지는 전 세계에서 유래를 찾아볼 수 없으며—과장이 섞였다 하더라도—근대 식민지 시대가 올 때까지는 그와 비견

될 만한 케이스를 찾기가 힘들 정도다. 한데, 무슨 이유로 영락제는 그런 대선단을 조직했는가. 이전까지 꾸준하게 해운 발달을 지속시켜 왔던 것도 아니요, 명나라 경제 상황에 해외무역에 대한 절실한 필요가 있었던 것도 아니다. 오히려 그런 대선단을 조직하기 위해서는 민생과 상계의 극심한 출혈과 투자가 선행되어야 했으며, 해외원정 결과가 그런 투자에 맞는 충분한 이익을 창출했던 것도 아니라 하였다. 이것이 바로 두 미스터리가 만나는 접점이다.

건문제는 남경에서 사라졌고, 도주 경로로 생각할 수 있는 가장 일반적인 루트는 해외다. 남경에 접한 장강을 따라 남해로 나가 버리면 된다는 것이다. 건문제의 생존에 대한 소문이 퍼지자 영락제는 대규모의 수색대를 조직하고, 측근인 정화를 그 총책임자로 임명하게 된다. 그렇게 정화는 남해로 원정을 감행하고, 조기의 목적인 건문제 추적에는 결과적으로 실패하기에 이른다. 정화의 입장에서는 건문제를 찾지 못했으니, 다른 성과라도 가져와야 했을 것이고, 그에 따라 무역과 원정 전쟁이라는 대안을 찾아 실행에 옮긴다. 일차 남해원정은 그런 식으로 이익을 남기면서 마무리됨에 따라, 그 성과를 본 영락제는 건문제 수색과 남해원정의 이득, 두 가지를 한꺼번에 노리려는 일석이조의 결과를 기대하게 된다. 결국, 배보다 배꼽이 더 커진 격으로 건문제 추격은 뒷전이 되고, 남해원정 자체에 더 큰 투자를 시작한다. 픽션이지만 그럴듯한 이야기다. 말도 안 되는 것 같은 미스터리가 여전히 힘을 지니고 살아 움직이는 것은, 그런 가정이 제법 설득력을 지니고 있는 까닭이리라.

물론, 정화의 남해원정은 세계사에서 차지하고 있는 위치로 볼 때 그런 픽션을 함부로 들이댈 만한 사건이 아니라고 할 수 있다. 그러나 또한, 작가 입장에서는 너무나도 흥미로운 이야기일 수밖에 없다. 개인적으로 그만큼 매력적인 인물은 다시없을 것이라고 생각한다. 단, 그가 살아 있었다면 말이다.

셋째. 둘째가 환상의 정점이라면, 셋째는 현실이 개입된 픽션이라 할 수 있겠다.

건문제는 연왕이 직접 죽였다고 보는 견해다. 연왕의 손으로 참했든 군사들 중 누군가가 참했든, 죽음을 확인한 것이 맞고 시신도 확보를 했다. 하지만 조카를 죽였다는 평을 희석하기 위해 화재로 죽었다 발표하고, 일부러 건문제의 생사 여부에 의문점을 남겨놓았다. 말하자면 야사가 생겨날 구실을 준 것이다.

군림자의 입장에서 민심보다 중요한 것은 없다. 영락제와 같은 경우엔, 어떤 식으로 포장을 하든 제위 찬탈이란 약점이 평생토록 따라다닐 수밖에 없었고, 이는 민심 관리에 있어서 상당한 부담이었을 것이라 생각된다. 그가 영락대전을 편찬한 것도 제위 찬탈의 오명을 씻기라 했으니, 그 부담은 능히 짐작할 만한 일이다. 세 번째 견해가 설득력을 얻을 수 있는 것은 이런 부분에서다.

'조카인 건문제를 사로잡아서 숙부가 직접 목을 치라 명령했다'와 '조카와 제위 선양에 대해 논의하려고 했지만, 불의의 화재로 목숨을 잃었다' 이 둘의 뉘앙스는 하늘과 땅만큼의 차이가 있다. 전자가 사실이라고 한다면, 영락제는 제위 찬탈이란 약점 위에 극악무도한 폭군의 이미지까지 짊어져야 했을 것이다. 하지만 영락제는 후자를 택했다. 마치 화재로 인해 어쩔 수 없었다라는 뉘앙스를 풍기고, 심지어 살아 있을 수도 있겠다는 추측의 구실까

지 남겨두었다. 그게 의도된 일이라 가정한다면 전략적으로 대단
히 뛰어난 발상이었다는 평가를 할 수가 있을 것이다.

　사실 개인적으로는 이 세 번째 견해가 진실이 아닐까 하는 생각
을 많이 하는 편이다. 자못 그럴듯하지 않은가. 백성들은 건문제
의 슬픔을 노래하며 갖가지 야사들을 양산해 냈지만, 실제 구심점
이 될 건문제가 죽어버린 상태라면 야사가 아무리 많아도 진짜 위
협이 되진 못한다. 폭군으로 낙인이 찍혀 백성들의 민심을 완전히
잃는 것보다는 통제가 용이했으리라는 생각이다. 역사에 만약이
란 단어는 불필요하다는 이야기처럼, 어찌 되었든 건문제가 영원
히 풀리지 않을 미스터리의 중심에 있다는 것만큼은 변함없는 사
실이겠지만 말이다.
　덧붙여 이야기 중간에 나온 승려가 건문제 본인이냐 아니냐라
고 물으신다면, 명확하게 그렇다 아니다라는 답변은 드리지 않을
생각이다. 건문제일 수도, 비슷한 사람일 수도 있다. 호위무사 무
명 역시 마찬가지다. 정말 건문제의 호위무사였을 수도, 아니면
건문제에 대한 야사를 듣고서 자신만의 환상에 빠진 단순한 광인
일 수도 있다. 물론 글 쓰는 입장에서는 그 승려가 진짜 건문제고,
호위무사 무명이 진짜로 세상에 존재했었으며, 슬픈 과거를 지니
고 광기에 휩쓸린 불쌍한 영혼이었다는 데 무게를 두고 싶지만 말
이다. 단지 독자 분들의 상상에 맡기고 싶다는 다소 진부한 대답
으로 마무리할 수밖에 없겠다.

❖ 장강의 교룡 승천과 환신.

장강의 교룡 승천이란, 오랜 세월 머릿속에서만 맴돌고 있었던 장면이다. 이걸 쓸 때의 심경은 그야말로, 십 년 전에 상상했던 군신 챠이의 위용을 처음으로 꺼내놓았을 때의 심정과 같았다. 암제 흑교룡이 승천함으로써, 중원의 법술계는 큰 변혁의 시기를 맞이하게 되는데, 그 중심에 선 것이 또 다른 한백무림서 주인공 중 하나인 환신 월현이다. 장강 교룡 승천과 관련된 자세한 내용과 그 이후 장강에 드리워졌던 흑무(黑霧)에 관한 이벤트는 환신 월현이 주인공으로 활약하는 환신전(가제)에서 세세하게 다루어질 계획이다.

다만 걱정이 되는 것은 어느 정도 술법을 배제한 채 끌어온 천잠비룡포에서, 사람의 말을 하는 중명조라든지 하늘로 승천하는 용이라든지 하는 장면들이 정통 무협을 지향하는 독자 분들에게 거부감을 드리지는 않았을까 하는 점이다. 하나, 이 부분은 한백무림서가 안고 가야만 하는 핵심적인 요소이며, 조금만 마음을 열고 적응해 주신다면 반드시 더 재미있는 이야기로 보답해 드리겠다는 약속을 드리고 싶다.

❖ 무당마검, 그리고 화산질풍검과 교차되는 장면들.

혹 다른 시리즈를 보시지 않은 독자 분들이 계실 수도 있기에 간단한 안내를 해드리기로 마음먹었다. 굳이 따로 언급하지 않아도 아실 분들은 다 아실 것이라 생각했었기에 겹치는 부분에 대해서 직접적인 이야기를 드리지 않고 있었지만, 한 번쯤은 소개가 필요하지 않을까 고민해 왔었던 까닭이다.

동창 하진화와 기청량의 대화 중 어전무술대회에 관한 이야기가 나오는데, 이는 무당마검 초반부의 중요한 사건과 관련되어 있다. 탈명마군 장요, 그리고 백검천마 종리굉이 어전무술대회에 난입, 황제인 영락제의 바로 앞까지 공격해 들어온 일이 있었으며, 이때 대회는 육대세가 중 하나인 모용세가가 참관 중이었다. 여기서 모용십수들이 탈명마군과 백검천마를 추적하기 시작한 것이 무당마검에서 그려지고 있다. 이 부분은 자칫 이해가 어려워 몰입을 해칠 수도 있는 부분이라, 보충 설명이 필요하리라 보았다.

다른 부분으로는 환신 월현의 등장이 있겠다. 월현은 환신전(가제)의 주인공으로, 그의 이야기는 거의 대부분 술법과 요괴, 전설이 주가 되는 소위 '기환무협'의 궤적을 그리게 될 것이다.

마지막으로 권 말미에 나오는 흠검단주와 만창회주 중 흠검단주 갈염은 화산질풍검에서 아주 중요한 역할을 하는 조역이다. 화산질풍검 출간 당시 상당한 인기를 얻었던 인물이고, 자평하기에도 나름 만족스럽게 구현이 된 편이라 할 수 있겠다. 어느 정도 이상의 성과를 이룬 캐릭터의 경우, 다시 새롭게 그 캐릭터를 다룬다는 것은 상당한 부담을 수반하기 마련이다. 당시의 성과를 해치지 않는 범위 내에서 끌어나가기 위해 노력하는 것은 그 자체로 굉장히 재미있는 도전이 되리라 생각하고 있다.

유치원 편식 교정 요리사로 희망이 절벽인 삶을 살던
3류 출장 요리사.

압사 직전의 일상에 일대 행운이 찾아왔다.

[인류 운명 시스템으로부터 인생 반전 특별 수혜자로 당첨되었습니다.]
[운명 수정의 기회를 드립니다.]
[현자급 세 전생이 이룬 업적에서 권능을 부여합니다.]
—요리 시조의 전생으로부터 서른세 가지 신성수와 필살기 권능을 공유합니다.
—원조 대령숙수의 전생으로부터 식재료 선별과 뼈, 씨 제거법 권능을 공유합니다.
—조선 후기 명의의 전생으로부터 식치와 체질 리딩의 권능을 공유합니다.

동의보감 서른세 가지 신성수를 앞세워
요리의 역사를 다시 쓰는 약선요리왕.

천하진미인가, 천하명약인가? 치명적 클래스의 셰프가 왔다!